#2 No more LIES

Ce livre est une fiction. Les noms, caractères, professions, lieux, événements ou incidents sont les produits de l'imagination de l'auteur utilisés de manière fictive. Toute ressemblance avec des personnages réels, vivants ou morts, serait totalement fortuite.

Image de couverture : © Shutterstock
Couverture : Marion Rosière
Illustration de fin d'ouvrage : Trifia

34-36, rue La Pérouse
75116 Paris
www.hugopublishing.fr

Collection dirigée par Arthur de Saint Vincent
Ouvrage dirigé par Marie Maublan

ISBN : 9782755670943
Dépôt légal : mars 2024
Imprimé en Espagne par CPI Black Print

JEANNE PEARS

#2 No more LIES

Hugo Poche

NEW ROMANCE®

Parce que quand deux âmes sont faites
pour être ensemble, rien ne peut les séparer.
Ni le temps, ni les épreuves et surtout
pas la méchanceté de certains.

Jeanne

Huit ans après
les événements de

#1 Only
LIES

CHAPITRE 1

GARRETT

J'aime particulièrement nos concerts à Vancouver. Il suffit de bouger de quelques centaines de miles pour découvrir une nouvelle carte postale. Bien évidemment, nous n'avons pas vraiment le temps d'en profiter quand nous sommes en tournée, mais de temps en temps, je le prends.

Cette fois-ci, j'ai réussi à traîner les gars à Victoria. Ils ont essayé de faire de la résistance, prétextant qu'il faisait bien trop froid et qu'ils avaient bien mieux à faire avant le concert de ce soir, mais une fois sur l'île avec moi, ils ont savouré un grand bol d'air frais.

De retour à l'hôtel, je file dans ma chambre pour prendre une bonne douche avant de rejoindre la salle omnisports Rogers Arena d'ici deux heures. Je suis en train de me déshabiller quand j'entends dans mon dos la porte qui s'ouvre et se referme discrètement. Je soupire parce que je sais pertinemment qui c'est : Margo. J'ignore à quand remonte la dernière fois qu'elle m'a laissé un peu d'intimité juste avant un concert. Elle se permet régulièrement ce genre de choses : entrer dans ma chambre sans s'annoncer ni avoir besoin de mon autorisation.

Dans la foulée, deux mains manucurées de rouge se nouent sur mon ventre et une joue se plaque dans mon dos.

– Vous faites encore salle comble ce soir, chuchote l'agente.

Je pivote pour lui faire face et ne manque pas le grand sourire qui habille ses lèvres. Je décide de prendre sur moi. Ça m'épuise, mais je suis trop stressé pour aller à l'affrontement.

– Évidemment, confirmé-je avec un sourire arrogant.

Ses mains se posent sur ma nuque et elle scrute ma bouche avec envie. Je sais ce qu'elle attend de moi, et je suis faible. Je suis toujours nerveux avant un concert, c'est un moyen comme un autre d'évacuer un peu la tension qui m'habite. Même si le groupe est rodé depuis huit ans maintenant, je ne parviens jamais complètement à être serein.

Voyant que je ne la repousse pas, elle se hisse sur la pointe des pieds pour poser ses lèvres sur les miennes. Ma langue part aussitôt en exploration et, d'une petite impulsion, je la soulève contre moi. Ses jambes entourant mes hanches, elle resserre son étreinte. Ses doigts glissent dans mes cheveux et elle soupire.

Margo et moi ne sommes pas ensemble d'une manière conventionnelle. Nous nous sommes rapprochés après une épreuve particulièrement difficile pour elle et depuis… Eh bien, de temps en temps, nous couchons ensemble. À l'instant même où nous avons franchi le cap, je me suis dit que nous faisions une connerie. D'autant que je connaissais ses sentiments pour moi. Mais une chose en entraînant une autre, nous avons continué. Toutefois, j'ai bien insisté en expliquant clairement les choses : cela ne faisait pas de nous un couple et ce ne serait jamais le cas. Nous ne sommes pas exclusifs, parce que je n'ai aucun désir d'avoir une petite amie. Je n'ai pas le temps pour tout ce que cela implique, et je ne vois pas Margo de cette façon. Elle évolue dans notre univers, elle le comprend parfaitement. Je m'attendais à ce qu'elle tente de me convaincre des bienfaits d'entretenir une vraie relation, mais elle semble s'en contenter aussi. Ne pas avoir d'attente l'un par rapport à l'autre facilite grandement les choses. Nous nous entendons suffisamment pour satisfaire nos besoins, c'est tout. Pour le moment, cela n'a aucun impact sur le groupe. Margo le gère toujours et elle est aussi intransigeante qu'à ses débuts, peut-être même plus. Elle ne se gêne pas pour nous dire nos quatre vérités, aux gars comme à moi. Alors je profite.

Je la plaque contre le premier mur à ma portée tout en la maintenant fermement contre moi, les mains sur ses fesses. Mes lèvres dévient sur la naissance de sa poitrine. Elle tire un peu plus sur mes cheveux, m'arrachant une grimace.

– Garrett…

– Hmm ?

– Prends-moi, ordonne-t-elle.

Je ricane contre sa peau avant de relever brusquement le tissu qui couvre ses seins. Je mords l'un de ses tétons, lui arrachant un gémissement. Entre Margo et moi, c'est comme ça. Rarement doux, souvent brusque et déchaîné. Un simple moyen de lâcher la pression. C'est tout ce que je demande.

Je fais demi-tour et la pose sur le lit sans délicatesse avant d'aller récupérer un préservatif. Je me protège rapidement et la rejoins. Il n'y a pas de mal à se faire du bien, surtout avant un concert comme ce soir.

Deux heures plus tard, nous sommes tous rassemblés dans notre loge à l'Arena, prêts à passer nos tenues. Même si bien souvent nous terminons torse nu tellement nous avons chaud, Margo tient à ce que nous soyons bien habillés à chaque début de concert.

La coiffeuse est en train de mettre la dernière touche sur mes cheveux quand mon portable s'illumine sur le comptoir devant moi. Je souris en découvrant qu'il s'agit de ma mère. Elle ne loupe jamais ce moment : l'appel juste avant que les festivités ne débutent.

– Passe le bonjour à Monica de notre part ! s'exclame Ryan.

Je lui souris avant de m'excuser d'un mouvement du doigt, récupère l'appareil et sors dans le couloir pour lui répondre. Je tends le smartphone devant moi et son visage apparaît en une micro-seconde.

– Salut m'man.

– Bonjour, mon chéri. Comment tu te sens ?

– Bien. Tout le monde va bien. Ça me fait plaisir de t'entendre.

Nous sommes souvent sur la route pour plusieurs mois d'affilée et c'est parfois difficile de trouver du temps pour nous voir. Ce que je vis depuis quelques années avec les mecs est incroyable, c'est sûr, mais la vie privée en prend un coup. Je crois que nous nous sommes vus seulement quatre fois en un an, et cela commence à me peser.

– Tout va bien à LA ?

– Très bien, oui. J'ai parfois l'impression de courir partout, mais ce n'est pas une nouveauté. Ton père me faisait souvent la réflexion.

Son commentaire me serre le cœur. Si maman arrive facilement à parler de lui, j'ai encore un peu de mal, comme c'était le cas pour Matt. Elle me fait régulièrement remarquer que c'est quand même très contradictoire de ne pas réussir à parler de ses sentiments, moi qui me livre à cœur ouvert à travers mes chansons. Je n'ai jamais su expliquer pourquoi c'est de cette façon que je m'exprime.

– Est-ce que tu viendrais avec moi au cimetière, quand vous rentrerez ?

– Bien sûr, maman.

– GARRETT ! hurle quelqu'un derrière moi.

Je me retourne et découvre l'un des techniciens qui me fait signe tout en parlant à quelqu'un dans son casque.

– Le devoir m'appelle, maman. Je te téléphone demain, OK ?

– D'accord. Amusez-vous surtout. Je t'aime mon chéri.

– Moi aussi. Je t'embrasse.

Elle me fait un petit signe de la main avant de mettre fin à notre communication. Je prends une profonde inspiration. L'agence occupe tout son temps à Los Angeles, elle y met toute son énergie. Je me dis qu'il serait peut-être temps que je la force à partir en vacances. Il faudrait que j'en parle à Margo. Ma mère reste l'unique gérante de la boîte, mais Margo la seconde quand même beaucoup. Elle sera parfaitement à même de me dire si sa patronne peut s'absenter et surtout si elle se sent capable de prendre les rênes pour quelques jours. Si la présence de mon amie dans ma vie personnelle est parfois étouffante, côté professionnel, elle est irréprochable.

Lorsque Margo entre dans la loge pour nous encourager à nous dépêcher, elle me repère dans le couloir et me lance un grand sourire. Peut-être que c'est moi, le problème ? Je refuse toutes ses marques d'attention. Est-ce qu'avec une autre, je serais si frileux ? *Pas avec tout le monde.*

Pourtant, alors que je passe devant elle, je ne fais pas l'effort de lui répondre. Je tapote son bras pour la remercier puis me dirige vers la scène, suivi d'Ayden, de Ryan et d'Olly. Ce soir, j'ai un concert à donner, je ne peux pas me permettre de me laisser envahir par mes pensées. Alors je ferme les yeux, souffle un coup et accueille les acclamations du public comme il se doit.

CHAPITRE 2

GARRETT

Je retire mes oreillettes et les laisse pendre de chaque côté de mon cou. Nous venons de terminer la répétition et le test de balance. Assis sur le bord de la scène, j'observe la salle du Climate Pledge Arena de Seattle qui s'étire devant moi. Elle est vide pour le moment, mais sous peu, elle sera envahie par des milliers de fans. Le silence fera place à notre musique, à nos voix et aux cris et aux chants de la foule.

Mes pieds pendent, traçant des cercles invisibles dans l'air. Une bouteille d'eau dans les mains, je tente de compartimenter tout ce qui fait rage dans ma tête. C'est sûrement ma présence ici qui provoque ce remue-ménage en moi, comme chaque fois que nous nous arrêtons à Seattle.

J'ai eu mon lot d'épreuves difficiles à surmonter, comme tout un chacun je suppose. Je ne compte toutefois plus le nombre de fois où je me suis demandé si cela méritait tant d'efforts. J'ai surmonté la mort de mon frère, même si je souffre encore. J'ai failli rechuter au décès de mon père. C'était trop à supporter. Chaque fois, ce sont mes proches qui m'ont sauvé, c'est grâce à eux que je m'en suis sorti. Il suffit de regarder autour de moi pour savoir que je suis chanceux. Je vis mon rêve depuis huit ans maintenant. Je gagne plus que bien ma vie, je n'aurai jamais de fins de mois difficiles. J'ai une famille sur qui je peux compter. Mes amis sont là, toujours, à mes côtés, fidèles et loyaux. De quel droit pourrais-je me plaindre ? Pourtant, j'ai la sensation d'étouffer. J'ai aussi l'impression d'être ingrat, cependant c'est là, tapi à la surface, sous l'encre qui recouvre ma peau. Ce qui bout à l'intérieur de moi. L'homme que je montre à tous n'est pas le vrai moi. Une seule personne l'a vu de près, plus jamais je ne le montrerai à quiconque. C'est terminé.

Je prends une profonde inspiration et chasse toutes ces ondes négatives. Je me suis suffisamment isolé. Je rejoins au pas de course notre loge. Grâce au miroir de ma coiffeuse, j'observe les gars qui s'activent derrière moi alors que le concert ne va pas tarder à commencer. Plus que trois avant la fin de notre tournée nord-américaine. Heureusement qu'ils sont là, mes meilleurs amis. Ce sont eux qui m'empêchent au quotidien de me laisser aller. Certains démons ont refait surface – l'alcool et les filles, même si je reste raisonnable – mais le plus dangereux, je suis parvenu à le tenir à l'écart.

Je refuse de repartir dans cette voie, j'ai beaucoup trop à perdre. Je ne les laisserai pas tomber une seconde fois.

J'ignore au bout de combien de temps un coup frappé à la porte me sort de ma léthargie. Margo entre, vêtue d'une tenue chic et de chaussures à hauts talons, comme à son habitude.

– Ça va les gars ? Vous êtes prêts ?

– Carrément, répondons-nous en chœur.

– Vous faites à nouveau salle comble ce soir.

– Putain ! s'exclame Olly.

– La vache, renchérissent Ryan et Ayden.

Je me contente d'un petit hochement de tête ; ce soir, je ne suis pas d'humeur à m'emballer. Je revêtirai mon masque en montant sur scène, mais je me garde encore le droit, ici, dans notre intimité, de ne pas leur mentir. Je pense qu'il est temps que la tournée s'arrête, pour que nous puissions profiter d'un mois de repos bien mérité avant que notre projet d'été ne commence, même si je me demande encore ce qui nous a pris d'accepter ça.

Margo s'avance vers moi et noue ses bras autour de mon cou. Ses lèvres s'approchent de ma bouche, mais je tourne la tête au dernier moment et elles se pressent sur ma pommette. Un petit sourire contrit se dessine sur son visage et elle me relâche aussitôt.

– J'ai compris le message, soupire-t-elle.

Je lui lance un regard sceptique. Il y a une différence entre comprendre et accepter. Je ne veux pas la blesser, mais elle doit prendre conscience des choses. Ces derniers temps, elle est devenue beaucoup trop tactile.

– Désolé, m'excusé-je en l'embrassant à mon tour sur la joue. Je ne suis pas d'humeur.

– Ça va aller ?

– Bien sûr.

Je la rassure d'un sourire que j'essaie de rendre sincère et nous quittons la loge pour rejoindre la scène.

Nous sommes à Seattle depuis deux semaines. Deux week-ends, deux concerts avant de partir pour Los Angeles où nous avons nos deux dernières dates.

C'est sûrement cette ville qui met mes nerfs à rude épreuve. J'aimerais dire que la cicatrice s'est refermée depuis longtemps, mais ce serait mentir. De nombreux souvenirs s'invitent dans mon esprit chaque fois que je ferme les yeux. Sans doute parce qu'après toutes ces années, j'ignore encore pourquoi elle m'a abandonné sans aucune explication.

***

Le public a une forme olympique. La joie que je vois sur les visages de mes amis veut tout dire. C'est galvanisant, euphorisant. Chaque tournée est l'aboutissement d'une année de dur labeur, un moment de partage exceptionnel, un pur plaisir. Un des rares moments où j'oublie tout.

Mon pouls pulse à mes tempes et j'attrape ma bouteille d'eau. Olly est en train de charmer les spectateurs avec une chanson en acoustique comme il sait si bien le faire. Le concert est sur le point de se terminer et c'est notre rituel. Après un peu plus de deux heures de show où nous nous donnons à fond, nous terminons avec une petite session plus intimiste comme nous en avions l'habitude au *Porthole*. À tour de rôle, nous interprétons un morceau, seulement accompagnés de la guitare sèche d'Oliver, et c'est le public qui choisit lequel.

Vient mon tour et, sans grande surprise, c'est *Disillusion* qui est scandé par la foule. Ce titre a presque huit ans mais il plaît toujours autant. Pourtant, pour moi, c'est un supplice. Je crois que je n'ai jamais été si sincère qu'à travers ces mots et c'est sûrement pour cette raison qu'il fait partie de nos plus grands succès, mais je l'ai écrit lorsque j'étais vraiment au fond du gouffre et que j'avais besoin d'extérioriser toute ma peine, toute ma colère. Devoir chanter ce titre, c'est rouvrir une plaie, chaque fois plus profonde.

Ryan m'encourage en serrant avec affection mon épaule et je déglutis. Je laisse passer de longues secondes sans poser ma voix, juste pour me permettre de me ressaisir, puis je me lance.

I imagined a future right by your side
What a disillusion

I saw the light at the end of the tunnel
What a disillusion
I believed you were someone I could count on
What a disillusion

You're just like the others
Unable to see me
Unable to love me
Unable to keep your word

I was crazy to believe you
I was insane to give you
I was stupid to trust you
I was mad to fall for you

I was sure you shared my feelings
What a disillusion
I thought there was something between us
What a disillusion
I believed you and I were special
What a disillusion

You're just like the others
Unable to see me
Unable to love me
Unable to keep your word

I was crazy to believe you
I was insane to give you

I was stupid to trust you
I was mad to fall for you[1]

Comme chaque fois, des hurlements dans la salle, les murs et le sol qui tremblent, des pancartes qui s'élèvent, qui nous idolâtrent, nous encensent.

Une fois de plus, la culpabilité m'envahit. Je devrais me réjouir plutôt que de me plaindre. Je devrais me contenter d'embrasser notre succès, mais je sature.

– Putain ! s'exclame Ryan alors que nous rejoignons les coulisses après avoir salué notre public.

Nous récupérons une bouteille d'eau et prenons la direction de notre loge. Nous disposons d'une pause, le temps que la salle soit vidée de tout spectateur, avant l'accueil des quelques chanceux qui ont gagné un pass VIP leur offrant un tour en *backstage*.

Ce bonus est une bonne idée de Margo, mais nous nous donnons à fond depuis presque trois heures en reprenant à peine notre souffle, j'aurais bien passé mon tour aujourd'hui.

– Ça va, G ? me demande Ayden, attirant l'attention des deux autres.

– Oui. Je suis juste crevé.

– Ah ça, on peut comprendre pourquoi, pouffe Ryan.

Les deux frères échangent un regard complice tandis qu'Oliver glousse comme un ado. Certaines choses ne changent jamais.

---

1. Les traductions des chansons de ce roman sont disponibles en fin d'ouvrage.

– Oh, arrêtez ! Comme si vous valiez mieux que moi.

– On n'a pas dit ça, mais d'habitude, on n'a pas l'impression d'assister à une séance YouPorn. Hier soir, ta petite session privée avait l'air assez intense !

Je feins la lassitude, mais je me retiens de rire. Il a déjà fait pire. Il n'y en a pas un pour rattraper l'autre.

– Tout s'est bien passé avec Lucy ?

– Mary, elle s'appelait Mary, reprends-je Olly en levant les yeux au ciel.

Je change de tee-shirt et descends une nouvelle bouteille d'eau.

– Oh, tu te souviens de son nom, se moque-t-il.

– Elle me l'a surtout écrit à côté de son numéro en partant.

– Ah ! Je me disais aussi.

Ils explosent de rire. Puis le regard de Ryan s'assombrit et Ayden secoue la tête dans la foulée, comme pour lui interdire d'aller plus loin.

– Qu'est-ce qui se passe ?

– Rien, s'empresse de dire Ayden.

– Ryan, dis-je fermement en fronçant les sourcils.

– Juste que Margo est passée vite fait et elle a compris ce qui se passait.

Mince. Nous ne sommes pas ensemble et ce n'est pas la première fois que cela arrive, mais ce n'est jamais agréable.

– Je vois.

La discussion prend fin quand la concernée entre dans la pièce.

– Vous avez été géniaux, les gars ! s'exclame Margo en ouvrant les bras. Le public était aux anges. Vous êtes prêts ? Stephany est partie accueillir le groupe.

Cette dernière est son assistante depuis quatre ans maintenant. Le rituel est toujours le même : elle se charge d'accueillir les gagnants et nous les rejoignons pour la visite au pied de la scène. Nous discutons un peu, visitons le *backstage* avec eux et finissons en général par une tournée de photos tous ensemble.

J'attrape ma veste et nous prenons la direction des coulisses. Chaque fois, je me demande si nous allons tomber sur des groupies ou de vrais fans qui partagent notre amour de la musique. Aujourd'hui il n'y a que cinq personnes, cela me plaît. Et de loin, elles ont l'air plutôt posées.

– Hey les gars ! nous salue Steph, joyeuse.

Elle est toujours contente pour nous lorsque nous réussissons notre prestation.

– Salut, répondons-nous comme un seul homme.

De grands sourires se dessinent sur les visages de tout le monde et notre agente fait les présentations, secondée par Stephany qui a remis des tote bags aux visiteurs contenant des goodies d'ARGO.

– Voici Jack, Amber, Jessy, Megan et Kimberly.

Je salue chacun des gagnants, mais m'arrête sur Megan. Elle me dit quelque chose… mais surtout, elle me paraît jeune.

– Tu as quel âge ? lui demandé-je.
– Seize ans.
– T'es venue seule ?
– Non, ma tante m'accompagne. Elle m'attend dans l'entrée, le temps du tour.
– Margo, préviens-je en me tournant vers elle.

Je me demande comment elle a pu laisser passer ça. Elle sait très bien que nous refusons systématiquement tout mineur non accompagné d'un adulte. J'ai déjà du mal à voir des gamines très peu vêtues s'époumoner à nos concerts, à la limite de nous montrer leur poitrine, ce n'est pas pour les encourager en tête à tête. Cette règle est irrévocable.

– Je m'en occupe, intervient Stephany. Megan, viens avec moi, on va chercher ta tante.
– Oh, euh… Je suis pas sûre qu'elle soit… commence la jeune fille.

L'assistante l'entraîne à sa suite, coupant court à la conversation.

– Je suis désolée, Garrett, s'excuse Margo.
– Ce n'est pas grave, ça arrive.

Lorsque je me retourne vers le groupe, je constate que Ryan est en grande conversation avec Jack et qu'Ayden fait du charme à Jessy et Amber. Olly, lui, regarde quelque chose sur le téléphone de Kimberly.

Bon, même si je ne suis pas d'humeur ce soir, je vais faire le job, parce qu'ils n'y sont pour rien.

Je rejoins le guitariste et m'insère dans la conversation. Kimberly me lance un grand sourire. J'écoute sans participer, comptant sur Oliver pour commenter alors qu'elle explique son parcours et depuis quand elle nous suit.

D'un coup, un frisson vient lécher ma colonne vertébrale et mon cœur accélère la cadence. C'est un sentiment vraiment très étrange et déconcertant. Je déglutis et pivote sur ma gauche, dans la direction où Steph a emmené Megan.

Mon corps est-il capable de comprendre de lui-même ? Je n'ai jamais cru à ces conneries de destin, de force surnaturelle, mais je ressens quelque chose, je suis obligé de le constater. C'est comme un courant électrique qui met mes sens au diapason. Et je crois que je fais un arrêt cardiaque quand je me retourne vers la tante de Megan.

Putain, Megan, la nièce de Maxine !

Margo et les mecs semblent dans le même état que moi alors que les trois filles s'avancent vers nous. Nous sommes complètement figés. Toutes les conversations cessent d'un seul coup.

Megan ne semble pas s'en rendre compte, cela dit, car elle discute joyeusement avec Stephany sans faire attention à nous. Maxine, derrière elle, a revêtu un masque. Aucune émotion ne perce, mais je remarque très clairement qu'une tension s'est emparée d'elle : les mains enfoncées dans ses poches, les yeux rivés au sol, elle n'est pas ravie d'être ici. Comme si elle voulait se fondre dans le décor.

Quant à moi, comment décrire ce que je ressens ?

Un cataclysme, un véritable ouragan intérieur. C'est à peu près ça. Je suis brutalement renvoyé huit années en arrière, à l'image de notre baiser rayée par sa fuite lâche et inexpliquée. Le soulagement de la voir et de me dire que j'aurai peut-être enfin mes réponses est balayé par la rancœur qui me prend soudainement à la gorge. Comment ai-je pu croire que j'avais tourné la page ? Être de nouveau face à elle après tout ce temps, c'est…

– Ça va, mec ? me souffle tout bas Olly en posant une main sur mon épaule.

Je me contente d'un hochement de tête, bien incapable de décrocher un mot. Je me rends compte que j'ai serré les poings au moment où ils commencent à me faire mal.

– Voici Maxine, la tante de Megan, explique Stephany en faisant les présentations. Je suis navrée pour ce petit contretemps. Ayden, Ryan, Oliver et Garrett, vous avez déjà fait connaissance avec les autres participants ?

– Oui, répond Ryan en faisant un pas vers elle.

Je note l'hésitation dans ses gestes, comme s'il ne savait pas sur quel pied danser. *Tu m'étonnes.* Il marque un temps d'arrêt, mais finalement, il prend sur lui et va jusqu'au bout. Il tend une main à Megan et à Maxine pour leur dire bonjour, rapidement imité par les deux autres membres du groupe. Moi seul reste en retrait. Je suis partagé entre l'envie de déguerpir à vitesse grand V, celle de me jeter sur elle pour lui cracher ma rage au visage et celle de la détailler sous toutes les coutures. Parce que merde, elle est toujours aussi belle, plus encore même que dans mon souvenir. Et ça me tue de me l'avouer, mais elle m'a manqué. À en crever.

Quel putain de coup du sort !

Comme un zombie, je suis les mecs qui ont pris la visite en main tandis que Margo vient se placer à mes côtés et glisse un bras sous le mien. Je devrais la repousser, je le sais, mais je suis tellement déconnecté que je n'y arrive pas. C'est un peu comme si, en cet instant précis, Margo était mon ancre pour me maintenir sur terre, parce que j'ai vraiment l'impression que ma conscience s'est fait la malle, totalement annihilée par ces retrouvailles extrêmement glaciales. Maxine n'a même pas levé les yeux vers moi. Pas un seul regard.

Alors je ne me gêne pas pour l'observer de la tête aux pieds. Sa coupe de cheveux n'a pas changé, juste un peu plus de longueur. De même, sa silhouette est identique à celle d'il y a huit ans, peut-être plus épanouie. Elle fait plus mature, plus mûre. Ses habitudes vestimentaires ne sont plus les mêmes en revanche. Elle s'est habillée de manière assez décontractée pour venir assister à un concert, mais sa tenue n'est pas un camouflage : jean qui met ses jambes en valeur, Converse montantes et tee-shirt avec un petit décolleté en V. Elle est belle, vraiment. Même ses ongles coupés portent du vernis rouge. Terriblement sexy.

Sexy ? Putain, non.

Je ne peux pas la trouver sexy, c'est trop tard. Cela fait trop mal.

Le tour des coulisses se fait en silence, Maxine m'ignorant royalement de bout en bout. Crispé, j'ai de toute façon du mal à répondre aux rares questions que l'on me pose. À la fin, nous nous réunissons dans une petite salle annexe où des encas sont proposés. C'est aussi le moyen d'offrir un cadre un peu plus intime pour des photos, des dédicaces et discuter, tout simplement.

Megan s'avance vers moi, timide, alors que Maxine s'est isolée près de l'entrée. Je sais que j'ai l'air de vouloir désespérément attirer son regard, mais elle semble imperméable. Comme si je ne le méritais même pas. Et j'enrage.

– Garrett ? Je peux avoir un autographe ? demande Megan en me tendant notre dernier album.

– Bien sûr.

Je m'empare du CD et appose ma signature près de celles de mes amis.

– Tu as aimé le concert ? me renseigné-je.

– Oui ! C'était extra. Depuis le temps que je rêvais de vous voir sur scène… J'espérais secrètement qu'une de vos dates s'arrêterait sur Seattle, alors quand l'annonce a été faite, je me suis empressée de demander une place pour mon anniversaire.

– Et ta tante a accepté de t'accompagner, ne puis-je m'empêcher de dire.

Elle me sourit, fière, et, malgré moi, je jette un coup d'œil derrière elle.

– Tu es au lycée ? reprends-je en revenant à Megan. Tu aimerais faire quoi après ?

– J'entre en dernière année, oui. J'adorerais suivre un cursus dans la musique, mais ma tante n'est pas très enthousiaste à cette idée. Elle préférerait que je choisisse une filière plus classique.

Je me demande bien pourquoi Maxine se montre hostile à cette orientation. Après tout, c'est bien ce que nous avons fait, les gars et moi, et nous nous en sortons très bien. Est-ce à cause de moi ? Et puis, de toute façon, c'est aux parents de Megan de choisir, pas à elle.

Megan doit comprendre ce que j'en pense puisqu'elle s'empresse de justifier sa tante :

– Elle s'inquiète, je suppose. Dans ma famille, on est très culture, on partage beaucoup de choses. Ma tante bosse au SAM[2], d'ailleurs. Mais… elle veut juste que je pense à autre chose, que je ne mise pas tout là-dessus.

Mon regard bifurque sur Max, toujours planquée dans un coin, passionnée par ce qu'elle regarde sur son téléphone. Elle a réalisé son rêve. Malgré moi, je suis impressionné.

– Je peux la comprendre. Tu t'es déjà renseignée sur un cursus musical ?

– Oui, répond-elle timidement. J'ai déjà écumé le site de Cornish à Seattle. J'ai longuement regardé ceux de Lewis & Clark et Reed Colleges,

2. Seattle Art Museum.

mais Maxine refuse catégoriquement que je parte à Portland.

D'un coup, je comprends parfaitement la réticence de sa tante, même si elle n'est pas la mère de Megan. Mais Rochelle est au courant de ce qu'a vécu sa sœur, donc elle partage sûrement son sentiment.

– Je connais ces établissements. D'ailleurs, c'est marrant, mais on va superviser un programme en partenariat avec eux cet été.

C'est quelque chose de très innovant, une collaboration entre trois écoles, afin de dénicher les talents de demain. Sur le papier, cela avait l'air sympa, mais je dois avouer que ce sont surtout les mecs qui m'ont motivé à accepter. J'ai simplement suivi.

– Oui, je suis au courant. J'ai postulé, mais je n'ai pas encore eu de réponse.

Je hausse un sourcil, étonné. Pour quelqu'un que je n'ai jamais rencontré, nous avons décidément beaucoup de choses en commun.

– On a fait un deal, reprend Megan. Si je suis acceptée et que mes résultats de dernière année sont bons, Maxine et Kenneth envisageront de me laisser y aller. Je pratique la danse et le chant depuis que je suis toute petite. J'ai ça dans le sang, c'est ma passion, je ne veux pas faire autre chose. Et je t'avoue que savoir que vous chapeautez l'événement est hyper-stimulant, admet-elle en riant.

– Ça va être une première pour nous, on a hâte.

Elle me sourit et nous poursuivons encore un peu notre échange avant qu'elle ne me laisse.

Kimberly prend sa suite et j'accorde un peu de temps en particulier à chacun des gagnants avant que Margo ne signale la fin du tour en *backstage*.

À aucun moment Maxine n'aura levé le regard vers moi.

CHAPITRE 3

MAXINE

Je suis épuisée. Ma nuit a été plus qu'agitée, mes rêves peuplés de souvenirs partagés avec Garrett et le groupe. Je suis stupéfaite de voir qu'un court moment en leur compagnie a suffi à ouvrir dans mon esprit un tiroir pourtant bouclé à double tour. Je ferme les yeux, essayant de faire refluer la douleur dans ma poitrine, puis soupire en descendant l'escalier. Il me faut un café de toute urgence. J'aimerais pouvoir appuyer sur un bouton et oublier la soirée d'hier.

Nos regards ne se sont pas croisés une seule fois, mais cela ne veut pas dire que je n'ai pas observé Garrett lorsqu'il regardait ailleurs. Son doux sourire chaque fois qu'il s'adressait à l'un de ses fans est ce qui m'a le plus marquée. La fatigue avait beau se lire sur son visage, la sincérité transparaissait sur ses traits. L'aura qu'il dégageait sur scène était impressionnante. L'alchimie entre les membres du groupe me paraît encore plus forte qu'à leurs débuts.

– Bonjour Max.

Je me tourne vivement vers Noah qui débarque, les cheveux hirsutes et les yeux encore ensommeillés dans son pyjama Avengers.

– Bonjour Noah. Tu vas bien, mon chéri ?

J'accueille volontiers un câlin. Sortant un bol du placard, il soupire exagérément avant de verser des céréales dedans.

– Tu crois que Megan va encore nous bassiner avec ARGO ?

Son gémissement m'arrache un rire.

– Ça lui passera. Éventuellement.

Nouveau soupir, encore plus dépité. Ce n'est pas facile pour nous deux, même si les raisons sont bien différentes.

Megan est survoltée depuis que nous avons quitté la salle de spectacle hier. Elle sautillait presque sur place. Je peux le comprendre : ce n'est pas tous les jours que l'on a la chance de rencontrer et d'échanger avec des artistes que l'on adore. J'aurais tellement aimé partager pleinement ce moment avec elle, mais c'était au-delà de mes forces. J'ai revu Garrett, pour de vrai. Nous avons de nouveau respiré le même air, nous étions dans la même pièce. Je crois que je ne percute pas tout à fait.

– Merci encore infiniment Maxine ! s'exclame Megan en débarquant brusquement dans la cuisine.

Elle me prend dans ses bras avant de frotter le crâne de son frère et d'aller se chercher un bol.

– C'était absolument génial ! Je me suis éclatée.

– Tant mieux, ma chérie.

Noah la regarde de travers avant de rejoindre le salon pour s'installer devant la télé. J'en profite pour ranger un peu, m'occupant les mains. J'écoute ma nièce d'une oreille alors qu'elle me relate pour la énième fois tout ce qu'elle a ressenti auprès du groupe. Elle ignore que nous partageons un passé commun. Heureusement, aucun membre n'est venu me parler en privé, ce qui aurait pu éveiller ses soupçons.

Je fais de mon mieux pour cacher ce que je ressens alors qu'elle encense Garrett. Mes mains se resserrent sur la cuillère au-dessus de l'évier. L'entendre parler de sa voix grave me fait penser à nos sessions d'apprentissage. L'écouter vanter sa gentillesse me rappelle nos moments passés à deux. La voir tomber en pâmoison devant son charme me fait inévitablement penser que je l'étais moi aussi, totalement. Son sourire, la complicité du groupe, l'humour et la bonne humeur de Ryan, ses chamailleries avec son frère, le talent de guitariste d'Olly… Tout ça m'a manqué. Cela fait huit ans pourtant, comment est-ce possible ? Je ferme les yeux et secoue la tête, comme pour faire une mise à jour.

Je redoutais d'être contrainte d'accompagner Megan en coulisses. Quand j'ai accepté d'assister au concert avec elle, c'était pour elle, parce que cela lui tenait à cœur, mais tout au fond de moi, je ne le voulais pas. Parce qu'il y avait un risque que je le revoie, en vrai, pas uniquement sur papier glacé, et que c'était inenvisageable. J'ai renâclé et l'ai convaincue que je pouvais l'attendre à l'extérieur le temps de la visite, mais je n'ai pas été surprise quand on est finalement venu me chercher. Alors j'y suis allée, tête basse et le cœur en miettes.

Depuis toutes ces années, je dois déjà vivre avec son image où que j'aille : sur les panneaux publicitaires, dans des spots télévisés vantant les mérites d'une marque de montre de luxe ou d'un parfum pour homme, dans les clips sur les chaînes musicales, en tête de gondole dans les kiosques à journaux, même dans des talk-shows. Absolument partout. Garrett Brentwood et ARGO sont omniprésents, s'imposant douloureusement à mon souvenir.

J'ai une part de responsabilité, j'en suis parfaitement consciente, mais j'ai agi pour le mieux. Je pense sincèrement avoir fait le bon choix mais j'ai beaucoup souffert de son silence. Tout ce que je souhaitais c'était qu'il vive son rêve à fond. Je ne m'attendais pas à avoir si mal, notamment en découvrant dans les magazines toutes les conquêtes qui ont défilé à son bras. Cela aurait dû être moi.

– Tu es d'accord ?

– Pardon ?

– Tu m'écoutes Maxine ?

– Oui, bien sûr. On en rediscutera.

Je n'ai rien suivi, cependant j'ai une petite idée de ce dont elle parle : encore le stage de cet été. Elle se renfrogne un instant mais n'insiste pas pour autant. Depuis que nous avons consenti à ce qu'elle envoie un dossier d'inscription avec Kenneth, c'est le sujet principal de discorde entre nous. En dehors du fait que je ne suis pas rassurée à ce qu'elle embrasse une carrière dans la musique, l'idée qu'elle côtoie Garrett pendant plusieurs semaines m'angoisse.

– J'ai encore du mal à me faire à l'idée que j'ai rencontré les membres d'ARGO ! s'écrie-t-elle. Je ne vais pas m'en remettre.

Megan s'évente en bougeant rapidement une main devant son visage. Je lève les yeux au ciel, légèrement agacée. Pourquoi a-t-il fallu que ma nièce tombe amoureuse de ce groupe ? Il en existe des centaines mais elle n'en a que pour ARGO, et ce, depuis plusieurs années. Ce n'est pas près de changer.

– Bon, je remonte, il faut que j'appelle les filles ! Je n'ai pas pu tout leur raconter hier soir !

Elle jette presque son bol dans l'évier et file, surexcitée, comme si chaque seconde écoulée à ne pas parler du concert était une seconde perdue. C'est étrange parce que de mon côté, c'est l'inverse : si je continue à flirter avec le passé, je ne sais pas si je réussirai à gérer la situation. Alors je fais la seule chose qui a toujours fonctionné : je m'occupe.

Le collège de Noah organise une vente de gâteaux pour récolter des fonds pour financer un futur voyage scolaire, c'est l'occasion. En revanche, j'ai accepté cette mission il y a quelque temps à la seule condition qu'il m'aide.

– Noah ?

S'il croit s'en tirer comme ça, il se trompe !

– Noah !

– Quoi ? finit-il par dire en arrivant dans la cuisine.

J'avise sa mine agacée. J'ai dû l'interrompre en plein milieu d'un épisode de série.

– Tu oses me demander quoi ? demandé-je posément, les poings sur les hanches. Les muffins ne vont pas se faire tout seuls.

– Mais je regarde *Perdus dans l'espace* ! Et j'aime pas la pâtisserie.

– Non, tu préfères manger, j'ai bien compris. Mais ce n'était pas le deal, Noah. J'ai autre chose à faire aussi, tu sais.

– D'accord, souffle-t-il en faisant durer la dernière syllabe.

Il traîne des pieds et s'assied sur un tabouret à côté de moi, se mettant au travail. Il prend tout son temps bien entendu, mais au moins, il a lâché l'écran des yeux.

Le dernier tube de Lizzo passe à la radio et je ne peux m'empêcher de chantonner tristement. La musique n'a jamais cessé de faire partie de ma vie. Même s'il y a eu une période un peu à vide après mon départ précipité de Los Angeles, je n'ai jamais pu m'en détourner complètement. Elle est présente au quotidien, et c'est de famille ; elle est même devenue un sujet de tension entre Megan et moi. Heureusement, ce n'est pas le cas pour son frère. Et même si elle me ramène inévitablement à la soirée d'hier et à Garrett, je profite de ce moment privilégié avec Noah pour discuter un peu avec lui. C'est une distraction bienvenue.

– Les cours se passent bien ?

– Oui.

– Et le sport ?

– Aussi.

Je laisse tomber le plat sur le comptoir et lui lance un regard sévère. Il roule des yeux tout en soupirant, avant de prendre plusieurs moules qu'il aligne devant lui.

– J'adore toujours autant les maths, mais l'anglais, c'est nul. J'avais un peu de mal avec le baseball aussi mais maintenant ça roule. Le coach est assez dur, mais pas trop avec moi, parce que je suis sage.

– Hmm, hmm…

– C'est vrai ! Sage comme une image.

Je ris doucement, peu convaincue, mais ravie qu'il arrive à s'intégrer.

Les premières années ensemble ont été compliquées. Son cadre de vie a complètement explosé il y a huit ans, et revenir à une vie « normale » nous semblait à tous inaccessible. Megan s'est exprimée dans les cris et la révolte, Noah, dans le silence. Il s'est complètement refermé sur lui-même, s'est isolé de tous. Voir qu'il arrive aujourd'hui à parler de son quotidien aussi facilement, c'est un petit miracle.

De mon côté, j'ai eu la chance d'intégrer le Seattle Art Museum. L'exposition sur laquelle j'avais travaillé au Getty Center a tapé dans l'œil du directeur du musée et j'ai été recrutée comme assistante. C'est ce qui m'a sauvée. Si je n'avais pas eu une échappatoire, je n'aurais pas tenu. Sans compter que j'avais besoin de cet argent. Au fil du temps, j'ai su me démarquer et je fais maintenant partie intégrante des conservateurs adjoints. J'ai la charge d'un niveau entier – qui comprend notamment les arts natifs d'Amérique –, et je m'occupe également d'expositions temporaires et d'échanges avec d'autres galeries. En gros, si le chemin a été douloureux, désormais je vis mon rêve. Je tâtonne parfois avec les enfants, mais entre ces murs, je suis dans mon élément.

Notre attention est détournée par le bruit de la porte d'entrée qui s'ouvre et se referme.

– C'est moi ! lance Kenneth.

Il est aussitôt alpagué par ma nièce. Lui aussi va avoir le droit à son récit enflammé.

Kenneth est mon beau-frère, le frère de Craig. C'est mon pilier depuis la tragédie. Je ne m'en serais pas sortie sans lui.

– J'ai fini, je peux y aller ? demande Noah.

– Oui, je vais terminer. C'est Kenneth qui t'emmène à l'école demain, du coup.

– OK. Merci encore.

Il dépose un baiser rapide sur ma joue avant de disparaître et je mets les muffins au four. M'investir dans ce genre de projets ne me dérange absolument pas. J'aurais juste espéré que Noah soit plus motivé pour m'aider. Enfin, c'est un adolescent…

Kenneth finit par me rejoindre dans la cuisine et avise mon regard fatigué ainsi que mes mains farineuses. Déposant un baiser sur ma joue, il prend une mine désolée.

– Navré de ne pas avoir pu venir passer la soirée avec vous. Mon rendez-vous s'est éternisé.

– Ne t'en fais pas.

Voyant que je ne poursuis pas, préférant m'occuper de nettoyer le plan de travail et de ranger tout ce qui traîne, Kenneth passe une main dans mon dos.

– Tout s'est bien passé ?

Je secoue la tête en pinçant les lèvres. Pourquoi ai-je cru réussir à éviter cette discussion ? Kenneth tient à moi, c'est normal qu'il se fasse du souci.

– J'ai dû faire la visite avec elle.

– Oui, j'ai cru comprendre. Et donc ?

– Et donc, rien. Je suis restée dans mon coin et je l'ai laissée profiter, c'est tout.

Son visage se fend d'une mimique qui m'indique clairement qu'il n'est pas dupe. Il penche la tête sur le côté et m'observe en haussant un sourcil.

– C'est tout ? Vraiment ? Tu y es arrivée ?

– Que veux-tu que je te dise ?

Je soupire et me pince l'arête du nez. Je finis par relever les yeux sur Kenneth.

– Je ne sais pas quoi te dire. C'était ma crainte et j'ai dû le faire pour elle. Mais je… Il est… Je l'ai connu il y a si longtemps. Je sais que ce n'est plus le même homme, mais quand je le regardais sur scène, je nous ai vus à nouveau en train de jouer, de chanter. Il est toujours lui, et en même temps… il a changé. Je… J'ai choisi cette situation, mais parfois, je m'interroge. Et puis, je me dis que ça ne sert à rien parce qu'on ne peut pas changer le passé.

Je ne lui parle pas de la peine que j'ai ressentie en voyant Margo glisser son bras sous celui de Garrett. Cela aurait pu passer pour un geste anodin, pourtant j'ai vu comme il s'appuyait sur elle, cette connexion qu'il y avait entre eux. J'ignore la nature de leur relation aujourd'hui, mais ils sont indéniablement bien plus proches qu'il y a huit ans. Et, oui, cela me blesse profondément.

Je suis à bout de souffle. Kenneth me regarde tendrement puis fait le tour pour venir se poser à côté de moi. Il place une mèche de cheveux derrière mon oreille, me souriant. Depuis mon retour à Seattle, il est mon repère, mon ancre, le roc sur lequel je m'appuie quand cela ne va pas. Et des moments comme ça, il y en a eu un certain nombre. Nous avons appris à nous connaître dans la douleur, nous nous sommes vus au plus bas, mais nous avons survécu ensemble, pour eux. Nous sommes devenus une famille.

Notre relation est particulière. Il est juste là, au quotidien, quoi qu'il arrive, pour n'importe quoi.

Je peux compter sur lui et les enfants l'adorent. Et moi aussi.

Je finis par me réfugier dans le confort de ses bras. Il noue ses doigts dans mon dos et pose son menton sur le sommet de mon crâne. Je m'imprègne de son odeur, cale ma respiration sur la sienne et me concentre sur les battements de son cœur.

– Tout ira bien, me rassure-t-il de sa voix grave. Je te le promets.

Il y a un certain temps, j'aurais pris ces mots pour ce qu'ils étaient, des mensonges, et m'en serais accommodée. Mais à ses côtés, j'ai fini par comprendre qu'au bout d'un certain temps, le mensonge peut devenir vérité et que la lumière au bout du tunnel finit par être plus brillante encore.

– Qu'as-tu prévu de bon à manger ? Que je puisse t'aider ?

– Poulet rôti et frites.

– Le rituel du dimanche midi.

Je confirme d'un sourire et nous nous mettons au travail. Nous avons préparé ce plat un nombre incalculable de fois. Rochelle et Craig avaient mis en place cette habitude, il nous semblait logique de la maintenir.

– Je voulais te dire que je ne pourrai pas aller récupérer Noah après le baseball mercredi après-midi, m'explique-t-il en prenant un plat pour y déposer la volaille. Le cabinet vient de programmer une réunion très importante et je sais déjà qu'elle va s'éterniser.

Kenneth est associé dans l'un des plus gros cabinets d'avocats de la ville. Il a souvent un planning très chargé et même si la plupart du temps il fait de son mieux pour se dégager du temps pour les enfants, parfois, c'est juste impossible.

– Ne t'en fais pas, je vais me débrouiller. Au pire, je demanderai à tes parents. En revanche, jeudi après le cours de piano de Megan, c'est toujours bon ? Je dois rester un peu plus tard pour gérer une livraison qui vient du Japon.

– Oui, c'est bon, je serai là.

– Parfait.

Voilà comment nous procédons, chacun s'adaptant à l'autre, faisant en sorte que ce foyer fonctionne.

Je tourne le dos à Kenneth, occupée à éplucher les pommes de terre. Peut-être aimerait-il que je me confie un peu plus sur ce que j'ai ressenti hier, mais la vérité est que j'ai bien du mal à le définir clairement moi-même. Il y avait de l'appréhension et de l'anxiété. J'avais peur aussi, que Garrett vienne vers moi, qu'il cherche à établir le contact. Finalement, il n'a pas fait le moindre pas. J'ignore pourquoi et je n'arrive pas à savoir si j'en suis soulagée.

– Est-ce que tu peux ramener la friteuse du cellier ? demandé-je à Kenneth.

Voyant qu'il ne me répond pas, je me retourne et constate que je suis seule dans la pièce. En tendant l'oreille, je me rends compte que mon beau-frère a rejoint Noah et que tous les deux discutent dans le salon.

J'attrape un torchon et m'essuie les mains, contemplant l'espace autour de moi. Depuis mon retour à Seattle, je peux m'estimer heureuse d'avoir Kenneth à mes côtés, de voir grandir Noah et Megan. Ils sont géniaux. Mais je constate quand même que je me retrouve souvent seule, les enfants étant occupés avec leurs amis, Kenneth souvent accaparé par son travail, ses activités et son entourage. Dans des moments comme ceux-ci, je me demande parfois ce que ma vie serait devenue si j'avais choisi un autre chemin.

Je secoue la tête. Cela ne sert à rien. Nous n'avons qu'une seule vie.

CHAPITRE 4

GARRETT

Plus que deux concerts à Los Angeles pour terminer la tournée. Dans l'avion, nous bénéficions d'une intimité agréable puisque toute une partie de la première classe nous a été réservée. Cela ne m'empêche pourtant pas d'être à côté de mes pompes. Depuis hier, Maxine ne quitte pas mes pensées.

Mes amis n'osent pas aborder le sujet avec moi et Margo encore moins. De toute manière, je ne vois pas trop ce qu'il y a à en dire. Cela ravive tant de choses en moi que c'est douloureux. Maxine m'a appris ce qu'était l'amour. Auprès d'elle, je me sentais complet, vivant, aimé, compris. Mais elle m'a aussi appris le désespoir. Tout s'est envolé quand elle a disparu en ne me laissant que quelques mots couchés sur un papier. Je n'ai jamais réussi à la contacter, elle n'a plus jamais donné signe de vie et j'ai dû faire avec son départ, son abandon et ma douleur.

J'ai l'impression d'être englué dans un épais coton. Je vois les autres bouger, parler, mais je ne comprends rien. Je regarde fixement sans vraiment voir Margo qui parcourt son agenda des yeux. Je me demande ce qu'elle pense de ces retrouvailles.

– Garrett ? Garrett. Tu m'écoutes ?

– Ouais, bien sûr.

Je me secoue et tâche de reporter mon attention sur mes amis. J'ai un boulot à faire, des gens comptent sur moi, ce n'est pas le moment de les laisser tomber.

– Ta mère a planifié plusieurs réunions pour parler du projet avec MTV et de son organisation. Il faut faire le point sur les différentes réservations. Et Big M veut vous voir pour la sortie du best-of aussi.

– Pourquoi ça ? demande Olly.

– Il veut savoir si vous auriez le temps d'enregistrer un ou deux inédits pour offrir un bonus.

– Ça risque d'être chaud, commente Ryan.

– À moins qu'on soit inspirés pendant le programme, dit Ayden.

– Il y a toujours la possibilité d'utiliser un titre qui a été mis de côté.

Nous hochons la tête à la proposition de Margo tandis qu'elle poursuit :

– Plusieurs interviews télévisées sont prévues pour la promo MTV du show. Il y aura aussi des entretiens pour quelques magazines avec séances photo.

– La routine, quoi, se marre Ryan.

On pourrait croire que nous nous serions accomodés de tout ça depuis le temps, mais pas vraiment. Nous nous y plions parce que cela fait partie du jeu, mais ce que nous aimons, c'est faire de la musique. Le pire, ce sont les paparazzis. C'est impossible de s'y habituer.

– Bon, de toute façon, chaque chose en son temps. D'abord les deux derniers concerts et on verra ensuite.

– J'aime bien ce plan, acquiesce Olly.

Je me contente d'un mouvement de tête. Le pilote nous informe que l'avion est en train d'amorcer sa descente. Nous bouclons nos ceintures et je tourne la tête pour regarder par le hublot le paysage qui change à mesure que nous approchons de la terre ferme.

– Ça va mon pote ? demande Olly en remontant sa tablette devant lui. Tu n'es pas avec nous depuis…

– Je sais, désolé, le coupé-je. C'est juste que… j'ai beaucoup de choses en tête et j'ai du mal à faire le tri.

– C'est normal. Si t'as besoin, on est là. Tu le sais, hein ?

– Oui, le rassuré-je d'un sourire triste.

Je serre son épaule. Quelques minutes plus tard, l'hôtesse de l'air nous invite à quitter l'appareil. Nous rejoignons la passerelle, puis nous nous dirigeons vers la sortie. Impossible d'échapper à la cohue qui guette notre retour : les deux voitures qui nous attendent pour nous conduire à notre domicile ne sont qu'à quelques mètres à l'extérieur, mais une petite foule s'est rassemblée dans le hall de l'aéroport.

– Ryan ! Je t'aime !

– Olly ! Ayden ! Par ici !

– Garrett ! GARREEEETTTT ! Une photo !

Nous ne voulons pas spécialement faire d'efforts pour les paparazzis, mais pour nos fans, nous prenons toujours le temps. Nous bifurquons et nous attrapons les stylos tendus pour apposer notre autographe sur des pochettes de CD, des carnets, parfois même directement sur leur bras.

– J'adore ce que vous faites, murmure timidement une jeune fille.

– C'est gentil, merci beaucoup.

– On peut prendre une photo ?

– Oui, bien sûr.

Ce n'est pas grand-chose et je vois bien que cela lui fait plaisir. Nous enchaînons comme ça une dizaine de fans avant de finalement prendre congé.

Margo habite Burbank au nord de Los Angeles, et les frères sont toujours à Beverly Hills ; ils partagent donc la première voiture. Olly et moi nous retrouvons dans la seconde – Venice Beach pour moi et Malibu pour lui. J'ai vraiment hâte de rentrer chez moi et de pouvoir enfin souffler.

– Je suis si content qu'on soit *off* jusqu'à samedi ! s'exclame Olly en s'écroulant sur le siège.

– Pareil. Je dois voir ma mère mais, en dehors de ça, je vais me reposer. Je crois qu'on en a tous besoin.

– Décidément, en dehors des concerts, on a vraiment une vie trépidante ! J'ai quand même hâte de commencer le programme. Ça va être sympa et ça va nous changer.

Je détaille la route qui défile à ma gauche, las. Écrire, enregistrer, partir en tournée, faire des photos, des interviews… J'adore ça, mais ces derniers temps, je trouve cela de plus en plus pesant. Est-ce mal ? Depuis combien de temps ne nous sommes-nous pas posés ?

– Oui. Après tout ça, peut-être qu'on pourrait se faire une semaine quelque part ? T'en dis quoi ?

– J'en dis que ça serait super sympa. Ça bouleversera sûrement la planification de Margo, mais on a bien le droit de s'accorder des vacances, non ?

– Carrément.

Je suis le premier à arriver chez moi. Je prends rapidement Olly dans mes bras avant de rejoindre ma maison. Dans l'entrée, je laisse tomber mon sac et suis accueilli par le silence.

J'ai tellement de bons souvenirs à Venice Beach, je ne me voyais pas habiter ailleurs qu'ici. J'ai craqué sur le design résolument moderne de l'habitation et la vue imprenable sur l'océan depuis le toit-terrasse. L'accès au quartier se fait par une ruelle à sens unique, très peu passante, m'assurant un peu de tranquillité. Je suis rarement importuné ici, parce que je reste discret.

Je rejoins la baie vitrée, fais quelques pas à l'extérieur et lève les yeux au ciel. J'avais hâte de rentrer chez moi, de me retrouver dans un espace familier, mais j'ai l'impression qu'une chape de plomb est en train de me tomber sur les épaules. Encore une fois, c'est comme si j'étouffais. Incapable de rester en place seul dans cette grande maison, je referme derrière moi et rejoins ma chambre à l'étage pour enfiler une tenue de sport. J'ai besoin de me défouler.

Il m'est maintenant impossible de courir dans Venice Beach sans être reconnu, même si je porte une casquette et des lunettes de soleil. Alors, quand j'ai besoin de relâcher la pression, je vais au Westridge-Canyonback Wilderness Park, un peu plus au nord. C'est une étendue de plus de 600 hectares qui domine la région, en pleine nature, où la probabilité de croiser qui que ce soit qui me reconnaîtrait en pleine course est faible. Cela me permet en même temps de faire le plein de grand air et de grands espaces. Ces derniers temps, j'y cours de plus en plus souvent. Dès que je le peux, en fait. Cela m'évite de penser.

Seulement, au bout de dix minutes de footing, je suis obligé d'admettre que je ne parviens pas à faire le vide dans mon esprit. C'est la première fois que les paysages de Los Angeles ne me font pas d'effet. Je ne fais que la revoir. Ses yeux chocolat, ses cheveux bruns ondulés. Elle n'a pas changé. Ou plutôt si : elle est plus belle encore, et ça me fait chier. Cela n'efface en rien la douleur. Pourquoi m'a-t-elle quitté ? Cette question, cela doit bien faire un million de fois que je me la pose. Je croyais naïvement que tout allait bien entre nous. A-t-elle été effrayée par tout ce que son départ avec nous sur la route impliquait ? A-t-elle changé d'avis, tout bêtement ? Peut-être qu'elle ne m'aimait pas finalement. Je pensais être passé à autre chose, mais ne pas savoir m'a bouffé pendant des mois. J'ai simplement décidé d'enfouir tout ça ensuite pour simplement pouvoir avancer.

Mes pieds martèlent le sol avec force. Je suis en train de m'épuiser, mais j'en ai besoin. Je baisse la tête lorsque je croise un passant, puis continue sur le sentier en terre. Plus j'avance, plus les mots s'agencent dans ma tête.

I was ready to give you my heart
Maybe I already did
Now you dance on its ashes

Je n'ai aucune idée de la musique qui pourrait les accompagner, mais les paroles s'imposent à mesure que ma colère grandit. Je pensais qu'elle avait disparu, qu'elle s'était éteinte alors que notre rêve prenait vie. Mais ce n'était qu'une illusion.

You ripped it from my chest
To throw it away without any remorse
Like I'm worth nothing, nothing at all

À bout de souffle, je ralentis avant de prendre le chemin de ma voiture. C'est souvent comme ça de toute manière, dès qu'un événement vient perturber mon quotidien, mes émotions prennent vie à travers un texte. C'est mon exutoire. Et à cet instant, la seule chose que j'éprouve c'est de la colère, alors je la laisse sortir. Mes mots ne sont pas tendres, mais je m'en fous.

Everything you told me was a lie
I regret so much I showed myself to you
As I really am, without a mask
I thought I knew you, knew it all
What bullshit, you, us, life

Dans l'habitacle, je me précipite sur le bloc-notes que je garde toujours dans la boîte à gants et couche sur le papier les paroles qui tournent en boucle dans ma tête. Avec tout ce qu'elle m'a fait ressentir, tout ce qu'elle me fait *toujours* ressentir, l'inspiration n'est pas près de me lâcher, alors j'en profite. Puis je démarre, abandonnant derrière moi mes espoirs de sérénité.

Je roule, sans arriver à faire taire cette colère sourde qui gronde en moi. Et lorsque je passe la porte de chez moi, c'est encore pire. Rien n'est différent des autres jours, pourtant la solitude me frappe de plein fouet.

J'adorais l'époque où nous vivions tous ensemble. Je suis souvent nostalgique de nos débuts, la naissance du groupe, nos sessions dans notre petit studio, notre anonymat. Je suis fier du chemin parcouru et j'adore partager tout avec mes amis, mais… Je bascule en arrière sur le canapé tout en gémissant de contrariété. Je me sens tellement ingrat d'éprouver tout ça. Parce que c'est le constat que je fais de plus en plus souvent : je me sens seul, même quand je suis entouré.

Mon introspection est interrompue par la sonnette. Je me lève sans entrain et rejoins l'entrée, j'appuie sur le visiophone et fronce les sourcils en découvrant Margo. *Même pas une journée de tranquillité ?* Je déverrouille le portillon et ouvre la porte pour l'accueillir.

– Garrett, me salue-t-elle en arrivant à ma hauteur.

Elle dépose un baiser sur ma joue et je me décale pour la laisser entrer.

– On vient à peine de se quitter. Il se passe quelque chose ?

Margo vient rarement chez moi en dehors d'une occasion particulière comme un anniversaire ou un repas entre amis ; cela ne l'empêche pas d'y évoluer avec aisance. Elle retire sa veste et la jette négligemment sur le dossier d'un tabouret tandis qu'elle pose son sac sur le comptoir.

– J'ai essayé de t'appeler pour te prévenir que j'allais passer, explique-t-elle.

Je fronce les sourcils. Cela ne me dit pas vraiment pourquoi elle est là.

– Tu veux un café ?

– Oui, merci.

Je vais lui servir une tasse et la lui tends. Alors qu'elle prend une gorgée, je réponds à sa remarque :

– Je viens juste de rentrer d'un footing, dis-je en désignant mes vêtements de sport, je n'ai pas regardé mon téléphone.

Je ne manque pas son coup d'œil rapide vers l'étage. Cherche-t-elle à savoir si je n'étais pas seul ? Je n'ai franchement pas le temps pour ça et encore moins l'envie. Je me sers un mug puis rejoins le canapé, las. J'aimerais bien pouvoir prendre une douche. Je suis Margo des yeux alors qu'elle prend place à mes côtés, sur la réserve – ce qui est étrange.

– Pourquoi tu es là, Margo ?

Elle soupire avant de pivoter vers moi.

– Comment tu te sens ?

– Comment ça ? feins-je de ne pas comprendre.

– À propos de la visite *backstage*, dit-elle tout bas.

Je secoue la tête avant de me relever. Je ne peux pas discuter de ça à côté d'elle. Je vais me planter devant la baie vitrée, les mains dans les poches de mon jogging.

– Garrett… murmure-t-elle dans mon dos.

– Je n'ai pas envie d'en parler, Margo.

– On a tous vu que ça t'avait affecté. Peut-être que…

– Je t'ai dit que je ne voulais pas en parler.

Je me tourne vers elle et la fusille presque du regard. Je m'en veux d'être aussi brusque, mais elle est en train de tirer sur une corde bien trop sensible. Je ne veux pas lui montrer une faiblesse, je l'ai suffisamment fait par le passé, et je ne suis toujours pas sûr d'en assumer les conséquences.

– Ça te fera du bien, insiste-t-elle.

– Margo… grogné-je.

– Je me fais juste du souci pour toi. Et je sais que les gars aussi. Je ne veux que ton…

J'attrape sa nuque et m'empare brusquement de ses lèvres. Elle marque un mouvement de surprise avant de m'ouvrir un passage. Nos langues s'unissent, mais je ne ressens rien. Non pas que ça ait jamais été le feu d'artifice entre nous, mais aujourd'hui j'ai presque l'impression que c'est… mal. J'ai juste agi pour qu'elle se taise, parce que je savais que cela serait plus efficace que mes mots, mais je regrette déjà mon geste.

Pas de papillons dans l'estomac, pas de trac, pas de stress, pas d'attentes, d'envie. C'est vide, comme mon cœur, comme cet espace tout autour de nous. Voilà, je crois que c'est ça, je me sens vide.

Rapidement, ses mains descendent vers mon entrejambe. Elle relâche ma bouche pour embrasser mon cou avant de bifurquer sur mon torse. Quand elle amorce un mouvement vers le bas, je l'attrape par les épaules et la redresse.

– Margo, non, soufflé-je, la voix légèrement tremblante.

– Qu… quoi ?

– Je n'ai pas envie de ça maintenant, m'excusé-je faiblement en faisant un pas en arrière.

– Mais je… c'est toi qui m'as embrassée.

– Je sais, je suis désolé. Je voulais juste…

– … me faire taire, comprend-elle aussitôt.

Je baisse la tête, fautif.

– C'est à cause d'elle, c'est ça ?

Je marque un temps d'arrêt, écarquillant les yeux.

– Margo, putain, arrête. Tout de suite.

Elle ouvre la bouche, mais se ravise aussitôt en avisant mon regard sévère et mes bras croisés sur le torse. Cela ne la regarde absolument pas. Ai-je laissé les choses aller trop loin entre nous ?

– Écoute, dis-je d'une voix plus douce. Je te remercie pour ton inquiétude, mais je ne veux pas parler de ça avec toi. Ça ne te regarde pas.

Elle me retourne une mimique sidérée qui me fait mal au cœur.

– Margo, soupiré-je. Tu sais que je tiens à toi, mais toi et moi, on ne sera jamais ensemble. Tu sais que ce n'est pas ce que je recherche. Tu étais d'accord, je pensais que c'était clair.

Ses yeux s'embuent de larmes qu'elle s'empresse de chasser d'un mouvement de paupières. Son moment de faiblesse est rapidement effacé et elle se redresse. Je me penche vers elle, plongeant mes pupilles dans les siennes.

– Tu sais que je t'aime, mais pas comme ça. Tu es mon amie, tu fais partie de ma vie, c'est ce qui compte le plus à mes yeux. Je ne veux pas gâcher tout ça.

Je t'en prie, accepte. S'il te plaît.

Heureusement pour moi, elle acquiesce d'un petit hochement de tête avant de fondre dans mes bras. Je ne manque pas son soupir qui s'apparente plus à un gémissement qu'autre chose. Je m'en veux de la blesser ainsi, mais je préfère être honnête.

– Je suis désolé.

– Je t'en prie, n'ajoute rien, murmure-t-elle dans un faible sourire.

Je hoche la tête.

– Je… je vais te laisser. On se revoit samedi pour le concert de toute façon.

– Ça marche.

Je me penche pour déposer un baiser sur sa joue et l'observe partir sans un mot de plus. Ce n'était pas facile, mais nécessaire. J'espère seulement ne pas avoir tout fait foirer, encore une fois.

CHAPITRE 5

MAXINE

Je suis déjà en retard, j'espère que Katie ne va pas s'impatienter et me faire faux bond. Je me presse de sortir du musée et fonce sur le trottoir, évitant les passants qui flânent encore à cette heure-ci.

Quand je suis revenue à Seattle il y a huit ans, j'ai dû abandonner mon groupe de soutien des Narcotiques Anonymes à Los Angeles. Même si j'étais épaulée par Kenneth et ses parents, je ne me voyais pas surmonter l'épreuve qui touchait ma famille sans l'aide de personnes qui connaissaient ce que j'avais vécu, ce que je pouvais éprouver. Je n'ai pas cherché bien longtemps. J'ai sélectionné le premier groupe que j'avais repéré quand j'étais encore à LA, quand je programmais mon retour, et j'y suis allée. Au début, j'étais sur mes gardes. Ce n'est jamais évident d'intégrer un nouveau cercle mais, à la différence de Los Angeles, il ne s'agissait pas de réguliers. Les gens vont et viennent. À l'exception de Katie. Elle a pris la place de Patrick, mon parrain sur LA, et depuis, elle est une oreille attentive à qui je peux me confier.

Après les derniers événements, je ne pouvais pas garder tout ça pour moi. Revoir Garrett a été… comme un coup de tonnerre. Je m'étais préparée à l'apercevoir de loin en accompagnant Megan. C'était déjà une épreuve pour moi. Mais devoir suivre ma nièce en coulisses ? Ça, ce n'était pas prévu. Celui qui n'était devenu au fil des années qu'un souvenir, une star que je suivais uniquement sur écran, se trouvait soudainement tout près de moi. De nouveau, je respirais le même air que lui. Et même si j'ai fait tout mon possible pour ne pas croiser son regard, il m'a été très difficile de ne pas faire attention à lui une fois en petit comité, comme si mon corps était parfaitement conscient de sa proximité. Le voir sur scène, me rendre compte qu'il a vraiment embrassé son rêve, constater combien il a gagné en charisme et talent a rendu la tâche très compliquée.

Après le départ de Kenneth hier, j'ai appelé Katie pour savoir si nous pouvions nous voir et je lui ai donc donné rendez-vous dans un café à deux pas de mon travail. Je ne mets pas longtemps à la repérer une fois entrée dans la boutique – sa chevelure rouge ne passe pas inaperçue. Elle m'accueille chaleureusement puis me désigne le cappuccino qui m'attend avec un clin d'œil :

– J'ai pris les devants.

– Je suis vraiment désolée.

– Ne t'en fais pas. J'ai tout mon temps.

Je prends une gorgée et savoure la boisson chaude.

– Tout va bien, ma belle ? s'enquiert-elle. Tu n'avais pas l'air dans ton assiette au téléphone.

– Ça va. J'ai l'impression de courir partout et de ne pas avoir une minute à moi.

– Ce n'est pas nouveau, ça, me fait-elle remarquer. Je dirais même que tu excelles dans cet art.

Je me renfrogne sur la banquette tout en me tournant vers la vitrine pour éviter de croiser son regard.

– Sympa l'accueil.

– Pourquoi tu fuis le contact comme ça ? s'amuse-t-elle. Parce que j'ai fait mouche ?

Je grimace tout en soupirant.

– J'imagine que je ne suis pas la première à te le dire, n'est-ce pas ? Je comprends ce que tu vis, mais un jour tout va t'exploser à la tête, crois-en mon expérience.

Il se peut, effectivement, que Kenneth m'ait déjà fait cette réflexion, ainsi que Samantha, ma meilleure amie. Mais ce n'est pas le problème du jour.

– Je suis concentrée sur ma vie de famille et mon travail, c'est le plus important.

– Et tu te débrouilles comme une reine. Mais toi, là-dedans, ta vie de femme ?

Je me contente de hausser les épaules.

– C'est quand la dernière fois que tu es allée à un rencard ?

– Un *rencard*, me moqué-je en levant les yeux au ciel.

– C'est trop démodé ? À un *date*, alors ?

– Je ne me rappelle plus, un petit moment.

– Ce n'est pas normal, Maxine. Tu es intelligente, belle, jeune et dynamique, tu devrais profiter, sortir, prendre du bon temps. Ce n'est pas comme si tu étais toute seule avec les enfants, Kenneth est là et je suis sûre que tu peux compter sur lui.

– Je sais, soupiré-je. C'est juste que… je n'arrive pas à lâcher prise. C'est comme si quelque chose me retenait et chacun des hommes que j'ai rencontrés s'en est rendu compte à un moment donné.

Elle me dévisage. Katie est une très belle femme qui a connu elle aussi son lot de malheurs. Elle a perdu son mari et ses deux enfants dans un terrible accident de voiture. Elle était également dans le véhicule quand il a quitté la route, mais elle s'en est sortie. Elle a mis des mois à récupérer physiquement. Émotionnellement, cela a été très compliqué aussi. Elle a trouvé du réconfort dans les médicaments qui soulageaient aussi bien ses douleurs physiques que mentales. C'est grâce à l'amour d'un homme qu'elle a trouvé la force de se battre, et depuis, elle offre tout son temps libre aux groupes de soutien. Elle a toujours répondu présente quand j'ai eu besoin d'une oreille attentive. Elle me dit souvent qu'elle ignore si elle aura la réponse, mais que parler soulage toujours.

– Samedi soir, j'ai accompagné Megan à un concert.

– C'est super ça. Vous avez passé un bon moment entre filles ?

– C'était… celui d'ARGO, lâché-je du bout des lèvres. Et après le show, Megan a participé à un tour privé, les membres étaient là.

– Tous ?

– Oui.

– Je comprends mieux ton état.

Elle laisse passer quelques secondes durant lesquelles elle m'observe avec attention.

– Tu veux mon avis ? finit-elle par dire.

Je me contente d'un faible hochement de tête tout en observant la mousse remuer à la surface de mon café.

– Je m'en doutais, mais maintenant que je sais que tu as revu Garrett et que je vois ta nervosité… Ce qui te retient, c'est le passé, Maxine.

– Rien de neuf.

– Rien de neuf, et pourtant, jusqu'à présent, il était loin. Tu as réussi à le maintenir à distance en te construisant cette magnifique existence. Je sais qu'elle est née dans la douleur, mais tu peux être fière du chemin parcouru.

– Je le suis.

– Je le sais, confirme-t-elle d'un sourire en attrapant ma main sur la table. Tu as tout donné pour offrir le foyer le plus doux possible aux enfants, une bonne éducation, de l'amour. Je t'assure qu'ils ne manquent de rien et qu'ils sont heureux. Mais en ce qui te concerne…

– Tu te trompes.

– Non. Tu te caches derrière eux, derrière le travail. Et revoir Garrett, eh bien, ça t'a mise face à ce passé.

Je ferme les yeux, tentant de faire passer la boule qui se forme dans ma gorge. Pourquoi cela me fait-il toujours autant d'effet de parler de lui ? Après tout ce temps ?

– Je vis avec son image tous les jours dans les médias, dans la rue, la contredis-je.

– Ce n'est pas la même chose, Maxine, et tu le sais très bien. Tu es en train de te voiler la face. Le revoir en chair et en os te ramène forcément à ce que vous avez vécu, à ce que tu aurais dû vivre. Je ne dis pas que tu n'as pas fait le bon choix, pas du tout, mais c'est normal que tu t'interroges, que tu penses à la vie que tu aurais pu avoir si ta sœur et ton beau-frère étaient toujours là.

Une larme solitaire s'échappe de mon œil et vient rouler sur ma joue. Je l'essuie rapidement et renifle.

– Tu connais le syndrome du survivant ? Ressentir la culpabilité d'être toujours en vie alors que nos proches se sont éteints ? Se demander pourquoi eux et pas nous ? Je pense que c'est ce que tu vis au quotidien, ma jolie. Et ce n'est pas sain.

– Je vais bien.

– Si tu continues de te le répéter, peut-être que tu finiras par t'en convaincre. C'est sûrement grâce à ça que tu tiens le coup depuis tout ce temps, mais ce n'est pas te rendre service. Encore une fois, crois-en mon expérience. Pendant près de dix ans, je me suis reproché la mort de ma famille. Et si j'avais pris le volant à sa place ? Et si je n'avais pas parlé, il n'aurait peut-être pas été distrait ? Et si je n'avais pas pris autant de temps dans la salle de bains, on ne serait pas partis en retard ? Pourquoi eux et pas moi ?

Je déglutis nerveusement et repousse la tasse, soudain dégoûtée par l'odeur qui s'en échappe. J'essaie de détourner le regard vers la rue à ma gauche, mais Katie resserre son emprise sur ma main et je ferme les yeux. Je retiens mes larmes de peine pour elle, de chagrin pour moi. Ses mots résonnent en moi mais je refuse de les laisser s'installer.

– Le fait est que ça ne sert strictement à rien. Jamais je n'obtiendrai de réponse. Jamais. La seule certitude est qu'on ne peut pas revenir en arrière.

– Comment on fait alors ?

– On accepte d'être encore en vie, d'avoir la chance de faire mieux. Et on se concentre sur le présent et l'avenir.

– Je m'occupe de…

– De celui de Megan et de Noah, mais pas du tien.

– Comment veux-tu que je fasse ? éclaté-je alors. C'est tellement dur alors que Megan ne jure que par la musique, qu'elle n'a de cesse de parler d'ARGO !

– C'est une ado qui est fan, c'est normal. Si tu lui parlais, les choses seraient sûrement différentes.

Je secoue vivement la tête. C'est encore au-delà de mes forces, Katie le sait pertinemment.

– Tu sais ce que j'en pense.

– Oui, je sais.

– Honnêtement, après ce concert, ça serait l'occasion idéale, tu ne crois pas ?

Je baisse la tête, en faute. Je n'ai pas honte de dire que je connaissais Garrett et le groupe, mais me confier sur la manière dont nous avons été amenés à nous rencontrer, c'est une autre histoire. Raconter à ma famille mon passé de toxico et la raison qui m'a poussée à le devenir, c'est une chose que je n'arrive pas à envisager.

– Promets-moi un truc, Max.

– Hmm, hmm.

– Je veux que tu apprennes à prendre du temps pour toi, à aller vers les autres, à vivre.

– Je sors, me défends-je.

– Non. Faire le marché le samedi matin ne compte pas. Pourquoi pas du sport ? Une activité manuelle ?

– Je fais de la guitare.

– Tu en fais avec ta nièce ou chez toi, toute seule.

Je lui tire la langue alors que son ton sarcastique retentit à mes oreilles. Rares sont les fois où j'ai le dernier mot avec elle.

– Je vais y réfléchir.

– Parfait. La randonnée, par exemple ! Le grand air, un beau sportif au cul d'acier…

– Katie !

– Crois-moi, ça peut toujours servir.

J'éclate de rire. Ce n'est pas vraiment ce que j'étais venue chercher en programmant ce rendez-vous. En fait, je ne sais pas ce que j'attendais, peut-être simplement que quelqu'un me dise les choses que j'ai du mal à admettre. Un besoin d'être bousculée. Parce que oui, cette rencontre avec Garrett a fait resurgir des choses que j'aurais préféré laisser enterrées, comme c'est le cas depuis huit ans. Des choses qui me font mal et auxquelles je ne voulais plus penser. Mais s'il y a un truc que j'ai retenu et qui apparemment n'a pas changé, c'est qu'on peut compter sur lui pour tout bouleverser sur son passage, qu'on le veuille ou non.

CHAPITRE 6

GARRETT

– Je suis contente de te voir, mon chéri.

Je souris avant de prendre ma mère dans mes bras. Elle me fait rire parce que nous nous sommes vus il n'y a pas si longtemps que ça et nous nous parlons régulièrement au téléphone, pourtant, j'ai droit à la même phrase chaque fois.

Le lendemain de notre retour de Seattle, j'ai déjeuné avec elle et nous sommes allés nous recueillir au cimetière. J'avais l'intention de lui parler de Maxine, mais elle était triste et nostalgique, j'avais juste envie d'être là pour elle. Ce sera pour une autre fois.

– Moi aussi, maman.

– Tout le monde est là ?

– Oui, ils attendent dans le petit salon. J'ai dit à Margo que j'allais venir te chercher.

Elle pose une main sur ma joue, puis va récupérer son porte-documents sur son bureau. Comme à son habitude, ma mère est très élégante : tailleur chic et escarpins, brushing impeccable.

Elle glisse son bras sous le mien et nous gagnons le lieu de la réunion. Toute l'équipe est présente : le groupe, Big M, Margo, Stephany et Diana, notre attachée de presse. Mitchell se lève pour saluer ma mère et je vais prendre place entre Oliver et Margo. Cette dernière me lance un petit sourire avant de reporter son attention sur les autres. Nous n'avons pas reparlé de ce qui s'est passé chez moi. Tout a l'air de bien aller entre nous, donc c'est cool.

– Bon, ne perdons pas de temps, commence Big M. La liste des titres pour le *best-of* a été validée. Le *remastering* commencera au début de l'été. Anton est d'accord pour bosser dessus. Et comme c'est une compilation, le travail n'est pas aussi important que pour un enregistrement classique. Samuel devrait aussi pouvoir superviser, mais c'est à confirmer.

Anton est l'un des ingénieurs du son avec qui nous travaillons le plus souvent depuis nos débuts, c'est même lui qui avait enregistré notre premier album. Pareil pour Sam, un réalisateur artistique qui nous suit de près. Anton et lui forment un super duo. Ils connaissent parfaitement notre musique, c'est indéniablement un plus pour nous.

– Margo, l'interpelle Mitchell d'un mouvement du menton.

– Oui. On a prévu une jaquette de CD sous forme de livret pour changer, basée sur des photos prises durant la tournée, mais on aimerait en inclure des inédites. Ce qui implique une séance photo.

Nous grimaçons, ce qui fait rire les autres. Ils savent tous que nous sommes toujours aussi peu à l'aise dans l'exercice. Quoique Ryan ne se débrouille pas mal.

– Vous êtes des pros, maintenant. Une seule devrait suffire.

– Quand ça ? me renseigné-je.

– On va vous laisser tranquilles jusqu'au début du programme. On essaiera de caler ça cet été à Seattle quand vous serez en train de travailler avec les participants du programme ou pendant un de vos temps libres, nous précise ma mère.

– Les rushes pris pendant la tournée vont partir au montage. On est en train de voir pour trouver une date pour la diffusion du reportage MTV à l'automne, continue Margo.

J'ai l'impression que nous devons faire face sur tous les fronts, peut-être un peu trop. Au départ, je n'étais pas très emballé par ce programme, je me suis laissé convaincre par les copains qui y ont vu l'opportunité de vivre une nouvelle expérience. Peut-être que cela m'ouvrira l'esprit, que j'y prendrai du plaisir. J'aime mon métier et cela me passionne depuis toujours. Je suis juste un peu stressé à l'idée de ne pas être légitime dans le rôle de professeur. Leur apporterai-je vraiment quelque chose ? Enfin… après tout ça, j'ai bien l'intention de faire une pause plus longue que quelques semaines. J'ai besoin de souffler.

– Il faut quand même vous attendre à donner de votre personne, intervient Diana. Il y aura des émissions de TV, de radio, des showcases privés à compter d'octobre.

– C'est mort pour la semaine de vacances, commente Olly en me donnant un léger coup dans les côtes.

– Tu m'étonnes.

– Arrêtez de vous plaindre, marmonne Big M.

– On planifiera tout ça avec Margo en vous offrant quand même du temps libre, nous rassure Diana.

– On sait bien que vous allez nous faire ça aux petits oignons, susurre Ryan en faisant du charme à notre attachée de presse.

Il devrait pourtant savoir que cela ne marche pas sur elle. Cela a tout de même le mérite de la faire sourire.

– On a d'ores et déjà planifié une entrevue avec *Rolling Stone*, *Spin* et *Billboard*, nous informe Margo.

– Rien que ça, ricane Ryan, même si ce n'est pas la première fois.

– Et encore, vous n'avez rien vu les garçons, reprend Big M. Monica, je te laisse annoncer la bonne nouvelle.

Nous nous tournons tous vers ma mère, dont le visage s'est fendu d'un grand sourire. Je peux lire la fierté dans son regard.

– Nous avons été contactés par la NFL[3].

– Tu déconnes ? s'exclame Ryan en bondissant de son siège.

– C'est une blague ? renchérit son frère.

Olly écarquille les yeux. J'ouvre la bouche pour la refermer aussitôt. Je me tourne vers Margo pour voir si c'est une plaisanterie, mais je peux lire de la joie pure et dure sur ses traits.

– Putain. Le Super Bowl, soufflé-je, totalement ahuri.

– Rien n'est encore sûr, mais il y a de grandes chances que ça aboutisse, oui.

J'ai du mal à y croire, c'est complètement dingue !

– C'est une reconnaissance incroyable. Vous le méritez, les gars, nous félicite Big M.

Je me lève et prends ma mère dans mes bras. Je suis tellement heureux. Mitchell a raison, c'est l'aboutissement de plusieurs années de travail acharné, et ça fait du bien.

– Ton père et ton frère seraient tellement fiers de toi.

Nous nous regardons, les larmes aux yeux, puis nous sommes interrompus par un coup frappé à la porte. Diana se lève pour ouvrir et laisse entrer une grande brune sportive qui nous lance un grand sourire en nous voyant nous congratuler.

– Bonjour tout le monde ! Eh bien, on dirait que j'arrive au bon moment.

---

3. National Football Ligue.

Kiera Jones est une danseuse extrêmement douée. Nous nous sommes rencontrés il y a quelques années maintenant, sa troupe et elle avaient été engagées pour tourner dans l'un de nos clips, et après ça, sa carrière a décollé. Elle est de toutes les manifestations ou émissions et c'est tout naturellement qu'elle a été approchée pour participer au programme d'été à nos côtés. Ce dernier inclut une partie musique et chant dont nous aurons la charge et une autre axée sur la danse qui sera supervisée par Kiera. Le but est de couvrir l'ensemble des aptitudes dont un artiste peut avoir besoin. Et c'est encore mieux lorsque c'est fait auprès d'une amie.

– On va peut-être faire le Super Bowl ! s'écrie Ryan en se précipitant pour la serrer contre lui.

Il la soulève du sol sans peine et la fait tourner. Elle se met à rire tout en nous félicitant.

– On peut toujours compter sur toi pour garder un secret, grogne Mitchell.

– Ah merde, il ne fallait pas le dire ?

Big M roule des yeux et soupire exagérément.

– On t'a dit que rien n'était sûr encore, gros malin, le chambre son frère.

– Ouais, eh bien, j'avais envie de partager ça avec Kiera. Elle fait presque partie du groupe.

– Promis : motus et bouche cousue, jure la danseuse.

– Bon, si on poursuivait, maintenant que Kiera est arrivée ?

Nous retournons à nos places, incapables de cacher les grands sourires qui nous barrent le visage et les clins d'œil que nous nous lançons régulièrement. Big M doit insister pour que nous nous reconcentrions sur la réunion, mais même lui ne peut dissimuler un rictus de contentement.

– Parlons du programme avec MTV, reprend-il. Margo ?

– Je rappelle que vous êtes attendus mi-juin, explique-t-elle. Le programme commence le 18. Les logements sont réservés pour le groupe et Kiera. Il y aura une réunion avant le lancement avec les dirigeants des trois écoles partenaires et de la chaîne télé. On vous présentera l'équipe de tournage qui évoluera avec vous et on vous remettra les dossiers des différents candidats. C'est MTV qui se charge de la répartition des élèves dans les groupes, excepté pour Kiera qui les aura en groupe complet pour la danse.

– Comment va se passer la comm' ?

– Vous serez interviewés au moins une fois par jour pour avoir votre ressenti, intervient Diana. Il y aura probablement d'autres séquences à tourner après, mais on n'a pas encore les détails. On vous tiendra bien sûr au courant.

– Vous vous êtes mis d'accord pour l'association à laquelle vous voulez faire don de vos cachets ? demande ma mère.

– En fait, on aimerait en choisir quatre. On n'a pas réussi à tomber d'accord, alors on s'est dit que c'était la meilleure solution, expliqué-je.

– Pas de souci. Vous me direz et je m'occuperai de tout.

– Je veux participer, moi aussi ! intervient Kiera.

– Tu n'es pas obligée.

– Si ! Je suis dans le même bateau que vous. Je donnerai à une autre association.

La discussion se poursuit sur les détails techniques, nos besoins éventuels. J'ai encore du mal à prendre la mesure de ce qui nous arrive : le Super Bowl. Cela serait une consécration. Depuis nos débuts, nous avons grimpé les échelons. Du petit groupe à la notoriété locale, nous avons gagné en renommée. La reconnaissance de nos pairs est le plus incroyable. Des cérémonies comme les Grammy Awards nous bouleversent chaque fois. Et ce qui me rend heureux, c'est de voir qu'en dépit de tout ce qui me bouffe et de tout ce que je traverse en ce moment, ça, cette récompense, ça me chamboule toujours autant. C'est dans ces moments-là que je me dis que tout est peut-être encore possible.

***

– Je ne t'ai pas fait trop attendre ?

– Non, t'inquiète. Je t'ai commandé une bière.

– Merci.

– Tu m'as l'air épuisé, commente Ed en retirant sa casquette.

– Ouais. La tournée vient de prendre fin et c'était intense.

Nous avons tout donné pour le dernier show de la tournée, à la salle Omnisports de Los Angeles. Deux heures et demie pendant lesquelles les techniciens ont effectué un travail extraordinaire avec un jeu de lumière impressionnant. C'était comme si nous pouvions voir notre musique prendre vie. Les ondes réagissaient à chaque note, des tableaux graphiques prenaient vie et s'animaient au-dessus de nous, sur un écran géant. La foule était en délire. C'est une sensation tellement galvanisante, comme s'il s'exerçait une transmission d'énergie. Même s'il nous arrive d'avoir un coup de mou avant de nous lancer, une fois sur scène, face à nos fans, nous rechargeons nos batteries instantanément et nous revivons. Du moins, c'est comme ça que je le ressens.

Et cette fois-ci, c'était encore plus exceptionnel. Big M a adoré la chanson que nous avons écrite avec les gars ces deux dernières semaines et nous a donné son feu vert pour l'offrir au public de manière inédite. Quand je me suis lancé, j'ai ressenti comme une espèce de libération : des jours qu'elle occupait mon esprit, qu'elle tournait en boucle, m'empêchant de réfléchir, d'arrêter d'avoir *son* visage incessamment en tête. C'est comme si j'avais eu besoin de ça pour totalement me libérer de ce qui pèse sur mes épaules. Je savais que ce sentiment ne durerait pas très longtemps. Quelques heures après avoir quitté la scène, il est revenu en force. Mais au moins, pour un petit moment, je me suis senti bien, à ma place.

– Vous allez pouvoir vous reposer, non ? reprend mon ami avant de prendre une gorgée de sa boisson.

– Pas beaucoup. On repart dans moins de deux mois pour Seattle.

– Ah oui, c'est vrai, tu m'en avais parlé, le programme. C'est ça d'être une star, hein !

Je pouffe ; il ne croit pas si bien dire. Depuis que je suis entré dans le bar, on ne cesse de me jeter des coups d'œil. Deux personnes sont déjà venues me demander un autographe ainsi qu'une photo. Je n'ai pas manqué les sourires enjôleurs de la serveuse. Bénéficier d'un semblant d'intimité en extérieur est quasiment proscrit, mais c'est la rançon de la gloire – et en ce moment, ça m'évite de rester bloqué trop longtemps sur une certaine idée, comme ça a pu être le cas il y a quelques années.

Après le départ de Maxine, j'ai perdu pied. Complètement. J'ai tenté de m'éloigner de tout ce qui me faisait penser à elle, et le groupe de soutien en faisait partie. Les copains m'ont rapidement fait comprendre que c'était une très mauvaise idée et que je ne devais pas tirer un trait sur tout le travail que j'avais effectué. Edward est le seul avec qui j'ai gardé contact. Parce qu'il était mon parrain, mais aussi parce qu'en tant qu'ancien militaire, il me permet de retrouver beaucoup de mon frère. Son expérience fait qu'il me comprend mieux que d'autres, et il a été suffisamment gentil pour bien vouloir continuer d'être présent dans ma vie en dépit de nos rencontres irrégulières. Quand ça ne va vraiment pas, cela m'arrive même de l'appeler, et il a toujours répondu présent.

– Comment vont Cameron et les enfants ?

– Ils vont bien.

Je ne manque pas le doux sourire sur ses lèvres, ce qui tranche avec son air souvent froid et impassible. Penser à sa femme et ses deux fils le rend plus humain.

– Jonah va sur ses quatre ans et Jayce a eu huit ans au début du mois.

– Merde, j'ai loupé ça.

– T'en fais pas ! Tu étais bien occupé. C'était une vraie ménagerie dans la baraque. Il y avait au moins quinze gamins. Ça braillait de tous les côtés, ça courait, ça hurlait.

– J'imagine que tu devais être aux anges !

Ed ricane puis balaye ma remarque d'un geste de la main. Cameron a sûrement dû gérer la mini-assemblée pendant qu'il était aux fourneaux.

J'ai fini par rencontrer Cameron par hasard il y a quelques années. Ed et moi avions rendez-vous mais il était en panne de voiture, je l'ai donc déposé chez lui pour éviter à sa femme de se déplacer avec les enfants. J'ai été frappé par l'amour flagrant entre les deux. Je me suis souvenu du vécu d'Ed, du combat qu'il a mené contre son accoutumance aux médicaments qu'il prenait au retour d'une mission à l'étranger, et j'ai compris la force qu'avait montrée Cameron pour se battre pour son couple, pour leur famille. Je sais d'expérience que les démons ne sont jamais bien loin, mais c'est chouette de voir qu'on peut s'en sortir.

– Alors ? Si tu me disais pourquoi tu voulais qu'on se voie ?

– Je n'ai pas le droit de vouloir juste boire un verre avec toi ?

Il hausse un sourcil, dubitatif.

– Garrett, on est devenus proches, mais bien souvent…

– Oui, je sais.

Je lève les yeux vers le néon qui n'arrête pas de clignoter un peu plus loin. Si j'arrive à me concentrer, je peux même entendre un cliquetis vraiment désagréable. Ce bar mériterait une petite réfection. Le lino au sol commence à se décoller par endroits et le mobilier n'est pas tout jeune.

– J'ai revu Max, lâché-je du bout des lèvres.

– Qu… Quoi ? Quand ? Comment ?

– Un truc de dingue. Elle accompagnait sa nièce à notre concert à Seattle et Megan avait gagné un pass VIP pour une visite *backstage*.

Il recule pour s'adosser à la banquette et étale son bras sur le dessus. Les yeux écarquillés, il siffle de stupéfaction.

– Bah, putain ! Je… Waouh.

– Ouais, comme tu dis.

Il y a huit ans, j'ai évidemment cherché à savoir si Patrick avait eu de ses nouvelles. En tant que dirigeant du groupe, j'étais persuadé qu'elle lui aurait dit quelque chose, mais non. J'aurais pu croire qu'il essayait de la protéger, mais j'avais bien vu à l'époque qu'il était tout aussi inquiet que moi. Elle ne répondait pas non plus à ses appels. Par la suite, j'ai dû partir pour la tournée, j'ai cessé de le harceler, j'ai laissé tomber. Et même si j'ai gardé contact avec Ed, je n'ai jamais redemandé. Je suis parti du principe que quelqu'un m'aurait donné une explication s'il l'avait eue. Si j'en juge par la réaction d'Ed, je peux déduire qu'il n'était pas dans la confidence.

– Et donc ? Qu'est-ce qui s'est passé ?

– Rien. Maxine est restée dans son coin, on n'a pas échangé un seul mot. J'ai parlé avec sa nièce, très sympa, à fond dans la musique, mais c'est tout.

– Tu prends tout ça comment ?

– Pas très bien.

Je baisse les yeux sur ma bouteille de bière. Les gouttes de condensation sont en train de mouiller la table et de tacher le bois. Je bois une gorgée avant de hausser les épaules.

– Je n'arrête pas d'y penser. C'est plus fort que moi. Ça m'obsède. Je sais qu'elle est là-bas, maintenant. Bon sang, j'en ai même écrit une chanson.

– Tu l'as toujours dans la peau.

– Non, ce n'est pas comme ça, le contredis-je en secouant la tête.

Je pense ce que je dis. J'avais juste besoin de coucher sur le papier tout ce qui remue en moi. Et la seule manière que je connais, c'est écrire.

– Bien sûr, c'est toujours elle, physiquement elle me plairait toujours, mais tout ce que j'éprouve c'est de la colère. Je bous de ne pas savoir et maintenant qu'elle est à portée de main…

– Oui enfin, Seattle, ce n'est pas une petite ville quand même.

– J'ai le moyen de trouver où habite sa nièce pour tenter de lui parler et elle m'a dit où Max travaille.

– T'es sûr que tu veux faire ça ?

J'abandonne ma bière pour poser brusquement mes coudes sur la table, manquant de renverser nos bouteilles. Les pieds de la table ne sont pas vraiment d'équerre.

– Une chose est sûre, je ne peux pas rester comme ça. Ça me bouffe, tu comprends ? Chez moi, je tourne en rond. Je ne pense qu'à ça, au fait que je pourrais peut-être enfin obtenir une explication. Après toutes ces années. J'estime en avoir le droit, non ?

– Tu en as le droit, c'est sûr. Mais il ne faut pas que tu oublies que si elle est partie, c'est qu'elle avait sûrement une bonne raison et que tu ne voudras peut-être pas entendre ce qu'elle a à te dire.

– Au moins, je saurai.

– T'as pensé au fait qu'il y a un risque qu'elle ne le veuille pas ?

– Évidemment. Mais si je ne tente pas, je le regretterai toute ma vie.

Soupirant, il se penche vers la table, passant une main dans ses cheveux courts. Ça, ça n'a presque pas changé depuis que nous nous connaissons.

– T'es assez grand pour savoir ce que tu as à faire. Essaie juste de le faire avec intelligence. Huit ans ont passé, vous n'êtes plus les mêmes.

– Je sais, Ed. Je sais, soupiré-je.

– Désolé, mon pote.

– Ne t'excuse pas, tu n'y es pour rien.

Regardant dans le vide, il tapote mon bras en guise de réconfort.

– Je comprends ton sentiment, vraiment. Je dois avouer que c'est quand même un truc de fou. Il y avait une chance sur combien ?

– C'est pour cette raison que je ne peux pas rester sans rien faire. C'est trop gros pour que j'ignore ce signe. Impossible.

– Mieux vaut des remords que des regrets, c'est ça ?

J'acquiesce. De toute manière, cette conversation je l'ai déjà eue des milliers de fois dans ma tête. Elle est déjà tout le temps dans mon esprit, autant que nous l'ayons en vrai. Je n'en attends pas grand-chose, simplement la vérité. Et peut-être qu'après ça, je pourrai avancer sereinement. Enfin.

CHAPITRE 7

MAXINE

– Franchement, je n'en reviens toujours pas. La chance que j'ai eue de les voir en vrai, et encore plus de leur parler, soupire Megan, des étoiles plein les yeux.

Les repas en famille sont quelque chose que nous apprécions énormément. Autant être honnête, du temps de la fac, je me contentais souvent de restauration rapide, mais à partir du moment où j'ai dû prendre soin de mon neveu et de ma nièce, j'ai mis un point d'honneur à m'améliorer. J'ai acheté des livres de cuisine, j'ai regardé bon nombre de tutoriels et Kenneth m'a même offert quelques cours. Aujourd'hui, cependant, je me serais bien contentée de sauter le dîner si cela avait pu m'éviter d'entendre Megan déblatérer pour la énième fois sur le talent d'ARGO.

– Si, on sait, vu que t'arrêtes pas de nous bassiner avec ça, répond Noah. Tu veux pas parler d'autre chose ?

Megan lui fait la grimace avant de terminer son assiette. Je lance un sourire compatissant à mon neveu, mais je reste muette. J'aurais bien trop peur de me trahir. La seule fois où Garrett a rencontré ma famille, ma nièce dormait encore et Noah était trop petit pour s'en souvenir.

Megan ne comprendrait pas. Peut-être même qu'elle m'en voudrait de ne pas utiliser mes relations pour lui permettre d'accéder au milieu de la musique, mais je suis incapable d'en parler, et je ne veux surtout pas que cela l'encourage dans ses projets. Même si c'est sûrement injuste, je souhaite tellement mieux pour elle que cette industrie. Je comprends l'attrait qu'elle exerce, pourtant la chance de percer est tellement mince que j'aimerais qu'elle ait d'autres projets pour assurer son avenir. Elle a la chance d'en avoir un, je ne peux pas me permettre de ne pas tout faire pour qu'elle réussisse.

– Ça va ? me demande Noah en me sortant de mes songes.

– Oui, mon cœur.

Je presse sa main dans la mienne et me lève pour débarrasser la table.

– Tu sors le dessert ? J'ai ramené une tarte aux fraises.

– Génial ! s'exclame-t-il.

Je souris alors qu'il se précipite vers le frigo. Il a maintenant treize ans. Il réussit parfaitement à l'école, se passionne pour l'informatique et s'est mis au BMX, au skate et à la trottinette. Le parfait mélange entre Rochelle et Craig, mais chaque sortie est un véritable supplice pour moi, avec ma peur de ne pas le voir rentrer en un seul morceau.

– Noah ! Pas avec les doigts ! s'écrie Megan dans mon dos.

Je me retourne et découvre qu'il est en train de dévorer sa part de tarte sans aucune délicatesse. Les fruits ont déjà tous disparu et le sablé est à moitié entamé.

– Bon, je vais dans ma chambre, annonce ma nièce, j'ai encore un devoir à finir. Je terminerai ma part demain.

– Si je ne le fais pas avant toi, la taquine Noah.

– T'as pas intérêt, menace Megan en pointant sa petite cuillère vers lui.

Noah affiche un petit sourire diabolique tandis que sa sœur lui jette un dernier regard noir avant de quitter la pièce.

– Je monte aussi !

– Attends, attends, le retiens-je avant qu'il ne s'échappe comme un voleur. Dix heures, d'accord ? Ensuite, tu éteins et au lit.

Il boude un peu mais se reprend vite. Je m'avance vers lui et passe une main dans ses cheveux.

– Je t'aime, tu sais.

– Oui, moi aussi. Même si tu m'obliges à aller au lit tôt.

– Tu chouines, mais dans cinq minutes, tu ronfleras déjà.

– Hé ! Je ronfle pas ! s'offusque-t-il.

– Je t'embête.

– Ne t'arrête jamais.

Il va réussir à m'arracher des larmes. Je parviens à garder une certaine distance lorsque je dois le déposer à l'école ou quand il est en présence de ses amis, mais ce petit moment, là, entre nous, je crois qu'il en a besoin autant que moi. Je me penche vers lui et ses bras se nouent autour de mon cou.

– Je t'aime, soufflé-je à son oreille.

– Moi aussi, je t'aime.

– Bonne nuit, mon trésor. À demain.

Je dépose un baiser sur sa joue et le laisse filer.

Il a tellement grandi, tellement changé, et tout ça sans ses parents. Il a dû avancer sans eux, comme Megan, comme Kenneth, comme moi. Ce jour-là, nous avons tous dû laisser une part de nous pour survivre.

Une larme roule sur ma joue. Je me souviens parfaitement de la façon de jouer de Garrett, de ses sourires, de sa patience, de sa gentillesse, de son aversion pour certains arts, de son rire, de son parfum, du sentiment de sécurité qu'il me faisait ressentir. Je me souviens de tout et cela me fait mal, encore plus depuis que je l'ai revu.

Jusqu'à présent, suivre sa vie à travers la presse m'offrait une distance nécessaire : je pouvais presque imaginer qu'il ne s'agissait que d'un personnage de fiction dont on relate les aventures. Le revoir en chair et en os a tout bouleversé. Comme si j'avais été brutalement projetée dans son univers, celui que j'aurais dû partager. Je me suis efforcée de me concentrer sur ma nouvelle vie en tâchant d'oublier ce que nous avions vécu et j'étais persuadée d'avoir réussi, mais maintenant que j'ai reposé les yeux sur lui, c'est difficile de refouler cette nostalgie que je ressens.

Au tout début, quand je suis arrivée ici après avoir bouclé les démarches avec Kenneth, sachant désormais ce qui nous attendait, nous avons pris nos marques, posé des repères aux enfants, puis j'ai essayé de contacter Garrett. Je voulais m'expliquer, m'excuser, tout simplement lui parler, mais mes appels n'ont jamais abouti. Il m'avait tout simplement bloquée. Je n'ai pas compris pourquoi et la colère que j'ai ressentie vis-à-vis de lui est venue s'ajouter à celle que j'éprouvais déjà pour la perte de Rochelle et Craig. Elle m'a maintenue debout un certain temps, jusqu'à ce que ma nouvelle vie devienne une habitude. Elle s'alimentait dès que j'entendais parler d'ARGO, dès que j'étais témoin d'un morceau de leur vie. Katie a peut-être raison, elle n'a jamais cessé d'être nourrie, en fin de compte. Cela ne m'a pas empêchée de régulièrement me demander à quoi ressemblait leur vie au quotidien, et quelle aurait été ma place auprès d'eux si j'étais restée. Que serions-nous devenus ? Le succès aurait-il été trop difficile à surmonter ? Serions-nous toujours ensemble ou m'aurait-il laissée tomber pour une fan qui l'aurait adulé ? J'aurais probablement fini par faire potiche au bout d'un moment.

Garrett se serait lassé de moi. La distance aurait sûrement été un problème, à terme, je n'aurais pas pu le suivre indéfiniment. Est-ce que cela aurait quand même valu le coup ?

Je secoue la tête et me force à monter l'escalier pour aller me coucher. Cela ne sert à rien d'imaginer ce que nous aurions pu être. Nous ne pouvons pas changer le passé et je n'ai aucune intention de revoir Garrett. Il est simplement le chanteur d'ARGO, une star mondialement connue, inaccessible, une ancienne connaissance. Un point c'est tout.

Lorsque je rejoins le couloir pour dire à Megan qu'il est temps qu'elle éteigne les lumières, je m'arrête devant sa porte entrouverte alors qu'une musique se diffuse depuis sa chambre. Je reconnais aussitôt la voix de Garrett. Petit à petit, mes muscles se tendent, ma mâchoire se serre et mes poings se crispent. Les paroles de la chanson qui passe en fond sont autant de poignards en plein cœur à mesure que j'intègre leur signification.

I was ready to give you my heart
Maybe I already did
Now you dance on its ashes
You ripped it from my chest
To throw it away without any remorse
Like I'm worth nothing, nothing at all

Everything you told me was a lie
I regret so much I showed myself to you

As I really am, without a mask
I thought I knew you, knew it all
What bullshit, you, us, life

Since I've seen you again
All I feel is anger and bitterness
All the good times are gone
Erased and blown away by the void you left
You seem to be the same
But nothing can make me forget

Everything you told me was a lie
I regret so much I showed myself to you
As I really am, without a mask
I thought I knew you, knew it all
It's bullshit, you, us, life

All is gone
My love and my pride
All that's left is
My anger and my bitterness

Everything you told me was a lie
I regret so much I showed myself to you
As I really am, without a mask
I thought I knew you, knew it all
It's bullshit, you, us, life

Ma première réaction physique est la douleur. Les larmes me montent aux yeux, mais je me ressaisis rapidement en les chassant d'un mouvement de paupières. Et je laisse place à la colère. Je la préfère même si en cet instant j'ai la sensation de ne pas pouvoir me contrôler. Cette situation est tellement injuste. Garrett est injuste. Croit-il vraiment que j'ai eu le choix ?

Alors que le refrain reprend, j'entre brusquement dans la pièce, faisant sursauter Megan qui révisait.

– Qu'est-ce que c'est ? demandé-je en désignant son portable, installé sur la chaîne sur la commode.

Ma nièce m'observe avec étonnement, surprise par mon ton qui manque cruellement de chaleur. Cela ne m'arrive jamais. Jamais. Mais c'est au-delà de mes forces, je sature.

– Euh, le dernier morceau d'ARGO. Un inédit, pas encore enregistré en studio. Garrett l'a chanté en acoustique à la fin de leur dernier concert à Los Angeles, un cadeau surprise pour les fans. Il est absolument génial, s'enthousiasme-t-elle, ne se rendant pas compte que je chancelle. Il passe en boucle sur les réseaux. Les paroles sont tellement intenses. Tu verrais son visage sur scène sur les vidéos, les émotions qui y passent…

C'en est trop. J'ai envie de hurler « STOP », de crier ma peine. Mais je ne peux pas. Alors à la place, je me précipite vers l'appareil et coupe le son.

– Mais ! Qu'est-ce que… commence Megan.

– Tu ne crois pas qu'on en a eu assez ? dis-je sèchement. Je vais finir par faire une overdose, Megan.

Les yeux ronds comme des billes, elle me regarde débrancher son téléphone du câble USB, perdue. Je sais qu'elle ne comprend pas, mais l'entendre encenser ce titre alors que Garrett l'a écrit, une fois encore pour livrer toute sa peine, très probablement à cause de moi parce qu'il m'a revue après toutes ces années, merci, mais la coupe est pleine. Ce n'est pas le premier morceau que je subis de cette façon et si, pour les précédents, le temps a fait son œuvre, je n'en peux plus. Je sais bien que c'est sa manière de fonctionner, mais cela ne m'empêche pas d'en souffrir.

– Qu'est-ce qui te prend ? s'offusque ma nièce. J'ai encore le droit d'écouter ce qui me plaît !

– Il n'y a pas qu'ARGO dans l'univers musical, change un peu !

– Je peux savoir ce que t'as contre ce groupe ? demande-t-elle en plissant les yeux.

– Choisis autre chose. Je commence à en avoir marre, c'est tout.

Elle reste la bouche ouverte, incapable de prononcer un seul mot alors que nous savons toutes les deux que je n'ai pas répondu à la question.

– Mets des écouteurs si tu ne peux vraiment pas t'en empêcher. Maintenant, il est l'heure que tu ailles au lit.

– C'est parce que tu es contre l'idée que j'en fasse mon métier ? Voir certains réaliser leurs rêves te dérange ?

J'écarquille les yeux, stupéfaite.

– Je te demande pardon ?

– C'est pas ma faute si tu te retrouves ici ! s'emporte-t-elle en refermant son livre d'histoire. Si tu te retrouves bloquée dans une vie que t'as pas choisie !

Je me sens devenir livide. Pendant un instant, j'ai même l'impression que mon cœur s'arrête de battre.

– Justement, je l'ai choisie. Ça n'a rien à voir.

– On dirait pas. Je m'attendais à ce que tu m'encourages, pas le contraire ! Chaque fois qu'on en parle, tu changes de sujet ou tu me dis qu'on y réfléchira, mais tu reviens tout le temps sur d'autres filières qui m'intéressent pas. C'est ça que je veux faire, pas architecte ou médecin ou je sais pas quoi ! Le stage d'été, ça te coûte quoi ? Je retournerai au lycée après, alors pourquoi t'es si réticente ? J'ai pu postuler, mais je suis même pas sûre que tu me laisseras y aller si je suis prise.

– J'essaie d'agir pour le mieux pour ton avenir. Rochelle…

– Mais t'es pas ma mère ! s'écrie-t-elle en bondissant de sa chaise. Maman aurait choisi de me suivre, elle !

Peut-être. Ou peut-être qu'elle aurait été encore plus stricte parce qu'elle aurait eu peur pour elle.

– Pourquoi tu le fais pas ? pleure-t-elle doucement. Je ne fais rien de mal, je travaille bien à l'école, je fais tout ce qu'il faut. T'as pas à te plaindre et Kenneth non plus. Pourquoi ?

– Tu ne connais pas toute l'histoire, Megan. Je ne fais pas ça pour te punir ou t'empêcher de vivre tes rêves, mais je…

– Pourquoi tu me racontes pas, alors ? Parce que c'est ce que tu fais au final, tu vas me priver de mes rêves.

– Pour ton bien.

Je fais un pas vers elle avec l'intention de la réconforter, mais elle croise ses bras sur sa poitrine en secouant la tête. Je suis blessée mais pas étonnée. En réalité, j'attends ce moment depuis quelque temps déjà, depuis qu'elle me parle des écoles de musique, de Portland, de ce stage d'été avec ARGO. Pourtant j'espérais qu'il n'arriverait jamais.

Je n'ai pas encore trouvé comment lui raconter ce que j'ai vécu quand j'y étais étudiante. Je ne sais même pas si elle se souvient qu'avant UCLA, j'étais dans l'Oregon. Comment expliquer que j'essaie juste de la protéger car je ne veux pas qu'elle vive le même traumatisme que moi ? Comment dire à ma nièce qu'on a abusé de moi, que j'ai plongé dans la drogue et que j'ai même essayé de m'ôter la vie ? Je sais qu'il n'y aura jamais de bon moment pour ça.

– Je vais me coucher, dit-elle en me tournant le dos.

– D'accord, soupiré-je, résignée. Bonne nuit.

Elle ne me répond pas. Je lui jette un dernier coup d'œil mais elle est plongée dans son portable, sans doute en train de me critiquer auprès de ses amies. Alors j'éteins les lumières et referme la porte.

Un jour, elle comprendra, j'en suis sûre. Même si pour ça, il faudra que je lui parle.

CHAPITRE 8

GARRETT

– Tu es sûr que tu veux faire ça ? me demande Ryan.

C'est une très bonne question. Je me la suis longuement posée, avant et après avoir vu Edward. Le fait est que Maxine n'a jamais vraiment quitté mes pensées depuis trois semaines, depuis qu'elle est réapparue dans ma vie pour repartir aussitôt. Même si je me suis un peu lâché à travers la chanson, j'ai vécu ces derniers jours comme une torture, vraiment. J'ai besoin d'arracher le pansement au plus vite.

– Sûr et certain. Je m'en fiche de la contrarier, de la déranger dans sa petite vie tranquille. Si le destin nous a remis sur le même chemin, c'est pour une bonne raison.

Il est évident qu'elle n'a manifesté aucun désir de me revoir pour discuter, mais je ne peux pas rester ainsi maintenant que je sais qu'elle vit ici, à Seattle, et qu'elle a l'air d'aller bien. Forcer une nouvelle rencontre est la seule solution que j'aie.

Les deux frères échangent un regard tandis qu'Olly se contente de me fixer durement.

– Vous n'étiez pas obligés de m'accompagner à Seattle si vous n'êtes pas d'accord avec moi ! Je ne vous ai pas forcés à venir, que je sache. Vous pouviez très bien rester à LA, m'agacé-je.

– On est là au cas où on aurait besoin de te ramasser à la petite cuillère. T'as l'air d'imaginer que cette confrontation va super bien se passer, mais dans le cas contraire ? lance Olly, les pupilles rivées aux miennes.

– Je ne suis pas une petite chose fragile !

– Quand il s'agit de Maxine, permets-moi de te dire que si, tu l'es. On était là il y a huit ans, je te signale, alors ne viens pas nous dire le contraire. On se rappelle très bien l'état dans lequel tu étais.

Je le fusille du regard. Je n'apprécie pas particulièrement qu'il me balance ça. Moi aussi, je me souviens parfaitement de ce que j'ai vécu, merci bien ! Mais huit années se sont écoulées, je suis persuadé que nous sommes capables de nous voir et de nous parler en parfaits adultes responsables que nous sommes devenus. J'en ai besoin.

– Olly, calme-toi, tente de le tempérer Ayden. Garrett, ce qu'Olly essaie de te dire très maladroitement, c'est que…

– … tu dis que t'as tourné la page, mais ce n'est pas le cas, termine Ryan. Sinon, on ne serait pas là, dans cette chambre d'hôtel, en train d'avoir cette conversation.

Je fourrage dans mes cheveux, grognant de contrariété. Ce n'est pas possible d'être aussi transparent aux yeux de ses amis ! Pas moyen de garder quelque chose pour soi.

– Ne me dites pas que vous ne chercheriez pas à savoir ce qu'il s'est passé si vous étiez à ma place ? Vous non plus, vous n'avez pas compris à l'époque. Alors ?

Je les sonde un à un du regard, attendant que l'un d'entre eux me contredise. On dirait bien que ma tirade les a séchés car personne ne se permet d'intervenir.

– Peu importe comment ça se passera, dis-je en me calmant. Maintenant que je l'ai revue, je ne peux pas faire comme si de rien n'était, c'est impossible. Je ne peux pas.

– D'accord, murmure Olly. On est avec toi. On te soutient.

– Merci. T'es sûr de l'adresse ? demandé-je à Ryan.

J'arrête de faire les cent pas devant mes amis. Même si j'ai appris que Max travaille au SAM, qui se trouve d'ailleurs juste en face de notre hôtel, le même que celui de la tournée en attendant que la villa que la production loue soit disponible – si ça non plus, ce n'est pas un signe –, je ne veux pas l'importuner sur son lieu de travail.

Un environnement privé est plus judicieux pour une première approche. Enfin, je l'espère.

– À cent pour cent. J'ai dû ruser, parce qu'aller voir Margo c'était prohibé, mais Raquel a été plus que coopérative, précise-t-il avec un air béat sur le visage.

Effectivement, aller directement parler à notre agente était inenvisageable. Je n'aurais fait qu'attirer son attention. Je ne pouvais pas accéder au dossier des VIP, elle garde toujours son bureau fermé à clef quand elle n'est pas là. Ryan s'est donc chargé de me dénicher l'adresse de Megan en passant par nos archives.

– Ça t'a coûté cher, on n'en doute pas, se marre Ayden.

– Tu n'imagines même pas, toute la nuit j'ai dû donner de ma personne, c'était épuisant. Garrett, tu m'en dois une énorme. Je vais me la garder précieusement celle-là.

– C'est important, hein ? le coupe Oliver sans même réagir alors que je scrute le Post-it entre mes mains.

– Oui, j'ai besoin de savoir. Pour passer à autre chose.

Le lendemain de mon rendez-vous avec Ed, j'ai annoncé aux mecs mon intention de rejoindre Seattle et d'essayer de reprendre contact avec Maxine. De toute façon, nous sommes censés nous installer ici fin juin, alors je ne fais que prendre de l'avance. Je me doutais bien que les gars ne me laisseraient pas faire ça tout seul et je ne le dirai jamais à voix haute, mais je suis content qu'ils soient à mes côtés.

***

Mes mains moites et mon cœur qui bat à cent à l'heure sont autant d'indices trahissant mon angoisse. Cela fait bien cinq minutes que je suis garé dans le quartier de Capitol Hill, devant une maison très cossue d'une zone résidentielle assez huppée. J'ai attendu le week-end avant de me rendre chez Megan dans l'idée d'obtenir l'adresse de Maxine. Je ne sais pas si tout se passera comme je le souhaite, mais je me dois de tenter le tout pour le tout. Je refuse d'avoir des regrets.

Je vérifie pour la cinquième fois que je suis face au bon numéro et laisse tomber le morceau de papier sur le siège passager. Je récupère le sac que j'ai apporté pour Megan et sors enfin de la voiture. Il n'est plus question pour moi de faire machine arrière. Un SUV est stationné dans l'allée, je suppose donc qu'il y a bien du monde à l'intérieur. Au moins, j'aurai rapidement une réponse.

Je remonte le chemin dallé et me poste devant l'immense porte d'entrée. Je frappe deux coups distincts et recule d'un pas. Au bout de quelques secondes seulement, une voix féminine se fait entendre de l'autre côté.

– J'y vais !

Aussitôt, l'un des battants s'ouvre et je tombe nez à nez avec Megan. Ses yeux s'arrondissent et sa mâchoire manque de se décrocher.

– Garrett ? lâche-t-elle au bout d'un petit moment. Euh, bonjour.

– Salut. Désolé de te déranger à ton domicile.

Je fais comme s'il était tout à fait normal que je sois devant sa porte, mais je vois bien qu'elle n'en revient pas.

– Oh, euh… tu me déranges pas, m'assure-t-elle avec un rire gêné. C'est juste que… on n'a pas vraiment l'habitude de recevoir des stars chez nous. Je…

– Tiens, c'est pour toi, la coupé-je en lui tendant le sac kraft. J'ai rassemblé des bricoles que tu n'as pas eues lors du tour et une maquette de notre best-of qui ne sortira qu'en septembre. C'est une exclu, je peux te faire confiance pour garder ça pour toi, hein ?

– Évidemment ! J'y crois pas ! s'exclame-t-elle. Merci infiniment !

Un immense sourire vient illuminer son visage, mais sa joie est rapidement chassée par un froncement de sourcils.

– Je suis désolée, mais je comprends pas, admet-elle. Je me plains pas du cadeau, loin de là, mais… c'est en rapport avec le stage d'été ?

– C'est-à-dire que…

– Qui c'est, Megan ? demande une voix grave derrière elle.

Un homme que je ne connais pas s'avance vers nous. Un peu plus grand que moi, cheveux bruns parfaitement coiffés, chemise blanche et pantalon de costume, chaussures et montre luxueuses, il en impose carrément. Il me semble détecter un air de famille avec Craig, mais je n'en suis pas sûr. Notre unique rencontre remonte à longtemps.

Je parierais que ce type est avocat ou dans la finance, peut-être dans la politique ; en tout cas, très loin de mon univers. Avec mon tee-shirt, ma veste en cuir, mon jean noir et mes boots, je sens que je ne marque pas de points. Il me jette un coup d'œil dur et sa mâchoire se serre.

– Garrett Brentwood, dit-il en grinçant des dents. Megan, tu nous laisses, s'il te plaît ?

Visiblement, il sait qui je suis et il n'a pas l'air très content de me trouver sur le seuil de sa porte.

Megan lui lance un regard surpris mais ne tente pas de lui répondre. Elle me fait un petit sourire contrit.

– Merci encore, dit-elle en levant le sachet entre nous avant de disparaître dans l'escalier sur la gauche.

L'homme attrape le battant derrière lui et le referme légèrement pour m'éviter de découvrir plus de leur intimité.

– Que nous vaut cette visite ?

– Je suis désolé, mais je… j'espérais pouvoir parler à Rochelle ou à Craig.

Un voile de tristesse apparaît sur son visage, rapidement remplacé par de la colère. Ses traits se durcissent. Ses phalanges blanchissent alors qu'il tient un peu plus fort la porte entre ses doigts. Je me demande s'il ne va pas me sauter dessus. Finalement il penche la tête vers moi tout en me fusillant du regard.

– C'est une plaisanterie ?

– Euh, j'ai eu l'adresse de Megan grâce à son inscription pour le tour VIP. Je ne veux pas déranger.

– Pourquoi ne pas me dire la vérité ?

Je soupire.

– J'aimerais discuter avec Maxine.

Il laisse échapper un grognement et s'apprête à me dire quelque chose, mais un mouvement attire son attention derrière lui.

– Kenneth ? Qui est-ce ?

Une main se glisse entre lui et la porte. Maxine m'apparaît alors en tenue assez chic : une jupe tailleur bleu marine et un chemisier en soie rose poudré qui épouse ses formes sans trop en dévoiler, pieds nus. Qu'est-ce qu'elle fait ici ? Je ne comprends pas ce qui se passe. Mes yeux font un ping-pong entre les deux, tentant en vain de trouver une explication.

Elle devient livide et sa respiration se coupe. J'ai l'impression qu'elle va se sentir mal. Kenneth lui lance un regard inquiet et passe un bras autour de sa taille pour la soutenir, et je ne peux m'empêcher de tiquer. Tout ceci est vraiment bizarre. Que font-ils ici ? Où sont Craig et Rochelle ?

– Maxine ? l'interroge-t-il.

– Ça va aller. Je te rejoins dans une minute, me dit-elle.

La porte se referme et je recule tout en observant le jardin alentour le temps qu'elle revienne.

– Qu'est-ce que tu fais ici ? lâche Maxine en sortant enfin sur le perron.

Elle a chaussé une paire d'escarpins et enfilé un gilet. Elle est tellement différente de celle de mon souvenir. Tellement. Elle est plutôt comme lors de la soirée d'inauguration au Getty Center : belle, élégante, terriblement attirante. Et aussitôt, je me souviens. C'est ce soir-là que je lui ai fait ma proposition de nous accompagner en tournée. Proposition qu'elle a acceptée avant de s'enfuir en m'abandonnant.

– Je cherchais à te contacter. J'ai trouvé l'adresse de Megan car elle s'est inscrite au tour VIP, expliqué-je en essayant de ne pas me montrer trop sec. Tu vis ici ?

– Oui.

Pourquoi n'a-t-elle pas son propre domicile ? Et qui est Kenneth pour elle ? Je souffle, me recentrant. C'est pour obtenir des réponses que je suis venu, non ?

– Pourquoi ? lâche-t-elle avant que je ne puisse dire quoi que ce soit.

– Pourquoi ? Tu me poses vraiment la question ? ricané-je.

Tant pis pour le calme. Je glisse des doigts nerveux dans mes cheveux, puis pose les mains sur mes hanches en la fusillant du regard.

– Tu crois que j'allais oublier nos retrouvailles, peut-être ? Tu pensais vraiment que je ferais comme si tu n'avais pas passé deux heures avec nous en m'évitant comme la peste ?

Elle me regarde, mais ne décroche pas un mot. Son silence me blesse plus que je ne le voudrais. Je veux des réponses. J'*exige* des réponses ! Merde, j'estime en avoir le droit !

– Un bonjour t'aurait écorchée ?

– Qu'est-ce que ça aurait changé, Garrett ? craque-t-elle finalement, un voile de colère dans le regard. Le mal est fait, non ?

Elle est fâchée ? Vraiment ? C'est elle qui est partie sans rien me dire, elle n'a pas le droit de réagir comme ça !

– C'est tout ce que tu as à en dire ? J'hallucine !

– Garrett… Ça ne sert à rien.

Son ton est ferme, comme si tout était réglé, comme si la décision lui revenait.

– C'est toi qui dis ça. Si tu crois que…

– Je ne crois rien du tout, me coupe-t-elle sèchement. J'ai suffisamment à faire avec Megan et son obsession. Si en plus tu viens ici et que tu fais ton truc…

– Mon truc ? Mais de quoi tu parles ?

– Le passé est le passé, Garrett. Il faut le laisser derrière nous. Ça ne sert à rien de le ressasser.

– Je ne ressasse pas le passé.

– Pourquoi tu es là, alors ?

Je la jauge, écarquillant les yeux. Elle va vraiment faire semblant de ne pas comprendre ? Elle me pose sérieusement la question ? OK, je ne suis peut-être pas totalement passé à autre chose, mais elle non plus, j'en mettrais ma main à couper. Je suis sûr que si elle m'offrait plus de temps, je pourrais lire dans ses yeux qu'elle est dans le même état. Qu'elle finirait par enlever ce masque qui la rend inaccessible.

– Je n'ai pas le temps pour ça, Garrett. Tu as ta vie, j'ai la mienne. Pourquoi n'en restons-nous pas là ?

– Parce que ça ne me convient pas ! m'énervé-je. Tu n'as pas le droit !

Je la vois se crisper, comme si j'avais soudain dépassé les bornes. Son expression se fige, toute émotion disparaît, et il ne reste plus qu'un voile de dédain qui transparaît dans sa voix ferme.

– Je crois que j'ai tous les droits, Garrett. Je ne t'ai pas attendu pour vivre ma vie, alors maintenant, j'aimerais la poursuivre sans toi. Rentre chez toi, retourne à ta musique, c'est mieux comme ça.

Elle ferme les yeux, comme si elle se retenait d'en dire plus, puis ajoute :

– Je suis désolée.

Elle ne me laisse pas ajouter quoi que ce soit : elle opère un demi-tour et retourne à l'intérieur de la maison.

C'était quoi, cette conversation insensée ? Je reste totalement interdit sur le pas de la porte avant de renoncer. Je ne peux pas camper indéfiniment sur son seuil. Je suis paumé, mais pas inconscient. Et surtout, je n'ai pas dit mon dernier mot. Parce que si elle pense qu'elle a tous les droits, elle oublie qu'elle m'a abandonné et qu'elle me doit des explications.

Et je les obtiendrai. C'est une certitude.

CHAPITRE 9

MAXINE

Mes mains tremblent alors que je referme la porte derrière moi. Je me plaque contre le battant et bascule la tête en avant, posant mes paumes sur mes genoux pour me calmer. Ma colère ne fait pas le poids, ce sont les larmes qui menacent d'éclater. Je dois me ressaisir avant d'attirer l'attention de Noah ou, pire, celle de Megan.

Jamais je n'aurais pensé que Garrett puisse me retrouver de lui-même. Jamais. J'ai fait une croix sur lui depuis longtemps parce que je n'ai pas eu le choix : il refusait de me répondre et je devais faire face à de nouvelles responsabilités. J'ai souffert, j'ai pleuré, j'ai eu le cœur brisé. Parce que ma sœur était partie, parce qu'il refusait même de m'accorder un regard au moment où j'avais le plus besoin de lui. Mais je devais avancer. Alors j'ai laissé derrière moi un futur que j'espérais, j'ai fermé la porte à tout ce que je pouvais ressentir, en bien comme en mal.

Et maintenant, je ne sais pas comment faire alors qu'il est là, à quelques pieds, que je l'ai revu, que j'ai à nouveau senti son odeur, plongé mes yeux dans les siens. C'est comme si je me prenais une claque. Qu'il décide de revenir après tout ça, c'est trop dur. J'ai eu mal rien qu'à le voir si beau, inaccessible. Bon sang, il est… Peu importe ce qu'il est, en fait, cela n'efface rien. Il m'a complètement rayée de sa vie sans me laisser une chance de m'expliquer. Et maintenant, il exige une discussion ? Je ne suis pas à sa disposition.

Kenneth apparaît dans le couloir et se précipite vers moi. Il me redresse, me prenant dans ses bras. Je tremble, à la fois de colère et de peine, dépassée par ce passé qui me rattrape.

– Maxine ?

– Ça va aller.

Inspirer, expirer. Je crois que c'est le mensonge que j'ai le plus souvent prononcé. Après des années à l'avoir répété, il vient naturellement désormais.

– Viens avec moi.

Kenneth m'entraîne vers la cuisine, m'installe sur un tabouret et me sert un verre d'eau fraîche.

– Qu'est-ce qu'il voulait ?

– Des réponses, visiblement. Il n'a pas digéré nos retrouvailles glaciales en *backstage*.

– Et ça lui donne le droit de débarquer ici ? s'emporte-t-il.

– C'est Garrett, il est du genre obstiné. Je suppose que ça n'a pas changé.

Il fronce les sourcils, comme s'il n'aimait pas ce qu'il entendait.

– Qu'est-ce que tu vas faire ?

– Rien, dis-je en haussant les épaules avant de boire une gorgée d'eau. Que veux-tu que je fasse ? Je connais mes torts mais il a les siens. Je n'ai pas envie de retomber dans le passé. J'ai assez donné.

Ça aussi, j'ai l'impression de l'avoir répété pendant des années. C'en est devenu une habitude. Pourtant, mon cœur se serre de le dire encore une fois.

– Et s'il insiste ?

– Je ne sais pas, Kenneth. Je ne sais vraiment pas.

Une larme vient rouler sur ma joue, je la chasse d'un mouvement brusque des doigts. Je pensais avoir assez pleuré pour toute une vie, mais force est de constater que j'ai encore de la réserve.

– Si jamais il revient et si ça ne va pas, tu m'appelles. S'il le faut, je prendrai les devants et il aura affaire à moi. Rien à faire que ce soit une célébrité.

– Je sais, Kenneth. Merci.

Je l'en crois tout à fait capable. Quand il s'agit de sa famille, Kenneth est prêt à tout, et sortir les griffes et montrer les crocs en fait partie. Lui aussi a souffert de cette situation, alors il n'abandonnera jamais qui que ce soit.

Je cours me réfugier dans ses bras ouverts. Son menton se cale sur le sommet de mon crâne et il resserre son étreinte. Je savoure sa chaleur.

– Je tiens à toi, souffle-t-il.

– Moi aussi. Je n'aurais jamais pu survivre à tout ça sans toi.

– On était là l'un pour l'autre, pour eux.

Il passe un pouce sur ma joue et son regard se cale dans le mien. Je peux lire l'inquiétude qui l'habite. Je soupire tout en secouant la tête.

– Maxine ? nous interrompt Megan.

Je sursaute et les bras de Kenneth me relâchent aussitôt.

– Tout va bien ? Qu'est-ce qui se passe ? demande ma nièce en entrant dans la pièce.

– Rien.

Elle ricane dédaigneusement, retrouvant du poil de la bête, et fait une grimace avant d'avancer vers le frigo.

– T'es au courant que j'ai plus 8 ans, hein ?

– Megan, ne parle pas sur ce ton, la reprend Kenneth.

– Laisse, murmuré-je.

Je n'ai pas la force d'aller à l'affrontement. L'échange avec Garrett n'a pas duré très longtemps mais je suis épuisée, comme si j'avais été vidée de toutes mes forces.

– Pourquoi Garrett était là ? poursuit-elle, une bouteille d'eau entre les mains.

– Il voulait me parler.

Ses yeux clairs me sondent.

– Te parler ? À propos de quoi ?

Ses pupilles se mettent à briller et je sais immédiatement à quoi elle vient de penser. L'espoir d'être sélectionnée irradie d'elle. Cela me fend le cœur d'être obligée de la décevoir. J'attrape le dossier de l'un des tabourets de bar près de l'îlot central et le tire pour m'y asseoir.

– Du stage d'été ?

– Megan… soupiré-je. Non. Il n'a pas parlé de ça.

– Pourquoi il est venu, alors ? insiste-t-elle en fronçant les sourcils. Qu'est-ce qu'il avait à te dire ?

– Je ne veux pas en parler maintenant, refusé-je en jetant un regard à Kenneth.

Je sais très bien ce qui découlerait de cette discussion : colère, amertume, sentiment de trahison, tristesse… tout ce qu'a décrit Garrett dans sa dernière chanson. Et je n'ai pas l'énergie pour ça.

– Comme toujours ! C'est jamais le bon moment, s'énerve-t-elle.

Elle me lance un dernier regard furieux puis jette sa bouteille sur le bar avant de quitter la pièce.

– Megan !

J'entends Kenneth souffler, mon regard toujours rivé sur l'endroit où se trouvait ma nièce quelques instants plus tôt.

– Lui cacher la vérité va uniquement l'encourager, Maxine. Elle s'imagine déjà plein de trucs.

– Je sais. Mais elle ne comprendra pas, elle m'en voudra de lui avoir caché ça. Elle pense déjà que je le fais uniquement parce que je ne veux pas qu'elle fasse de la musique. Je veux juste qu'elle envisage d'autres possibilités, qu'elle ne mise pas tout sur ça. La musique, ça fait rêver, mais parvenir à en vivre, c'est difficile, sans parler des à-côtés. Et puis elle pourrait me reprocher de ne pas avoir utilisé une éventuelle connaissance pour l'aider… Si je dois tout lui raconter, je vais devoir lui montrer la vraie moi et ça me fait peur. Je crains que son regard sur moi change, qu'elle ne m'aime plus de la même façon à cause de mon passé. Elle se sentira trahie. Je veux encore qu'elle me voie comme sa tante qu'elle adore. Je ne veux pas perdre ça.

– Je suis sûr qu'elle t'écoutera.

Je ferme les yeux, retenant mes larmes. Toute cette situation est si dure à supporter. Imaginer Megan participer à ce stage et risquer de revoir Garrett me perturbe depuis le départ.

– Je crois que peu importe quand je me confierai au sujet de Garrett, ça ne la fera pas changer d'avis, elle est déjà contaminée par le virus. J'aurai beau le lui dire aujourd'hui ou dans un an, ça n'aurait pas d'importance, admets-je. La musique coule dans ses veines. Je ne peux pas lutter contre ça.

– Pourquoi le devrais-tu ?

– Tu sais pourquoi.

Au fond de moi, je sais pourquoi je repousse l'échéance. Cela m'effraie, tout simplement. J'ai remonté la pente après énormément d'épreuves, je le sais, je ne devrais pas en avoir honte. Pourtant c'est là, encore ancré en moi.

Le traumatisme que j'ai vécu à Portland fera toujours partie de mon passé, je ne peux pas l'effacer et je sais que j'y associerai toujours cette ville. C'est avant tout ce qui m'empêche de soutenir Megan dans son projet parce que je sais que l'école qui l'intéresse principalement se trouve là-bas. J'ai tellement peur qu'elle soit confrontée au même genre d'individus, de tentations et qu'elle fasse les mêmes erreurs que moi. C'est d'autant plus difficile qu'elle ne jure que par la musique. Pour moi, cette dernière a été synonyme de bouleversements tellement puissants que j'ai peur de voir ma nièce plonger dans les mêmes ennuis. C'est à travers la musique que j'ai remonté la pente après ma tentative de suicide. C'est à travers la musique que j'ai rencontré Garrett, que nous nous sommes rapprochés et que nous sommes tombés amoureux. C'est aussi à travers la musique que j'ai douloureusement suivi son ascension vers les sommets tandis que je luttais pour maintenir ma famille la tête hors de l'eau. J'ai mis un certain temps avant que la musique ne m'apporte à nouveau du réconfort et à parvenir à dissocier le chanteur de l'univers musical même.

Kenneth soupire, posant une main sur mon épaule.

– Je ne veux pas me fâcher avec toi, mais je crois que ton jugement est obscurci par ce que tu as vécu avant et après Garrett.

– Je veux seulement la protéger ! m'emporté-je.

Je quitte le tabouret et me plante devant l'évier. Les mains posées sur le rebord, je tente de me calmer.

Je ne suis pas quelqu'un qui s'énerve facilement, mais là j'ai vraiment du mal à prendre sur moi. Il faut que j'appelle Katie, j'en ai besoin. Kenneth est une oreille attentive et compatissante, mais il fait partie de cette famille, il n'est pas aussi objectif et impartial que ma marraine.

Je sens la présence de mon beau-frère dans mon dos mais il maintient une certaine distance entre nous, comme s'il ressentait toute la tension qui m'habite.

– Je sais ce que tu as vécu, mais je pense que tu mélanges les choses, Maxine. Tu n'as pas besoin d'associer Portland à la musique, poursuit-il. Tu peux craindre de la voir partir, t'inquiéter pour elle, mais tu ne peux pas l'empêcher de vivre. Elle est douée. La musique est tout ce qui l'anime et je suis désolé si ça te fait de la peine parce qu'inévitablement, tu penses à Garrett dès qu'il en est question.

– Je croyais qu'on était d'accord !

Je me retourne vivement vers lui, sur les nerfs.

– Tu vas être de son côté maintenant ?

– Du côté de Megan ? Oui, toujours. Mais ce n'est pas celui dont tu parles, n'est-ce pas ? demande-t-il, une pointe de reproche dans la voix.

Je secoue la tête, perdue. Depuis huit ans, j'agis du mieux que je le peux. J'essaie, du moins. Les mots de Kenneth me font penser que j'ai échoué lamentablement.

– Je ne dis pas qu'on doit oublier les autres options, mais la laisser expérimenter et voir par elle-même, tu ne crois pas qu'elle en a le droit ?

Après quelques secondes, je finis par hocher la tête. Évidemment qu'il a raison, mais c'est dur de l'admettre. Parce qu'une nouvelle fois, j'ai peur. Peur pour moi, peur pour elle.

– Tu es tellement meilleur que moi dans tout ça.

– Oh non, réfute-t-il en riant. J'apprends en même temps que toi. Je n'ai pas de solution miracle. J'essaie avec toi, c'est tout.

– Merci, Kenneth.

Il me serre dans ses bras, puis me laisse seule. Kenneth n'a jamais eu peur de me dire ce qu'il pensait même s'il n'était pas d'accord avec moi.

Je crois que je suis toujours un peu confuse. Tout s'embrouille. Kenneth a raison, je mélange tout. Megan ne sera pas plus en sécurité ici qu'à Portland ou à Los Angeles, et je ne peux pas la priver de son rêve pour apaiser mes craintes. Elle est bien entourée, moi aussi, et c'est le principal. Je dois être fière du chemin parcouru. J'ai construit une situation professionnelle solide. Je n'ai pas beaucoup d'amis, mais je peux toujours compter sur Samantha malgré la distance. Noah et Megan ne manquent de rien, ils sont heureux et en bonne santé. J'ai tissé des liens extrêmement forts avec Kenneth. Nous sommes un foyer, je dois simplement me raccrocher à ça et tout ira bien.

Je rejoins ma chambre pour m'isoler et, m'allongeant sur mon lit, je sélectionne le nom de mon amie dans mon répertoire. Entendre sa voix me fait toujours du bien.

En dépit des miles qui nous séparent et les années qui passent, nous n'avons jamais perdu contact. Elle m'a soutenue à distance, elle a même fait le déplacement pour m'aider quelques jours au tout début. Elle reste ma meilleure amie et nous essayons de nous voir au moins deux fois par an.

Justin et elle vivent toujours dans le Tennessee – contre toute attente, elle a survécu à la musique country !

– Hey ! Coucou toi.

– Salut. Je ne te dérange pas ?

– Non, ne t'en fais pas. Je me repose, je fatigue plus vite qu'avant.

Sam entame le quatrième mois de sa troisième grossesse. Les deux précédentes se sont bien passées et elle a chaque fois accouché de magnifiques enfants qui sont aussi adorables l'un que l'autre. Elle m'envoie souvent des photos d'eux, pour que je puisse les voir grandir même en étant éloignée.

– Comment tu te sens ?

– Tout roule. Bébé grossit bien, j'essaie de limiter ma prise de poids mais ça va. Eliot et Leo sont sages, et Justin m'aide beaucoup. Bon, et toi ? Comment ça va à Seattle ? Les enfants ?

– Ils vont bien. Ils attendent les vacances avec impatience et Megan n'arrête pas de nous bassiner avec ARGO et le stage d'été.

– Et alors, comment ça s'est passé ? Tu ne m'as pas raconté.

Je sens une pointe de reproche dans sa voix.

– Désolée, m'excusé-je en soupirant. Je n'ai pas eu le temps. Et pour tout te dire… il y a pas mal de choses à raconter.

Je me lance donc dans le récit de l'après-concert : Megan qui part en *backstage*, la fille du staff qui vient me chercher, mes retrouvailles avec Garrett… Puis ma fuite sans un mot, et enfin mon ex-petit ami qui débarque chez moi comme une fleur pour « discuter ». Et ma crise.

– Eh bien ! Waouh ! Je ne l'ai pas vue venir celle-ci.

– Moi non plus.

– Que comptes-tu faire ?

– Rien du tout !

Je me relève et commence à faire des allées et venues entre la porte et la fenêtre. Je pensais être calmée, force est de constater que ce n'est pas vraiment le cas et cela m'agace prodigieusement.

– Maxine…

– Samantha, répliqué-je. Vraiment. Quel serait l'intérêt ?

– Tu as vraiment besoin que je te l'explique ?

Comme je n'interviens pas, elle poursuit.

– Je sais bien que tu as ta vie maintenant, que tu es une femme accomplie et que tu gères merveilleusement bien les enfants, mais…

– Mais quoi ?

– Quand est-ce que tu vis pour toi ?

Je soupire lourdement. Nous avons eu cette conversation un nombre incalculable de fois, je n'ai pas envie de remettre ça sur le tapis. D'autant que Katie m'a dit la même chose la dernière fois.

Il est vrai que je n'ai pas vraiment donné de chance à qui que ce soit depuis Garrett. J'ai accepté des rendez-vous, j'ai fréquenté des hommes pendant quelque temps, j'ai fait des efforts sans parvenir pour autant à me laisser complètement aller et cela a forcément péché dans mes relations. Résultat : je viens d'avoir 31 ans, j'élève deux adolescents, j'ai un super beau-frère et un travail extra, mais, oui, je suis seule.

– Je n'ai pas le temps pour ça.

– Tu ne prends pas le temps, c'est différent.

– Je n'ai pas envie de parler de ça, Sam.

– D'accord. Revenons à Garrett alors.

Je lève les yeux au ciel, affligée. *On ne me laissera donc jamais tranquille ?*

– Quoi Garrett ? soufflé-je en m'asseyant du bout des fesses sur le matelas.

– Eh bien, comment est-il ?

– Il est toujours lui.

Un silence accueille ma phrase. J'imagine sans peine ce que Samantha se dit, mais je ne vais pas entrer dans son jeu. Oui, j'aimais tellement nos moments passés ensemble, nos discussions, la façon dont nous nous sommes ouverts l'un à l'autre. J'adorais être le témoin de l'évolution de leur carrière, voir la symbiose au sein du groupe.

Quand je les ai revus en chair et en os sur scène, j'ai pu constater que cela n'avait pas changé et ça m'a réjouie. Mais le temps a passé. Et même si un frisson a parcouru mon corps lorsque je l'ai revu, *lui*, lorsque je me suis rendu compte qu'il n'était qu'à quelques pieds de moi après toutes ces années, je ne peux pas aller sur ce terrain-là. C'est trop dangereux.

– Toi, tu es partie dans tes souvenirs, devine Samantha.

Je soupire. S'il y a bien quelque chose qui ne fait jamais défaut à Sam, c'est sa perspicacité.

– Tu sais, Max, je pense sincèrement qu'une petite discussion entre vous ne ferait pas de mal. Tu y as pensé ?

– Non, nié-je catégoriquement. Je vis depuis huit ans sans lui et ça va très bien.

– Si tu le dis. Mais je te connais. J'ai beau être loin de toi, je repère les failles dans ta voix, je sais que ces retrouvailles te font quelque chose.

– Bien sûr que oui. Mais ça va passer, affirmé-je.

Si je le dis tout haut, je vais finir par m'en convaincre. Le phénomène de persuasion, tout ça…

– Hmm… Tu sais que j'ai souvent raison.

– Peut-être, mais pas toujours.

Elle se met à rire doucement et je tente subtilement un changement de conversation.

– Alors, tu ne veux toujours pas connaître le sexe du bébé ?

– Non, je tiens bon, ricane-t-elle, pas du tout dupe. Ce sera une surprise. On a peut-être réussi à faire une fille cette fois-ci. Mais on sera tout aussi heureux avec un troisième mec.

– Le principal, c'est que toi et le bébé alliez bien.

Nous poursuivons pendant quelques minutes encore, puis je raccroche. Mais lorsque je me retrouve seule, dans le silence de la chambre, c'est un regard marine familier qui persiste derrière mes rétines. Il semblait torturé. Le timbre de sa voix, auparavant si chantant, était empli de colère. Tout son être vibrait, comme je vibre de colère chaque fois que je repense à la façon dont tout s'est terminé. Une colère dirigée contre lui, contre moi, mais aussi contre le destin, qui m'a retiré ce que j'avais de plus précieux. Une discussion suffirait-elle vraiment à apaiser cette souffrance ?

CHAPITRE 10

GARRETT

Après avoir quitté le domicile de Max, je suis allé faire un tour. J'avais besoin de prendre l'air, de souffler avant de retrouver les gars. Impossible d'aller en ville comme n'importe qui, j'ai donc opté pour une petite marche dans Cougar Mountain Regional Wildland Park, le parc le plus près de Seattle.

Max et moi ne nous sommes pas dit grand-chose, mais cet échange m'a lessivé. Comment en suis-je arrivé là ? Pourquoi je ne parviens pas à passer à autre chose ? Pourquoi les souvenirs sont-ils si vifs ? Il me suffit de fermer les yeux pour voir, pour me remémorer tout, sans aucune difficulté. La passion qui l'animait dès qu'elle parlait d'art. Son talent inné pour le chant. L'application dont elle faisait preuve pour apprendre la guitare. Ses sourires, plutôt rares, mais si précieux. La manière dont je suis tombé amoureux d'elle, doucement mais sûrement.

En pénétrant dans le hall de l'hôtel, je suis un instant tenté d'aller boire un verre, mais j'y renonce aussitôt. Je bois de l'alcool, oui, mais plus comme avant. À l'époque, je cherchais à me perdre lorsque j'enchaînais shots sur shots et que je finissais par en oublier où j'étais. Aujourd'hui, ce dont j'ai besoin, c'est de soutien, de présence, pas d'absence. Mes frères m'attendent là-haut, les mêmes qui m'ont porté lorsque j'étais au fond du trou, qui m'ont aidé après le départ de Maxine, et qui, j'en suis sûr, sont prêts à me relever si je m'écroule en arrivant. Hors de question de retomber dans l'excès.

Je soupire tout en entrant dans l'ascenseur. Quand je croise mon reflet dans le miroir de la cabine, je me fais presque peur. Mes épaules sont basses, mon teint cireux et mon regard éteint. La lassitude a pris le pas sur la colère. La tristesse est tout ce que j'éprouve en cet instant. Je savais que cette rencontre m'atteindrait, mais je ne pensais pas que la peine serait ce qui en ressortirait.

Sans grande surprise, je retrouve les mecs installés dans le canapé de notre appartement – qui ressemblerait presque à un palace vu la taille qu'il fait –, bière à la main, cartons de pizzas ouverts sur la table basse, devant un match de hockey à la télé. Ils se retournent vers moi comme un seul homme et je n'ai pas besoin de leur expliquer quoi que ce soit, ma tête parle pour moi. Je me débarrasse de ma veste et vais m'avachir entre les deux frangins. Olly me tend une bouteille de bière et me fait une petite moue compatissante.

– Je ne sais pas à quoi je m'attendais, lâché-je, les yeux perdus sur un point au mur.

Ryan coupe le son de la télé et tous pivotent vers moi.

– Comment ça s'est passé ? demande Olly.

– Pas très bien. En fait, je ne comprends même pas ce que j'ai vu.

– Explique-nous, dit Ayden.

Je hausse une épaule, incertain. Je n'arrive toujours pas à donner un sens à notre conversation.

– Je suis tombé sur Megan, je lui ai offert le sac et avant que j'aie pu lui demander quoi que ce soit, un mec est sorti de nulle part. Kenneth. Il était… je ne sais pas : sérieux, protecteur, furieux aussi.

– Tu sais qui c'était ?

– Non, aucune idée. Ensuite, Maxine est arrivée. Elle a fini par sortir pour discuter avec moi, mais je… Ce n'était pas une discussion, ricané-je. Elle m'a dit qu'elle habitait ici. Je ne comprends rien. T'es sûr de tes infos ? lancé-je à Ryan.

– Sûr et certain. Megan était bien là, non ?

– Ouais, mais je trouve ça bizarre que Maxine vive avec sa sœur et son beau-frère.

– Elle a peut-être des problèmes d'argent et visiblement sa sœur n'en manque pas.

– C'est sûr que vu le quartier et la maison, l'argent ne doit pas être un problème, concédé-je. Mais quand même, c'est vraiment étrange. Et puis ce type…

– C'est peut-être son mec, souffle Ryan à demi-mot.

Je le foudroie du regard. Bon, je sais que je suis ridicule : je n'ai jamais pensé que Maxine était restée seule toutes ces années. Mais cela ne m'empêche pas de ne pas du tout apprécier cette supposition.

– Ce n'est pas le propos, m'agacé-je.

– Tu comptes faire quoi ?

Je dévisage Olly avec stupeur. Lui qui semblait être contre l'idée d'aller voir Maxine il y a encore quelques heures… Je fronce les sourcils et l'interroge du regard.

– Maintenant qu'on est là et que tu as fait le premier pas, tu comptes t'arrêter là ? s'explique-t-il.

– Qu'est-ce que je peux faire ? Je ne vais pas débarquer chez elle tous les soirs au risque qu'elle finisse par appeler la police ! Avec le programme d'été qui va commencer, ça le ferait moyen, tu ne crois pas ?

– Tente une approche différente.

– À quoi tu penses ?

– Tu nous as bien dit qu'elle bossait dans un musée, non ? intervient Ayden. C'est Megan qui te l'a appris.

– Ouais.

– Eh bien, voilà ! s'exclame Ryan. Tu vas la voir là-bas.

Je suis sceptique, franchement. Je fais la moue, peu convaincu par le bien-fondé de cette idée.

– Visiblement, dans un cadre perso, ça coince, renchérit Ryan. Sur son lieu de travail, elle ne pourra pas piquer une crise.

– Non, elle n'aura qu'à appeler la sécurité. Elle n'acceptera jamais de me recevoir, contré-je.

– Pas si tu n'es pas Garrett Brentwood, explique Ryan, une pointe de malice dans le regard.

– Ça ne veut rien dire, se moque Ayden.

– Je ne sais pas à quoi il pense, intervient Olly, mais ce n'est pas une mauvaise idée.

Je ne comprends rien. Je croyais qu'ils étaient censés me dissuader d'aller la voir ?

– Vraiment ?

– Oui, vraiment. Tu avais raison : nous aussi, on voudrait des réponses si on était à ta place. On n'avait pas la même relation avec Maxine, mais on veut les entendre aussi. C'est normal que tu veuilles savoir.

– Super ! applaudit Ryan. Je vous exposerai mon plan plus tard. Là, maintenant, tu vas te détendre et profiter d'une soirée tranquille. Ordre du docteur D'Andrea. Il reste une pizza pour toi dans le four.

– Merci les gars.

– Toujours, lancent-ils en chœur.

Je me lève et vais récupérer le carton encore tiède. Avoir le soutien sans faille de mes meilleurs amis est sans contexte l'unique raison pour laquelle je n'ai pas définitivement sombré dans les abysses.

Et grâce à eux, je retrouve la force et la motivation pour entrevoir un aspect positif à la situation. Juste ce qu'il me fallait pour sortir de ma torpeur et vouloir faire bouger les choses.

CHAPITRE 11

MAXINE

Revenue d'une réunion avec le directeur et les autres conservateurs adjoints, je m'installe à mon bureau. Nous avons discuté de la finalité d'un échange d'œuvres entre le SAM et le MoMA[4] de New York. Je suis vraiment impatiente parce que la *Nuit étoilée* de Van Gogh en fait partie. J'aime tellement cette peinture, ses couleurs, sa délicatesse.

J'observe la pièce et un sourire naît sur mes lèvres. Elle ressemble à une vraie boutique d'antiquaire. Ma passion pour l'histoire de l'art ne s'est jamais tarie et je prends plaisir à décorer cet endroit avec tout ce que je peux chiner.

Un peu moins d'une semaine s'est écoulée depuis que Garrett a débarqué à la maison. Étonnamment, je n'ai pas eu d'autres nouvelles. Je ne vais pas m'en plaindre. Bien entendu, la possibilité que

---

4. Museum of Modern Art.

Megan soit acceptée au programme d'été plane toujours au-dessus de nos têtes, mais je refuse d'y penser. Je vais me concentrer sur les enfants, sur mon travail. C'est largement suffisant. Même si bien souvent, de petites choses me rappellent Garrett et je replonge aussitôt dans le passé. Comme hier soir, quand Megan m'a demandé si je voulais l'accompagner à la guitare. Je n'ai jamais pu me résoudre à jeter ou à revendre l'instrument que m'a offert Garrett. J'y étais bien trop attachée. C'est avec lui que j'ai appris à mon tour à Megan à jouer. Enfin, appris est un bien grand mot : je lui ai enseigné les bases et elle a continué avec un vrai professeur particulier, avec qui elle a aussi appris le piano. Toujours est-il qu'au fil du temps, j'ai réussi à me détacher de ça, mais hier j'en ai été incapable. Lorsque mes doigts se sont posés sur les cordes, je nous ai revus au jardin japonais, à la plage, sur le toit de l'immeuble de Venice Beach. J'ai fait de mon mieux pour camoufler mon trouble mais mes fausses notes ont alerté ma nièce. Au lieu de me forcer à parler, elle a serré ma main dans la sienne et m'a lancé un sourire. Comme si elle avait compris ma peine.

Mes réflexions sont interrompues par mon téléphone. Je sursaute et laisse échapper le trombone qui m'occupait les doigts.

– Madame Zelko ? Ici Andrew, à l'accueil.

– Oui, Andrew ?

– M. Atwood, votre rendez-vous de 2 heures est arrivé. Il vous attend dans l'aile des arts natifs.

– Ah, très bien. Merci.

Il y a quelques jours, j'ai reçu par e-mail une proposition très intéressante d'un propriétaire de plusieurs pièces amérindiennes. Il voudrait nous les louer afin que nous puissions agrandir notre collection. J'ai immédiatement accepté de le rencontrer pour connaître ses conditions. Ce genre de proposition n'est pas si courante, alors je m'attends à ce qu'il soit exigeant.

Je lisse ma jupe crayon, remets mon chemisier en place, range mon portable dans le tiroir de mon bureau et quitte la pièce.

Après quelques secondes d'ascension, je rejoins la galerie que j'affectionne tout particulièrement et qui fait la renommée du SAM. Je n'ai pas à chercher pendant très longtemps mon rendez-vous. Je m'arrête net dans l'ouverture de la zone quand j'aperçois une silhouette en admiration devant *Galukw'amhl*, un masque d'oiseau hamatsa au bec tordu. Son œil figé me regarde comme pour me pousser à confronter mes craintes, à faire enfin face à ce que je redoute. Comme si j'avais le choix.

Car lorsque mon rendez-vous pivote vers moi, je me pétrifie sur place.

Je foudroie Garrett du regard alors qu'il s'avance vers moi avec cette nonchalance qui le caractérisait déjà à l'époque. Les mains dans les poches de son jean noir, un simple tee-shirt blanc dissimulé sous une veste en cuir, il dégage quelque chose qui m'empêche de bouger. Ça, et le poids des souvenirs qui me tombent dessus sans crier gare. Son parfum, la chaleur et le grain de sa peau, l'encre sur son épiderme, tout est là et active ma mémoire.

– Monsieur Atwood, je présume ? lâché-je avec agacement en sortant de ma torpeur.

– Je savais que tu refuserais de me recevoir autrement, réplique-t-il sur le même ton.

– Comment tu as su que je travaillais ici ?

– Megan me l'a dit au concert.

Je ne peux pas lui en vouloir, elle ne pouvait pas savoir.

– Pourquoi toute cette mascarade ? On s'est tout dit, Garrett…

– C'est faux ! s'exclame-t-il en m'interrompant. Tu as parlé mais je n'ai pas entendu ce que je souhaite. On est loin d'avoir réglé la question. J'estime au moins mériter ça.

Ses yeux me détaillent sans gêne alors que je croise mes bras sous ma poitrine, en colère. Et moi, je ne mérite pas qu'il me laisse tranquille ? J'ai presque l'impression qu'il me déshabille du regard. Je perçois même une étincelle bien particulière, celle qu'il a longtemps refoulée entre nous, mais aujourd'hui, il semble laisser libre cours à ce qu'il ressent sans tenir compte de ce qui nous entoure. Je déglutis nerveusement alors que ses pupilles passent sur la courbe de mon cou avant de descendre sur le triangle de peau de mon décolleté.

Puis elles tombent sur ma taille, mes hanches, pour finir par dessiner mes jambes et s'arrêter sur mes escarpins.

Je suis soudain très mal à l'aise. Jamais il ne m'a connue avec ce style vestimentaire, excepté lors de la soirée d'inauguration au Getty Center. Je me demande ce qu'il pense de moi, s'il apprécie ce qu'il voit alors que je ne devrais pas y prêter attention. Garrett ne fait plus partie de ma vie, cela n'a plus d'importance.

Qui essayé-je de convaincre ici ?

Lassée de jouer les statues, je pivote sur mes talons et quitte la pièce, bien décidée à retourner travailler.

– Maxine ! Attends.

– On n'a rien à se dire Garrett. Je bosse, là.

Il me rattrape devant le tableau *Puget Sound on the Pacific Coast* d'Albert Bierstadt en posant une main sur mon bras, et je me fais la remarque que les éléments du tableau correspondent parfaitement à mon état d'esprit : chaotiques.

– Maxine, tu peux peut-être m'accorder une minute, non ?

– Je ne te dois rien, Garrett.

Je suis clairement sur la défensive, un peu comme lors de notre rencontre lors de sa toute première séance aux NA. C'est plus fort que moi et c'est aussi un moyen de mettre une barrière entre nous. Si je m'adoucis, je ne sais pas si je serai capable de le repousser.

Mes yeux dévient sur ses doigts qui me tiennent toujours. Je peux littéralement sentir la chaleur qui s'en dégage à travers le tissu de mon vêtement. De nouveaux tatouages colorent la peau de sa main, mais aussi son cou d'après ce que j'ai pu apercevoir. Son regard est si excessif, il me capte tout entière, il m'attire. Comment peut-il avoir toujours autant d'attraction sur moi ?

Je détourne le visage et passe la langue sur mes lèvres. Huit années. Huit longues années depuis que je suis partie. *J'ai tourné la page.* La petite voix dans ma tête est morte de rire. De toute évidence, ce n'est pas le cas.

– Tu ne peux pas me demander de faire comme si on ne venait pas de se retrouver après des années, dit-il d'une voix douce.

– Qu'est-ce que tu attends de moi ?

– Des explications. Je t'invite à dîner, ou bien je t'offre juste un verre, si tu préfères. Un soir, dis-moi quand tu es dispo.

Il est censé savoir ce qui s'est passé, que veut-il de plus ?

– Je ne comprends pas. Qu'est-ce que tu fais ici, à Seattle ?

– La tournée est terminée, je suis revenu dans l'idée de te retrouver. Je loge à l'hôtel avec les gars. Quelle coïncidence quand on y pense, on séjournait déjà au *Four Seasons* et toi, tu travailles ici.

– Pourquoi, Garrett ? insisté-je dans un souffle.

Je suis déstabilisée, vraiment. Il est là, face à moi, avec un calme apparent qui me stupéfie et m'impressionne.

– Parce que toi et moi, on était importants et je veux comprendre.

Je pose mes doigts sur ma bouche pour contenir le tremblement de mes lèvres. Je ne vais quand même pas craquer devant lui, en plein dans mon musée !

Quelques têtes se tournent vers nous à mesure que je réfléchis. Je ne vois pourtant pas ce que je pourrais lui dire de plus que ce que j'ai confié des années en arrière, mais visiblement, il s'est passé quelque chose que j'ignore : il semble réellement perdu et estime avoir le droit à des réponses. Et je pourrais en dire autant. Moi aussi, j'ai énormément souffert. Je n'ai pas cherché à le chasser complètement de ma vie, je me suis juste mise en retrait pour ne pas interférer avec son avenir.

– Affronter son passé pour le surmonter, commence-t-il, l'espoir dans son regard.

– Se pardonner pour pouvoir avancer, finis-je, les larmes aux yeux.

Il se souvient. Il n'a pas tout effacé de notre passé. Je secoue doucement la tête.

– Maxine, souffle-t-il en approchant.

Il est tout près, je peux sentir son odeur, voir les muscles de sa mâchoire se contracter, la veine battre dans son cou. Je pourrais tendre la main et caresser sa joue. Je me perds un instant dans ses iris qui se font presque implorants et je finis par accepter d'un mouvement bref de la tête.

– Demain soir, 8 heures. *The Nest Rooftop Bar*.

C'est le seul établissement à proximité que je connais. C'est une collègue qui me l'a fait découvrir.

– Je passe te prendre, dit-il.

– Non, refusé-je. On se retrouve là-bas.

Il me dévisage un instant, pensant sûrement réussir à me faire changer d'avis, mais je campe sur mes positions, déterminée. J'ai appris à m'affirmer avec le temps.

– Très bien. À demain alors. Je ne te retiens pas plus longtemps.

Je n'ajoute rien et le suis du regard alors qu'il rejoint le couloir pour prendre l'ascenseur. Je n'en reviens toujours pas. Garrett est là, à Seattle, pour moi.

Je redoute déjà notre rendez-vous.

CHAPITRE 12

GARRETT

– Eh bien alors ? Tu ne te vantais pas d'être plus endurant que moi ? raille Ayden en narguant son frère à la traîne.

Olly et moi éclatons de rire tandis que Ryan tire la langue. Je prends une grande inspiration et savoure. Évidemment, les gars sont immédiatement venus aux nouvelles à mon retour du musée. Ils ont tous pris le rendez-vous obtenu comme une victoire. Mais sentant la pression monter, Ryan a suggéré une sortie pour penser à autre chose avant ce soir. Je ne pense pas que c'était ce qu'il avait en tête, mais nous voilà en train de faire un footing le long du Margaret's Way Trailhead, dans le parc où j'étais venu faire un tour la dernière fois, après ma visite.

Le grand air me fait un bien fou. Pour le moment, les paysages ne sont que sous-bois et arbres sentinelles, mais le point de vue devrait être assez exceptionnel.

– J’ai trop mangé hier soir, c’est pour ça, se défend le batteur en revenant à notre hauteur.

– Je dirais plutôt que tu prends de l’âge, mon vieux. Tu n’as plus vingt ans.

– Je te signale que tu es dans le même bateau que moi, Ayden.

– Peut-être que je suis mieux loti niveau génétique.

– Et c’est reparti, soupire Olly en me jetant un regard désespéré.

– Qu’est-ce que tu veux, on ne va pas les refaire maintenant.

Sans prévenir, Ryan se met à piquer un sprint comme pour nous prouver qu’il a encore de l’énergie à revendre.

– Vous pariez combien qu’il va souffler comme un bœuf une fois là-haut ?

Au bout d’un petit quart d’heure, nous voilà enfin arrivés à la Debbie’s View, et l’ascension de près de deux heures en valait carrément la peine. La vue est à couper le souffle. À travers la cime des arbres, nous apercevons le mont Rainier qui surplombe majestueusement la vallée. Les faces sont entièrement enneigées, c’est comme s’il brillait sous le soleil. En contrebas, des milliers d’hectares de forêt parfois entrecoupés de champs. J’attrape l’embout de mon sac d’hydratation pour boire un peu.

– Venez par là ! s’exclame Ryan.

Évidemment, il était au bout de sa vie une fois en haut, mais il a vite récupéré. Il tourne le dos à la montagne et dégaine son portable pour nous mitrailler de photos.

– On est carrément beaux gosses, commente-t-il en regardant les clichés. Malgré nos trente ans passés.

– Évidemment, se vante Ayden.

– Oh, regardez ! Un écureuil !

Il pointe une étendue d'herbe au pied d'un arbre gigantesque. Le petit rongeur semble occupé à grignoter quelque chose. Ryan prend une photo avant de s'avancer vers l'animal.

– Je ne ferais pas ça si j'étais toi, le prévient Olly.

– Qu'est-ce que tu veux qu'il se passe ?

– C'est une mauvaise idée, Ryan. Ce n'est pas un animal de compagnie.

– Il a l'air tout doux.

J'ai l'impression d'assister à un cartoon. Ryan s'avance tout doucement, tend la main avec l'intention de le caresser, mais l'écureuil abandonne aussitôt sa nourriture pour essayer de mordre Ryan. Celui-ci se redresse vivement en échappant de justesse au rongeur.

– Putain, mais c'est quoi, ça !

Olly lève les yeux au ciel, l'air de dire « je t'avais prévenu ». Nous éclatons tous les trois de rire devant la mine renfrognée de Ryan.

– Arrêtez de vous foutre de ma gueule !

– C'était très drôle, merci frangin. J'ai encore de quoi alimenter ton dossier.

– Tu as profité d'un instant de faiblesse pour prendre des photos ?

– Évidemment. Et le résultat est sans appel : D'Andrea a été mis à terre.

Je suis mort de rire. Bon sang, je savais que je pouvais compter sur mes amis pour me changer les idées. Nous restons encore quelques minutes pour profiter du spectacle avant de reprendre le chemin retour. Ryan a rapidement cessé de bouder, heureusement.

– Tu te sens mieux ? me demande Olly alors que nous vidons nos bouteilles d'eau sur le parking, assoiffés, avant de repartir.

– Oui. Merci les gars.

– Avec plaisir. On est une équipe, dit Ayden.

Ryan referme le coffre de notre SUV de location avant de se tourner vers moi.

– On peut t'accompagner ce soir si tu as besoin de soutien moral.

– C'est gentil, mais on a besoin d'intimité, pas d'un public, refusé-je gentiment.

– Tout va bien se passer, tente de me rassurer Olly.

Sauf si ce que j'apprends ne me plaît pas.

Je me contente de hocher la tête et nous grimpons en voiture.

***

Je glisse les mains dans mes poches pour calmer leur tremblement et revêts mon allure calme et apaisée, ce qui est loin d'être ce que je ressens à l'intérieur. Seulement je dois prendre sur moi pour ne pas braquer Maxine. Elle a accepté à contrecœur, je le sais bien. Mon but est d'obtenir des réponses, pas de la faire fuir.

Les portes de l'ascenseur s'ouvrent sur une décoration industrielle qui me plaît beaucoup. De l'acier brossé, des teintes chaudes, un sol cuivré, et que dire de cette vue qui s'étend au-delà de la terrasse ? Je reconnais la grande roue au bout de la jetée n° 57 et en face, l'aquarium de Seattle.

Je cherche Maxine du regard. Je la découvre assise en terrasse juste à côté des portes. Je profite d'être encore invisible à ses yeux pour l'observer à la dérobée. Comme hier, elle est absolument renversante. J'aimais Maxine quand elle se cachait derrière des fringues bien trop grandes pour elle, mais maintenant qu'elle accepte de se dévoiler et de se mettre en valeur ? Je suis sans voix.

Et cela ne facilite pas les choses. Je crains d'être faible. Elle est tellement… je crois que c'est au-delà de mes souvenirs. Un homme est-il responsable de ce changement ? Kenneth ? Il a eu une attitude très protectrice, que ce soit envers Megan ou envers Maxine.

Je prends une grande inspiration et me décide enfin à aller la rejoindre. Ce ne serait pas très gentleman de la faire patienter, même si cela fait huit ans que j'attends de comprendre. Je pousse la porte et m'avance vers elle. Elle se raidit aussitôt mais me lance tout de même un faible sourire.

– Bonsoir, Garrett.

– Maxine. C'est très sympa comme endroit, commenté-je en prenant place face à elle.

– Oui. J'y viens régulièrement avec les collègues.

Nous tournons la tête en même temps vers la serveuse qui s'approche pour prendre notre commande, brisant cette tension que l'on pourrait presque toucher.

– Une Guinness, s'il vous plaît.

– Un cocktail sans alcool pour moi, merci.

Le style vestimentaire de Maxine semble être la seule chose à avoir évolué : elle ne boit toujours pas d'alcool. Je me demande à quel point nous nous sommes éloignés.

Un silence s'impose entre nous, le temps d'être servis. Je règle l'addition et Maxine se précipite sur son verre pour boire une gorgée. Mon regard dévie naturellement sur ses lèvres, sur sa gorge, sur ses cheveux qui caressent sa peau. Je ferme les paupières pour m'empêcher de descendre plus bas.

Elle ne semble pas décidée à prendre la parole. S'il y a quelques minutes à peine, les questions tournaient en boucle dans ma tête, je me retrouve comme un con à ne pas savoir quoi lui dire maintenant qu'elle est en face de moi, maintenant que je peux sentir son parfum, plonger mes yeux dans les siens.

Je chasse le nœud coincé dans ma gorge par une lampée de bière et me penche légèrement au-dessus de la table qui nous sépare. Il n'y a pas grand monde, mais je préfère rester discret.

– Tu es partie, lâché-je.

– Je n'ai pas eu le choix.

– Tu m'avais dit oui, Maxine. Je voulais que tu partages tout ça avec moi et tu es juste partie.

– Garrett, souffle-t-elle d'exaspération – et c'est peut-être ce qui me hérisse le plus. Je t'ai déjà tout dit, qu'attends-tu de moi ?

– Tout ? Tu ne m'as rien expliqué du tout ! J'ai cherché, j'ai tenté d'analyser la soirée, notre nuit. Je me suis dit que j'avais fait ou dit quelque chose de travers, de mal. J'avais pourtant veillé à ne pas aller trop vite, je pensais que tout allait bien. Tu aurais pu me dire si ça ne te convenait pas plutôt que de simplement disparaître ! Je ne comprends toujours pas.

Elle fronce les sourcils tout en me détaillant avec attention. Je me demande ce qu'elle cherche. Je soupire avant de secouer la tête.

– J'ai trouvé ton petit mot et c'est tout. Tu avais juste disparu.

Nouveau froncement de sourcils.

– Je t'avais avoué mes sentiments, m'écrié-je faiblement. Et toi, tu es juste partie, comme ça, sans une explication. Parce que je suis désolé, mais ton Post-it, ce n'était pas une explication ! Je me suis réveillé et tu étais partie. Tu as pris mon amour et tu l'as piétiné, comme s'il ne valait rien.

– Je…

Elle porte son regard au-delà de la terrasse, comme s'il lui était impossible de soutenir le mien. Je perds mon temps. Je pensais naïvement que ce moment entre nous provoquerait quelque chose en elle, mais elle semble juste imperméable. N'y tenant plus, je recule ma chaise, et c'est à ce moment qu'elle tourne la tête vers moi : ses yeux brillent de larmes qu'elle retient. Elle est loin d'être insensible. Je devrais m'en vouloir, mais ce n'est pas le cas.

– Te faire souffrir était la dernière chose que je souhaitais, lâche-t-elle dans un souffle.

– Pourquoi l'as-tu fait, alors ?

– Je ne voulais pas que tu te sentes obligé de quoi que ce soit. J'allais avoir de nouvelles responsabilités, ton avenir s'ouvrait à toi, tu allais vivre ton rêve, Garrett, tu le vis encore. Je ne pouvais pas te priver de ça.

J'écarquille les yeux, furieux. C'est tellement injuste, et surtout incompréhensible.

– De quoi tu parles ? Tu as cherché à me pousser à te détester en coupant les ponts ?

– Je n'ai pas fait ça. C'est toi qui as agi ainsi.

– Absolument pas ! m'emporté-je. Qu'est-ce que tu racontes ?

J'ai l'impression de parler à un mur, de répondre à un message codé sans en connaître la signification.

– Ça n'a aucun sens, Max. Tout ce qu'il y avait ce matin-là, c'étaient les quelques mots sur le papier, ton absence et ton silence. Ce n'est pas moi qui ai fui. Ce n'est pas moi qui t'ai abandonnée.

Un voile vient troubler son regard. Elle le chasse dans la foulée en récupérant son verre.

– Excusez-moi, Garrett ? J'adore votre groupe et tout ce que vous faites.

Je mets quelques secondes à me tourner vers la jeune femme qui vient nous interrompre, concentré sur Maxine. Elle a compris quelque chose, mais quoi ?

– Merci, c'est gentil.

– Je pourrais avoir un autographe, s'il vous plaît ?

Je jette un regard un peu agacé à l'intruse. Si d'ordinaire je réponds avec plaisir aux sollicitations que je reçois au quotidien, là, le moment est vraiment mal choisi. Je prends sur moi et accepte d'un mouvement de tête, m'emparant du carnet qu'elle me tend pour y apposer ma signature.

– Merci beaucoup. Est-ce que je peux prendre un selfie ?

– Rapidement, soupiré-je en observant Maxine qui reste silencieuse, occupée à me dévisager.

La fan dégaine son téléphone portable et vient se placer à mes côtés. Elle prend plusieurs clichés avant de se détacher de moi.

– Merci infiniment. Bonne soirée.

Une fois que nous sommes de nouveau seuls, je prends une mine contrite et m'excuse auprès de Maxine.

– Désolé. Elle est mal tombée.

– Ça t'arrive souvent ?

– Oui. C'est le jeu, on apprend à faire avec. Il y a des fois où c'est plus facile que d'autres. Je suis vraiment désolé de cette interruption qui tombe au plus mauvais moment, mais je ne comprends rien. Tu pourrais être honnête avec moi, l'accusé-je.

Elle se redresse aussitôt et une fureur vient colorer ses iris. Elle n'aime pas devoir faire face à la vérité ? Tant pis pour elle. Elle me sonde quelques instants, comme si elle cherchait à jauger ma sincérité, puis finit par reprendre la parole après une longue inspiration :

– Tu ne sais vraiment pas ? demande-t-elle en croisant ses mains sur la table.

– Ne pas savoir quoi ?

– Je ne suis pas partie parce que j'ai changé d'avis.

– Pourquoi, alors ?

– Cette nuit-là, ma sœur et mon beau-frère ont eu un accident de voiture. Tu dormais encore quand j'ai reçu un appel de l'hôpital où ils ont été emmenés. Mon téléphone était resté dans la cuisine avec le tien et je ne l'ai pas entendu tout de suite.

– Qu… Quoi ? soufflé-je. Je… Non.

– Craig est décédé pendant son transfert vers les urgences. Rochelle a dû subir une grosse chirurgie et elle a été plongée dans le coma. Mais elle ne s'en est pas sortie. Au bout d'une semaine, il y a eu des complications et elle est morte aussi. Les enfants étaient chez leurs grands-parents au moment de l'accident.

Je suis sidéré par ces révélations, figé sur mon siège, incapable de bouger. C'est horrible. Je me demande comment mon corps parvient à respirer et à fonctionner alors que j'ai l'impression de faire un court-circuit. C'est tellement à des années-lumière de ce que j'avais pensé. J'ai le vague souvenir d'avoir entendu un appel pendant que je dormais, à cette époque, mais j'avais mis ça sur le compte d'un rêve. Alors, c'est à ce moment-là que tout a basculé ?

– Je me suis retrouvée à devoir gérer les enfants, la maison. J'ai été propulsée dans une vie de famille. J'ai dû assumer mes responsabilités. Dans leur testament, Craig et Rochelle m'ont nommée cotutrice de Megan et Noah avec Kenneth, le frère de Craig.

Je suis choqué, sidéré. Et encore plus confus.

– Maxine… soufflé-je, quasiment sans voix, tellement je suis stupéfait. Je suis désolé. Je… je ne sais pas quoi dire.

– Il n'y a rien à dire, tu voulais savoir. Quand j'ai reçu l'appel, j'étais en panique et… J'ai rapidement analysé la situation, j'ai vu ce que mon avenir allait devenir et je…

– Tu as préféré t'enfuir plutôt que de venir me trouver ?

Je n'ai pas pu empêcher ma peine de percer dans ma voix. Elle traversait un moment terrible et elle a décidé de l'affronter seule, sans moi.

– Je ne voulais pas te priver de ton rêve, Garrett. Je t'ai laissé un mot, et oui, je suis partie sans te réveiller et j'ai foncé chez moi, puis j'ai attrapé le premier vol pour Seattle et je ne suis jamais revenue.

Je la dévisage un instant. Tout ce sur quoi je devrais me concentrer, c'est la perte incommensurable qu'elle a dû surmonter, l'épreuve si difficile dont elle a dû se relever avec sa famille, mais tout s'oppose au fait qu'elle a choisi de s'éloigner, de ne pas partager tout ça avec moi et c'est trop à digérer. Je pense que je pourrais mettre ça de côté si elle n'avait pas revêtu une expression froide et détachée qui me fend le cœur, comme il s'est fendu il y a huit ans. J'explose à voix basse :

– Je vais peut-être te paraître totalement injuste et égoïste, mais merde, Maxine ! Je ne comprends pas ton raisonnement. Après tout ce qu'on avait vécu, comment tu as pu m'écarter de ta vie comme ça ? J'aurais pu être là pour toi, j'aurais pu te soutenir, t'aider.

– Non, Garrett, je ne pouvais pas t'imposer tout ça, insiste-t-elle en passant sa main sur son visage. C'était mon combat, pas le tien. Tu t'étais battu pendant des mois pour venir à bout de tes addictions, pour vivre enfin ton rêve. Je ne pouvais pas te priver de ça. Je n'aurais pas pu me le pardonner.

Elle baisse la tête, les épaules tombantes, avant de me regarder dans les yeux.

– Je ne sais pas quoi te dire, Garrett. Je devais me concentrer sur ma famille mais je refusais de te voir abandonner ce pour quoi tu t'étais tant battu. Qu'est-ce que ça aurait fait de moi ?

Une larme dévale sa joue et je n'ai qu'une envie, me jeter dans ses bras pour lui enlever toute cette peine, cette douleur que je lis en elle. Mais je n'en fais rien parce que je ne sais pas si je dois la croire. Tant de temps a passé. Me dit-elle toute la vérité ?

– Pourquoi tu t'es contentée d'un seul morceau de papier ?

– Ce n'est pas ce que j'ai fait, se défend-elle durement.

Elle essuie d'un mouvement brusque la larme sur sa pommette et redresse le menton.

– Tu es en colère et je peux comprendre pourquoi, mais tu penses que je me sens mieux ? Je sais que je t'ai quitté et abandonné, mais une partie de moi t'en veut de ne pas avoir essayé de me retrouver. Je n'ai pas souhaité te rayer de ma vie, je voulais juste ne pas te freiner. Je sais que c'est stupide comme réaction parce que c'est moi qui suis partie, mais j'ai eu l'espoir qu'on reste en contact, qu'on maintienne notre lien. J'ai voulu t'appeler. J'ai maintes fois composé ton numéro, mais les premières semaines, j'étais tellement sous le choc que je n'y arrivais pas. J'allais devoir t'expliquer que ma sœur était morte, j'en étais incapable. Et puis quand je m'y suis résolue, la tournée avait commencé et j'ai entendu les chansons qui parlaient de ta peine, de notre histoire. J'ai pleuré, j'ai souffert en les écoutant. Tu m'as blessée, tant de fois… Puis aucun de mes appels n'a jamais abouti, ça coupait court instantanément, comme si tu m'avais bloquée.

Sa souffrance me percute si fort que j'en ai du mal à respirer. Qu'a-t-il bien pu se passer ?

– Je n'ai jamais fait ça, Max. Même si j'étais en colère et que je t'en voulais, j'espérais toujours. J'ai même essayé de t'appeler et je t'ai envoyé des textos ! Les premiers jours, je tentais toutes les heures. J'ai laissé des messages sur ton répondeur et puis, finalement, quelqu'un a fini par répondre, mais ce n'était pas toi et il m'a pourri en me demandant d'arrêter de le harceler.

– Kenneth ? hasarde-t-elle en fronçant les sourcils.

– Je n'en sais rien. Ça m'a plutôt donné l'impression d'être tombé sur un mauvais numéro. Le mec avait l'air d'en avoir marre que j'essaie de le contacter.

– Je n'ai jamais changé de numéro.

– Moi non plus, répliqué-je sèchement.

Je ne comprends rien à toute cette histoire. Nous avons tous les deux essayé de nous revoir, mais aucun de nous n'y a réussi ? Elle triture ses doigts, comme elle le faisait lorsque nous nous sommes rencontrés. La tête toujours basse, elle se mord la lèvre avant de dire enfin :

– T'entendre, inlassablement, parler de notre histoire… Ça a été dur, tu sais. Tes chansons m'ont mise en colère, elles m'ont blessée. Je sais que c'est de cette façon que tu fonctionnes, j'ai dû faire avec tes mots qui m'étaient destinés. Le dernier titre n'est pas si vieux que ça.

Sa voix est pleine de reproches. Le morceau que j'ai chanté lors du dernier concert à Los Angeles, après l'avoir vue en *backstage*... Je m'en veux aussitôt, mais sur le moment, j'en avais tellement gros sur le cœur qu'il fallait que cela sorte.

– J'ai dû faire avec ton image devenue publique. Vous avez tellement bien réussi, tous les quatre ! Au moins, ça vous aura permis d'avancer, et j'en suis heureuse pour vous. Mais pour moi... ça a été plus compliqué. Je suivais malgré moi ta vie et je ne pouvais qu'être spectatrice. Tu étais partout, tu l'es toujours. Impossible de passer à autre chose, de ne pas tomber sur ta photo. Te voir ainsi... tu ne peux pas imaginer ce que j'ai éprouvé.

Je passe une main sur mon visage et prends une grande inspiration. La seule hypothèse qui tournait en boucle toutes ces années était que Max avait préféré fuir sans s'expliquer parce qu'elle ne pouvait finalement pas être avec un homme comme moi, qu'elle avait changé d'avis et avait tout simplement eu trop peur de me le dire en face. Mais maintenant que je sais, je suis encore plus perdu. Ces appels manqués ou impossibles... Je ne me l'explique pas.

– Je... je ne sais pas ce qui s'est passé, balbutie-t-elle, mais tu dois me croire quand je te dis que je n'ai pas cherché à te faire du mal.

Je devine le sous-entendu dans sa phrase : *moi*, je l'ai fait souffrir en retour, mais je ne savais pas. Il fallait que j'extériorise ma douleur et c'est par la musique que ce processus prend vie.

– Je devais penser à ma famille, je devais assumer, même si je n'étais préparée à rien du tout. Heureusement, Kenneth était là. Nous sommes devenus un foyer, pour les enfants. Nous le devions.

Je brûle d'envie de lui demander s'ils sont ensemble, si Kenneth vit avec elle et les enfants chez Rochelle, mais ce n'est ni le moment, ni très pertinent.

– Est-ce que tu me dis tout ?

Je n'oublie pas le regard qu'elle m'a lancé tout à l'heure, quand je lui ai dit que je ne l'avais pas abandonnée. J'ai le sentiment qu'elle garde encore une information sous silence. Elle plonge son regard dans le mien et attrape son verre pour boire une nouvelle gorgée. Je l'imite et termine ma bière d'une seule traite.

– Est-ce que Margo et toi vous êtes ensemble ? demande-t-elle finalement.

Je cligne rapidement des yeux, surpris. Je détourne le regard, essayant de me souvenir de ce qu'elle a pu voir lors du *backstage*. Je pourrais nier, mais il semble que nous jouions cartes sur table, alors j'opte pour une réponse un peu floue.

– C'est compliqué… soupiré-je. Écoute, Maxine, ce n'est pas le sujet. Je suis terriblement désolé de ce que ta famille a vécu, mais pour être honnête, je ne comprends pas pourquoi tu m'as tenu à l'écart. Tu n'as pas eu confiance en nous. Et surtout, cette distance n'est pas responsable de notre succès, aux gars et à moi.

– Tu as tort…

– Non, je suis sincère, l'interromps-je. On aurait pu essayer. Je suis passé par un tas d'épreuves et je m'en suis toujours sorti. On a vécu toutes ces années chacun de notre côté à maudire l'autre alors qu'on aurait pu se soutenir. Tu n'es pas la seule à avoir subi des trucs particulièrement moches. Ma mère est tombée gravement malade il y a quatre ans. Leucémie. Elle s'est battue, ardemment et elle a réussi à venir à bout de cette saloperie, mais l'épée de Damoclès est toujours au-dessus de sa tête et on guette une récidive. On la craint. Et après la crise cardiaque qui a emporté mon père l'année dernière, c'est vraiment difficile à vivre au quotidien. Il ne me reste plus qu'elle.

– Mon Dieu, Garrett… Je suis terriblement désolée.

Elle a beau compatir, je suis vraiment en colère, alors je poursuis sur le même ton. Je sais que c'est nul, mais c'est plus fort que moi.

– Quant à Margo, eh bien, elle était là, toujours auprès de moi. Je ne voulais pas que notre relation change de cette façon, mais il y a six ans, elle a eu un cancer du sein et je l'ai soutenue. On s'est rapprochés et oui, on est tombés dans les bras l'un de l'autre. Je ne l'ai pas cherché, c'est arrivé. Et je crois que tu n'as pas de reproches à me faire, dis-je durement.

– Tu as raison.

– Mais puisque tu as posé la question, je vais te répondre : Margo et moi on n'est pas en couple. On n'a pas une relation amoureuse, c'est juste…

Je ne parviens pas à aller au bout. Elle tente de rester forte, pourtant je décèle quelque chose au fond de ses yeux qui me remue. Qu'est-ce qui m'échappe encore ?

– Maxine, je suis désolé, tenté-je de me reprendre.

– Non, tu as raison. Pas besoin de t'excuser, vraiment. Comme tu l'as dit, on a vécu chacun notre vie.

Notre échange est interrompu par un bip de son téléphone. Je vois rapidement le nom de Kenneth apparaître sur l'écran. Elle lit le message avant de ranger son portable dans son sac.

– Je suis navrée, mais je vais devoir y aller.

J'ouvre la bouche. J'aimerais lui dire tellement de choses, qu'elle me parle, qu'elle crie, qu'elle me dise ce qu'elle a sur le cœur, mais je me retiens. Nous avons tous les deux beaucoup appris ce soir et j'ai la sensation que si je lui en demandais plus, elle me repousserait.

– Oui, bien sûr.

Elle termine son verre et récupère sa veste suspendue au dossier de son siège. Je me retiens de l'aider. À la place, je l'abandonne un instant pour me diriger vers le bar.

– Vous auriez un stylo, s'il vous plaît ? demandé-je au barman.

– Bien sûr.

Je m'empare d'une petite serviette en papier et griffonne dessus avant de rejoindre Maxine. Nous nous dirigeons vers l'ascenseur et j'appuie sur le bouton d'appel.

Un silence pesant règne dans la cabine durant la descente. Je crois que nous avons tous les deux besoin de temps pour analyser tout ce que nous nous sommes dit. J'avoue que je ne dirais pas non à un alcool un peu plus fort que la bière pour digérer tout ça.

Je m'écarte pour la laisser sortir en premier et une fois sur le trottoir, je me tourne vers elle.

– Tiens, dis-je en lui tendant la serviette. Mon numéro de téléphone. Si jamais tu en as besoin, si tu veux discuter à nouveau.

– Garrett…

– Je ne t'oblige à rien et je comprendrais que tu ne veuilles plus jamais me revoir, mais je…

Je passe une main rageuse dans mes cheveux et lève un instant les yeux au ciel avant de revenir à elle.

– On aurait pu continuer nos vies chacun de notre côté, mais le fait est que le destin nous a remis sur le même chemin. Je ne peux pas l'ignorer et faire semblant, c'est impossible. Je ne peux pas effacer les huit dernières années et je suis incapable de te dire comment les choses se seraient passées. Mais voilà, je suis là. Je vais repartir pour Los Angeles lundi et je reviens mi-juin pour le programme d'été. Si jamais tu veux reprendre contact, maintenant, tu n'as plus d'excuses, dis-je en désignant le papier.

Elle hoche la tête tout en serrant le petit carré entre ses doigts.

– Est-ce que tu es heureuse ? soufflé-je tout bas en penchant la tête vers elle.

– Et toi ?

Je crois qu'elle comme moi ne souhaitons pas nous mentir. Alors nous restons quelques secondes sans rien ajouter. Pendant ce temps, je peux suivre ses pupilles me détailler avec attention sous l'éclairage du lampadaire. Il y a bien longtemps que je n'ai pas apprécié un moment si simple.

Malheureusement, elle finit par rompre sa contemplation d'une voix douce :

– Bonne soirée, Garrett.

– Bonne soirée, Maxine.

Et puis je la regarde partir, m'abandonnant une nouvelle fois, et je me demande si cette fois c'est elle qui provoquera le destin en m'appelant.

CHAPITRE 13

MAXINE

Garée dans l'allée du garage, je prends quelques instants pour me ressaisir. Cette soirée était particulièrement intense. Je ne savais pas trop à quoi m'attendre, mais une chose est sûre, je n'avais absolument pas prévu d'apprendre que Garrett ignorait tout de ce qu'il m'était arrivé.

Nous avions l'habitude de nous dire des mensonges en toute connaissance de cause, pour nous aider, mais là son incrédulité n'était pas feinte. Je l'ai senti. Garrett n'est pas un menteur. À l'époque je me suis concentrée sur les enfants, trop engluée dans mon deuil pour me rendre compte qu'il n'aurait jamais réagi comme cela, et la colère a pris le pas. Il lui fallait un exutoire pour survivre à sa peine. Aujourd'hui, le mal est fait.

Un coup porté contre ma vitre me fait sursauter. Kenneth apparaît dans mon champ de vision.

– Tout va bien, Maxine ? Comment ça s'est passé ?

– C'était éprouvant, admets-je en claquant la portière.

– Je me doute. Viens, rentre.

Je le suis dans la maison, me débarrasse de mes affaires et de mes escarpins et file me mettre plus à l'aise. Je sens la tension dans mes épaules et un mal de crâne pointer le bout de son nez. J'ai besoin de me relâcher. Quand j'arrive dans la cuisine en jogging et tee-shirt de UCLA, un verre de jus de fruits m'attend sur le comptoir tandis que Kenneth savoure un cognac sur le canapé.

– Les enfants sont sortis ?

– J'ai déposé Noah chez Joey, mais Megan est là.

Je savoure une petite gorgée en m'asseyant à côté de lui. Il a presque le même goût que le cocktail que j'ai bu tout à l'heure. Mon ventre se noue.

– Ça s'est bien passé avec Garrett ?

Je porte des yeux brillants vers Kenneth et prends une grande inspiration. Avec le temps, j'ai appris à me confier à lui sans craindre d'être jugée. Il ne connaissait rien de mon passé et à vrai dire, nous ne nous étions pas côtoyés très souvent. Quand Craig et Rochelle sont décédés et que j'ai pris connaissance de leurs dernières volontés, mon premier réflexe a été la peur, et la fuite. Comment, *moi*, allais-je être capable d'élever deux enfants ? Comment allais-je pouvoir prendre soin de deux êtres vulnérables alors que je peinais déjà à m'occuper de moi-même ?

Pourquoi ne pas avoir préféré les parents de Craig et Kenneth ?

Je n'y serais pas arrivée sans ce dernier. Il m'a écoutée et m'a rassurée. Nous étions deux dans ce bateau, nous allions nous en sortir. Et ce n'était pas un mensonge. Il a été d'un soutien infaillible toutes ces années, et il a raison, nous apprenons tous les deux, tous les jours. Je pense que nous nous améliorons aussi.

Nous avons également pu compter sur le soutien et l'aide des grands-parents paternels de Noah et Megan. Ils font partie de notre famille et ils prennent régulièrement les enfants chez eux. Maintenir ces liens était pour nous une nécessité car je connais bien trop les effets que l'absence d'une famille peut avoir.

Après une autre gorgée, je raconte enfin ma soirée à Kenneth. Au fur et à mesure de mon récit, ses yeux s'écarquillent. Quand je termine, ses épaules sont avachies et je lis une profonde stupéfaction dans son regard.

– Bon sang… je n'en reviens pas.

– Moi non plus. Kenneth… soufflé-je.

J'en doute sincèrement, mais j'ai besoin d'en avoir le cœur net.

– Ce n'est pas moi, me devance-t-il. Jamais je ne t'aurais fait ça.

– Je suis désolée, murmuré-je, la voix tremblante.

– Je ne t'en veux pas. Je ne comprends pas ce qui a pu se passer.

Je détourne les yeux et vide mon verre d'une traite. Ça aurait eu plus d'effet si ça n'avait pas été du jus de fruits.

– Maxine. Tu as une idée de ce qui s'est passé, n'est-ce pas ? devine Kenneth en fronçant les sourcils.

– Oui.

– Tu lui en as parlé ?

– Non. C'est trop tard et ça bouleverserait trop son entourage.

De toute manière, je n'ai aucune preuve. De fortes suspicions cependant. Je sais ce que j'ai fait et dit ce matin-là. Mais huit longues années se sont écoulées, alors à quoi bon remuer le couteau dans la plaie ?

– Tu cherches encore à le protéger.

Je hausse les épaules, fataliste.

– Que comptes-tu faire ?

– Rien.

– Rien ?

Il me sonde un instant, avant de reprendre la parole :

– Ce que vous avez vécu, ça a compté pour toi, je me trompe ?

– C'est vrai. Garrett était important et une part de mon cœur lui appartiendra toujours, mais il n'a plus sa place dans ma vie.

Un bruit attire mon attention derrière moi. J'ai juste le temps de voir la silhouette de Megan détaler et s'enfuir dans l'escalier.

– Eh merde ! m'exclamé-je avant d'aller à sa poursuite.

Seulement, une fois devant sa porte, impossible d'entrer, elle a fermé à clef.

– Megan, ouvre-moi !

J'essaie en vain d'abaisser la poignée.

– Laisse-moi t'expliquer. Je t'en prie.

Je manque de tomber alors qu'elle ouvre brusquement.

– M'expliquer quoi ? s'écrie-t-elle. Que tu me mens depuis des années ?

Je bloque la porte alors qu'elle tente de me la fermer au nez et la repousse dans sa chambre. Elle se cale lourdement contre sa tête de lit et plaque un coussin contre son ventre, comme un rempart entre elle et moi.

– Je ne t'ai pas menti, Megan.

– Tu m'as rien dit, c'est la même chose ! Depuis tout ce temps où je parle d'ARGO, tu m'as jamais rien dit ! Tu connais Garrett.

– Je *connaissais* Garrett, ce n'est pas la même chose.

– C'est du pareil au même.

Je soupire. Je croirais voir sa mère : les mêmes expressions, la même obstination.

– Tu pourrais faire en sorte que je sois acceptée dans le programme… poursuit-elle.

– Arrête, Megan ! Tu préférerais vraiment cette solution plutôt que d'être choisie parce que tu es douée et talentueuse, parce que tu le mérites ?

– Pourquoi tu m'as jamais rien dit ?

Elle me fusille du regard. Je ne l'ai jamais vue si remontée. Pourtant, il est hors de question que je lui raconte toute l'histoire.

– Tu sais que je les adore et tu m'as jamais rien dit !

– Je sais, Megan. C'est compliqué.

– Et pourquoi t'essaies pas de m'expliquer ? J'ai 16 ans, je suis plus une enfant !

Je prends une grande inspiration, dépassée. Dans sa chambre, la musique est omniprésente : des posters de ses groupes préférés, des partitions, des livres, des CD. Elle a ça dans le sang, tout comme Garrett. Elle a toujours été passionnée, elle prend des cours depuis des années ; elle passe son temps à chanter, à jouer, à danser. Elle me harcèle même depuis des mois pour cette formation estivale parce que c'est la seule chose qu'elle a en tête. C'est son rêve. Et moi, je lui refuse le seul véritable lien que nous ayons qui ne soit pas teinté de douleur, du moins de son côté. Il est peut-être temps de cesser de me cacher derrière mes doutes. Rien ne m'oblige à tout lui détailler.

Je finis par la rejoindre sur son lit, prudente.

– J'ai… connu Garrett il y a huit ans à un moment difficile de mon existence. J'étais à Los Angeles et je me concentrais sur mes études. Je n'avais pas beaucoup d'amis et je l'ai rencontré un soir dans un bar.

Oui, je modifie un peu les faits, mais je ne suis pas prête à lui confier mon passé de junkie, encore plus parce que cela impliquerait de dévoiler celui de Garrett et que je n'en ai pas le droit. Même si certains aspects de sa vie ne sont plus un secret à cause de sa célébrité, ce n'est pas à moi de parler de ses souffrances.

– C'était une soirée *open scene*. Je suis allée sur scène avec Samantha, et Oliver nous a accompagnées. J'ai ensuite découvert les autres membres du groupe. Garrett et moi sommes devenus amis après ça. Il m'a appris à jouer de la guitare et j'ai partagé avec lui ma passion pour l'art, je lui ai fait découvrir mes musées préférés à Los Angeles. On a passé énormément de temps tous les deux, parfois avec Ryan, Ayden et Olly.

Megan s'est assise en tailleur, a posé ses coudes sur ses jambes, placé ses mains nouées sous son menton et elle garde ses yeux grands ouverts. Elle est attentive à tout ce que je dis, mais surtout elle m'étudie. Je le vois à ses iris qui parcourent mon visage.

– Tu étais là à leurs débuts, comprend-elle.

– Au départ, Garrett ne m'a pas dit qui il était. Il ne voulait pas que ça joue sur notre relation. Il souhaitait juste être lui. Mais son talent est tel que c'est difficile de garder ça secret. Alors oui, on peut dire que j'étais là quand le groupe s'est lancé. J'ai assisté à une séance d'enregistrement. J'ai découvert des morceaux en avant-première. Garrett m'avait même écrit une chanson, rien que pour moi. Parce qu'entre nous…

Je ferme les yeux et mon cœur se serre. Je dois me blinder alors que les souvenirs affluent. Des années que je lutte contre cette nostalgie si violente.

– Qu'est-ce qui s'est passé ?

Je baisse les yeux sur mes mains et secoue doucement la tête.

– Il ne s'est véritablement rien passé. Je… On est tombés amoureux au fil du temps. Peu avant leur toute première tournée, il m'a même avoué qu'il m'aimait, mais je n'ai pas réussi à le lui dire en retour. Je… j'avais peur, et je ne voulais pas perdre ce qu'on avait doucement construit.

– Je n'en reviens pas que tu m'aies caché ça !

Je ne ressens pas de rancœur de sa part, contrairement à ce que j'aurais imaginé. Elle semble juste abasourdie.

– Et ? Ensuite ?

– Eh bien… Garrett m'a demandé de les accompagner sur la route. Je terminais mes études et je pouvais attendre un an avant de remonter à Seattle, alors j'ai accepté.

Megan écarquille les yeux et ouvre la bouche, stupéfaite.

– Mais tes parents ont eu un accident, alors je l'ai laissé et je suis rentrée. Je devais me concentrer sur vous, vous comptiez sur moi, je devais assumer mes responsabilités.

– Tu as tout abandonné… murmure Megan.

– Non, non.

Je me rapproche d'elle et prends ses mains dans les miennes. J'ai besoin d'établir un contact physique pour continuer.

– Mes plans ont changé, ma chérie. C'est la vie.

– Je comprends pas, pourquoi vous avez coupé contact, Garrett et toi, et pourquoi t'as gardé tout ça pour toi ?

– Je ne sais pas ce qui s'est passé, le temps a fait son œuvre…

Elle hoche la tête, mais la moue sur son visage me montre bien qu'elle trouve ça dommage. Ses lèvres sont pincées et son regard est triste. Soudain, elle hausse les sourcils et serre mes doigts un peu plus fort.

– C'est de toi qu'il parle dans ses chansons, hein ?

– J'imagine. C'est ce dont je me suis persuadée. C'est comme ça que Garrett fonctionne. Il a besoin de traduire ses émotions en musique.

– Tu l'as blessé.

– On s'est mutuellement fait du mal. On a chacun cru des choses sur l'autre.

– Tu lui as pas expliqué ?

Détournant le regard, je pousse un léger soupir avant de lui répondre :

– Je pensais l'avoir fait, mais il n'a jamais su.

– Comment ça se fait ?

– Je n'en sais rien. Maintenant, la vérité est rétablie, mais il n'empêche que c'est terminé, Megan.

C'est une des raisons pour lesquelles je ne t'en ai pas parlé.

– Peut-être, mais il est là ! Il va venir à Seattle.

Je sens qu'elle s'emballe ; pour elle, pour lui, pour moi. Il faut que je l'arrête tout de suite.

– Megan, je n'ai pas l'intention de faire quoi que ce soit. Nous ne sommes pas du même monde. J'ai promis de te soutenir si tu es sélectionnée pour le stage et je tiendrai parole, mais ça s'arrête là. Je suis désolée de t'avoir caché que Garrett et moi avions un passé commun, mais c'est tout ce qu'il y a entre nous. Un passé.

Elle me dévisage pendant de longues secondes. Je ne sais pas ce qu'elle cherche.

– Est-ce que tu en veux à mes parents ? Est-ce que tu nous en veux, à Noah et moi ?

– Quoi ? Bien sûr que non ! Vous êtes ma famille, je vous aime plus que tout au monde. Je n'avais pas prévu ça, effectivement, mais je ne vous en veux pas du tout. J'ai fait ce qui me semblait juste, tu comprends ? Garrett allait vivre son rêve, je me suis effacée et je suis venue vous retrouver. Je ne regrette rien. Je suis avec vous et c'est tout ce qui compte.

Je pose une main sur sa joue et lui souris tendrement.

– Je fais du mieux que je peux tous les jours. Avec Kenneth, on essaie.

– Est-ce qu'oncle Kenneth et toi, vous…

– Non, ma chérie. On se respecte énormément, on se soutient et on s'aime, mais pas dans ce sens-là.

C'est la vérité. Nous sommes très proches, nous nous aimons, mais comme une famille. Il n'y a aucune ambiguïté entre nous. Megan hoche la tête.

– Comment est Garrett ?

Je souris en repensant à la soirée. Il est toujours aussi beau, peut-être même encore plus. Toujours aussi hypnotisant. Mais ça, je ne vais pas le lui dire.

– Il est… tenace, loyal, talentueux, généreux, attentionné. Il a vécu des moments très difficiles et il a surmonté tout ça avec force et courage. On était là l'un pour l'autre à un tournant décisif de notre vie. On s'est peut-être sauvés mutuellement. Il a énormément compté pour moi.

– Tu dis que vous êtes tombés amoureux mais vous n'avez jamais… commence-t-elle en rougissant.

– On s'est embrassés pour la première fois la nuit où tes parents ont eu leur accident, et ensuite je suis partie.

– Mais vous vous êtes vus ce soir.

– Oui.

– Et ?

– On a parlé, on s'est expliqués. Et maintenant chacun va retourner à sa vie.

– Il ne veut pas te revoir ?

– Megan…

– Quoi ? Quand je t'entends, je vois bien qu'il y a encore quelque chose, et la dernière chanson qu'il a écrite parle pour lui. Si tu n'es pas amoureuse de Kenneth, qu'est-ce qui t'empêche de reprendre contact avec Garrett ?

Je me relève, la tête en arrière, fatiguée. Cette conversation me fait glisser sur une pente que je voulais justement à tout prix éviter.

– Parce que c'est un fantasme, Megan. Je ne suis plus celle d'il y a huit ans et lui non plus. Je dois m'occuper de vous et j'ai mon travail au musée. Garrett est le chanteur d'un groupe à la carrière internationale, il est tout le temps en tournée. Il vit à cent à l'heure. On n'a plus rien en commun, on ne peut pas revenir en arrière.

– Tu ne peux pas ou tu ne veux pas ?

Je la considère avec stupeur. Depuis quand est-elle si raisonnable ? Quand ma nièce a-t-elle basculé vers l'âge adulte ? Celui où l'on pense et où l'on réfléchit, où l'on s'investit, où l'on compatit ?

– Ma chérie, tu voulais savoir, je t'ai raconté notre histoire, mais ça s'arrête là.

– Je te parle pas du passé, mais de l'avenir. Depuis que papa et maman sont partis, tu ne vis que pour nous. Je le vois bien, tu sais. Si tu n'es pas au boulot, tu es à la maison, pour nous. Tu ne sors pas, tu ne profites pas. Parfois, j'ai peur que tu sois malheureuse à cause de nous, souffle-t-elle alors qu'une larme roule sur sa joue.

– Non, ma puce, je t'assure que non. Je te le promets. J'aime ma vie auprès de vous. Et j'ai le métier de mes rêves, dans le musée que j'adore par-dessus tout. Ne t'en fais pas pour moi.

Elle se précipite dans mes bras et nous restons ainsi pendant quelques minutes. Contrairement à ce que je craignais, cette conversation s'est plutôt bien passée. Je pense même qu'elle lui a fait du bien, qu'elle a resserré nos liens. En ce qui me concerne, en revanche, c'est plus compliqué. Si je suis contente que ma nièce ne me voie plus comme un monstre insensible, c'est mon corps qui souffre, lui, car la distance que j'avais réussi à prendre a fondu comme neige au soleil. Et lorsque j'étreins Megan contre moi, c'est aussi pour faire cesser cette douleur qui me serre le cœur.

CHAPITRE 14

GARRETT

Quand je pousse la porte de notre suite, toutes les têtes se tournent vers moi. Les mecs, qui jouaient au poker dans la pièce principale, laissent aussitôt tomber les cartes.

– Salut, Garrett.

Je ne réponds pas à Oliver. Je me contente de retirer ma veste, d'ouvrir le congélateur et d'en sortir la bouteille de vodka. J'ai traîné une bonne heure après avoir quitté Maxine. J'avais besoin de faire le vide, d'analyser les faits, même si je n'y comprends rien. La vie m'en veut-elle à ce point pour avoir joué si cruellement avec moi, avec nous ?

Je me verse un verre et vais m'écrouler sur le sofa, en silence. Pas besoin d'avoir fait de grandes études pour comprendre que ça ne va pas. Ils finissent tout de même par venir s'asseoir avec moi sur le grand canapé d'angle, l'inquiétude dans leur regard pesant une tonne sur moi.

– T'as envie d'en parler ? ose demander Olly.

– Ça s'est mal passé ?

– Ça se voit tant que ça ? ricané-je à la question d'Ayden.

Je termine mon verre avant de le reposer sur la table basse. Passant une main nerveuse dans mes cheveux, je soupire. Une sonnerie retentit, aussitôt éteinte par Ryan qui récupère son portable et le coupe.

– Ne te gêne pas pour moi.

– Tu déconnes, se vexe-t-il en me tapant sur la jambe. Bon, alors !

– Je ne peux pas dire que notre discussion se soit mal passée. C'est juste que… ce qu'elle m'a dit, je…

Je secoue la tête, une main sur mon visage, tandis que la soirée défile à nouveau dans mon esprit.

– Si elle est partie, c'est parce que sa sœur et son beau-frère ont eu un accident cette nuit-là. Il est mort dans l'ambulance, et elle, une semaine plus tard.

Leurs visages blanchissent. Ils sont tout aussi incrédules que je l'étais. À mesure que je leur raconte – le départ de Maxine, son mot, son silence, le mien, les appels dans le vide, mes réponses en chanson –, leurs yeux s'écarquillent.

– C'est complètement dingue, lâche Ryan, ahuri.

Je quitte le confort du divan pour aller me planter devant l'une des grandes baies vitrées. Depuis mon poste d'observation, je distingue parfaitement la sculpture de l'homme marteau devant l'entrée du SAM. Savoir que Max travaille juste en face me rend fébrile ; elle n'a jamais été aussi proche en huit ans.

– Je n'arrive pas à comprendre comment on en est arrivés là. Comment les choses ont-elles pu prendre cette tournure ?

– Je vais parler pour nous trois, mais on n'a rien à voir avec ça, tranche Oliver durement. Tout ce qu'on a trouvé en se levant, c'est le papier que tu as lu. On n'aurait pas pu te trahir de cette manière. Jamais.

– On n'avait absolument rien contre le fait que Maxine vienne avec nous en tournée, continue Ayden. On a bien vu ton évolution à ses côtés et on savait que tu l'aimais. Tout ce qui comptait pour nous, c'était ton bonheur, Garrett. Et c'est toujours le cas.

– Je sais, ça ne m'est même pas venu à l'esprit, les rassuré-je.

Mes épaules s'affaissent.

– Mais qu'est-ce qui s'est passé ?

– Tu penses qu'elle te dit la vérité ? Pas à propos de la mort de sa sœur, mais au sujet de ses motivations, de son envie de te suivre, de nous accompagner ?

Je comprends les doutes de Ryan, mais j'étais face à elle : je l'ai vu dans ses yeux, je l'ai entendu dans sa voix, je l'ai lu dans ses gestes. Je sais.

– Elle me dit la vérité. Elle n'a pas voulu couper les ponts, c'était juste trop à gérer sur le moment.

– Très bien. Donc, t'as une idée ? Ça fait quand même beaucoup de bizarreries, commente Ayden.

– J'ai eu une sensation étrange à un moment, quelque chose dans son regard et puis…

Je ferme les yeux et tente de me remémorer notre échange. J'essaie de faire le point, de rassembler les pièces du puzzle. Mon instinct fait naître un doute au fond de moi.

– Garrett…

– Ouais ?

– Depuis plus de huit ans, on vit toute cette aventure ensemble et on t'a toujours soutenu.

– Je sais.

– On t'a aussi mis en garde, précise Ayden.

– Elle n'aurait pas pu me faire ça, affirmé-je.

– Tu le penses vraiment ?

– On a tous assisté à une certaine tension entre Margo et Maxine à la maison et au studio d'enregistrement, insiste Ryan. On ne sait pas quand elle est arrivée, mais elle était à la maison ce matin-là.

– C'est… je…

– On n'a pas envie d'y croire plus que toi, Garrett. Mais le fait est que Margo avait une motivation.

– Je n'ai pas pu me tromper à ce point sur elle.

– Elle est amoureuse de toi.

Je scrute Olly alors qu'il m'a lancé ça le plus calmement possible.

– Tu n'as peut-être pas voulu le voir, mais c'est la vérité. Tant que votre relation n'interférait pas dans le groupe, on n'avait aucune raison de dire quoi que ce soit. Mais au fond de toi, tu as bien dû t'en rendre compte, non ?

Je secoue la tête, refusant d'admettre ce qui devient pourtant de plus en plus évident.

– Tu es humain, Garrett. Et si ce qu'on suspecte est vrai, on ne peut pas dire que tu y sois pour quelque chose, me défend Ryan.

– Je me sens surtout très con ! J'aurais dû savoir que Max n'aurait jamais agi de cette façon.

– Tu n'avais aucun moyen de la contacter. Arrête de te faire du mal, m'ordonne Ayden.

Je hoche la tête, tentant de refréner cette colère qui grimpe. Olly quitte le sofa pour me rejoindre. Il pose ses mains sur mes épaules, un sourire rassurant aux lèvres.

– Lundi, on prend l'avion pour rentrer à Los Angeles, dit-il. Tu sais ce qu'il te reste à faire. Tu as le droit de poser des questions. Et tu la connais mieux que nous, tu sauras.

J'acquiesce d'un mouvement de tête.

– Et tu sais que tu pourras compter sur nous, ajoute Ayden.

– Je sais.

Je passe des mains vives dans mes cheveux et grogne. Cette idée me fait horreur, pourtant, c'est l'explication la plus plausible. Savoir comment elle s'y est prise reste un mystère, mais je suis bien décidé à faire la lumière sur cette histoire. Cela ne sera pas une partie de plaisir, c'est une certitude, mais je n'ai pas le choix. Je ne peux plus rester dans l'ignorance.

***

J'ai laissé les mecs à l'aéroport et j'ai immédiatement pris la direction du centre-ville. Les gars ont tenté de me distraire durant le week-end en me sortant et en voulant jouer les touristes dans Seattle, mais honnêtement, je n'avais pas la tête à ça.

Je tente de me calmer car je n'ai pas envie de perdre mes moyens et de déclencher une troisième guerre mondiale, mais je bous. Trois jours ont passé depuis que j'ai discuté avec Maxine et je ne suis pas redescendu. Je file un généreux pourboire au taxi et me précipite dans les locaux de l'agence de ma mère. Elle est située à côté de l'ancienne maison de disques de mon père, qui a maintenant fusionné avec celle de Big M. Je connais les lieux comme ma poche, j'y ai peut-être passé plus de temps que chez moi quand j'étais petit. Je salue Rosa, la standardiste.

– Garrett ? s'étonne-t-elle. Tu devais passer ?

– Non. Margo est là ?

– Oui, dans son bureau. Je la préviens.

– Pas la peine. Je te remercie.

Je ne perds pas une seconde de plus et me dirige droit vers elle. J'ai besoin de crever l'abcès ; et si je me goure royalement, ce sera tant mieux et je serai fixé.

Je frappe un coup sec et entre dans la pièce sans attendre sa réponse. Elle sursaute et lâche brusquement le stylo qu'elle tient dans sa main.

– Garrett ! Mais qu'est-ce que tu fais là ? Vous n'étiez pas en week-end avec les mecs ?

– On est rentrés ce matin.

Elle fait le tour pour venir me prendre dans ses bras, mais je refuse d'un mouvement de tête et me dégage sur la droite. Elle ne peut pas me toucher, je ne veux pas être déconcentré. Je ne manque pas son air blessé. Il est vrai que depuis l'incident chez moi, nous nous sommes efforcés de faire comme si rien ne s'était passé parce que notre amitié et le groupe sont ce qui compte le plus, mais là, j'ai besoin d'instaurer une distance tangible entre nous.

– Qu'est-ce qui se passe ?

– D'après toi ? Comme tu l'as dit, on était à Seattle. Je suis sûr que tu peux trouver toute seule.

Elle sait que Maxine vit là-bas. Après le concert où elle a débarqué avec sa nièce, Margo m'en a rebattu les oreilles pendant des jours. Elle ne peut pas faire comme si elle ne voyait pas de quoi je parle. Elle me jauge d'un regard à la fois dur et douloureux. Elle a parfaitement compris ce que j'insinue. Croisant les bras, elle finit par s'asseoir contre son bureau.

– Tu as essayé de la retrouver, hein ?

– Je n'ai pas fait qu'essayer, Margo, je *l'ai* retrouvée.

Son visage se décompose et elle déglutit. Un malaise s'empare de moi. Je ne veux pas croire que l'une de mes meilleures amies ait pu agir ainsi.

– D'accord. Et donc ? Qu'est-ce que tu as fait ?

– Je suis allé la voir et j'ai demandé qu'on discute. Elle m'a accordé une soirée.

– Elle s'est expliquée ?

– Effectivement.

– Qu'est-ce qu'elle a dit ?

– Qu'elle a perdu sa sœur et son beau-frère dans un accident de voiture la nuit où elle a disparu. Elle est rentrée chez elle pour s'occuper de sa nièce et de son neveu. Son départ n'avait rien à voir avec moi.

Elle baisse les yeux vers le sol entre nous, m'empêchant d'examiner sa réaction. Comme si elle cherchait à se cacher. Elle finit par secouer doucement la tête.

– C'est horrible. Mais ça n'explique pas le mot que tu as trouvé.

– Ni le fait que je ne pouvais plus l'avoir au téléphone.

– Tu la crois ?

– T'es vraiment en train de supposer que Maxine me ment à propos d'un truc aussi horrible ?

Je sors de mes gonds, mais elle abuse clairement. Son intervention n'a rien à voir avec celle d'Olly. Son attitude, l'expression de son visage, tout reflète le dégoût. Comment peut-elle même émettre cette supposition ? Bien sûr, Margo ne connaissait pas Maxine comme moi, mais c'est écœurant qu'elle puisse croire ça. Mon agente se redresse subitement et son regard change. Ses yeux se plissent et se teintent d'une lueur inédite. Là, ça me frappe : je ne fais plus face à mon amie.

– Tu n'as pas les idées claires quand il s'agit de Maxine ! s'emporte-t-elle. C'était déjà le cas il y a huit ans, ça l'est encore maintenant. Il a suffi que tu la croises dans un couloir pour…

– Pour quoi, Margo ? Tu t'attendais à quoi ?

– Je pensais que tu avais tourné la page.

Tout le monde l'a cru, moi compris. Pourtant, personne ne s'était jamais permis de parler en mon nom jusqu'à présent.

– Et qu'est-ce qui t'a fait penser ça ?

– Eh bien, toi et moi…

– Je suis vraiment désolé, l'interromps-je, mais il n'y a pas de toi et moi. J'ai été très clair avec toi, ça fait des années que je le suis. Ces moments de faiblesse, tous les deux… Notre dernière conversation…

– Comment oses-tu ? C'est de la faiblesse que d'être avec moi ?

– Margo… je ne veux pas être avec toi, justement.

Elle chancelle, puis elle ferme les yeux, les mains crispées sur le rebord du bureau.

– Pourquoi pas ? murmure-t-elle, la voix tremblante. On se connaît depuis toujours, on évolue dans le même milieu, je m'occupe de vous, je vous connais mieux que quiconque. J'anticipe toujours la moindre de vos attentes. Je suis toujours là. J'étais là pour chaque moment.

Je grogne pour toute réponse. J'ai ma part de responsabilité dans cette situation. J'ai entretenu cette relation ambiguë entre nous, je suis un vrai connard. Je savais qu'elle avait des sentiments pour moi, mais j'ai tout de même franchi la ligne.

– Margo, je suis sincèrement désolé, ça n'aurait jamais dû aller si loin. C'est ma faute, mais toi et moi, on ne sera jamais un couple.

– À cause d'elle ? Parce qu'elle est de retour ? Ça allait très bien jusqu'à maintenant, tous les deux !

Je vois passer dans ses yeux une fureur qui m'est inconnue. Margo peut être teigneuse, elle sait parfaitement sortir les griffes quand il le faut, mais elle n'est pas méchante. Pourtant à l'instant, cet éclat, il me fait froid dans le dos.

– Tu sais très bien que c'est faux.

– Elle t'a tourné le dos, Garrett, peu importent les raisons. Elle ne te mérite pas.

– Il n'est pas question de Maxine, là. Je te parle de toi et moi, de ce que tu aimerais et qui n'arrivera pas, jamais.

– Tu étais encore dans mon lit il y a un mois ! rugit-elle, furieuse.

– On n'est pas ensemble, Margo. Je suis désolé mais entre nous deux, ça n'a jamais été plus que du sexe. Du moins pour moi. Et tu le sais.

– Mais tu étais à moi, Garrett !

Je me pétrifie, glacé jusqu'aux os. D'où vient cette possessivité maladive qui émane de sa voix ?

– Je te demande pardon ? soufflé-je.

– Pendant des années je t'ai vu passer de bras en bras, batifoler avec toutes ces nanas, mais finalement, tu revenais toujours vers moi. Je prends soin de vous, de *toi*.

– Je ne t'appartiens pas, Margo.

– Elle ne t'aura jamais non plus. Ni à l'époque, ni aujourd'hui.

Je me tourne vivement vers elle, interpellé.

– Qu'est-ce que tu as fait ?

Elle reste stoïque, la mâchoire serrée, le regard dur. Je ne l'ai jamais vue ainsi. Elle n'est pas la Margo que j'apprécie, que j'aime. Que lui est-il arrivé ? Suis-je le responsable ? Ai-je provoqué tout ça ? Pourtant nous n'avions pas franchi la ligne à l'époque, c'était déjà là.

– Qu'est-ce que tu as fait, Margo ?

– Ce qu'il fallait.

J'avance brusquement vers elle et la pointe du doigt.

– T'as intérêt à m'expliquer. TOUT DE SUITE !

Elle sursaute et recule encore plus contre le meuble, mais elle ne peut pas se dérober.

– MAINTENANT ! T'as intérêt à tout m'expliquer, sinon, je te promets que ça va mal se passer. Si tu veux conserver le faible espoir de pouvoir sauver notre amitié et ton boulot, t'as intérêt à parler.

Ses yeux se mettent à briller, mais cela ne marchera pas sur moi. Cela ne fonctionnera plus. Elle essuie une larme de crocodile sur sa joue et acquiesce de la tête. Je préfère m'éloigner d'elle, incapable de repousser cette haine qui monte en moi.

– Ce matin-là, je suis passée à la maison. J'avais des documents à vous apporter et je m'étais dit que je vous ferais la surprise de préparer le petit déjeuner. Quand je suis entrée dans la cuisine, j'ai vu ses affaires et j'ai compris qu'elle avait passé la nuit ici. Mais elle n'était pas dans le canapé, comme l'autre fois. Ça voulait dire qu'elle avait dormi avec toi et que tu avais rompu ta promesse.

– Je n'ai pas rompu ma promesse ! explosé-je. Maxine et moi, on n'a jamais couché ensemble.

Le regard qu'elle me lance est complètement dubitatif. Mais je m'en fous, je ne lui devais rien à l'époque et encore moins aujourd'hui.

– Tu vas me dire que vous avez passé la nuit à faire du tricot peut-être ? raille-t-elle. Il était hors de question qu'elle gâche des mois de travail.

– Mais quel travail, putain ? Tu as fait quoi ?

– J'ai tenté de prendre sur moi, mais son portable s'est mis à sonner. On est tombées nez à nez dans la cuisine.

Je me fige, abasourdi.

– Tu étais là quand elle a reçu l'appel de l'hôpital ? comprends-je, totalement sidéré. Tu te fous de ma gueule ? Je n'y crois pas ! Tu me mens depuis tout ce temps ? Tu as fait en sorte que je la déteste… Putain, non… ce n'est pas possible.

Je m'éloigne encore un peu d'elle. C'est comme si je venais de percuter un mur. Comment une personne qui dit m'aimer a-t-elle pu faire quelque chose d'aussi cruel ?

– Continue, exigé-je.

– J'ai assisté à sa discussion, je… Elle m'a demandé de l'aide.

Je relève la tête aussi sec et la fusille du regard.

– N'essaie pas de me dire que c'était son idée ! Arrête de me raconter des craques, tu veux ? Assume et dis-moi la vérité pour une fois dans ta putain de vie !

– J'ai tenté de la réconforter, OK ? fulmine-t-elle. Je ne savais pas quoi faire. C'est elle qui a choisi de ne pas te réveiller. Elle était dans un état second, elle avait peur de ta réaction. Elle a écrit son mot, me demandant de t'expliquer plus tard, et qu'elle t'appellerait ensuite. Et puis elle est partie.

– Je n'y crois pas, murmuré-je, sous le choc.

J'ai envie de tout envoyer balader. J'ai envie de hurler, de frapper quelque chose, de pleurer.

– Comment tu as pu me cacher la vérité ? Comment ? Tu as profité de sa détresse, de son deuil pour manigancer tout ça ? Mais comment tu as pu ?

– Elle allait te tirer vers le fond. Tu aurais été prêt à tout abandonner pour elle, je le sais, je te connais. Je ne pouvais pas te laisser faire ça, gâcher tout notre travail.

– Ce n'était pas à toi de prendre cette décision. Tu ne sais pas ce que j'aurais fait. Tu t'es jouée de moi, de nous. Tu nous as séparés.

– J'ai fait ce qu'il fallait.

Je peux voir dans son regard à quel point elle en est persuadée. Je n'arrive pas à y croire. Je ferme les yeux quand je prends conscience de tout ce que j'ai partagé avec elle par la suite à cause de ça.

– Ce sont des conneries. Tu le sais.

– Non ! Regarde où tu en es aujourd'hui. Si elle était restée, si tu avais gardé contact avec elle, rien de tout ceci n'existerait, affirme-t-elle en ouvrant les bras en grand.

– Tu as fait ça pour qui au juste ? Tous tes beaux discours, ton soutien, c'était uniquement pour *toi* ! Si tu m'aimais vraiment, tu n'aurais pas cherché à me faire souffrir, tu ne m'aurais pas menti, manipulé.

– Je ne t'ai pas manipulé !

– Arrête ! Ce n'est que ça, depuis huit ans. Tout est orchestré, tu te fous de moi ! Même le silence de Maxine, tu l'as créé de toutes pièces ! Comment tu as fait pour qu'on ne puisse pas s'appeler ?

Je suis à bout. Je pensais la connaître, mais j'avais tort.

– J'ai bloqué vos numéros respectifs sur vos téléphones en modifiant vos identifiants et j'ai inscrit un autre numéro à la place du sien sur ton appareil. Ils étaient sur le comptoir de la cuisine pendant qu'elle récupérait ses affaires.

Elle me dit ça avec un tel aplomb que j'ai du mal à percuter. Alors ça a été aussi simple que ça ? Huit ans de souffrance, parce que je n'ai jamais pu imaginer que mon amie pouvait nous vouloir du mal ? Ce n'est pas possible, je suis en train de faire un cauchemar. J'ai pourtant tout tenté pour la retrouver, mais même les Narcotiques Anonymes n'ont plus eu de contact après son départ.

– Non mais j'hallucine ! Mais qu'est-ce qui t'a pris ? C'est fini, tu m'entends, Margo ? FINI ! Je te laisse jusqu'à la fin de la semaine pour dégager d'ici !

– Non, Garrett ! Je t'en supplie. Tu ne peux pas faire ça ! Tu n'en as pas le droit !

– Je vais me gêner !

Elle m'attrape le bras alors que j'atteins la porte. Elle me tire vers elle et cette fois-ci ses larmes sont vraies, je le vois bien, mais j'y suis toujours aussi insensible. C'est terminé pour de bon.

– Garrett, je suis désolée. Je t'en prie. Réfléchis.

– C'est tout réfléchi, Margo. Ma décision est prise. Lâche-moi, maintenant.

Mes yeux envoient des flammes et mon sang bout. Voyant qu'elle refuse de lâcher prise, je me dégage sans douceur et elle manque de trébucher en arrière. Je quitte son bureau, incapable de respirer le même air, de partager le même espace qu'elle.

Dans le couloir, je croise ma mère, l'inquiétude se reflétant sur son visage. Nos éclats de voix n'ont pas pu passer inaperçus. Elle me retient en attrapant ma main.

– Garrett, que se passe-t-il ? Vous vous êtes disputés ?

– Pas maintenant, maman. Pas maintenant. Je t'appelle ce soir, mais là, je ne peux pas.

Je l'embrasse rapidement sur la joue et quitte les lieux le plus rapidement possible. J'avais déjà l'impression que mon monde venait d'être bouleversé en retrouvant Maxine, mais c'est encore plus vrai maintenant que toute la vérité a éclaté.

CHAPITRE 15

GARRETT

J'ai l'impression d'être comme un lion en cage. Ça fait quatre jours que j'ai découvert le vrai visage de Margo et je n'arrive pas à m'en remettre. À cause d'elle, j'ai perdu Maxine. Je vais devenir fou. Pourquoi est-ce que cela m'arrive à moi ? Comment Margo a-t-elle pu me faire ça ? J'ai besoin d'extérioriser ce trop-plein, mais rien n'arrive à me calmer. Lorsque j'ai raconté notre discussion aux mecs, ils ont été sous le choc avant d'invectiver notre agente comme jamais. Ils sont d'accord avec moi : elle ne peut plus travailler pour nous. Pourtant je suis autant en colère contre elle que contre moi-même, car cela me rend triste de savoir qu'elle va disparaître de ma vie. Même si elle l'a mérité.

Je file revêtir une tenue de sport et sors précipitamment. Courir est encore la seule chose qui parvient à tenir à distance la douleur, au moins quelque temps.

Je ne perds pas une minute : je récupère le circuit que j'avais l'habitude d'emprunter dans Venice et je cours. Une demi-heure, une heure, deux heures… Mais au lieu de me calmer, cela accentue encore plus ma rancœur parce que tout ici me rappelle Maxine. C'est moi qui l'ai emmenée pour la première fois sur la jetée de Santa Monica qui se dessine en contrebas. C'est aussi moi qui lui ai fait découvrir le *roof top* de mon pote durant cette soirée si forte en émotions où elle m'a raconté une partie de son passé. C'est sur cette plage qu'elle a fini de se dévoiler, petit bout par petit bout. Maxine est celle qui m'a appris à m'ouvrir sur mes traumatismes, sur mon frère. Je voyais un avenir auprès d'elle. Et Margo nous a privés de ça. Elle a tout réduit à néant par simple jalousie parce qu'elle ne supportait pas que je puisse en aimer une autre qu'elle. Parce qu'elle me voulait pour elle seule.

Je fais demi-tour et accélère ma cadence alors que la colère grandit en moi. Je me déteste de ne pas avoir vu, de ne pas m'être douté. Margo était là, ce matin-là, elle a vu ma détresse mais elle s'est tue.

Rhaaa ! Je stoppe net mon footing en découvrant que sans le vouloir, j'ai couru jusqu'aux grilles du Hillside Memorial Park, le cimetière où sont enterrés mon père et mon frère. Le cœur serré, trempé de sueur, j'entre et me dirige vers leurs tombes, côte à côte. Sans douceur, je m'assieds en face et contemple les inscriptions dorées sur le marbre blanc moucheté de gris. Tous les deux partis bien trop tôt.

Je ne suis pas du genre à parler aux morts : maman fait ça parfois quand nous venons nous recueillir. Je ne me moque pas, je peux comprendre ce besoin, mais je ne le fais pas. En revanche, je ne retiens pas mes larmes. Je m'effondre littéralement. S'ils avaient été là, ils auraient peut-être pu voir la crise avant qu'elle n'arrive. Même après ça, mon frère m'aurait aidé à chercher Maxine, mon père m'aurait expliqué comment vivre avec cette douleur, à ne pas craquer. Ma mère… elle aussi les a perdus, je ne veux pas lui rajouter la peine de savoir que sa protégée nous a menti. Je l'ai déjà trop blessée par le passé.

J'ai du mal à respirer tellement mon chagrin prend de place. La douleur ne cesse jamais vraiment d'exister. Elle s'atténue, elle s'apaise, mais il suffit parfois d'un tout petit grain de sable pour réalimenter la machine. Après plusieurs minutes pourtant, je finis par me calmer. J'arrache les brins d'herbe autour de moi tout en m'essuyant les joues, quelques sanglots me secouant encore le corps.

C'est dans des épreuves comme celles-ci que le risque de rechute est le plus grand. Quand nous avons appris que ma mère était malade, je me suis montré fort. Elle se battait comme une lionne, je n'avais pas le droit de faiblir. Mais quand mon père est mort brutalement, ça a été particulièrement difficile. Nos relations étaient redevenues solides, nous partagions beaucoup de choses, il était très investi dans notre carrière. J'ai eu du mal à surmonter cette perte. J'avais l'impression que l'univers m'envoyait un message : « Toutes les personnes de ton entourage finissent par souffrir et par partir. » Je sais bien que tout le monde subit son lot d'épreuves, mais honnêtement, j'en avais marre. Une fois de plus, je suis parvenu à rester à l'écart de la drogue parce que ma mère comptait sur moi, de même que les gars, mais je... j'ai cru à de nombreuses reprises ne pas y arriver. C'est plus facile de laisser tomber et de succomber à nouveau. Ed m'a été d'une aide incroyable.

Je me redresse et caresse du bout des doigts les caractères creusés dans la pierre avant de poser une main sur chaque tombe.

– Vous me manquez tellement, murmuré-je, la voix tremblante. Tellement.

À ce moment précis, un courant d'air vient caresser ma nuque et soulever mes cheveux. Un frisson me parcourt tout entier et me fige sur place. Un petit oiseau vient se poser à quelques pouces de moi, téméraire. Je dois halluciner parce que j'ai l'impression qu'il me regarde droit dans les yeux. Cela ne dure qu'un très court instant avant qu'il ne reprenne son envol, mais c'est suffisant pour m'interroger. Puis-je croire aux signes ?

Puis je sors de ma contemplation lorsque je sens mon téléphone vibrer dans ma poche. Ma mère m'a déjà appelé deux fois aujourd'hui sans que je réponde. Je fais l'autruche depuis ma discussion avec Margo.

J'ignore ce qu'elle a pu lui dire, je ne veux pas créer de conflit entre elles, mais je ne vais pas avoir le choix. Je soupire longuement avant d'appuyer sur le bouton vert de mon portable et de le porter à mon oreille.

– Garrett ? Enfin, tu décroches !

Je me relève doucement, fourbu comme si j'étais resté assis des heures, avant de sortir du cimetière.

– Bonjour, maman.

– Où es-tu ? Tu as une petite voix.

Je peux presque voir ses sourcils se froncer d'inquiétude alors que je ferme la grille derrière moi. Je reprends ma marche.

– Je suis passé voir papa et Matt. J'avais besoin de courir.

– Oh, Garrett…

Elle souffle, comme si elle laissait passer sa peine avant de reprendre :

– Est-ce qu'on va parler de ce qui s'est passé à l'agence ou bien tu continues à te mettre la tête dans le sable ?

– Qu'est-ce que t'a dit Margo ?

– Rien.

– Rien ? m'étonné-je en haussant un sourcil.

– Absolument rien, mais j'ai bien vu qu'elle était bouleversée. Elle m'a dit qu'elle prenait quelques jours de vacances.

Je pouffe. Évidemment. Au lieu de lui dire la vérité.

– Vous vous êtes disputés ?

Je soupire tout en secouant la tête. Je n'ai aucune envie d'entrer dans les détails, tout est encore trop frais, Maxine ignore tout de la vérité… C'est tellement le bordel cette histoire, bon sang.

– Oui, finis-je par dire. Très méchamment. Cette fois-ci, je…

– Je sais que je n'ai pas le droit de me mêler de votre histoire mais je…

– On n'a pas d'histoire, maman, la coupé-je.

– Quoi ? Mais je…

– Non. On n'est pas ensemble, on ne l'a jamais été.

– Je doute que Margo ait compris ce que tu attendais.

– Je sais. C'est bien le problème.

Je relève les yeux vers le panorama. La ville défile devant mes yeux, sereine, alors qu'en moi c'est le chaos complet. C'est vraiment une catastrophe. Margo a merdé, aucun doute là-dessus, mais je n'ai pas fait mieux.

– Je lui ai demandé de quitter l'agence, lâché-je.

– Quoi ? Mais enfin, Garrett ! Tu me dis ça comme ça. Tu n'as pas songé à m'en parler avant de prendre cette décision ? C'est Margo, elle travaille avec moi depuis des années, elle s'occupe d'ARGO. C'est une amie avant d'être une employée. C'est *ton* amie. Qu'est-ce qui s'est passé exactement ? Tu sais que tu peux tout me dire.

– Maman…

Je ne veux pas parler de tout ça avec ma mère. Je ne veux pas qu'elles se fâchent, ou pire, qu'elle me dise que ce qu'a fait Margo appartient au passé, comme Maxine. J'ai besoin de voir cette dernière avant tout, j'ai besoin de vider mon sac à la seule personne qui compte et qui est concernée.

– Pas ce soir, je t'en prie.

– Tu as besoin de temps, Margo a besoin de congés, pas de souci. Mais je reste la gérante de l'agence, pas toi. Si quelqu'un doit licencier un de mes employés, c'est moi, *pas toi*.

Son ton est implacable. Ce n'est plus ma mère qui parle, mais la professionnelle.

– À un moment donné, tu vas devoir m'expliquer ce qui se passe. Dans le cas contraire, Margo reviendra travailler pour moi après ses trois semaines de vacances.

Je grogne pour toute explication, serrant et desserrant le poing.

– Ça ne marche pas sur moi, Garrett. Ça n'a jamais été le cas. Je suis désolée, mais c'est comme ça. Depuis toujours, tu refuses de bénéficier de privilèges, tu ne vas pas commencer maintenant. Ça n'impacte pas que toi et ARGO, je ne peux pas accepter sans savoir. Tu sais ce qu'il te reste à faire.

J'acquiesce puis, après l'avoir embrassée, je raccroche, agacé. Je suis vraiment dans une situation impossible. Les gars m'ont soutenu parce qu'ils savent, mais sur le moment, je n'ai pas pensé une seule seconde à ma mère et à la façon dont elle réagirait. Et elle a raison sur toute la ligne, sauf que tant que Maxine ne sait rien, je ne veux rien lui raconter de tout ça. Elle va devoir attendre.

CHAPITRE 16

MAXINE

Depuis que je me suis confiée à Megan, nos relations sont beaucoup plus sereines. Évidemment, je garde encore certains points sous silence, mais j'ai besoin qu'elle garde cette image de moi, pas complètement parfaite, idéaliste plutôt, celle d'une tante qui s'implique, qui s'investit, pas d'une jeune femme qui a subi son lot de drames et de violence et qui a touché le fond. Elle n'a vraiment pas besoin de savoir ça. Et moi non plus.

Normalement, je travaille les samedis et Kenneth vient à la maison pour s'occuper des enfants et les conduire à leurs différentes activités, ou bien ils vont chez leurs grands-parents, mais une fois par mois, j'ai une journée de repos. Et cela fait du bien. J'ai traîné un peu au lit, préparé un copieux petit déjeuner et nous savourons maintenant de délicieux pancakes, des gaufres et une salade de fruits frais.

– Tu as bonne mine, remarque Kenneth en souriant.

– C'est parce que je me sens bien.

– On part à quelle heure pour le parc ? intervient Noah.

– On décolle dans quarante-cinq minutes. N'oublie pas ton skate, dis-je en reposant mon verre vide.

– Je vais bosser un peu et je dois rejoindre Ian à la salle de sport. Et ce soir, on se retrouve dans un bar donc je ne passerai pas à la maison, précise Kenneth.

Quand nous avons découvert les dernières volontés de Craig et Rochelle, cela a été un coup dur pour tous les deux. Kenneth venait d'entrer dans son cabinet d'avocats en tant qu'associé et je terminais tout juste mes études. Même si l'assurance vie et l'épargne de ma sœur et de mon beau-frère couvraient largement les besoins et l'avenir des enfants, il faut bien entretenir la maison et vivre à côté. Alors j'ai tout de suite fait en sorte de trouver du travail quand les choses se sont tassées, quand les émotions se sont calmées. D'un commun accord, parce que Kenneth travaille et habite dans l'hyper-centre, c'est moi qui me suis installée ici pour m'occuper de mes neveux, et il est le bienvenu, n'importe quand.

En réalité, depuis huit ans, je ne peux pas dire que je me sente véritablement chez moi ici. J'ai ma chambre, mes habitudes, mais ce n'est pas ma maison. Elle était et restera celle de Craig et de Rochelle, l'héritage de Noah et de Megan. Je suis en location, même si je ne paie pas de loyer. Quand ils seront plus vieux, ce seront eux qui décideront quoi faire de cet endroit.

Noah m'aide à débarrasser tandis que Megan est plongée dans son portable. Soudain, elle bondit de son siège et s'élance vers l'entrée.

– Je vais voir le courrier !

Kenneth et moi échangeons un regard surpris. Il y a des choses qui ne s'expliquent pas.

J'écarquille les yeux en entendant Megan revenir en hurlant. On dirait que le diable vient de prendre possession d'elle, elle est complètement hystérique. Elle agite dans ses mains une enveloppe et je pressens le pire.

– Je l'ai ! Je l'ai !

– T'as quoi ? demande Noah, totalement imperméable à l'excitation de sa sœur.

– C'est le logo de MTV !

Mon ventre se serre et je déglutis. Kenneth vient se placer derrière moi et pose ses mains sur mes épaules en guise de soutien. Megan décachette tellement vite le pli qu'elle se coupe le doigt, mais elle n'y prête pas plus attention que ça. Elle déplie le papier et nous le lit à voix haute :

– « Chère Megan, c'est avec un immense plaisir que nous t'annonçons que ta candidature a été… RETENUE. » Oui ! Je suis prise !

Elle saute dans tous les sens tout en reprenant sa lecture, hachée par tous les bonds qu'elle fait. Elle me donne le tournis.

– « Tu participeras à notre programme d'été en partenariat avec Cornish, Lewis & Clark et Reed Colleges. Tu trouveras ci-joints tout le programme et les différents documents à remplir et à nous retourner. *Ready to have some fun ?* L'équipe MTV Entertainment. »

– C'est génial, Megan ! s'exclame Kenneth.

– Ouais, bravo.

Le sourire qui s'affiche sur son visage n'a pas de prix, et ne faiblit pas malgré le peu d'enthousiasme de son frère. Je suis évidemment très contente pour elle et incroyablement fière, mais je ne peux m'empêcher d'être anxieuse pour tout ce que cela implique. Elle sera quotidiennement auprès des membres d'ARGO, sa passion pour le groupe n'est pas près de faiblir. Au besoin, je serai peut-être amenée à devoir la déposer là-bas, je risque de croiser Garrett. Comment parvenir à me détacher de lui si le destin le met une nouvelle fois sur mon chemin ?

Mes pensées sont interrompues alors qu'elle vient se jeter dans mes bras et sa bonne humeur me contamine.

– Félicitations, ma chérie, dis-je en l'embrassant sur la joue.

– Bravo, ma belle. Tu le mérites, renchérit Kenneth.

– *Yes* ! *Yes* !

Telle une tornade, elle se précipite à l'étage sous les yeux désabusés de son frère. Il hausse les épaules, pas impressionné pour un sou, et rejoint le salon pour allumer la télé.

Kenneth en profite pour me faire pivoter vers lui et pose ses doigts sur mes joues.

– Tout ira bien.

– Comment tu peux être si optimiste ?

– Parce que notre famille a vécu assez de tragédies comme ça. Il est temps qu'on soit un peu heureux, tu ne penses pas ?

Je lève sur lui des yeux humides. Il dépose un baiser sur mon front avant d'ajouter :

– Il faut que j'y aille. Passez une bonne journée.

– Bon courage à toi.

Je perçois la porte d'entrée qui claque, le son des dessins animés, le tambour de la machine à laver qui tourne dans la buanderie, l'eau qui tape contre les parois du lave-vaisselle, pourtant je suis ailleurs, comme déconnectée. Ce programme, c'est une chance pour Megan, je le sais, mais comment suis-je censée passer à autre chose alors qu'elle va côtoyer Garrett tous les jours ?

***

– T'as vu ça ? s'exclame Noah.

– Oui, très impressionnant.

Voilà près de trente minutes que nous sommes arrivés au Volunteer Park. À deux pas de la maison, c'est notre refuge pour profiter du grand air. Nous avons emmené Joey, son meilleur ami, avec nous. Après une petite session de skate, les voilà en plein rallye à travers les arbres avec leurs voitures téléguidées.

Je lève les yeux vers le Seattle Asian Art Museum. J'essaie d'emmener les enfants dans un musée une fois par mois. C'est devenu notre rituel. Même Megan ne s'en lasse pas en grandissant.

Les arts. Je sais que la musique en fait partie, et évidemment, je suis très fière du talent de ma nièce et qu'elle ait été sélectionnée pour le programme d'été, cependant, quelque chose me tracasse. Je n'arrête pas d'y penser depuis ce matin. Garrett pourrait-il avoir quelque chose à voir avec ça ? Je ne peux pas penser ou parler de musique sans voir Garrett, comme s'ils étaient les deux faces d'une seule pièce, c'est vrai. Mais le retrouver et que Megan soit acceptée à son stage juste après ? Je dois en avoir le cœur net, je ne me le pardonnerais jamais si je ne vérifiais pas.

Cela fait deux semaines que nous nous sommes vus et je n'ai pas jeté le numéro de téléphone de Garrett après qu'il me l'a donné au bar. Je l'avais supprimé de mon répertoire il y a des années, pourtant. Je ne supportais plus son silence, et surtout, je souffrais trop de ses mots à travers ses chansons. Mais maintenant je l'ai, et j'ai même une raison pour l'appeler.

On dirait une gamine. Je suis une adulte, je devrais être capable de composer un numéro. La vérité, c'est qu'une fois de plus, je ne suis pas du tout sûre de moi en ce qui concerne Garrett. Il me suffit d'entendre le velours de sa voix, ses intonations particulières, pour être envoûtée. Foutu charme à la noix !

Lasse d'être aussi ridicule, je finis par appuyer et la sonnerie se lance.

– Allô ?

– Garrett, euh… c'est Maxine.

– Oh, salut.

Je perçois de l'étonnement dans sa voix, et aussitôt, son timbre résonne en moi. Chaque fois que je l'entends à la radio, j'ai tout le mal du monde à ne pas rester fascinée, en dépit de la peine ou de la colère qu'il transmet. Il est fait pour ça, il n'y a aucun doute possible. Et je ressens la même chose lorsque Megan chante ou qu'elle joue de la guitare. D'où mes difficultés à gérer la situation.

– Je suis surpris de ton appel. Pour tout te dire, je n'y croyais pas vraiment lorsque je t'ai donné mon numéro, dit-il doucement.

Je me doute bien. Pour moi, cela ne sert à rien. Trop de temps a passé, nous avons trop changé. Et ça me fait peur, tout simplement.

– Euh, je… Je suis content de t'entendre.

Pourquoi je reste sans dire alors que c'est moi qui appelle ? Les questions étaient pourtant très claires dans ma tête.

– Maxine, t'es toujours là ?

– Oui.

Il rit doucement. Je l'imagine sans difficulté passer une main dans ses cheveux, puis la langue sur ses lèvres. Si je ferme les yeux et me concentre suffisamment, c'est comme s'il était en face de moi.

– Tu voulais quelque chose ?

Je prends une inspiration, prête à me lancer, mais je suis arrêtée net par une voix féminine qui interpelle Garrett.

– Ouais, Kiera, donne-moi un instant, s'il te plaît ! Excuse-moi, reprend-il. Maxine ?

– Oui, réponds-je sèchement.

J'ai bien conscience que c'est puéril de ma part, seulement je ne parviens pas à faire taire cette pointe de jalousie au fond de moi. Je secoue la tête, histoire de me remettre les idées en place.

– Megan a reçu une lettre d'acceptation pour le programme d'été, je voulais savoir si tu avais quelque chose à voir avec ça.

– Oh, OK. Non. Rien.

– J'ai du mal à le croire.

Un silence de quelques secondes accueille mes mots qui sont sortis un peu plus durement que je ne le voulais.

– C'est pourtant le cas, assure-t-il calmement. On chapeaute le programme et on y participe mais on n'a pas la main sur la sélection des candidats. Ce sont l'équipe de MTV et les écoles qui choisissent en fonction des vidéos envoyées et des lettres de motivation. On n'a rien à voir là-dedans, je te le promets. Si Megan a été retenue, c'est parce qu'elle a tapé dans l'œil des organisateurs. Quand le talent est là, il se fait remarquer.

– Hmm…

– Je sais que tu as toutes les raisons d'être sceptique, mais c'est la vérité. Je ne m'amuserais pas à utiliser ta nièce, même si c'est une chance incroyable pour elle et que ça pourra nous permettre de…

– Ça ne va rien permettre du tout, le coupé-je. Tu viens de le dire, tu ne t'amuserais pas à provoquer les choses. Le fait que Megan va être amenée à te côtoyer ne change rien.

– Très bien, soupire-t-il.

Je sens que je viens de le blesser mais je ne peux pas le laisser aller dans cette direction. C'est beaucoup trop dangereux.

– Écoute, Maxine, je… j'ai appris certaines choses et j'aimerais qu'on en discute en face. Je ne prendrai pas beaucoup de ton temps, promis, mais j'ai besoin de t'en parler de vive voix.

– Je…

– Maxine, c'est important.

– Très bien, cédé-je.

– Je peux faire l'aller-retour sans souci jusqu'à Seattle. Dis-moi juste quand tu es disponible.

Je ressens une certaine urgence dans sa voix, comme si cela ne pouvait pas attendre.

– Mardi ?

– Oui, super. Merci. Et, Maxine…

– Oui ?

Sa respiration me parvient, légèrement saccadée. Je crois que je ne fais pas mieux.

– Je suis content d'avoir entendu ta voix, dit-il enfin. Et je suis heureux pour Megan. À mardi alors.

– Bye.

Il raccroche et je reste comme une imbécile à fixer mon smartphone. Je me demande bien ce qu'il a à m'apprendre qui doit à tout prix être dit en face à face. Mais je suppose que je vais devoir me montrer patiente. Après toutes ces années loin l'un de l'autre, qu'est-ce que quelques jours ?

CHAPITRE 17

GARRETT

Je suis arrivé à l'aéroport il y a moins d'une heure. Je pensais trouver le temps long entre son appel et notre rendez-vous, mais nous avons été bien occupés. Nous avons enregistré *Lies* en studio. Je sais bien que je l'ai écrite sous le coup de la colère, mais elle plaît et Big M le voulait. J'ai dans l'idée de rédiger son antonyme pour équilibrer la balance.

Maxine m'a envoyé un texto un peu plus tôt dans la journée pour m'indiquer de nous rejoindre au même endroit que la dernière fois. Ayant du mal à rester calme et à m'occuper, j'arrive un peu en avance au bar et constate que je suis le premier. Il fait un peu plus frais que l'autre soir, aussi décidé-je de m'installer à l'intérieur, sur la banquette la plus à l'écart, la moins exposée. Mieux vaut être prudent.

– Bonsoir, me salue une serveuse. Qu'est-ce que vous prendrez ?

– J'attends quelqu'un qui ne devrait plus tarder.

– Pas de souci, je repasse plus tard dans ce cas.

Je ne manque pas son sourire ; je suis sûr qu'elle m'a reconnu mais j'apprécie sa discrétion.

Je me rappelle une époque où c'était Maxine qui était nerveuse à chacune de nos rencontres, mais ce soir, c'est mon tour. Je ne sais pas comment elle va prendre ce que je vais lui annoncer. Je n'ai vraiment pas envie de la voir disparaître à nouveau de ma vie, pas après l'avoir retrouvée d'une façon si hasardeuse.

Je me relève en la voyant arriver. Tailleur-pantalon pourpre très chic, chemisier blanc, escarpins noirs. Je me force à aussitôt relever les yeux. Elle me sourit timidement et s'installe. Je ne l'ai pas fait exprès, mais la banquette que j'ai choisie est en L, donc pas d'autre choix que d'être l'un à côté de l'autre.

– Salut, dis-je en me rasseyant. Tu viens directement du boulot ?

– Oui.

– Merci encore d'avoir accepté de me voir.

– Pas de souci.

Maxine contemple les lieux comme si elle y mettait les pieds pour la première fois ; elle doit être dans le même état de nervosité que moi. Heureusement pour nous, la serveuse revient, brisant le silence.

– Bonsoir, dit-elle en souriant à Maxine. Qu'est-ce que je vous sers ?

– Max, tu veux boire quoi ?

– Un jus de fruits. Orange, s'il vous plaît.

– Une bière pour moi. Une Coors light.

– Très bien. Je vous apporte ça tout de suite.

Maxine lève ses beaux yeux légèrement maquillés sur moi, puis ses lèvres esquissent à nouveau un petit sourire. Je crois que ce sont ceux que je préférais à l'époque, parce qu'ils semblent plus sincères. J'ai envie d'y voir qu'elle n'est pas ici avec moi par contrainte, mais parce qu'elle en a envie.

Nous nous écartons afin de laisser à la serveuse le temps de déposer nos boissons. Maxine récupère son verre et prend immédiatement une gorgée.

– Tu es arrivé il y a longtemps ? demande-t-elle.

– Mon avion a atterri il y a une heure à peu près. Comme je te l'ai dit, j'ai récemment appris certaines choses et il fallait que je t'en parle en personne. On est en vacances jusqu'au début du programme d'été, alors rien ne m'empêchait de venir dès maintenant.

– D'accord. Eh bien, vas-y, je t'écoute.

– Après notre dernier échange, j'ai pas mal discuté avec les gars et… je suis allé trouver Margo en rentrant à LA.

Elle déglutit et recule légèrement contre le dossier. Le regard rivé à son verre, les doigts serrés autour, une tension s'est emparée de ses épaules.

– Elle m'a tout avoué.

– Elle a fait ça naturellement ? demande Max en haussant un sourcil, dubitative.

– Non. J'ai amené la conversation où je voulais et elle s'est trahie toute seule.

Elle hoche la tête mais son regard semble perdu. Croyait-elle que j'allais en rester là ? Que j'aurais donné plus de crédit à Margo qu'à notre histoire ?

– J'imagine qu'elle n'est pas ravie qu'on se soit retrouvés, n'est-ce pas ?

– Tu savais ce qui s'était passé, hein ? Après notre discussion. Pourquoi tu n'as pas voulu me le dire ? soufflé-je en me penchant vers elle.

– C'est la seule personne que j'ai vue ce matin-là, ça ne pouvait venir que d'elle… J'ai naïvement cru que je pouvais lui faire confiance dans un moment pareil, mais j'ai eu tort.

– Pourquoi tu ne m'en as pas parlé la dernière fois ?

Elle relève la tête et plonge ses yeux dans les miens. Une profonde tristesse l'habite et cela me fait mal au cœur.

– Déjà à l'époque, tu n'as jamais voulu me raconter ce que Margo t'avait dit, me souviens-je. Si j'avais su…

– Je ne pensais pas faire le poids. Elle était dans ta vie depuis tellement longtemps, elle te connaissait, te *connaît*, bien mieux que moi. Nos discussions étaient… tendues. Elle n'a jamais été franchement virulente, mais elle savait où appuyer. Mais t'en parler aujourd'hui alors que ça fait huit ans que nous ne nous sommes pas vus ? Que je ne sais pas ce qu'elle représente pour toi ni ce que tu es prêt à entendre ?

Elle pince les lèvres comme pour contenir leur tremblement et fuit mon regard. J'ai envie de lui dire qu'elle n'a rien à craindre, qu'elle n'a jamais rien eu à craindre, mais je me retiens. Je n'en ai plus le droit.

– Et qu'en est-il de cette histoire de téléphones ? s'enquiert-elle pour changer de sujet.

– Ils étaient restés sur le comptoir de la cuisine. Elle a bloqué nos numéros respectifs dans nos téléphones et elle a modifié ton numéro dans mon répertoire, donc lorsque je t'appelais, je tombais effectivement sur une autre personne. J'ai tenté de passer par les NA pour te joindre mais tu ne leur avais plus donné de nouvelles et je n'ai pas pensé à comparer ton numéro avec celui qu'avait Patrick, à l'époque.

– Tu veux dire que depuis tout ce temps, il aurait suffi que je les contacte ?

En un instant, je la vois sombrer. Se dire qu'un si petit acte de malveillance a eu autant d'impact, c'est terrifiant. Mais je ne peux pas la laisser penser que c'est sa faute.

– Elle nous a manipulés tous les deux. Je n'en reviens pas d'avoir été si con toutes ces années, si tu savais. Je suis vraiment désolé de ne pas avoir compris, de ne pas avoir cherché à comprendre. J'aurais dû savoir qu'il s'était passé quelque chose de grave, que tu n'aurais jamais pu partir sans avoir une bonne raison.

– Ne dis pas ça, je n'ai pas cherché à comprendre moi non plus. Je n'aurais cependant jamais imaginé qu'elle pourrait manigancer un tel scénario dans des circonstances aussi terribles.

– Qui l'aurait pu ? Je crois que toute l'agence a été témoin de notre dispute. J'ai été très clair et j'ai demandé à Margo qu'elle prenne ses affaires et parte. Je ne veux plus travailler avec elle. Je ne veux plus la voir du tout.

– Je suis sincèrement désolée. J'imagine que ça n'a pas dû être facile.

Même dans un moment pareil, elle fait preuve de compassion. Elle aurait tous les droits de m'en vouloir, d'être heureuse que je décide de rayer mon amie de ma vie, pourtant ce que son regard me transmet me rappelle pourquoi je suis tombé amoureux d'elle il y a huit ans. Je ne peux pas m'en empêcher, je craque :

– Margo et moi, on se connaît depuis toujours, ma mère l'adore, mais parfois, il y a des choix qui sont plus faciles que d'autres. Mais… Maxine, dis-je pour attirer son regard, tendant la main vers elle, Margo et moi, on n'était pas ensemble. Pas dans le sens où tu l'entends. J'ai laissé les choses aller trop loin entre nous et elle s'est imaginé qu'on pourrait devenir plus, mais maintenant, tout est clair.

Elle hoche la tête, cependant elle ne me donne pas vraiment l'impression d'être convaincue. Je prends une gorgée de bière et soupire.

– Tu es pressée ?

– Pourquoi ?

– Tu peux m'accorder le reste de ta soirée ?

– Garrett… murmure-t-elle.

– Maxine, je t'en prie. Je ne peux pas te laisser partir, pas comme ça, pas après ça. S'il te plaît.

Passant une main lasse sur sa nuque, elle pose des yeux désolés sur moi.

– On ne pourra jamais rattraper huit ans.

– Je sais, mais on peut essayer d'y croire ce soir, tu ne penses pas ?

Je lis toute l'incertitude qui la taraude. Pendant des années, nous avons maudit l'autre. Mes mots l'ont-ils blessée à ce point ? Margo nous a joué un sale tour, mais j'ai pris la suite sans le savoir. Que pourrais-je dire pour tout effacer, pour apaiser son cœur ? J'ignore si c'est seulement possible et cela me met en rogne.

Elle finit par acquiescer, alors je choisis de changer de sujet pour ne pas m'enfoncer plus et lui donner des raisons de m'envoyer balader :

– Tu veux bien me parler de toi ? De ta vie ?

– Comment veux-tu que je résume presque dix années en une soirée ?

– En commençant par le début ? proposé-je en souriant, incertain.

Elle souffle, mais s'y attelle quand même. Je vois ça comme une victoire.

– Après le décès de Rochelle et Craig, j'ai été propulsée dans une vie de famille. Tu le sais, je n'avais pas prévu ça. À 23 ans, j'ai emménagé avec les enfants dans leur maison, tandis que Kenneth, le frère de Craig, est resté dans son appartement en centre-ville, mais il est presque tous les week-ends avec nous et on partage tout. Il est d'un soutien infaillible. On est devenus un foyer, on a nos habitudes, nos rituels. Je pense qu'on s'en sort pas trop mal.

Elle sourit doucement avant de reprendre avec fierté :

– Noah a maintenant 13 ans, il est au collège. Petit, il s'intéressait à tout, et il n'a pas tellement changé. Il raffole de tout ce qui a trait aux nouvelles technologies et c'est un véritable casse-cou. Mon palpitant est très souvent malmené avec lui, explique-t-elle en riant. BMX, trottinette, skate, rollers, tout y passe.

– Ses parents seraient fiers de lui.

– Oui, c'est une certitude. Et Megan, eh bien, tu as discuté avec elle, tu sais ce qui l'anime : la musique, le chant, la danse. Elle te ressemble.

– Si elle a été sélectionnée, c'est qu'elle doit avoir le potentiel et le talent.

– Elle est douée, on le sait tous, mais la voir emprunter cette voie m'angoisse.

Elle hausse les épaules, comme si son aveu ne signifiait pas grand-chose.

– Pourquoi ça ?

– J'ai peur qu'elle se perde, qu'elle ne vive que des désillusions et je ne veux pas la voir partir après le lycée pour Portland.

Une des trois écoles accolées au stage d'été, dans la ville qui l'a brisée. Je serre les poings. Tout n'est pas noir dans ce milieu quand nous sommes entourés des bonnes personnes, mais j'imagine que lorsque l'on élève une adolescente, c'est le cadet de nos soucis.

– Je comprends. Et toi ? Tu m'as surtout parlé des autres, jusqu'à présent.

– Il n'y a pas grand-chose à dire, tu sais. Je tente d'éduquer les enfants du mieux que je peux et à côté de ça, j'ai mon travail au SAM. J'ai commencé en tant que simple assistante et maintenant, je suis l'une des conservatrices adjointes. Je m'occupe de l'aile dont je suis tombée amoureuse quand j'ai commencé à y travailler durant les vacances scolaires alors que j'étais au lycée. Je n'aurais pu rêver mieux.

– Waouh, c'est très impressionnant.

Elle hausse une épaule, mal à l'aise. Pourtant, elle mérite ce compliment.

– Et Kenneth ? Que fait-il ?

– Il est associé dans un gros cabinet d'avocats.

On est loin du chanteur vagabond. Je brûle d'envie de lui demander ce qu'il y a entre eux. À la place, je la regarde, fasciné, porter le verre à ses lèvres. Le bout de sa langue les caresse et je détourne aussitôt les yeux.

– Et toi alors ? Le succès et la gloire ?

Je sens une pointe de reproche.

– Je sais que tu t'imagines ce que ma vie a été à cause de ce que les médias racontent.

– La majorité est sans doute vraie, non ?

– Je ne sais pas, je ne suis pas tout ce qui se dit à notre sujet. Une chose est sûre, j'ai perdu mon intimité. On doit forcément accepter de s'exposer, d'offrir une partie de notre existence au public. Ça fait partie du jeu.

– Ce n'est pas trop dur à vivre ?

– Si, bien sûr que si. Parfois, je suis nostalgique de l'époque où c'étaient juste les gars et moi dans notre sous-sol, à l'abri dans notre cocon. Je n'ai pas vraiment le droit de déprécier tout ce qu'on vit, c'est notre rêve et ça a ses avantages, mais c'est parfois pesant.

Pas la peine d'entrer dans les détails. Oui, j'ai profité et ça, je sais que Maxine en a été témoin en lisant les journaux. Je ne vais pas lui mentir même si j'aimerais redorer mon image à ses yeux.

– Et vous restez combien de temps à Seattle ?

– On arrivera juste avant le début du programme. Nous logerons côté lac Washington, dans une villa que les organisateurs du programme vont louer. On repartira juste après la finale, peut-être en débordant jusqu'à fin août, on ne sait pas encore. Ensuite, retour à LA : un album à préparer, un *best-of* à sortir, donc promo et tout ce qui va avec. Sans oublier la publicité pour le programme, sûrement en octobre, en fonction du temps que prendra la post-prod.

– Vous n'arrêtez jamais ? demande-t-elle en riant.

– Cette année, c'est exceptionnel avec le stage, mais sinon, on s'accorde des vacances.

Je lui souris, ravi qu'elle s'inquiète pour nous. Je ne devrais pas, pourtant.

– Vous vivez toujours ensemble, les garçons et toi ?

– On a chacun notre maison, mais tous dans le même coin. Je suis resté à Venice, Olly est monté à Malibu, Ryan et Ayden sont à Beverly Hills. Mais on ne passe quasiment pas un jour sans se voir.

– Je suis contente de voir que votre amitié est toujours aussi solide.

– Oui, moi aussi. Je ne sais pas ce que je ferais sans eux.

Nous poursuivons notre discussion sur tout et rien. Nous commandons à manger, parce que le temps file et que mon ventre se manifeste bruyamment.

Il est près de 11 heures lorsque nous quittons les lieux. Sur le trottoir, au pied du Thompson Building, je l'observe remettre son sac sur ses épaules alors qu'elle attend que je la rejoigne. Cela aurait pu être une soirée au restaurant parmi tant d'autres, une sortie de couple pour se détendre, si tout n'avait pas été gâché. Je serais arrivé derrière elle, je l'aurais prise dans mes bras, et nous serions rentrés chez nous. À Venice, à Seattle, qu'importe tant que j'aurais été avec elle. Et même si cette vie n'existera jamais, j'ai peur de ne plus jamais la revoir. Cet instant avec elle a rempli le gouffre qui se creusait en moi depuis des années, et je ne suis pas prêt à le laisser se vider de nouveau. Je ne veux pas la presser, l'obliger à quoi que ce soit, mais quelque chose me dit qu'elle ne fera pas le premier pas. Si je ne tente rien, elle s'effacera. Elle ne m'a contacté qu'à cause de Megan, sinon je l'attendrais toujours.

– Laisse-moi te raccompagner à ta voiture.

– Si tu veux.

Elle consent à m'offrir le maximum ce soir, comme si cette soirée était une parenthèse pour elle. La voit-elle comme le point final à notre histoire ? Putain, non !

J'aperçois la baie au bout de la rue. Il n'y a pas beaucoup de monde, mais je suis rassuré à l'idée que Maxine ne soit pas seule, même si Seattle est bien différente de Los Angeles et de son tumulte.

– Et voilà, m'indique-t-elle devant un Jeep Compass. Je te remercie pour cette soirée, d'avoir tenu à m'expliquer en personne. Et je suis désolée de ne pas t'avoir parlé de mes doutes, mais je ne voulais pas compliquer les choses entre Margo et toi.

– Tu n'y es pour rien. J'aurais seulement aimé l'apprendre bien plus tôt.

Elle hoche la tête avant de détourner les yeux, faisant tout pour éviter de me regarder.

– Je peux te demander quelque chose ?

Elle ne répond pas, alors je poursuis :

– Tu lui avais demandé de me dire quoi exactement ?

– Garrett…

– Je t'en prie. J'ai besoin de savoir. Je suis sûr que tu t'en souviens.

Elle prend une grande inspiration, passe la langue sur ses lèvres.

– Elle devait t'expliquer ce qui venait de se passer, te dire que je ne voulais pas que mes responsabilités te retombent dessus, que je refusais de te priver de ton rêve parce que je savais que tu aurais voulu t'impliquer, me soutenir. Je voulais qu'elle te remercie pour les mois passés ensemble, pour ta patience, ta persévérance, ta gentillesse… Je lui ai dit que je t'aimais aussi, m'avoue-t-elle alors que sa voix faiblit.

Je me fige, interdit. À l'époque, elle ne m'avait pas retourné mon aveu. Même si je le sentais, l'entendre a une saveur particulière. D'autant plus que j'avais fini par me convaincre que j'avais inventé tout ça.

– Je ne pouvais pas t'imposer ça, Garrett. Et je ne voulais pas prendre le risque que l'on puisse avoir des regrets et reprocher quoi que ce soit à l'autre. Ça nous aurait déchirés.

– Tu me disais au revoir, comprends-je. Au bout du compte, peu importent les circonstances, tu mettais un terme à notre histoire, hein ?

Je ne voulais pas paraître si amer. Mais faire semblant n'a jamais été mon truc.

– Je pensais agir au mieux. Je voulais juste prendre du recul et te laisser vivre ton rêve, sans interférer. Terminer sur quelque chose de beau entre nous. J'ai naïvement pensé qu'on aurait pu rester amis, garder contact. Jamais je n'ai voulu te faire souffrir.

Je lève la tête vers le ciel, tentant de dissimuler la douleur qui me broie la poitrine. Je l'entends faire un pas, me faisant brusquement baisser le regard vers elle.

– Je te souhaite bonne chance, Garrett.

Elle a déjà ouvert la portière de sa voiture et jeté son sac sur le siège passager.

– Maxine… la retiens-je.

Elle pose ses beaux yeux chocolat sur moi et je me noie dedans. Je pourrais la laisser partir comme ça, mais j'en suis incapable. Pas après qu'elle m'a avoué qu'elle m'aimait.

– Je suis tellement… Jamais je n'aurais pensé croiser à nouveau ton chemin. Je ne peux pas tirer un trait comme ça, je ne peux pas. Je…

Je prends une profonde inspiration, je ne dois pas perdre mes moyens maintenant.

– Moi aussi, ça me rend triste, tout ce temps perdu, murmure-t-elle. Je t'assure.

– Est-ce que Kenneth et toi, vous êtes ensemble ? demandé-je doucement.

Elle détourne légèrement la tête avant de la secouer. Je soupire de soulagement.

– Je ne vais pas te forcer à quoi que ce soit, mais je me dois d'être honnête avec toi. J'aimerais beaucoup qu'on redevienne amis, qu'on réapprenne à se connaître. J'ai envie que tu fasses partie de ma vie.

– Je ne sais pas si c'est une bonne idée, souffle-t-elle.

Je note tout de même qu'elle ne la réfute pas complètement.

– Tu n'es pas obligée de te décider maintenant, OK ? Prends le temps de réfléchir. Tu as mon numéro, maintenant, tu sais où me joindre. Et je reviendrai à Seattle pour l'été.

– Je ne te promets rien, Garrett.

– Je sais, dis-je en souriant doucement. Mais tu sais, je suis encore plus patient qu'à l'époque. Tu te souviens comment c'était.

Elle hoche la tête, un léger rouge montant sur ses pommettes.

– Au revoir, Garrett.

– Merci pour ce soir, Max. À bientôt, j'espère.

Elle se tourne vers moi et se hisse sur la pointe des pieds pour déposer un baiser sur ma joue. Je reste bêtement sur le trottoir alors que sa voiture s'éloigne. Cela signifie-t-il qu'elle n'est plus en colère contre moi ? De quoi me donner un peu d'espoir vers une réconciliation ? Ou s'agit-il d'un baiser d'adieu ?

CHAPITRE 18

GARRETT

Les stylistes et maquilleuses sont en train de finir de nous préparer pour une interview avec un journaliste du magazine *Rolling Stone*. J'attends patiemment qu'ils terminent, même si je déteste ça. J'ai toujours l'impression de revêtir un déguisement qui ne me ressemble pas. D'autant qu'ensuite, il y aura une séance photo où plusieurs mannequins ont été conviées. Je ne vois pas l'intérêt. Nous sommes un groupe de quatre mecs, nous n'avons pas besoin de ça, mais Margo avait insisté en programmant le rendez-vous et, les cachets étant déjà versés…

Je ne vais pas m'en cacher, je fais tout pour éviter de me trouver à l'agence. Ma mère m'appelle au moins une fois par jour et Margo a essayé de me contacter à plusieurs reprises. Je l'ai laissée basculer chaque fois sur la messagerie, je n'ai plus rien à lui dire. Stephany a pris le relais pour le groupe pendant ses « congés ». Je sais que ma mère attend toujours une explication de ma part. Si je persiste, elle fera ce qu'elle m'a dit : Margo va revenir.

– Vous êtes prêts les gars ? demande Stephany en ouvrant la porte.

– Ouais, déclare Ryan en s'admirant dans le miroir sur pied de la pièce.

Nous sortons et la suivons alors qu'elle nous guide jusqu'au plateau et au journaliste.

– Ayden, Ryan, Garrett, Olly, je suis ravi de vous rencontrer. Ethan Waller.

– Enchantés.

Nous prenons place sur les fauteuils en face de lui et il entre immédiatement dans le vif du sujet.

– Après une tournée de plusieurs mois, ARGO profite d'un peu de repos. Vous avez accepté d'interrompre vos vacances pour me rencontrer, je vous en remercie.

– Pas de souci, le rassure Ryan d'un sourire. Avec plaisir.

Dans un premier temps, Ethan nous interroge sur la tournée qui vient de s'achever, les grosses métropoles où nous nous sommes rendus, les shows que nous avons préférés. Le temps de parole est bien équilibré entre chacun d'entre nous, aucun des membres n'est mis plus en avant qu'un autre. Nous y faisons très attention. Nous n'avons aucun problème d'ego, mais dans des cas comme aujourd'hui, nous ne sommes qu'un : ARGO.

– Votre dernier album a rencontré un succès mondial. Et je dois dire que j'ai été comme à chaque fois bluffé. Le plus souvent, chaque groupe possède une identité qui lui est propre, on peut d'emblée déterminer leur son à la simple écoute d'une de leurs chansons. Mais en ce qui concerne ARGO, c'est l'inverse. Vous ne cessez de surprendre..

– C'est un peu notre marque de fabrique, répond Olly. On refuse de se cantonner à un seul genre. La musique est tellement riche, on aime s'inventer, créer en permanence.

– J'avoue que les solos que vous incluez régulièrement me donnent à chaque fois des frissons, sans compter les harmonies. J'ai récemment découvert que vous les enregistriez systématiquement à quatre et non individuellement.

– On fonctionne comme ça et ça marche plutôt bien, expliqué-je. C'est aussi dans un souci de gain de temps.

– Même si ça part souvent en fous rires, se marre Ryan.

– Parlez-nous un peu du programme auquel vous allez participer cet été. C'est assez novateur, non ?

– Effectivement, dit Oliver. Le partenariat entre ces trois grandes écoles est assez ambitieux. Et nous sommes ravis de faire partie de l'aventure avec Kiera. C'est vraiment une danseuse très talentueuse. Nous avons pris beaucoup de plaisir à travailler avec elle sur différents clips et nous sommes très satisfaits de la savoir à nos côtés pour cette expérience. C'est nouveau pour nous, mais on a hâte d'y être.

– Est-ce qu'il va y avoir un peu de compétition entre vous ? se renseigne Ethan, un sourire sur les lèvres.

– Évidemment, confirme Ryan, nous faisant ricaner. On veut tous être le meilleur ! Mais il s'agit avant tout d'un programme de partage. On sera là pour transmettre notre savoir, notre expérience, conseiller les participants.

– Rendre un peu de ce qu'on a reçu, poursuit Ayden.

– Mis à part ce programme, quels sont vos projets à venir ?

Je me redresse légèrement, le cuir crissant sous mon poids alors que je prends la parole.

– Notre *best-of* sort en fin d'année. Même s'il n'y a pas de véritable travail pour nous, on a décidé de faire une surprise aux fans en enregistrant au moins deux titres inédits, confié-je.

– Oh ! Une info en exclusivité. C'est génial. On les retrouvera dans le prochain album ?

– Non, ils ne seront que sur le *best-of*. Le public a déjà pu en avoir un aperçu lors du dernier concert.

Je déglutis. Je n'en ai pas parlé à Maxine la dernière fois. Comment risque-t-elle de le prendre ?

– Vous avez déjà commencé l'écriture du prochain album ?

– En fait, on écrit presque tous les jours. Dès qu'une idée nous traverse l'esprit, on la note, explique Ayden. Quand on entre en studio, il y a une sélection parmi des centaines de textes.

– Waouh, impressionnant. Et comment se passe cette phase de sélection, alors ?

– C'est en concertation avec notre producteur. On a quand même notre mot à dire si certains titres nous parlent plus que d'autres, poursuit Olly. Le réalisateur artistique nous conseille aussi.

Encore heureux, mais bien souvent Big M sait ce qu'il fait, il a le don de sentir quel titre est un succès en puissance. Il a toujours fait mouche.

– ARGO suscite toujours autant d'intérêt, aussi bien d'un point de vue musical que personnel, même après toutes ces années. Comment arrivez-vous à gérer votre vie privée ?

Nous nous jetons des coups d'œil entendus avant que Ryan ne réponde :

– C'est simple, on n'en a pas ! plaisante-t-il. Et ne plus vivre tous les quatre sous le même toit n'a rien changé !

Nous éclatons de rire, puis il reprend :

– Plus sérieusement, c'est dur.

– Nous avons choisi ce train de vie, continue son frère. Ce qui est plus délicat, c'est de devoir l'imposer à notre famille, à notre entourage.

– Est-ce que ça aide quand on a grandi dans ce milieu exposé ? demande Ethan en s'adressant à moi.

Qui sont mes parents n'est un secret pour personne.

– Disons qu'on sait un peu plus à quoi s'attendre, mais le vivre et y être confronté, c'est légèrement différent. Il y a des jours où c'est plus facile que d'autres.

– Quand on regarde les femmes qui ont partagé vos vies au fil des années, on se rend compte qu'il y a très peu d'inconnues, remarque le journaliste.

Nous échangeons un regard, les gars et moi. Parler de notre vie privée n'est pas quelque chose que nous apprécions particulièrement. Oliver est le premier à prendre la parole.

– Quand on fait partie du show-business, on sait que notre vie est exposée. On a beau essayer de faire les choses discrètement, c'est compliqué. Alors oui, vivre ça avec quelqu'un qui expérimente la même chose, c'est plus naturel. On se comprend, même si ça apporte son lot de soucis.

– Garrett ?

– Oh, eh bien… commencé-je en toussotant. Disons que j'ai longtemps pensé que mélanger nos deux mondes était voué à l'échec. On a une vie à mille à l'heure, très souvent sur la route, c'est difficile à vivre pour quelqu'un qui n'est pas dans le milieu. Il y a la distance, la fatigue, la pression, la presse. Faire le tri dans tout ça pour que ça dure, ce n'est pas donné à tout le monde.

– « Longtemps pensé »… Vous avez changé d'avis ?

Je réponds seulement par un petit sourire sans continuer pour lui faire comprendre que je n'irai pas plus loin.

– Bon, j'arrête avec les questions trop personnelles. On m'a soufflé dans les coulisses que vous aviez une annonce exclusive à nous confier.

– Effectivement, approuve Ayden. Après notre dernier tour national, nous avons envie de voir plus grand. Nous vous informons donc qu'en septembre l'année prochaine, nous partirons en tournée mondiale. Les dates ne sont pas encore définies avec précision, on est en train de peaufiner ça, mais les grandes métropoles feront sûrement partie de notre circuit : Londres, Paris, Madrid, Berlin, Rome, Sydney, Tokyo, São Paulo, Ottawa, Vancouver… Ça coïncidera avec la sortie de notre futur album.

– Cela annonce une année très riche !

– Effectivement, on a hâte d'y être.

– Merci infiniment les gars, conclut-il alors l'interview, nous tendant une main. J'enverrai une copie de mon article à l'agence. Je vous laisse entre les mains de Roberto pour les photos.

Stephany prend la suite et nous sommes conduits dans un studio photo : de grands spots de lumière sur pied, une toile blanche qui sert de fond, des portants de vêtements, des coiffeuses et l'appareil du professionnel. Tout ce que j'aime. Même la mannequin, qui aurait pu être sympathique, m'agace au plus haut point. Elle est un peu trop tactile à mon goût, jouant clairement les ingénues. Je ne m'attarde pas et quitte le plateau dès que le photographe nous informe qu'il a ce qu'il lui faut. Je ne manque pas les sourires complices des copains au moment de retourner dans les loges.

– Eh bien, on se ramollit, me chambre Ryan. Il y a trois mois, tu serais reparti à son bras.

– Ouais.

– Nous faisons face à un nouveau Garrett, commente Ayden.

– Vous vous foutez de moi, là ?

– Pas du tout, se marre le batteur en passant un bras par-dessus les épaules de son frère.

– Non, on aime celui qu'on voit.

– Ah ouais ? Et vous voyez quoi ?

– La fougue est revenue, la lueur dans ton regard aussi.

Être aussi transparent me hérisse le poil. Alors que nous arrivons devant la porte, Ryan s'arrête sur le seuil.

– Qu'est-ce que tu fous ?

Je tends le cou pour voir l'intérieur de la pièce. Je grogne littéralement en découvrant Margo qui fait les cent pas en nous attendant.

– C'est maintenant, compatit Olly en me posant une main sur le torse.

– Bon courage, renchérit Ryan alors qu'ils font tous marche arrière.

– Bande de lâches.

Je ferme les yeux et prends une profonde inspiration avant d'entrer.

– Qu'est-ce que tu fais là ? attaqué-je sans une once de douceur.

Elle se fige en me découvrant, avant de faire un pas vers moi, nerveuse.

– Tu refuses tous mes appels.

– Et ça t'étonne ? raillé-je en me dirigeant vers mes affaires.

– Garrett…

Je me retourne vivement vers elle et la pointe du doigt, sentant mon sang bouillir. Elle a un petit sursaut qui ne m'atteint pas.

– Arrête avec ton air condescendant, tu veux ? T'as merdé, tu assumes, c'est aussi simple que ça.

– Tu n'es pas tout seul, Garrett. D'autres artistes comptent sur moi, ta mère aussi.

– Tu vas vraiment jouer cette carte ? Tu crois que tu vas pouvoir tirer sur ma corde sensible pour me faire changer d'avis ?

Je la fusille du regard. J'aimerais pouvoir être capable de la faire disparaître.

– Je sais que tu n'as encore rien dit à ta mère. Pourquoi ?

Eh merde. Elle va vraiment jouer avec mes sentiments, la garce ! Le fait est que je n'ai rien dit parce que je ne veux pas ternir sa relation avec Margo. Elle l'aime comme sa propre fille, elles se sont énormément rapprochées quand elles ont combattu leur cancer respectif. Le problème est entre Margo et moi, ma mère n'a pas à en pâtir. Mais je ne vais pas pouvoir m'en sortir aussi facilement, je le sais, et Margo aussi.

– Je vais finir par lui expliquer, assuré-je à contrecœur. Qu'est-ce que tu veux, Margo ?

– Je veux retrouver mon travail.

– C'est hors de question, putain ! Non !

J'abats mes mains sur le dossier d'un siège et bascule la tête en avant. Je l'entends bouger derrière moi.

– Tu ne me touches pas, la menacé-je.

Je la connais, je sais que c'est ce qu'elle s'apprêtait à faire.

– J'ai besoin de ce travail, Garrett.

– Tu peux très bien le faire ailleurs.

– Tu crois que ça me plairait de partir avec mes artistes ?

Je pivote vivement vers elle et lui lance un regard noir. Elle va me faire du chantage, maintenant ?

– Tu ne te permettrais pas de faire ça, c'est ma mère qui t'a lancée, c'est elle qui t'a faite. Tu ne peux pas partir avec ses artistes.

– Les contrats sont peut-être signés avec l'agence, mais c'est mon nom qui est dessus. Je peux partir avec eux, mais je n'en ai pas envie. Tu dois juste faire en sorte que…

– T'es vraiment dégueulasse, putain ! J'hallucine. Mais qui es-tu, bordel ?

Elle ne répond rien, mais son regard déterminé me dit tout ce que j'ai besoin de savoir. J'ignore qui me fait face. C'est aussi simple que ça.

– Je te laisse jusqu'à la fin de la semaine pour arranger les choses, dit-elle d'une voix blanche avant de partir.

Et moi, je reste ici comme un con, à ne pas savoir quoi faire. Au fil des années, Margo s'est tissé un sacré réseau. Elle s'est démenée pour signer des artistes avec une renommée internationale. Elle a participé au succès de l'agence. ARGO n'est pas le seul groupe qu'elle gère. Je pensais qu'elle respecterait les liens qui l'unissent à ma mère, mais non. On peut dire qu'une fois de plus, je tombe sacrément de haut.

Quand je rentre chez moi, je ne suis pas plus avancé, malgré un échange avec les gars qui m'ont assuré que peu importe la décision que je prendrai, j'aurais leur soutien.

C'est la merde, c'est tout.

CHAPITRE 19

GARRETT

Bien évidemment ma mère a eu vent de la visite de Margo au studio et est passée ensuite chez moi dans la soirée pour comprendre de quoi il retournait. Un moyen implacable pour m'empêcher de me dérober une fois de plus. Et durant tout ce temps, je n'ai pas pu trouver d'autre solution que de céder au chantage de mon ancienne amie. Cela m'a tué, véritablement, parce que j'ai eu le sentiment de trahir Maxine, mais je refuse que ma mère souffre de cette situation. L'agence est toute sa vie.

Pendant notre discussion, ma mère en a profité pour me questionner au sujet de mon voyage à Seattle. Je lui ai rapidement expliqué que j'avais retrouvé quelqu'un et que nous avions des choses à nous dire. Très perspicace, elle a deviné que cela avait sûrement un rapport avec la prise de tête entre Margo et moi. Je ne suis pas entré dans les détails, mais je n'ai pas nié.

En revanche, j'ai exposé mes exigences – *nos* exigences : Margo revient à l'agence, mais elle nous oublie. Nous restons avec Stephany. Je ne veux plus la voir, je ne veux plus qu'elle s'occupe de nous. Elle n'aura plus aucun poids dans les décisions nous concernant, ni de près ni de loin. Je ne veux même plus qu'elle m'adresse la parole. Si elle a quelque chose à me dire, elle passe par Stephany. Après un moment de stupeur, elle m'a demandé si j'étais sûr de moi, mais rien ne pourra faire que je lui pardonne. Je peux prendre sur moi et m'accommoder de sa présence lointaine tant qu'elle me fiche la paix. Maman m'a sondé du regard, puis a fini par acquiescer.

Et maintenant, Seattle, enfin.

Nous n'avons pas chômé ces trois dernières semaines : le second titre inédit pour le *best-of* est bouclé et nous avons participé à plusieurs émissions radio et télé. Nous savons qu'il en sera de même pour les mois à venir, mais débarquer devant la superbe villa de Washington Park donnant sur le lac Washington permet tout de même de sacrément relativiser. Le programme d'été commence au début de semaine prochaine, alors deux mois logés aux frais de la production, on ne crache pas dessus.

– Punaise ! Pas mal la baraque, s'extasie Ayden.

– Effectivement, c'est pas mal.

– Cette vue, commente Olly en lâchant son bagage en plein milieu de la pièce.

Il a raison, elle est impressionnante. Le jardin a l'air plutôt sympathique et un chemin privé nous permet d'accéder à la plage. La pièce principale contient même un piano à queue qui meuble une bonne partie de l'espace. La réaction de notre cuistot particulier ne se fait pas attendre lorsqu'il découvre la cuisine dernier cri :

– Putain, vous avez vu cet équipement ? demande Ryan, des étoiles dans les yeux. Encore mieux que chez moi. Je veux le nom de celui qui a aménagé cet intérieur. Je vais prendre soin de vous les gars, comptez sur moi !

Je n'aurais jamais cru que Ryan deviendrait un si bon cuisinier, lui qui se passionnait pour toutes les restaurations rapides possibles et imaginables. Il se faisait même une obsession de toutes les essayer ! Il lui a suffi de fréquenter pendant quelques semaines une femme férue de cuisine pour attraper le virus. La fille est aussitôt repartie, mais la passion culinaire est restée. Et aucun de nous n'est prêt à se plaindre, c'est évident.

Je pars en exploration du reste de la maison. Deux chambres au rez-de-chaussée, quatre à l'étage. Trois salles de bains. De quoi se sentir comme chez soi. Je choisis l'une des chambres à l'étage avec vue sur le lac et dépose mes affaires sur le lit. Je rangerai plus tard. Les frangins montent aussi, tandis qu'Olly préfère rester en bas pour profiter d'un accès direct sur le jardin. Une fois leurs affaires déposées dans leurs chambres respectives, nous nous retrouvons dans la cuisine.

– Les placards et le frigo sont remplis, les gars ! s'extasie Ryan.

– Profites-en pour nous servir une petite bière, se marre Ayden en ouvrant la baie vitrée.

Nous le suivons à l'extérieur et nous installons sur la terrasse. Ryan apparaît peu de temps après et nous sert tout en jetant un coup d'œil au jardin.

– Ils ne se sont pas moqués de nous.

– Attends, c'est pour ARGO tout de même, déclare Ayden.

Il nous arrache un rire collectif. Ce n'est tellement pas son genre de se vanter.

– Tu as eu des nouvelles de Max ? se renseigne Olly.

– Non, réponds-je en secouant la tête.

J'étais suffisamment occupé pour ne pas y prêter attention, mais maintenant que nous sommes ici, que le programme va commencer, que je vais côtoyer Megan, cela risque d'être plus difficile à gérer.

– Tu comptes faire quoi ? demande Ayden.

– Rien, pourquoi ? Je ne vais pas la harceler. Je lui ai dit qu'elle pouvait prendre le temps qu'elle voulait. Si on a fini par traîner ensemble il y a huit ans, c'est uniquement parce qu'elle l'a décidé. Maxine ne supporte pas d'être sous pression, je ne vais pas prendre le risque de l'étouffer. Ce n'est pas la solution.

– Moi, j'en vois une autre, lâche Ryan, l'air de rien.

Tous les regards se tournent vers lui. Il a piqué ma curiosité, seulement je connais le personnage et je redoute un peu de connaître son idée. À tous les coups, c'est foireux.

– On t'écoute, le relance son frère.

– Sa nièce est dans le programme, tu vas la voir tous les jours…

– Non, réfuté-je catégoriquement. J'ai juré à Maxine que jamais je ne profiterais de la présence de sa nièce. Je refuse de me servir d'elle. Ça n'arrivera pas.

Ryan me considère d'un drôle de regard.

– Je suis prêt à beaucoup de choses mais pas à ça. Et puis, Megan n'a que 16 ans, c'est une gamine, elle ne mérite pas d'être impliquée dans nos histoires. Sans oublier que je n'ai aucune idée de ce que Maxine lui a raconté. Je ne vais pas prendre le risque de foutre la merde entre elles.

– OK. Donc tu laisses tomber ? Juste comme ça ? Après l'avoir retrouvée au bout de huit ans ?

Je discerne très nettement qu'il est sceptique, tout comme les autres, mais vraiment, je ne vois pas comment je peux m'y prendre.

– Non, je n'en ai pas envie. Mais j'ai décidé de lui laisser le choix. C'est tout.

Je détourne les yeux vers le lac, mettant ainsi fin à cette conversation. Il faut juste que je reste concentré sur la véritable raison de ma présence ici :

le programme MTV. Peut-être que ce séjour dans la ville d'émeraude[5] sera propice à l'inspiration. Quelque chose me dit que les prochaines chansons ne seront pas aussi amères que les dernières que j'ai écrites.

Plus tard dans la soirée, alors que nous sommes attablés devant le risotto que vient de nous concocter Ryan, la sonnette retentit, nous coupant dans notre élan, la fourchette en lévitation devant notre bouche. Nous nous lançons un regard étonné jusqu'à ce qu'Olly se lève pour aller voir.

– L'un d'entre vous attend quelqu'un ? demande Ryan.

– Non.

– Moi non plus.

Une voix féminine se fait entendre. Quelques secondes plus tard, Oliver réapparaît, la jeune femme à son côté.

– Salut les mecs ! s'exclame Kiera.

Nous écarquillons des yeux, abasourdis. Mon regard tombe immédiatement sur la valise qui l'accompagne alors que les frangins se lèvent pour l'accueillir comme il se doit. Je finis par les imiter et vais la prendre dans mes bras, tentant de cacher ma réticence.

– Qu'est-ce que tu fais là ?

– Eh bien, figure-toi qu'il y a un problème avec le logement qui m'a été réservé, un dégât des eaux

5. Surnom donné à la ville de Seattle.

semble-t-il. Alors, comme la production savait qu'il y avait suffisamment de chambres ici, elle m'a proposé de vous rejoindre. Sauf si ça vous dérange.

– Tu déconnes ? s'offusque Ryan. T'es la bienvenue !

– Évidemment ! renchérit son frère.

– Bien sûr, aucun souci, acquiescé-je. Il reste une chambre en bas et une autre en haut.

– Laquelle est la plus grande ?

– Celle du bas.

– Eh bien, je prends celle-ci ! Olly, tu peux m'aider ?

– Pour quoi faire ? demande Ryan.

– J'ai d'autres valises dans l'entrée.

– Une tonne, plaisante le guitariste.

Nous les laissons transporter tout ça et retournons à table.

– Hmm, ça sent bon, hume Kiera en revenant parmi nous. Qui a cuisiné ?

– C'est moi, répond fièrement Ryan.

Nous assistons à un échange de regards assez explicites. Je lève les yeux au ciel. Voilà pourquoi je ne montre pas un engouement phénoménal à l'idée de son installation ici. Kiera est belle, talentueuse, un poil trop excentrique pour moi, mais très sympathique. Si Ryan et elle se regardent comme ça, et comme c'est le cas chaque fois, cela laisse peu de doutes sur la suite. Nous ne sommes pas dans la merde ! Ryan est incapable d'être sérieux dans une histoire amoureuse. Après quelques semaines, plusieurs mois tout au plus, il se lasse et veut passer à autre chose. Je me demande si Kiera a la même conception des relations que lui.

Leur discussion silencieuse est interrompue par la sonnerie du portable d'Oliver. Je ne manque pas son air contrarié, mais il décroche quand même et au bout de quelques secondes, il bascule sur haut-parleur afin que nous puissions tous écouter.

– Salut tout le monde.

Je me raidis en entendant la voix de Margo. Putain, je suis sur les nerfs. Je me renfonce dans ma chaise et laisse les gars gérer.

– Margo, dit Ryan.

– Monica s'est absentée pour quelques jours pour régler un problème avec un artiste à New York. Je voulais juste savoir si Kiera était bien arrivée. MTV nous a contactés.

– Pourquoi tu ne l'as pas appelée directement ? demande Ayden.

– Je l'ai fait, mais elle ne répond pas.

– Désolée ! s'exclame la concernée. Je n'ai plus de batterie. Mon téléphone est en charge.

– Pas de souci. Je suis contente de voir que tu es avec les gars. Tout se passe bien ?

Je n'en reviens pas. Elle compte vraiment faire comme si de rien n'était ? Elle est hallucinante.

– Nickel. Bon, tu nous excuses, mais on a des trucs à voir. Bye, coupe Oliver sans plus de cérémonie.

Je grogne pour seule réaction avant de me lever pour me servir un verre de whisky.

– Qu'est-ce qui se passe avec Margo ? se renseigne Kiera, piquée au vif.

– On t'expliquera. Mais en gros, elle n'est plus censée s'occuper du groupe.

– Oh. OK. D'accord.

Sa voix trahit sa surprise. Je n'ai franchement pas le cœur à parler de ce sujet maintenant. Je n'arrive pas à passer au-dessus de tout ça, et je ne sais pas si j'en ai même envie. Si j'avais le choix, je ne verrais plus jamais Margo, n'entendrais plus jamais le son de sa voix. Mais visiblement, ce n'est pas prévu au programme.

***

Après un vendredi après-midi rythmé par des réunions de présentation avec le personnel des écoles et de MTV, l'annonce du programme, des attentes des dirigeants, du déroulement des deux mois à venir et un week-end détente, nous voici enfin arrivés à Cornish, une des trois écoles, pour la première journée du programme d'été. Toutes participent au stage mais il se déroulera ici pendant neuf semaines, sous la coupe des trois directeurs.

Nous sommes reçus autour d'un petit déjeuner pour un moment convivial avec le staff. Vient ensuite l'accueil des participants. C'est un groupe de vingt personnes, entre 16 et 18 ans, toutes originaires du quart nord-ouest des États-Unis. Kiera les aura en classe complète pour la danse, tandis que les élèves seront divisés en groupe de cinq pour le chant, la musique et l'écriture. Le mien se compose de Tionne, Jake, Emily, Rhonna et Antonio. Je suis content de ne pas être avec Megan, comme ça, Maxine ne pourra pas me reprocher quoi que ce soit.

Sans le vouloir, je la guette d'ailleurs pour voir si Maxine l'accompagne, mais je me rends compte que c'est Kenneth qui a été chargé de déposer la jeune fille. Je me demande combien de temps Maxine va choisir de m'éviter.

Chacun des membres du groupe se voit attribuer une salle et j'entraîne mes stagiaires à ma suite. Il s'agit d'une pièce de cours assez grande, divisée en deux parties : une classique avec un bureau, un tableau, des tables et des chaises pour les étudiants et une autre où sont regroupés les instruments de musique. Je sais que nous pouvons aussi avoir accès à du matériel informatique au besoin. Une fois installés chacun à une table, je me tourne vers eux.

– Bonjour à tous. Moi, c'est donc Garrett.

Ma présentation déclenche un éclat de rire général.

– On sait tous qui tu es, se marre Tionne, une petite ado aux longues tresses brunes.

– Oui, évidemment.

Je ne sais pas s'ils perçoivent mon stress. Je n'ai jamais fait ça, à part avec Maxine, mais c'était il y a des années.

– Désolé, c'est nouveau pour moi aussi.

Je jette un coup d'œil à la caméra qui s'est discrètement installée au fond de la pièce. Il faut arriver à en faire abstraction.

– Je vous propose de faire un petit tour de table. Chacun se présente rapidement : prénom, âge, ville d'où il ou elle vient, son parcours, ses attentes… Ah, et si vous jouez d'un instrument de musique, aussi.

Ils se regardent tous, un peu nerveux, avant que la plus courageuse d'entre eux ne se lève, avec nettement plus d'assurance que moi.

– Salut, je m'appelle Tionne, commence-t-elle. J'arrive de Casper, Wyoming. Je viens d'avoir 17 ans et j'entre en dernière année de lycée à la rentrée. Ma mère dirige une école de danse, donc j'ai ça dans le sang. J'ai toujours chanté. Je fais partie de la chorale au lycée et j'ai monté une petite troupe aussi. Je compte sur ce programme pour m'améliorer en musique et en écriture, c'est mon point faible. Je joue de la guitare et du piano.

Elle se rassied et un jeune homme prend sa place, un peu moins sûr de lui. Il ne cesse de triturer ses doigts tout en parlant.

– Moi, c'est Antonio. Je suis de Seattle. Je viens de terminer le lycée et j'aimerais beaucoup intégrer Cornish. À cause d'un problème familial, j'ai pas pu postuler, mais la musique, c'est toute ma vie. J'ai commencé en écrivant de la poésie que j'ai ensuite mise en musique, aidé par l'un de mes professeurs à l'école. Alors j'ai envoyé un dossier de candidature pour le programme, espérant avoir un coup de pouce du destin. Et me voici. Je veux apprendre un max de choses et progresser. J'ai appris deux ou trois accords à la guitare, mais c'est léger quand même.

Il me jette un coup d'œil, comme s'il ne comprenait toujours pas comment il avait réussi à arriver jusqu'ici, puis est remplacé par une fille à l'allure élancée et au doux sourire : Rhonna. Les histoires s'enchaînent. Entre Emily qui veut réaliser son rêve en étudiant la musique alors que dans sa famille, on ne compte que sur le travail manuel, et Rhonna qui voit ce programme comme un challenge pour découvrir qui elle est vraiment et ce qui la fait vibrer dans la vie, je me sens dépassé. Ces gamins comptent sur nous pour leur apprendre quelque chose, les faire évoluer, leur ouvrir des portes qui seraient restées fermées sans nous. C'est beaucoup de pression. Depuis l'Oregon jusqu'au Dakota du Nord en passant par l'Idaho, ils ont tout misé sur cet été, sur ARGO. L'un d'entre eux cependant me touche particulièrement : Jake, dont les parents absents ne l'ont jamais soutenu mais contrôlent sa vie, sans lui permettre aucun accès à un instrument, à lui qui ne vit pourtant que pour la musique. Sa situation est à l'opposé de celle dans laquelle j'ai grandi, et pourtant il est ici, avec nous, lié par une même passion.

– Merci à tous pour ces présentations. Je vois que vous venez tous d'horizons très différents, c'est cool. Je vais me présenter à mon tour, même si vous me connaissez. Je suis de Los Angeles, j'y ai grandi et y habite toujours. J'ai commencé le solfège très jeune, encouragé par ma mère, directrice d'agence, et par mon père, producteur. J'ai donc toujours baigné dans la musique. Les gars et moi, on s'est rencontrés à l'école et on ne s'est plus quittés depuis. On a commencé dans le garage de nos parents, en faisant de la bidouille. Et puis, on a grimpé les échelons petit à petit. D'abord on ne faisait que des reprises avant de se mettre à composer et à écrire nos chansons. C'est comme ça que Big M nous a repérés.

– Mais Mitchell n'est pas un ami de ta famille ? intervient Jake.

Je hoche rapidement la tête. Il a fait ses devoirs.

– Effectivement, mais on n'a jamais voulu utiliser les relations de mes parents. Plus que tout, on voulait prouver qu'on méritait notre place dans le monde de la musique et on voulait y parvenir seuls. Et Big M a toujours été le premier à nous dire qu'on ne bénéficierait d'aucun passe-droit.

Je ris en repensant à nos débuts. Il a lâché un peu de lest, mais il garde toujours une certaine autorité.

– Mon rôle au sein du groupe est principalement celui du chant et de la guitare. Je fais parfois de la basse ou du piano. En ce qui concerne l'écriture et la composition, c'est un travail d'équipe. On signe systématiquement toutes nos chansons de nos quatre noms. Parce que chacun y met un peu sa patte.

– Vous n'avez jamais eu envie de voler de vos propres ailes ? demande Tionne.

– Jamais. Je ne peux pas parler pour les autres, mais aucun de nous n'en a jamais fait mention. Et si un jour c'était le cas, ça ne serait pas grave. Nous sommes un groupe, mais on existe aussi individuellement. Les deux ne sont pas incompatibles.

Je laisse passer quelques secondes pour savoir s'ils ont d'autres questions avant de poursuivre :

– En ce qui me concerne, pour revenir sur le sujet du programme, je vois ça avant tout comme un échange. Je suis là pour vous guider et vous conseiller, mais je suis sûr que je vais apprendre de vous de la même façon.

– Tu es sûr de toi ? se marre Antonio.

– Oui, sûr et certain. Peu importe notre âge, nous avons tous notre expérience et on a toujours quelque chose à enseigner à l'autre, en fonction de notre sensibilité, de notre vécu. C'est un partenariat avant d'être une relation prof-élèves. Je vais m'efforcer de répondre à vos attentes tout en respectant les miennes et celles du programme. Je vous rassure, je n'ai pas prévu de cours comme si on était à l'école. On va y aller au *feeling*, on fera aussi en fonction de ce que vous voulez voir ou faire.

Acquiescement général des cinq jeunes.

– Le matin, ce sera un temps réservé à la musique, au chant et à l'écriture, et l'après-midi, à la danse. Vous serez évalués sur vos capacités artistiques individuelles mais aussi collectives. Chacun des membres d'ARGO devra rendre ses appréciations au fur et à mesure et elles seront prises en compte pour les délibérations des trois écoles. Mais nous n'avons pas le dernier mot.

Trois écoles signifient trois gagnants. Ceux ayant terminé le lycée pourront intégrer le cursus directement à la rentrée fin août, et pour ceux à qui il reste encore une année, la place leur sera réservée jusqu'à la rentrée l'année prochaine. Mais d'après ce que je me souviens des dossiers que j'ai pu parcourir, ces derniers sont très minoritaires.

– Vous avez des questions avant qu'on commence ?

Je fais quelques pas dans la pièce sous le regard sérieux des adolescents, puis continue :

– Pour cette première séance, on va faire assez simple, histoire de briser la glace. Je vais me mettre au piano et on va chanter tous ensemble. Pour ceux qui jouent et en ont envie, vous pouvez prendre un instrument et m'accompagner.

– Cool, sourit Tionne en récupérant une guitare sèche.

– Vous me donnez un titre et on se lance.

Je prends place derrière le piano et naturellement mes élèves me rejoignent. Le cameraman ne loupe pas un seul de nos mouvements et je suis étonné de constater qu'ils n'y prêtent pas plus attention que ça. Je peux voir aux sourires qui habillent leurs lèvres qu'ils passent tous un agréable moment. Cela me donne l'occasion de découvrir un peu leurs goûts musicaux aussi. Du rap, de la soul, de l'alternatif…

J'aime cette diversité. Cela présage de jolies choses et ils m'offrent un aperçu de leur talent à l'état brut. Finalement, ce stage n'est pas une si mauvaise idée que ça.

CHAPITRE 20

MAXINE

– Ryan est vraiment trop drôle, je ne me doutais pas à quel point, s'extasie Megan, un air béat sur le visage. Je suis tellement contente d'être dans son groupe.

Deux semaines. Cela fait deux semaines que nous n'entendons parler que du programme d'été et d'ARGO. Noah roule des yeux chaque fois que sa sœur ouvre la bouche pour mentionner le groupe. Je pense qu'il est un peu jaloux aussi que Megan soit occupée toute la journée alors que son stage de robotique ne débute que demain. Dès qu'il y sera, nous aurons deux pipelettes.

En attendant, nous devons faire avec l'emballement de ma nièce. Heureusement pour moi, elle n'est pas dans le groupe chapeauté par Garrett, alors je n'entends principalement que des bonnes choses sur Ryan. Déjà à l'époque, c'était le marrant de la bande, j'ai l'impression que cela n'a pas changé.

– Et il est doué aussi. J'ai tellement de chance, continue-t-elle sur sa lancée. Enfin, peu importe avec lequel je tombais.

– Tu veux pas changer de disque ? ronchonne son frère.

– Rageux, réplique-t-elle en sortant de la maison, rapidement suivie par Noah.

De toute façon, même lorsque Megan ne dit rien, je ne peux m'empêcher de penser à Garrett. Savoir qu'il n'est qu'à deux miles de moi tout au plus, c'est difficile. Durant des années, je me suis efforcée d'oublier les moments que nous avions passés ensemble, de les mettre en sourdine, mais depuis que nous nous sommes revus, je me rends bien compte que je n'ai rien effacé du tout. Il me suffit de fermer les yeux et les souvenirs me reviennent facilement : nos cours de guitare, nos confidences, cette facilité qu'il avait à se confier à moi sans craindre d'être jugé, comment je suis tombée, lentement mais sûrement, amoureuse de lui. La seule chose qui me permet de tenir, c'est de me rappeler qu'il a autant changé que moi, et que l'homme que je connaissais appartient au passé.

– Tu es prête ? m'interpelle Kenneth, me sortant de mes songes.

– Oui, bien sûr.

J'attrape mon sac et nous rejoignons son véhicule. Aujourd'hui, troisième dimanche du mois, jour de notre petit rituel familial : l'un de nous choisit l'un des musées de la ville et nous y passons l'après-midi.

C'est au tour de Noah et il a jeté son dévolu sur le MOHAI – le musée de l'Histoire et de l'Industrie.

– Tu vas bien ? me demande Kenneth en s'engageant dans notre rue.

– Oui.

Il jette un coup d'œil à Noah et Megan installés à l'arrière. Ils sont tous les deux plongés dans leur téléphone portable et ne nous prêtent aucune attention.

– Je te trouve distraite ces derniers temps.

– Ah ? J'en suis désolée.

– Tout va bien au travail ?

– Oui, très bien, ne t'en fais pas.

Il se met à rire tout en secouant la tête, peu convaincu.

– Tu sais que je ne cesserai jamais de me faire du souci pour les enfants et toi, non ? Peu importe ce qui te tracasse, ou *qui* te tracasse.

Je n'ose pas me tourner vers lui. Je préfère rester concentrée sur ce qui se passe devant moi, au-delà du capot de la voiture.

– J'ai accepté de dîner avec Tina, lance-t-il en sautant du coq à l'âne.

Cette fois-ci, je suis obligée de lâcher le bitume du regard pour le contempler. Il m'a déjà parlé plusieurs fois de cette consœur qui travaille dans un autre cabinet. Il avait l'air d'apprécier leurs affrontements, sa repartie et sa ténacité.

– Je suis très heureuse pour toi. Du peu que tu m'en as dit, vous partagez la même passion et il me semble qu'elle ne se laisse pas faire.

– Ah ça ! C'est le moins qu'on puisse dire, confirme-t-il en riant. On s'entend très bien, c'est vrai, et j'y songeais depuis un moment, mais elle a pris les devants. Je ne sais pas ce que ça pourra donner, mais j'ai envie d'essayer.

– Une femme entreprenante, c'est bien. Je te souhaite que ça fonctionne, lui assuré-je en serrant sa main dans la mienne.

Je redoutais un peu le jour où cela arriverait, où Kenneth rencontrerait quelqu'un, parce que j'avais peur que notre dynamique avec les enfants change. Que ses priorités évoluent en nous laissant de côté. Maintenant que j'y suis confrontée, je me rends compte que cela n'a aucun sens. J'ai toute confiance en lui, en son amour pour nous. Tout ce qui m'importe en fin de compte, c'est son bonheur.

– Je suis vraiment contente pour toi.

– Je sais, merci, répond-il en serrant à son tour mes doigts entre les siens.

Nous restons silencieux le temps de rejoindre le musée situé sur les berges du lac Union. Installé dans un ancien arsenal naval, le bâtiment blanc et bleu est absolument magnifique. Le muséum abrite pas moins de quatre millions d'objets et relate l'histoire de la ville de Seattle de manière chronologique. J'aime tout particulièrement la mise en valeur de l'histoire des premiers colons amérindiens – on ne se refait pas.

Kenneth règle nos entrées et rapidement, Noah prend la visite en main. Ce n'est pas la première fois que nous mettons les pieds ici, mais certaines expositions se renouvellent sans cesse, et c'est un vrai bonheur de voir le visage de Noah s'illuminer devant chaque avion, chaque vitrine de cet immense entrepôt.

– Bon, et alors, toi ? dit Kenneth en passant un bras autour de mes épaules.

– Moi quoi ?

– C'est à cause de Garrett que tu es ailleurs, n'est-ce pas ?

Je lui lance un regard étonné avant de le détourner aussitôt et de secouer la tête.

– Maxine, soupire-t-il. Je te connais depuis suffisamment longtemps pour comprendre.

– Qu'est-ce que ça change ? murmuré-je.

– Tout !

Noah entraîne sa sœur et lui commente tout ce qu'il voit. Megan participe sans sourciller. Pour une ado de 16 ans, c'est admirable.

– Tu n'as pas tourné la page et il est de retour. Pourquoi ne pas reprendre contact ?

– Nous n'avons plus rien en commun, Kenneth. Nos vies sont incompatibles.

– C'est ce que tu te dis pour t'en convaincre ou tu le crois vraiment ?

Comme je reste silencieuse, Kenneth continue sur sa lancée.

– Tu penses donc que personne dans le show-business n'a le droit d'avoir une vie normale ?

– Si, bien sûr, avec quelqu'un qui vit ça aussi.

– Hmm…

– Je te trouve bien décidé à prendre sa défense et à me pousser dans ses bras, remarqué-je. Qu'est-ce qui te prend ?

– Je suis comme toi, tout ce qui m'importe, c'est que tu sois heureuse. Je sais que tu as essayé de ne pas penser à lui toutes ces années, aucun doute, mais tu n'y es pas parvenue et maintenant qu'il est là, à portée de main, ça rend les choses d'autant plus difficiles. C'est peut-être votre seconde chance, tu y as songé ?

– Garrett ne…

– Ne me dis pas qu'il ne serait pas partant ! N'importe quel homme le serait, Max.

Je sens mes joues rougir face au compliment, mais secoue doucement la tête :

– C'est compliqué.

– Je ne vois pas en quoi.

– Tu n'es pas à ma place.

Il soupire, visiblement las de mon obstination.

– Certes. Alors, sans aller jusqu'à sortir avec lui, vous pourriez très bien redevenir amis, non ? Qu'est-ce qui vous en empêche ?

– On peut aller grignoter quelque chose au café ? nous interrompt notre neveu.

– Oui, si tu veux, réponds-je aussitôt en avançant brusquement.

Kenneth hausse un sourcil, pas du tout dupe de ma tentative d'évitement.

Noah repère une table et nous nous y installons avec nos boissons et pâtisseries. J'assiste, attendrie, à un échange entre Noah et Megan – dans l'ensemble, les deux adolescents sont très proches – et prends une gorgée de mon café, me tournant vers Kenneth qui pianote sur son portable.

– Tout va bien ?

– Oui, je réponds juste à une question sur un dossier.

– Jamais vous n'arrêtez ? Même le dimanche ?

– C'est un dossier important, c'est pour ça.

Il se dépêche de ranger son appareil et me lance un petit sourire contrit.

– Désolé.

Nous terminons notre encas et je rassemble tous les déchets sur le plateau pour les porter à la poubelle. Alors que je pivote pour rejoindre les enfants et Kenneth, je heurte de plein fouet un corps ferme qui sent divinement bon. Deux mains chaudes se posent sur mes bras pour m'empêcher de tomber à la renverse. Je ne sais comment mais mon organisme réagit immédiatement à ce contact, accélérant les battements de mon cœur. J'ouvre la bouche en découvrant le regard bleu hypnotique de Garrett, qui me happe aussitôt.

– Garrett ?

– Maxine ?

Nous nous sommes exprimés en même temps.

– Qu'est-ce que tu fais ici ? demandé-je.

– Oh, euh… Ryan a eu envie de jouer les touristes et il a choisi ce musée.

Noah nous a fait part de son choix ce matin et c'est l'un des lieux les plus visités de la ville, alors cela n'a rien de surprenant, mais tout de même.

– Et toi ?

– Nous visitons un musée une fois par mois. Mon neveu a sélectionné celui-ci aujourd'hui.

Mes yeux descendent sur ses mains qui ne m'ont toujours pas lâchée. Il s'en rend aussitôt compte et s'excuse avant de passer des doigts nerveux dans ses cheveux. Ce tic ne le lâche pas chaque fois que nous nous voyons – c'était déjà le cas à l'époque. Je fais tout mon possible pour ne pas le reluquer, mais c'est vraiment difficile. Mon regard est inexorablement attiré par son épiderme couvert de tatouages.

– Navré.

Pourquoi tout ce qui m'inquiète c'est de savoir si je suis assez jolie, aujourd'hui ? J'ai revêtu une robe turquoise mi-longue, fluide et légère, avec des sandales compensées. Rien de très recherché, mais je me demande malgré tout si cela pourrait lui plaire et je m'en veux. Je n'ai pas besoin de plaire à Garrett.

– Est-ce que tu vas bien ?

– Oui, merci. Et toi ?

– Bien.

Plus gênés, je crois que cela n'existe pas. C'est peut-être même pire qu'à l'époque.

– Maxine ? nous interrompt Kenneth en arrivant à ma gauche.

Aussitôt Garrett se tend et recule d'un pas en le toisant de la tête aux pieds.

– Garrett ? Salut.

– Kenneth, bonjour.

Garrett nous observe à tour de rôle avant de faire un nouveau pas en arrière.

– Vous êtes en famille, dit-il. Je ne vais pas vous déranger. À bientôt.

Il ne me laisse pas le temps d'ajouter quoi que ce soit et déguerpit aussi vite qu'il est apparu.

– Ça va ? m'interroge Kenneth. Tu es toute rouge.

– Oui, oui. J'ai juste été surprise de le croiser, c'est tout.

Il ne commente pas, mais le regard qu'il me lance parle pour lui. Suis-je si transparente que ça ?

– Est-ce que c'est toi qui… ? commencé-je alors qu'il m'entraîne dans la salle de projection du muséum.

Les enfants nous ont devancés pour visualiser un court-métrage qui décrit Seattle, ses richesses scéniques et musicales.

– Moi qui quoi ? Ai provoqué cette rencontre ? s'amuse-t-il.

– Oui, après la discussion qu'on a eue dans la voiture…

– Et comment j'aurais fait ça ? Je n'ai pas son numéro, contrairement à toi. Il faut croire qu'une fois encore, le destin joue avec vous.

– Je ne trouve pas ça drôle, marmonné-je en prenant place à côté de Noah qui se chamaille avec sa sœur. Hé, vous deux ! Arrêtez vos bêtises.

– Elle veut pas me rendre mon portable !

– Il a pris une photo immonde de moi ! Je veux juste la supprimer.

Je soupire. On est loin du moment de grâce de tout à l'heure.

– Tu comptes faire quoi ? insiste Kenneth en se penchant vers moi.

– Une nouvelle fois, rien du tout.

– Vraiment ? Mais pourquoi ? Il suffit de te regarder pour comprendre.

– Comprendre quoi ? chuchoté-je, agacée.

Il n'a pas le temps de poursuivre que le sujet de notre conversation entre dans la salle avec son groupe et s'installe plus bas sans nous voir. Ce que je ne manque pas, c'est la superbe jeune femme qui les accompagne et qui s'installe entre Ryan et Garrett.

Furibonde, je me tourne vers Kenneth, qui me détaille le sourire aux lèvres.

– Ça n'a rien d'amusant !

– Si, au contraire ! J'aime tellement avoir raison. Je te savais bornée, mais je ne me doutais pas à quel point.

– Hey ! Mais c'est Ryan ! s'exclame Megan en l'apercevant.

Son timbre m'interpelle parce qu'il sonne particulièrement faux. Megan n'est pas connue pour être une très bonne comédienne : elle se faisait systématiquement prendre quand elle était plus jeune et avait fait une bêtise. Je fronce les sourcils alors qu'elle balance le portable de Noah sur ses genoux.

– Je vais les saluer !

– Megan ! tenté-je de la retenir.

– Laisse-la faire.

Je la suis des yeux alors qu'elle descend les marches et s'avance timidement vers eux. Ryan se lève pour lui dire bonjour et cinq têtes se tournent d'un seul bloc vers nous. J'ai envie de disparaître. Je pensais avoir gagné en confiance en huit ans, je me suis épanouie, j'ai évolué, j'ai appris. Mais ça, ça n'a pas changé.

Notre contemplation commune est arrêtée net alors que les lumières de la salle s'éteignent. Megan nous rejoint rapidement et nous ne pipons plus un mot le temps de la projection. Je ne fais pas vraiment attention à ce qui passe face à nous. Je ne parviens pas à me concentrer, je ne pense qu'à celui qui n'est qu'à quatre rangées de moi.

Kenneth n'a pas tout à fait tort en affirmant que je pourrais faire un pas vers Garrett. C'est bien trop dangereux de m'imaginer avec lui, mais en tant qu'ami ? Est-ce vraiment inenvisageable ?

À la fin du court-métrage, nous attendons que le public quitte la pièce et nous nous retrouvons tous vers la sortie, entre excitation pour les uns et gêne pour les autres.

– Salut Maxine.

J'accueille une étreinte d'Olly, immédiatement suivi par Ayden et enfin Ryan. Quoi que j'en dise, je suis chamboulée par ces retrouvailles qui ravivent bon nombre de souvenirs heureux. Les garçons ont toujours été adorables avec moi, et ne plus avoir de nouvelles d'eux – des nouvelles directes, en tout cas – m'a toujours peinée. Je cligne des yeux pour chasser mon émotion et pivote vers ma famille.

– Les gars, vous connaissez Megan, je vous présente Noah, mon neveu, et Kenneth, le frère de mon beau-frère.

– Enchantés.

Garrett, resté un peu en retrait, désigne la jeune femme qui les accompagne :

– Maxine, voici Kiera, elle est sur le programme avec nous. Kiera, voici Maxine, une…

Il semble chercher ses mots. Sa tentative est interrompue par Megan qui me paraît beaucoup trop à l'aise. Je ne manque pas le clin d'œil de Ryan à son égard.

– Je t'en ai parlé, me précise ma nièce. Kiera s'occupe de la danse.

– Ah, d'accord. Enchantée.

– De même.

J'essaie de ne pas la détailler, de ne pas m'attarder sur sa silhouette harmonieuse, svelte et athlétique, sur son joli visage et son sourire impeccable. Garrett et elle forment vraiment un très joli duo. Cette constatation me serre aussitôt le cœur.

– Ça fait plaisir de te revoir, commente Olly. On ne peut pas dire que la dernière fois, on ait réellement profité.

– Oui, je m'en excuse.

– Nan, ne t'en fais pas ! C'était un choc pour tout le monde, rebondit Ryan.

Un moment de flottement plane entre nous. La pièce s'est vidée, mais un cri sur ma gauche, dans le hall qui dessert la salle de cinéma, attire l'attention de tout le monde. Un groupe de trois jeunes filles surexcitées se retient visiblement de courir jusqu'à nous, trépignant.

– C'est ARGO ! s'exclame la plus petite d'entre elles.

La tranquillité ne doit pas vraiment faire partie de leur quotidien. Les garçons et Kiera me saluent d'un mouvement de tête après un échange de politesses et rejoignent le petit groupe. Garrett reste imperturbable, stoïque, le regard rivé au mien. Pourquoi n'ai-je qu'une envie : sentir à nouveau sa peau sur la mienne ? Des flashes de notre dernière nuit à Los Angeles me reviennent. Nos baisers, nos caresses, notre empressement. A-t-il toujours le même goût ?

Je ne dois mon salut qu'à Noah qui s'impatiente.

– Bon, on y va ? Avant que ça ferme ?

– Oui, mon chéri. À bientôt, Garrett.

Je me détache enfin de l'emprise du chanteur et nous partons. Je ne peux cependant pas m'empêcher de jeter un coup d'œil en arrière alors que nous passons les portes d'entrée. Un frisson remonte le long de ma colonne vertébrale lorsque je tombe sur Garrett, les yeux toujours fermement posés sur moi.

Le temps que je me reprenne, Kenneth est déjà presque arrivé au parking avec Noah, Megan traînant quelques pas devant moi, scotchée à son smartphone.

– Dis donc, jeune demoiselle.

– Ouais ? lâche-t-elle nonchalamment sans lever les yeux.

– On dirait que tu t'entends bien avec Ryan.

– Il est top, oui.

Elle hausse les épaules, mais ses doigts se sont crispés et je la sens tendue. Absolument pas suspect.

– Tu n'as rien à voir avec cette rencontre, par hasard ? C'est toi qui as suggéré ce musée à ton frère ?

– Pas du tout ! s'exclame-t-elle en montant dans les aigus, me renvoyant un regard paniqué.

– Megan ?

– J'ai envoyé un message à Ryan, soupire-t-elle.

Nous avons rejoint les autres et Kenneth se met à ricaner. Il ne va pas s'y mettre ! Je ne veux surtout pas qu'il l'encourage.

– Megan, soupiré-je.

– Je m'excuse. Et Ryan n'y est pour rien !

– Permets-moi d'en douter.

– Je te jure, c'est moi qui ai proposé qu'ils nous rejoignent là-bas. Pour que vous discutiez.

Je lève les yeux au ciel. Il a fallu qu'elle tombe dans le groupe de Ryan, le moins sérieux des quatre. Évidemment qu'il allait marcher dans la combine.

– Je vais laisser passer pour cette fois, mais c'est la dernière, Megan. Tu ne peux pas faire ça. D'accord ?

Elle fait la moue, expire puis hoche la tête, vaincue.

– Très bien, marmonne-t-elle avant de monter dans la voiture.

Quand je me tourne vers Kenneth, je vois qu'il sourit, fier de sa nièce.

– Tu dois bien avouer que c'était un bon plan.

– Oh, arrête !

– C'est une ado. Elle vient d'apprendre que sa tante a eu une histoire avec une star, tu peux comprendre sa motivation.

– Quelle motivation ?

– Tu me déçois, Maxine. Tu vas tout faire pour ne pas avoir à le dire, n'est-ce pas ?

Je préfère garder le silence. Moi aussi, je sais bouder.

– Elle veut ton bonheur et elle a compris que tu étais heureuse à cette époque. C'est aussi simple que ça. Et parfois on a besoin d'un petit coup de pouce pour oser.

Il dépose un baiser sur ma tempe avant de s'installer derrière le volant.

J'avais déjà du mal à résister quand le destin faisait des siennes, si ma famille s'y met elle aussi, je ne suis pas sûre d'y arriver.

CHAPITRE 21

GARRETT

La troisième semaine de stage commence et j'y prends de plus en plus de plaisir. Mes élèves sont doués et appliqués, curieux et motivés. Ils forment un bon groupe où chacun apporte aux autres, ils s'aident et s'encouragent. Aujourd'hui, il est temps de les bousculer un peu.

Je les laisse discuter entre eux pour se dire bonjour avant d'attirer leur attention.

– Ça vous tente, des *mashups*[6] ?

– Oh, trop cool ! s'enthousiasme Tionne.

Cette dernière est toujours de bonne humeur et elle est la première à remonter le moral de ses camarades quand elle sent qu'ils ont un petit coup de mou.

---

6. Pratique qui consiste à superposer la partie vocale d'une chanson sur la partie instrumentale d'une autre afin d'en créer une nouvelle.

– J'ai adoré les titres que vous aviez sélectionnés lors de la première journée et je me suis dit que vous pourriez essayer de mélanger.

– J'ai jamais fait ce genre de trucs, ça me tente carrément, commente Antonio.

– Alors c'est parti !

Je récupère le carnet où j'ai annoté les associations que j'aimerais entendre et m'installe devant le piano. Ils attrapent tous une chaise et me rejoignent. Je les observe, un air volontairement machiavélique sur le visage, jusqu'à choisir ma cible.

– Je propose que Jake chante *Bad Omens* sur la musique de *Lose Yourself*.

Il écarquille les yeux devant le challenge mais redresse les épaules, me montrant qu'il n'est pas là pour se dégonfler. Il hoche la tête et se lance dès que la première note résonne.

Chacun des membres de mon groupe possède un talent qui lui est propre, avec ses forces et ses difficultés, mais en ce qui concerne Jake, c'est différent. Nous n'avons pas le même vécu, mais je me retrouve en lui. Il sait ce qu'il veut et met tout en œuvre pour le prouver. Il est bienveillant et attentionné. Il m'impressionne un peu plus à chaque cours, mais ce qu'il nous offre maintenant ? C'est incroyable. Il a parfaitement su s'adapter, modulant le rythme des paroles et la longueur des syllabes pour coller au nouveau tempo, martelant les mots, leur donnant encore plus de poids. Je pensais le déstabiliser avec du rap, toutefois il me prouve qu'il en faut plus pour l'impressionner. La dernière note s'évapore entre nous et Rhonna est la première à éclater :

– Bon sang ! C'était dingue !

– Carrément. Je savais pas que t'étais capable de ça, confirme Antonio, les sourcils levés.

Il doit être d'autant plus touché que c'est lui qui a choisi Eminem la dernière fois.

– Je suis de l'avis du groupe. Ton flow est impressionnant, le complimenté-je. Tu maîtrises les mots, l'intonation, la prononciation. Tout est en place. Nickel.

– Merci beaucoup, murmure-t-il, un peu gêné, le regard rivé sur un point au sol.

– On a tous nos genres de prédilection, ce type d'exercice permet de se mettre en difficulté, peut-être de révéler certains dons aussi.

Mon attention est un instant détournée par le cameraman qui va et vient dans la pièce, obtenant plusieurs plans de Jake. Heureusement, il est silencieux, mais régulièrement, les jeunes lui jettent un regard. Se faire à sa présence demande du temps.

– Ce que je veux vous montrer aussi, reprends-je, c'est qu'on peut faire passer des émotions via n'importe quel genre. Votre talent fait la différence. Jake, par moments ta sensibilité perce dans ta voix d'une manière très intéressante. Ça provoque quelques tremblements, mais sans altérer ta justesse. Emily est comme toi.

La jeune fille me renvoie un sourire timide qui fait naître une fossette sur sa joue droite. Ce que j'apprécie énormément, c'est qu'aucun d'entre eux n'a la grosse tête. Ils plaisantent, se charrient, mais toujours avec bienveillance. C'est très agréable.

La séance se poursuit et je suis satisfait de voir que j'ai eu une bonne idée. Ils prennent du plaisir dans un exercice inédit. C'est dans des moments pareils que je constate que ce stage me fait du bien. J'aime partager et les voir interagir. Je ne regrette pas d'avoir suivi les copains dans cette aventure.

Durant la pause méridienne, nous rejoignons l'ensemble des participants et du staff à la cantine de l'école. Je laisse mes stagiaires se diriger vers le self tandis que je gagne la table des adultes.

– Alors ? s'enquiert Ryan, la bouche pleine.

– Tu n'aurais pas pu m'attendre ?

– Nan, j'ai la dalle et c'est super bon.

Nous bénéficions de plateaux-repas concoctés par le chef d'un grand restaurant de la ville alors je veux bien le croire. Une nouvelle fois, faire partie du show-business a quelques avantages. Nous sommes arrivés à un stade où nous pouvons exiger certaines choses, contrairement à nos débuts.

Je prends place à côté de Kiera et Olly me tend à manger. La bonne odeur qui s'échappe de la nourriture réveille ma faim tandis que nous échangeons sur ces dernières semaines.

– Ça vous dit de sortir ce soir ? demande Kiera. On m'a parlé d'un super club en ville.

– Carrément ! s'enthousiasme Ryan. Les gars ?

Nous hochons la tête, moi compris, même si cela ne me dit pas plus que ça. Mais bon, je ne vais pas rester cloîtré à la maison et bouder dans mon coin, mes amis ne sont pour rien à la situation. Ce n'est pas leur faute si je rumine de savoir Maxine si proche de moi et pourtant si loin, ni si je souffre de la trahison de Margo et d'avoir perdu une amie qui m'était très chère. Toute distraction est sûrement bonne à prendre.

Nous entamons nos cafés quand Megan s'avance vers nous. Elle salue timidement la tablée et s'arrête à côté de moi. Je perçois un mouvement du menton de Ryan vers elle, en guise d'encouragement.

Après la rencontre fortuite au MOHAI avec Maxine, Ryan est venu s'excuser. Dans la mesure où c'était lui qui avait choisi notre lieu de sortie, j'ai bien compris qu'il avait manigancé tout ça. Je ne lui en ai pas voulu, je sais qu'il tient à moi, qu'il veut juste me voir heureux. Apprendre que c'était une idée de Megan ne m'a pas forcément surpris, mais je n'ai pas envie qu'elle se mêle de nos histoires. Je veux que cela vienne de Maxine, qu'elle me montre qu'elle tient à ce que nous renouions, et surtout pas que sa nièce intervienne dans sa vie – ni dans la mienne.

– Garrett, je peux te parler en privé ?

– Ouais, bien sûr.

J'abandonne mon gobelet et nous nous dirigeons vers un endroit légèrement en retrait. Le cameraman ne semble pas avoir saisi notre besoin d'intimité. Son objectif est rivé vers nous.

– Ça vous dérangerait de nous laisser ?

L'homme se contente d'un hochement de tête avant de déguerpir.

– Désolé pour ça. Tout va bien ?

– Oui, oui. En fait… euh… je voulais juste te dire que… Maxine a fini par me parler de toi, enfin, de votre histoire. Plutôt, elle m'a dit que vous vous êtes connus, bafouille-t-elle.

– Oui, je m'en suis douté après le dimanche au musée.

Elle me renvoie un petit sourire gêné, comme pour s'excuser.

– Qu'est-ce qu'elle t'a raconté exactement ?

– Que vous vous êtes rencontrés juste avant qu'ARGO ne perce, que vous êtes devenus… amis, que tu lui avais proposé de partir en tournée avec vous et qu'à cause de l'accident de mes parents et donc de mon frère et moi, elle a choisi d'y renoncer.

Je reste un instant silencieux parce que j'ai besoin de digérer ce qu'elle vient de dire. Il faut que je pèse mes mots.

– Ce n'est ni ta faute, ni celle de ton frère, Megan. C'est la vie, tout simplement. Maxine a fait ce qui lui a semblé juste, elle a assumé ses responsabilités parce qu'elle vous aime. Elle a fait ce qu'il fallait.

– Tu le penses vraiment ? Même si ça vous a séparés ?

– Oui.

J'espère être suffisamment convaincant. Je ne sais pas si je crois vraiment ce que je dis, mais je m'y accroche, parce que cela soulage un peu ma peine et que je ne veux surtout pas que Megan se sente coupable.

– Je lui en veux un peu de m'avoir caché la vérité tout ce temps. Je ne comprends pas pourquoi elle ne m'en a pas parlé. Et pourquoi elle est contre le fait que je choisisse de faire de la musique.

– Tu sais ce qu'il te reste à faire, non ? Réussir brillamment et lui prouver que c'est ça et rien d'autre. À une époque, la musique a été l'échappatoire de ta tante. Je pense que son opposition a plus à voir avec tout ce que ça lui rappelle. Ce n'est pas le signe qu'elle ne veut pas te voir poursuivre cette voie.

– Peut-être. Elle a beaucoup souffert en tout cas.

Je plonge mon regard dans le sien et je me sens très mal tout à coup.

– Toutes ces années, je vous ai vénérés, je suivais la moindre de vos apparitions, toutes les émissions auxquelles vous participiez. Elle a écouté en boucle tous vos albums parce qu'à la moindre occasion, c'est ce que je mets dans ma chambre. Elle m'a entendu dire à quel point tu étais doué dans l'écriture, m'enthousiasmer sur tous les titres où finalement je comprends maintenant que tu parlais d'elle, de votre histoire.

– Je suis vraiment désolé, soufflé-je en glissant les mains dans mes poches. Tellement.

– Je ne sais rien dans le détail, de ce qu'elle a ressenti à l'époque. Je devine ce que toi tu as éprouvé à travers tes mots que j'entends dans les chansons. Ce que je sais, c'est la façon dont elle s'est confiée à moi et je… j'aimerais bien que vous puissiez redevenir amis.

– Ça ne dépend pas de moi, Megan. Nous nous sommes vus deux fois, trois si je rajoute le musée.

Elle pique un fard et baisse les yeux vers le sol, écaillant le vernis sur ses ongles.

– Je m'excuse pour ça. Je pensais bien faire.

– Je m'en doute. Quand on s'est vus, on a mis cartes sur table et j'ai été franc avec ta tante. Je ne veux pas la forcer à quoi que ce soit.

– D'accord. Mais toi, tu es partant ?

– Megan, soupiré-je. Je te remercie de ton intérêt et de ta sollicitude, mais je pense qu'il est préférable que tu ne te mêles pas de cette histoire. Maxine le prendrait mal et je suis sûr qu'elle penserait que c'est ma faute.

– Oui, mais…

– Je crois que le plus simple est de laisser faire le temps, d'accord ? Elle sait que je suis ici, elle a mon numéro. Si elle veut reprendre contact avec moi, elle peut le faire.

Je lui souris tendrement et la laisse. J'espère vraiment avoir dit ce qu'il faut.

CHAPITRE 22

MAXINE

Claquant la porte derrière moi, je laisse tout en vrac sur le comptoir de la cuisine – courrier, clefs, sac – et file dans ma chambre pour enfin me mettre à l'aise. Je ralentis en passant devant la chambre de Noah, puis frappe à sa porte ouverte.

Mon neveu a commencé son stage de robotique il y a quatre jours. Il est aux anges. En vacances depuis près d'un mois, il commençait sérieusement à tourner en rond, surtout avec sa sœur absente. Occuper les enfants durant les congés d'été, c'est toujours la croix et la bannière. Kenneth et moi, nous parcourons toutes les activités proposées par la ville, les camps de vacances. Les grands-parents sont souvent mis à contribution aussi.

– Ouais ?

– Ça va mon chéri ? Comment s'est passée la journée ?

J'entre et vais m'asseoir au bout de son lit. Il abandonne aussitôt le livre qu'il lisait.

– C'était excellent. J'ai adoré. Le prof est hyper-jeune, trop captivant. On a prévu de faire des trucs de fou. Il va y avoir de la programmation aussi. C'est extra.

– Je suis contente pour toi.

– On va sûrement participer à un concours aussi. Mais ils demandent une participation financière.

– On regardera ça et on en discutera avec Kenneth, d'accord ?

– Ça marche.

Je me penche pour déposer un baiser sur son front et le laisse tranquille. De retour dans la cuisine après m'être changée, je récupère le courrier que j'ai déposé à la va-vite tout à l'heure. Deux factures, de la publicité et une lettre manuscrite. Nous n'en recevons jamais. La seule famille que nous ayons, Kenneth et moi, ce sont ses parents. Je ne me souviens pas précisément de son écriture, pourtant je sais d'instinct que cela vient de Garrett. Les mains un peu tremblantes, je décachette l'enveloppe et découvre une simple photo. Lorsque mon regard se pose dessus, je vacille. C'est le cliché qu'il avait pris alors que nous venions de visiter le LACMA, le musée d'Art du comté de Los Angeles, devant *Urban Lights*. Cela faisait des mois que je n'avais pas laissé un garçon s'approcher autant de moi. Cette proximité m'avait un peu effrayée, mais j'apprenais à connaître Garrett, je savais que je ne craignais rien avec lui. Mon cœur bat tellement vite que je l'entends résonner à mes oreilles. Ma vue se brouille et je retiens péniblement mes larmes.

Je n'arrive pas à croire qu'il ait gardé cette photo pendant tout ce temps. Je parcours du bout du doigt ses traits, sa silhouette, son sourire. Il avait réussi à m'en arracher un ce jour-là. Je me remémore sans peine notre conversation à propos de l'art. Je retourne l'image et découvre quelques mots.

Nous étions heureux ensemble. G.

– C'est Garrett ? m'interpelle Noah, me faisant sursauter.

La tête penchée sur mon bras, il observe la photo avec attention.

– Oui, murmuré-je.

Après avoir confié mon passé commun avec Garrett à Megan, j'en ai fait aussi part à Noah. Je lui ai même dit qu'il l'avait rencontré une fois quand il était petit, mais il n'en a gardé aucun souvenir.

– C'est sympa, commente-t-il. Vous aviez l'air de bien vous entendre.

– C'est vrai.

Il me rend le cliché et va prendre une bouteille d'eau dans le frigo, tandis que je reste là, à contempler cette image de nous, rayonnants, avant que tout n'éclate en morceaux.

***

– Megan, je peux entrer ?

– Oui, viens.

Après nous avoir encore relaté en détail sa journée, ma nièce m'a dit qu'elle avait besoin de conseils. Je ne sais pas à quel propos, mais je suis contente de voir qu'elle a enterré la hache de guerre.

– Dis-moi tout, la lancé-je en m'asseyant à son côté sur le lit.

Je pose les yeux sur ses posters aux murs. Parmi eux, évidemment, un d'ARGO. Heureusement, il est à l'arrière de sa porte, m'épargnant sa vue constante ces dernières années.

– J'ai composé une musique et j'aimerais ton avis.

– Avec plaisir.

Elle récupère la guitare sur la couette et commence à jouer l'air qu'elle a créé. Elle se met à fredonner tout en fermant les yeux. Je suis médusée. C'est doux et fort à la fois. Sur son visage, je lis une sérénité qui me bouleverse un peu. Pourtant, ce n'est pas la première fois que je partage ce genre de moments avec elle, mais ce soir, son apaisement résonne étrangement avec la photo que Garrett m'a envoyée. Quand la dernière note s'envole, elle rouvre les yeux et me sourit timidement.

– Alors ?

– Je ne trouve pas les mots, ma chérie. C'est sublime.

– Tu trouves ?

– Absolument. C'est pour le programme ?

– Oui. J'ai tout juste commencé les paroles. J'ai noté des bouts de phrases. Je te montrerai quand ce sera terminé.

Je la regarde tendrement et tends la main pour glisser une mèche de cheveux derrière son oreille. Elle a grandi si vite, elle est capable de tellement de choses, maintenant. J'ai l'impression d'avoir failli quand je pense aux tensions entre elle et moi alors que Rochelle n'a eu de cesse de me soutenir. J'ai un pincement au cœur à cette pensée. J'espère que ma sœur ne m'en veut pas.

– Tu ressembles tellement à ta mère, murmuré-je.

– Ma chanson parle d'eux. D'elle et de papa.

– C'est bien. Tu puises dans tes émotions, ton ressenti. Elle sera superbe. La musique l'est déjà.

Elle semble un peu nerveuse. Elle joue avec le cordon de son sweat et mordille sa lèvre inférieure.

– Tout va bien, ma puce ?

– Oui, oui. C'est juste que… je n'avais pas imaginé ressentir autant de choses durant le programme. C'est comme si… je redécouvrais la musique. Tout est plus intense et profond.

– Je comprends ce que tu veux dire.

– Ah oui ?

Je quitte mes chaussons et m'installe en tailleur face à elle. Je souris alors que le passé remonte à la surface. Pour la première fois depuis très longtemps, la peine laisse place à la douceur.

– Chaque fois que je voyais Garrett pour apprendre à jouer à la guitare, je ressentais ça aussi.

Chaque fois que je l'entendais chanter. Chaque fois que j'étais témoin de son talent.

J'attrape à mon tour l'instrument de musique et me mets à jouer des accords au hasard.

– Je connaissais par cœur sa façon de faire, de se placer. Je ne crois pas que ça ait changé avec le temps. La passion qui l'animait, quand il parlait de sa famille. Tout était si… intense.

– Tu l'aimais, hein ?

Je lève les yeux vers Megan et acquiesce d'un mouvement de tête.

– Ça me faisait tellement peur à l'époque. Mais il a réussi à abattre chacune de mes défenses.

– Ça ferait une belle chanson, souffle Megan.

Je pars dans un petit rire.

– Une belle, oui, et ça changerait.

– Tu lui en veux encore ?

Je prends le temps de réfléchir, même si tout est clair désormais. Il n'a pas voulu me blesser : il avait besoin d'extérioriser alors que quelqu'un qui était censé l'aimer l'avait abandonné et lui avait caché la vérité.

– Non. Je crois que nous nous sommes pardonné.

– Tu penses le revoir ? demande-t-elle du bout des lèvres.

Je hausse une épaule.

– J'y réfléchis.

Megan me fait un sourire satisfait, comme si c'était la réponse qu'elle espérait.

– Je…

– Oui ?

– Il y a ce garçon, dans le groupe de Garrett. Jake.

– Jake, répété-je en souriant.

– Il est brun avec de beaux yeux caramel. Il est plus grand que moi et il a une fossette sur la joue droite. Il porte des lunettes de temps en temps, aussi.

Elle semble l'avoir bien observé. Visiblement, c'est de famille quand on apprécie quelqu'un.

– Il a 18 ans, poursuit-elle. Pour le moment, il étudie le commerce à la fac, mais c'est pas ce qu'il aimerait faire plus tard. C'est très tendu avec ses parents. Quand il en parle, ça me fait tellement mal au cœur. J'ai de la chance, moi. Je sais que rien n'est gagné, mais au moins, vous m'offrez la possibilité de suivre ce programme.

– Il y est aussi, non ?

– Il a attendu la majorité administrative pour s'y inscrire sans avoir besoin d'autorisation parentale. Ils ne sont pas au courant. Il veut leur prouver qu'il peut le faire, qu'il est assez doué pour ça. Moi, je suis sûre qu'il en est capable. Tu devrais l'entendre chanter…

Je ne manque pas son rougissement. Je me penche pour déposer un baiser sur son front, puis me relève.

– Propose-lui un duo, ça pourrait être chouette.

Je la vois réfléchir intensément alors que je me dirige vers la porte.

– Pas trop tard, d'accord ?

– Promis. Merci.

– De rien, ma puce. Je t'aime.

– Moi aussi.

Quand je rejoins ma chambre, mes yeux se posent immédiatement sur la photo de Garrett et moi que j'ai laissée sur mon bureau. Je récupère mon portable, m'assieds en bout de matelas et prends une profonde inspiration. Il est temps d'être courageuse et d'écouter mon cœur. Je ne peux plus faire comme si de rien n'était. Garrett est réapparu dans ma vie, cela veut dire quelque chose.

Maxine
Bonsoir Garrett.
J'espère que tu vas bien
et que le programme se passe bien.
Merci beaucoup pour la photo.

Garrett
Bonsoir Maxine.
Je suis heureux de la savoir
auprès de toi.

Maxine
Est-ce que tu es libre samedi matin ?

J'appuie sur envoi avant de perdre mes moyens. Pourquoi je stresse d'un seul coup ? Je ressens une boule au ventre, comme au tout début. Je devrais être immunisée après huit ans, non ?

Garrett
Libre comme l'air.
Tu proposes quoi ?

J'ignore si cela va lui plaire. Les samedis où je ne travaille pas, j'essaie de prendre du temps pour moi. L'un de mes petits plaisirs est de me rendre au Pike Place Market, l'un des lieux mythiques de la ville. Le marché est en activité depuis 1907. Il a connu des changements, des rénovations, la création de nouvelles annexes, mais peu importe, l'esprit y est toujours resté le même. C'est bruyant, chantant, odorant et vivant.

Maxine
J'ai prévu de faire le marché.
Tu aimerais m'y rejoindre ?

J'ai peur que mon idée soit nulle. Mais pour réapprendre à nous connaître, autant y aller en douceur.

Garrett
Avec grand plaisir.
J'ai envie de répondre
avec plein de smileys,
mais je ne sais pas si tu es
encore avec ton vieux Nokia.

J'éclate de rire à l'idée qu'il se souvienne de ça.

Maxine
Tu peux te faire plaisir. Je suis
moderne maintenant.

Je ponctue par un émoji qui fait un clin d'œil. Il me répond dans la foulée avec plein de bonshommes qui sourient de toutes leurs dents.

Garrett
Hâte d'être à samedi.
Bonne nuit Maxine.

Maxine
Bonne nuit Garrett.

Je n'imaginais pas à quel point cette discussion ferait battre mon cœur. Je vais revoir Garrett, de mon plein gré. Je tombe à la renverse sur le lit, mon téléphone plaqué sur ma poitrine, mon sourire ne quittant pas mes lèvres. *On ne s'emballe pas !*

Pourtant, il semblerait que l'effet Garrett soit toujours aussi efficace.

CHAPITRE 23

MAXINE

Je vais toujours au marché entre 8 et 10 heures, le matin, afin d'éviter la cohue. Toutes ces couleurs et ces odeurs. Je souris en déambulant dans les allées, flânant, regardant, touchant, juste pour profiter et m'aérer l'esprit. Les commerçants sont parfois de véritables showmen, donnant de leur personne pour attirer le client.

Je suis un peu anxieuse à l'idée de ce moment avec Garrett. Je n'ai que mes souvenirs, tous nos instants partagés, nos confidences échangées. J'ai appris à le découvrir, il m'a montré qu'il était quelqu'un de bien et je suis tombée amoureuse de lui. Je l'aimais tellement, cela m'a déchiré le cœur de l'abandonner. Nous nous entendions bien – c'est même un euphémisme –, mais cela sera-t-il encore le cas ? La célébrité l'a-t-elle changé ? A-t-il perdu de sa patience, bien qu'il m'ait affirmé le contraire ? Dans quelle mesure est-il toujours lui ? Dorénavant nous ne sommes que deux inconnus, deux vagues connaissances tout au plus. Aurons-nous encore des points communs, des affinités ? Avec la vie trépidante qu'il mène et les gens qu'il rencontre, comment pourrait-il me trouver intéressante ?

Un bip m'annonçant l'arrivée d'un texto m'arrête dans ma contemplation des framboises étalées devant moi. Je souris en découvrant qu'il s'agit de Garrett.

Garrett
Je suis là ! Désolé.

Maxine
Je rejoins le fleuriste.

Je range mon téléphone et étudie le stand à quelques pieds de moi. Revenant toujours au bouquet qui décline un camaïeu de rouge, je m'en empare et le respire. Oui. Définitivement celui-ci. Au moment où je m'apprête à régler, une main tatouée apparaît devant moi avec plusieurs billets.

– C'est pour moi.

Je retiens mon souffle alors que Garrett se matérialise à mes côtés. Ses lunettes de soleil et sa casquette lui confèrent un certain anonymat, mais je reconnaîtrais sa voix et ses tatouages n'importe où.

Je reste sans rien dire tandis que le vendeur lui rend sa monnaie. Son parfum prend maintenant le pas sur celui des fleurs. Je ne vois que son sourire quand il se tourne vers moi, l'air nonchalant. Il me détaille sans gêne, comme il en a pris l'habitude, comme il le faisait déjà il y a longtemps mais avec encore moins d'embarras, et je n'ai pas les mots pour décrire la sensation que produit son regard sur mon corps.

J'aimerais dire que je n'ai pas pensé à lui en m'habillant d'une robe d'été légère, mais ce serait mentir. Auparavant, je me cachais derrière mes vêtements, aujourd'hui, ce n'est plus le cas. J'ai changé et lui plus que n'importe qui d'autre peut comprendre à quel point cela veut dire quelque chose pour moi. J'ai repris confiance.

Je sens mes joues rougir sous son regard.

– Merci, arrivé-je enfin à prononcer.

– Avec plaisir. Pour me faire pardonner mon retard.

– Tu n'as pas manqué grand-chose.

Il avise mon sac en tissu rempli de fruits tout en hochant la tête.

– Tu as trouvé facilement ? me renseigné-je alors que nous avançons dans le marché.

– Oui. Je suis déjà venu y faire un tour avec les gars. Ce n'est pas loin de l'hôtel où on logeait.

– Ah oui, c'est vrai.

– Tu connais un endroit où on pourrait prendre un café ?

Je hoche vivement la tête. Je connais le lieu parfait.

– Porte Nord, c'est là où se trouve le plus vieux Starbucks du monde.

Son rire me prend par surprise.

– Tu es toujours la même. Ça m'avait manqué.

Je baisse les yeux. Il n'a pas oublié à quel point je m'emballe quand je parle de ma ville, de l'art qui me passionne.

Je le conduis jusqu'au Soames-Dunn Building. Le bâtiment n'est pas spécialement joli avec sa couleur crème réhaussée de bandes vert foncé, mais il attire les touristes parce qu'il abrite le tout premier Starbucks américain. À l'intérieur il y a même une petite exposition qui permet de voir l'évolution de la marque ; un ancien comptoir y est notamment exposé. D'habitude, il y a foule sur le trottoir, cependant nous avons de la chance aujourd'hui, personne ne fait la queue. Nous pénétrons à l'intérieur et passons commande. Garrett m'invite, puis nous remontons la rue pour rallier le parc Victor-Steinbrueck qui borde l'avenue Western. Nous trouvons une place sur l'un des bancs. Je dépose mes achats entre nous afin d'instaurer une distance tangible. Je ne suis pas encore prête à ce qu'il soit trop près de moi. J'avais oublié l'aura qu'il dégageait, cette sensation que l'espace se réduit lorsqu'il est présent, cette façon qu'il a de prendre toute la place, au point que je ne peux pas m'empêcher de revenir à lui, à ses yeux, à son sourire. J'ai déjà du mal à me concentrer maintenant, autant garder mes distances.

– Tu ne travailles pas aujourd'hui ?

– Non, j'ai un samedi par mois de disponible.

– Un seul ? s'étonne-t-il. Ce n'est pas trop dur ?

– C'est toi qui parles ? Avec ton emploi du temps de folie ?

Il me sourit, penaud, et je me perds un instant dans son regard. Il y perdure quelque chose de tellement familier, c'est très perturbant. Je devrais faire face à un inconnu, mais ce n'est pas la sensation que j'ai. Son sourire est le même : doux et rassurant. Son regard aussi : expressif et captivant. Physiquement, il est toujours aussi beau. Peut-être même plus. Il a un peu vieilli, mais il a encore plus de charme. Il possède toujours cette tranquillité apparente qui apaise lorsque l'on est à son côté. Et il s'entretient, cela se voit aux muscles saillants qui tendent son tee-shirt. J'imagine que pour tenir le rythme des tournées et des voyages incessants il vaut mieux être en forme.

Je me secoue. Je ne dois pas partir dans cette direction.

– Et toi, alors ? Le programme d'été, ça se passe bien ?

Il hausse les épaules, incertain.

– J'appréhendais, parce que ce n'est pas vraiment mon truc, la pédagogie tout ça…

– Menteur. Je me souviens très bien comment tu étais lorsque tu m'as donné les cours de guitare : patient, compréhensif, attentif…

– C'est parce que c'était toi.

Le temps se suspend un instant, laissant ses mots résonner entre nous. Puis je déglutis et décroise les jambes tout en triturant mon gobelet entre mes doigts. Ça non plus, ça n'a pas changé.

– Pour en revenir au stage, reprend-il, ça se passe bien. Mon groupe est hyper-motivé et doué. Et puis, le fait de faire ça avec les copains, c'est vraiment cool.

– Je suis tellement heureuse de vous voir toujours aussi proches. Je suis sûre que vous avez prévu un vote pour élire le meilleur prof.

Garrett éclate de rire et plus rien n'existe autour de nous. Je n'entends que ce son si délicieux à mes oreilles. Je me rends compte que cela fait des années que je n'ai pas discuté comme ça, simplement, avec un ami. Je ne côtoie presque que des collègues de travail ou Sam, et encore, par téléphone. Même avec Kate, c'est compliqué. Cela m'avait manqué, ces échanges, ce partage.

– Et avec Megan ? osé-je demander.

– Elle n'est pas dans mon groupe, mais ça, tu dois le savoir. Ryan n'en dit que du bien, mais on évite de parler de nos élèves. On veut gagner, tu comprends.

Je ris doucement à mon tour et ses yeux s'égarent sur ma bouche. Dans un réflexe, je passe ma langue dessus et le vois déglutir.

– Alors, dis-moi… Qu'est-ce que ça fait d'être célèbre, de vivre son rêve ?

Il laisse échapper un ricanement éteint. Je fronce aussitôt les sourcils tandis qu'il scrute un point devant lui.

– Comme tu peux l'imaginer.

– Je n'ai pas envie de l'imaginer, dis-je doucement. Je me suis imaginé assez de choses. Je veux l'entendre de ta bouche.

Il boit une lampée de son *macchiato* puis soupire.

– Vivre de la musique est vraiment extraordinaire. Partager ça avec mes meilleurs amis l'est encore plus. On écrit, on compose, on joue, on voyage, on rencontre des gens merveilleux. L'échange avec les fans est top aussi. C'est grâce à eux tout ça. On essaie de le leur rendre comme on peut, comme avec les tours *backstage* par exemple, même si c'est très peu au final.

– C'est déjà énorme, peu d'artistes le font.

– Les concerts… c'est quelque chose d'assez unique. Un peu fou aussi, avoue-t-il en souriant. Être face à des milliers de personnes venues pour toi, pour t'écouter… c'est beaucoup de pression, mais c'est génial.

– J'imagine !

Il hausse un sourcil et je comprends immédiatement où il veut en venir.

– Tu te trompes, Garrett. Même si j'ai souffert, si je t'en ai voulu, j'étais quand même fière et ravie de vous voir vivre ça, ensemble. Je t'assure. Vous êtes tellement talentueux, vous le méritez.

– C'est gentil.

Il soupire et son regard se perd à la surface de son café.

– Et à part ça ? cherché-je à savoir, l'air de rien.

– Plutôt tranquille, contrairement à ce que relatent les médias. Je me tiens éloigné de toutes les fêtes. J'ai grandi dans ce milieu, et même si mes parents n'étaient pas de ce genre, je ne voulais pas tenter le diable. C'est moins dur qu'avant, mais je préfère garder mes distances. Je vais à certaines pour honorer nos engagements et faire mon job, toujours avec les gars, mais ça s'arrête là. On tient un rythme très soutenu qui laisse peu de place pour une vie privée. C'est compliqué de prendre du temps pour soi, juste pour souffler, se reposer. Et puis je dois avouer que j'ai du mal à me confier sur ce que j'ai vécu par le passé ; on ne me comprendrait pas forcément, on me jugerait. Je préfère m'épargner ça. En fait, en dehors de ma vie avec le groupe, je suis assez solitaire.

Mon premier réflexe serait d'en douter, mais une fêlure dans sa voix me persuade qu'il dit vrai. Instinctivement, je tends une main vers la sienne, posée sur sa cuisse, et la serre.

– Je ne te dis pas ça pour que tu aies pitié de moi. C'est juste la vérité. On peut être entouré au quotidien d'une multitude de personnes, avoir un carnet d'adresses bien rempli, mais le soir quand on rentre chez soi, on est seul. Je n'en parle pas parce que je ne veux pas qu'on croie que je n'aime pas ma vie, que je suis ingrat. Ce n'est pas le cas, je me rends compte de la chance que j'ai.

– Je n'ai pas pitié de toi, Garrett.

Je ferme les yeux. Il s'est montré franc et honnête avec moi, il n'y a pas de raison que je n'en fasse pas autant avec lui.

– Je comprends ce que tu veux dire.

– Ah oui ? Pourquoi ça ?

– Parce que je vis la même chose, avoué-je, la gorge nouée.

Il pose ses pupilles dans les miennes et, l'espace d'un instant, je nous sens connectés comme par le passé. Mon attention est détournée par un passant à quelques pas de nous, le portable tourné sur nous.

– Qu'est-ce qu'il y a ? demande Garrett, remarquant mon regard rivé au loin.

– Je crois que cet homme là-bas est en train de prendre des photos.

– Merde. Je suis vraiment désolé.

Il s'apprête à se lever, mais je le retiens d'une main sur le genou.

– Ce n'est pas ta faute. C'est souvent comme ça ?

– Régulièrement, oui. Mais ici, ça n'a rien à voir avec LA. Les gens sont moins à l'affût.

– Ça ne doit pas être évident à gérer.

– Il y a des jours où l'on est plus conciliants que d'autres. On est comme tout le monde, parfois se faire suivre, aborder et prendre en photo, c'est trop.

Je ne sais pas si je supporterais ce style de vie. Je me tais alors qu'une jeune fille s'approche doucement de nous, timide. Garrett la rassure immédiatement d'un sourire.

– Salut.

– Bonjour. Je suis désolée de vous déranger. Euh… Est-ce que… on pourrait faire une photo ? S'il te plaît ?

– Bien sûr. Pas de souci.

J'observe la gamine se placer à ses côtés et prendre un selfie. Garrett, lui, ne se départit à aucun moment de sa gentillesse et de son sourire. Je m'attendais à le redécouvrir diamétralement changé à cause de son statut, mais en fait, il est comme avant : accessible, généreux, patient.

Ils échangent encore quelques mots puis Garrett revient à moi alors qu'elle nous laisse.

– Alors, que me conseilles-tu comme musée ? embraie-t-il comme si de rien n'était.

Je ris doucement, amusée par son attitude.

– Le mien évidemment.

– Le meilleur de tous.

Nous éclatons de rire puis il me renvoie un regard de connivence. Mes yeux tombent sur la chaîne qui pend à son cou. Je tends la main et m'empare de la plaque d'armée de son frère. Sa respiration se suspend alors qu'il suit le moindre de mes mouvements, la pulpe de mon pouce caressant le métal froid.

– Tu la portes toujours.

– Oui, elle ne me quitte jamais.

Il me la prend des mains et j'essaie tant bien que mal de ne pas m'attarder sur ses doigts qui attrapent délicatement mon poignet. Il effleure mon tatouage et ma cicatrice. Elle s'est un peu estompée avec les années, mais elle est toujours là, marque indélébile de mon mal-être de l'époque. Ce geste peut paraître anodin, mais j'y lis un message, comme s'il essayait de me rappeler qu'il est au courant de ma souffrance, qu'il est là pour moi, qu'il l'a toujours été. C'est le souvenir de tout ce que nous avons échangé, de l'intimité que nous avons partagée.

– Est-ce que tu en as d'autres ? se renseigne-t-il.

– Des tatouages ? Non. Je pense qu'il restera le seul.

– Je comprends.

Il me libère et nous restons encore un petit moment à discuter, jusqu'à ce que nous soyons interrompus par son téléphone. Je ne manque pas son petit soupir, mais j'en profite.

– Je te remercie, Garrett. Je suis contente d'avoir passé ce moment avec toi.

– Moi aussi, Max. Merci pour l'invitation.

J'ai déjà fait quelques pas quand il me rappelle.

– Max ? Quand est-ce qu'on se revoit ?

Les mains dans les poches, il scrute intensément ses chaussures. Je m'approche de lui tout en mordillant ma lèvre.

– Je ne sais pas, murmuré-je. Tu sais où je travaille. Si jamais tu veux une visite personnalisée…

– Tu accepterais de faire ça ?

– Oui, sans souci. Tu sais bien que je suis toujours partante pour partager ma passion.

– Toi aussi, tu vis ton rêve.

J'avance d'un pas pour déposer un baiser sur sa joue.

– Bon week-end, Garrett.

– Bon week-end, Maxine.

Je sens son regard peser sur mon dos. Et sans le vouloir, je me mets à sourire.

CHAPITRE 24

GARRETT

– Bonjour à tous !

– Bonjour Garrett, répondent mes stagiaires tout sourire alors que j'entre dans la salle.

– Vous avez passé un bon week-end ?

– *Yes* et toi ?

Cela ne m'étonne pas qu'Antonio soit le premier à prendre la parole. Il est toujours d'humeur joyeuse. Je l'ai déjà vu réconforter Emily alors que cette dernière avait un petit coup au moral et qu'elle commençait à douter d'elle. Il me fait penser à Ryan sur pas mal de points : son humour et son talent pour la composition.

– Pas mal aussi.

Il est bien entendu hors de question que j'entre dans les détails, mais je pense que cela résume plutôt bien mon sentiment. Je crois que je suis encore sur un petit nuage. Maxine a enfin accepté que nous nous voyions pour réapprendre à nous connaître et j'ai réussi à décrocher un autre rendez-vous. Je n'en attendais pas tant.

– Vous avez tous bossé sur votre chanson ? Comme je l'ai dit vendredi, aujourd'hui, on va uniquement se concentrer sur l'écriture et l'interprétation a cappella.

– Génial ! J'ai hâte, s'emballe Tionne, toujours partante quelles que soient mes propositions.

– Parfait. Avant de commencer, quelqu'un peut-il me rappeler les bases de la poésie que nous avons abordées la dernière fois ?

– Qui a dit que la musique, c'était fun, déjà ? plaisante Antonio.

Je ricane.

– Eh bien vas-y, explique-nous.

– Je savais que j'aurais mieux fait de me taire… grommelle-t-il. Bon, alors, techniquement, on peut écrire un morceau comme si on faisait de la poésie. Il y a des règles, comme sur une partition. Les strophes, le nombre de vers, le type de rimes, les sonorités et le rythme, qui ne repose pas que sur la mélodie. J'ai bon ?

Je hoche la tête ; c'est un bon début. Je ne prétends pas être un professeur aguerri, mais je me souviens de mes années d'études. Je suis content de voir que j'arrive à les captiver, même pour autre chose que la pratique. Le cameraman ne loupe pas une minute du cours. Je me demande ce que cela donnera une fois le montage terminé.

– Les rimes peuvent être plates, croisées, embrassées, poursuit Rhonna. En fonction des syllabes sur lesquelles on s'appuie, elles seront plus ou moins riches. On peut jouer sur la ponctuation, la longueur des phrases, faire des comparaisons, des métaphores et d'autres figures de style pour que ça sonne bien.

Je souris, amusé de les voir si investis. Ils ont vraiment révisé, apparemment !

– Quelqu'un a un exemple ?

– Ouais ! intervient Emily. Une métaphore : « *My life's just a carousel spinnin' around* ».

– Bien vu. Je pourrais tout aussi bien vous faire un cours sur la littérature, les plus grands poètes, mais le fait est que je n'applique pas vraiment tous ces principes moi-même, comme la plupart des artistes anglo-saxons. En réalité, le plus souvent, je ne fais attention à rien de tout ça.

– *Free style* complet, alors ? s'amuse Antonio.

– On peut dire ça. On pourrait croire que ça manquerait cruellement d'harmonie, mais une fois que la musique se pose, c'est elle qui lisse l'ensemble, qui apporte le cadre au texte. Avec les intonations, les variations de notes. En fait, ce qui compte plus que tout, c'est l'émotion que vous laissez transparaître dans vos mots, que ce soit la peine, la colère, l'amour, vos revendications… Tout est bon à prendre. Il ne faut pas avoir peur de se livrer, de se mettre littéralement à nu. Vous verrez que ça devient instinctif à force.

Je regarde chacun d'entre eux dans les yeux avant de reprendre :

– Qui n'a jamais eu de frissons en entendant une musique, des paroles qui font écho en lui ? Pour que les mots tournent ensuite en boucle dans sa tête ? C'est un phénomène universel. Je donne une part de moi-même chaque fois que j'écris, chaque fois que j'interprète l'une de nos chansons. Certaines ayant plus de poids que d'autres. Parfois, c'est vraiment dur émotionnellement et le public ne se doute pas que l'exercice est épuisant. Mais c'est ce qu'on aime faire par-dessus tout.

Ils hochent la tête, convaincus. C'est ce que j'espère pour eux, qu'ils arrivent à transmettre tout ce qui se passe en eux à travers leur voix.

Jetant un regard à la ronde, je tombe sur Tionne qui m'observe, impatiente.

– Tu te lances ?

Elle hoche la tête et lit son texte dans un premier temps. Je repère immédiatement les phrases à améliorer pour apporter un meilleur rythme. Vient ensuite le tour des mecs, Jake, puis Antonio. Rhonna prend la suite et Emily termine la marche.

– C'est super, vous avez bien bossé.

– Est-ce que tu as écrit quelque chose, toi aussi ? demande timidement Emily.

– Peut-être bien.

Cela me fait un peu peur, d'ailleurs. Je n'ai quasiment jamais été autant inspiré que depuis que je suis ici, dans cette ville, tout près de Maxine, comme il y a huit ans. J'ai l'impression qu'elle me fait le même effet et je ne sais pas si c'est une bonne chose. La dernière fois, je n'ai pas su m'en tenir à l'amitié… Et après notre rendez-vous au marché, j'ai effectivement passé le restant de mon week-end à écrire. Je n'avais tout de même pas vraiment prévu de partager ça ce matin.

– Est-ce qu'on pourrait en avoir un aperçu ? cherche à savoir Tionne.

Je réfléchis quelques secondes. Si en tant que professeur je ne montre pas ce dont je suis capable, bien que mon talent et mes aptitudes ne soient plus à prouver, je pense que je n'ai rien à faire ici. J'avais des doutes au départ sur ma légitimité dans ce programme, mais quand je vois la motivation de mes élèves et nos interactions, je suis bien plus confiant dorénavant. Je cède d'un rapide hochement de la tête et vais attraper ma guitare.

– En revanche, pas de diffusion sur les réseaux. On est d'accord ?

– Évidemment !

– Ça vaut pour vous aussi, dis-je au cameraman et au perchiste qui nous suivent.

Ils acquiescent. Même si MTV a signé un accord de confidentialité, je préfère m'en assurer. Je prends une grande inspiration et me lance. Cette chanson, elle m'est venue naturellement. Pour être honnête, je n'avais jamais autant ouvert mon cœur à quelqu'un depuis le début de notre ascension dans le monde de la musique qu'auprès de Maxine. Cette culpabilité que je ressens, cette sensation de solitude alors que je suis constamment entouré, je n'en avais parlé à personne. Pourtant, après en avoir discuté avec Max, c'est comme si un poids s'était ôté de mes épaules. Le sentiment est toujours là, mais je ne suis plus tout seul dans ce bateau.

Keep my head above water
So, I don't get even darker
With each step, with each breath
How to know if the light is there
At the end of this endless tunnel?
How not to be discouraged,
To convince me that life is worth living?

Does all this deserve so much effort,
So much pain and suffering?
For this world of appearance and smoke
Why persist, strive to rise to the surface
If I immediately plunge?
Why fight endlessly against chains
That drag me to the bottom?

I know I don't have the right
To complain, to cry, to be unhappy
Yet it's there, lurking below the surface
Under the ink that covers my skin
It boils, eats me, tortures me
This loneliness, this lack you caused
You left with my heart

I'm only the shadow of myself since
A man who survives without you by his side

Does all this deserve so much effort,
So much pain and suffering?
For this world of appearance and smoke
Why persist, strive to rise to the surface
If I immediately plunge?
Why fight endlessly against chains
That drag me to the bottom?

À la fin de ma prestation, pas un son ne filtre dans la salle. Ils ont les yeux rivés sur moi, sans voix. Je hausse les sourcils et les observe, étonné.

– Eh bien ? C'était si horrible que ça ?

– Tu déconnes ! s'exclame Antonio. T'as fait ça en un seul week-end ? Texte et musique ?

– Une journée et demie en réalité.

– Bah merde ! J'ai à peine réussi à pondre un couplet de trois phrases et le refrain qui va avec.

– Ça viendra avec le temps et l'acharnement. Et je te rassure, ça ne fonctionne pas toujours aussi bien, avoué-je en riant. Même après toutes ces années dans le métier. Parfois, il me suffit d'une dizaine de minutes et d'autres fois, c'est un peu plus long.

– Qu'est-ce qui fait que c'est plus ou moins facile ? demande Jake.

– L'état dans lequel je me trouve. L'environnement, aussi. L'écriture est un exutoire tellement puissant. Bon allez ! Assez parlé de moi, c'est vous les futurs talents. Au boulot !

Chacun se remet à la tâche et je vaque de l'un à l'autre, leur offrant mes conseils. Au bout des deux mois, ils seront jugés sur l'interprétation d'une chanson déjà existante et sur une création originale. Alors à ce stade, il ne s'agit que d'une ébauche qu'ils auront tout le loisir de perfectionner.

Au moment de la pause déjeuner, mon groupe rejoint leurs camarades tandis que je me dirige vers notre table. Comme bien souvent, nous sommes les derniers. Je remarque qu'un lien particulier semble se tisser entre Jake et Megan. Cela me fait sourire.

– Tu fais durer le cours, G ? me taquine Ryan.

– Tu t'es découvert un talent pour l'enseignement ?

– Allez ! Fichez-vous de moi. Jaloux de mes capacités hors norme, peut-être ?

– Quel vantard ! se marre Kiera.

– Pas si c'est la vérité, assuré-je d'un clin d'œil.

Ils se mettent tous à ricaner alors que je m'empare d'un plateau-repas.

Les discussions vont bon train et restent légères, pas comme à la maison, où les gars n'ont pas manqué de revenir à la charge en ce qui concerne Maxine. Je n'ai même pas songé à m'excuser ce week-end pour le manège de Ryan avec Megan au muséum. Enfin, elle me l'aurait dit si elle l'avait mal pris. J'espère que sa suggestion de visite à son travail n'était pas une proposition en l'air, car je compte bien la prendre au pied de la lettre.

Mes pensées sont interrompues par des cris étouffés qui s'élèvent depuis la table des jeunes. Nous nous tournons pour les découvrir les yeux rivés sur le téléphone d'Antonio. Je ne sais pas ce qu'ils regardent comme ça, mais ils ont l'air absolument fascinés.

– Sûrement encore une de ces vidéos TikTok, commente Olly.

– Tu crois qu'elle arrivera à faire plus de vues qu'un de mes chefs-d'œuvre ? s'enquiert Ryan, très sérieux.

Par là, il faut comprendre l'une de ses vidéos où il fait l'idiot en se mettant en scène, notamment lorsque Ayden le surprend dans des situations légèrement compromettantes. Je dois admettre que c'est assez hilarant, la plupart du temps. Je crois que si Ryan échoue en tant que cuisinier, il pourra toujours se reconvertir dans la réalisation. En fait, il touche à pas mal de choses, cet imbécile ! Je pourrais presque en être jaloux.

– J'en doute ! contre Ayden. La vidéo de la piscine vaut quand même son pesant d'or.

– Putain, oui !

– Quelle vidéo ? demande Kiera.

– Rien, rien.

Olly et moi éclatons de rire. Évidemment, si Ryan essaie de la séduire, il vaut mieux qu'elle ne voie pas ça. Ryan n'est pas montré sous son côté le plus sexy.

– Tout va bien ? s'inquiète Olly alors que les deux autres débattent du dossier du batteur. Tu t'es pas mal isolé hier.

– Je sais, désolé. J'avais besoin d'être un peu seul et j'avais envie d'écrire.

– Tu nous as bien dit que tout s'était bien passé, non ?

– C'est le cas. Elle m'a même proposé qu'on se revoie. Je ne vais pas la lâcher.

Le sourire qu'il me retourne est complice. Il comprend ce qui m'agite. Je ne dis pas que nous pouvons reprendre là où nous nous sommes arrêtés, mais rien ne nous empêche de réapprendre à nous connaître, de nous côtoyer et de laisser faire le temps. C'est un peu ce qui nous caractérise, je dirais.

– C'est Maxine, dis-je d'une voix basse. Je ne veux pas la faire fuir, tu vois ? Il y a huit ans, c'était déjà l'impression que j'avais.

– C'est différent, là, Garrett. C'est elle qui a fait le premier pas, qui t'a appelé. Si elle ne voulait plus entendre parler de toi, elle ne l'aurait pas fait.

– Je sais bien. Je ne vais pas baisser les bras.

– Tu n'as pas intérêt, me menace-t-il, les yeux plissés pour m'intimider. Tu es différent depuis qu'elle est revenue.

Je hausse un sourcil, attendant qu'il s'explique.

– Tu es moins renfermé, plus accessible. On retrouve notre pote, c'est tout. Je suis sûr que tu trouveras un moyen de l'atteindre en douceur.

J'accepte son accolade alors qu'on nous sert le café. Cet après-midi, j'ai envie d'assister à l'un des cours de Kiera. Cela me permettra de me changer les idées, mais aussi de découvrir mes élèves dans une autre discipline et de les observer au sein d'un groupe plus important. Il n'y a pas de meilleur moyen pour découvrir s'ils ont le sens de la cohésion, parce qu'ils ne s'en rendent pas compte, mais avoir le soutien de ton équipe, c'est ce qui te permet d'avancer même lorsque tu es au fond du trou. C'est ce qui te maintient en vie.

CHAPITRE 25

GARRETT

La semaine s'est écoulée à une vitesse folle. J'ai du mal à prendre conscience que cela fait déjà un mois que nous sommes ici. Le climat de Washington est différent de celui de Californie, les températures moins étouffantes mais le temps plus qu'agréable. Durant notre temps libre, nous profitons du barbecue dans le jardin, de la piscine, de la plage à portée de main, bien que je ne me sois risqué à la baignade qu'une seule fois, l'eau n'étant vraiment pas chaude.

Je m'apprête à rejoindre Maxine pour une visite du musée.

À l'angle de University Street et de la Première Avenue, j'admire un instant l'homme d'acier qui matérialise l'entrée du SAM. J'ai fini par contacter Maxine pour lui demander si elle pouvait m'accorder un peu de temps ce matin, et elle a accepté.

Je fais quelques pas pour pénétrer à l'intérieur du musée, puis me dirige droit vers l'accueil et attends mon tour. J'ôte mes lunettes de soleil, mais garde ma casquette. J'avoue que jusqu'à maintenant j'ai été relativement tranquille : je me suis fait accoster une ou deux fois sur le marché et plusieurs fois lorsque nous sommes sortis dans des bars, mais cela reste limité.

– Monsieur, bonjour. Une place pour un adulte ? se renseigne l'hôtesse.

– Oh non. Je souhaiterais voir Mme Zelko.

– Vous avez rendez-vous ?

– En quelque sorte. Si vous pouviez juste la prévenir que M. Atwood est ici, je vous en serais très reconnaissant.

– Très bien.

Kelly, si j'en juge au badge sur sa poitrine, s'empresse de passer le coup de fil. Je m'éloigne un peu pour me soustraire à son regard curieux. Pas besoin de prendre le risque d'attirer son attention, il ne manquerait plus qu'elle me reconnaisse et dise à tout le monde que je mens sur mon identité.

Après quelques minutes, je me retourne au bruit de talons qui claquent sur le sol. Maxine s'avance vers moi et je suis un instant dérouté. Elle porte une robe cintrée bleu nuit qui épouse parfaitement ses courbes. Je suis mal. Je déglutis, tentant de reprendre contenance. Je ne parviens cependant pas à la lâcher du regard. Un sourire léger se dessine sur ses lèvres, elle s'arrête devant moi et lève une main entre nous.

– Monsieur Atwood, je présume ?

– Ravi de vous revoir, madame Zelko.

Je presse délicatement ses doigts entre les miens.

– Je ne pensais pas que tu me demanderais une visite.

– Tu m'as proposé, je…

– Non, ce que je veux dire, c'est que je ne savais pas si ça t'intéresserait. Tu as sûrement mieux à faire que passer un samedi dans un musée, non ?

– Ce discours me rappelle vaguement quelque chose, soufflé-je. Tu te souviens de ce que j'y répondais à l'époque ?

– Oui.

– Eh bien, je n'ai pas changé. Et puis, si ça peut me permettre de passer du temps en ta compagnie, c'est parfait.

Elle rougit avant de m'entraîner vers un escalier. L'enjeu du jour va être de rester concentré sur ses explications et de ne pas me laisser distraire. Même si de toute évidence, cela va être compliqué.

– Le Seattle Art Museum est réparti sur trois sites, commence-t-elle lorsque nous atteignons l'étage. Celui-ci en centre-ville, qui a ouvert ses portes en 1991, l'Asian Art Museum à Capitol Hill qui date de 1933 et enfin le plus récent, l'Olympic Sculpture Park à Belltown qui a été inauguré en 2007.

Alors que nous entrons dans une gigantesque pièce, je lève les yeux vers les hauts plafonds.

– Qu'est-ce que c'est que ça ?

Le rire de Max emplit l'air et elle me lance un regard amusé. Mon rapport à l'art non plus n'a pas changé. Disons que je suis encore et toujours très sceptique. Surtout quand je fais face à un arbre. Dans un musée.

– Il s'agit d'une sculpture de John Grade appelée *Middle Fork.*

– On est d'accord que c'est un arbre ?

– Oui. John est un artiste local. Il travaille énormément avec la nature. Pour ce projet, il voulait étudier un seul végétal. Il s'est rendu dans les montagnes Cascades à l'est de Seattle et il a choisi un pruche, une espèce omniprésente dans la région.

– Rassure-moi, il est bien accroché ?

Ma question est légitime, parce que la sculpture flotte à l'horizontale dans les airs et je n'aimerais pas me la prendre sur la tête. Marron comme si elle avait séché sur place, elle doit faire quarante pieds de long avec des branches qui ont poussé dans tous les sens, menaçant de nous empaler.

– Évidemment, ricane Maxine. Aucune perte à déclarer. Jusqu'à maintenant.

Elle hausse un sourcil, un air espiègle dans le regard.

– Comment il a réussi à faire ça ?

– Dans un premier temps, avec son équipe, il a réalisé un moulage complet de l'arbre à l'aide de bandes de plâtre, épousant les marbrures des écorces, les branches, les blessures, les irrégularités, son histoire. Et puis, dans un atelier, ils l'ont ensuite recréé. Pour ça, ils se sont servis de milliers de morceaux de vieux cèdres, un peu à la manière d'un immense puzzle.

– Waouh.

Après avoir fait un tour rapide du reste de l'étage – et m'être plusieurs fois demandé si je venais vraiment de la même planète que certains artistes –, Maxine me conduit dans son antre. Aussitôt, une énergie particulière émane d'elle. Elle semble plus enthousiaste, plus fébrile, plus vivante. Elle aime véritablement travailler ici, elle vit sa passion. J'essaie de me concentrer sur les merveilles qui nous entourent mais la vérité est que Max efface tout.

– Ici est exposé l'art américain. L'un des artistes qui fait la renommée du musée est Mark Tobey, explique-t-elle en s'arrêtant devant un tableau qui me laisse perplexe.

Pour moi, il s'agit ni plus ni moins d'un enchevêtrement de lignes et de gribouillis. Maxine se déplace vers un autre tableau du même créateur et se lance dans ses explications. Je cligne des yeux, perplexe. Je me demande si notre cerveau fonctionne de la même façon, parce que je ne vois rien de ce qu'elle m'explique. Elle me lance un sourire que je lui rends, pourtant je vois au petit éclat de malice dans ses yeux qu'elle n'est pas dupe.

Maxine n'est plus du tout la même. Si je retrouve la femme drôle et passionnée de l'époque, elle évolue désormais dans son univers qu'elle maîtrise à la perfection. Elle est devenue sûre d'elle et confiante, elle a perdu cette nervosité qui l'accompagnait partout et, même si j'ai la sensation latente que tout n'est pas résolu, notamment quand son regard se perd devant elle, savoir qu'elle va mieux apaise un peu cette peine et cette colère que je ressens d'avoir été séparé d'elle. Nous n'avons pas enduré tout ça pour rien.

Je ne veux pas que cette matinée se termine.

– Dis-moi, tu as bien une pause déjeuner, non ?

Elle se met à rire doucement. Je ne suis pas très subtil, mais une fois encore, elle ne s'en offusque pas.

– Je peux t'inviter ? Je n'ai pas envie de te dire au revoir tout de suite.

Elle fait mine de réfléchir quelques instants avant d'accepter d'un hochement de tête.

– Tu m'accompagnes à mon bureau pour que je récupère mes affaires ?

– Bien sûr.

Je la suis docilement jusqu'au rez-de-chaussée et j'ai ainsi la chance de découvrir l'endroit où elle passe ses journées. La décoration est vraiment sympathique. Un petit musée dans un grand. Une grande bibliothèque occupe tout un pan de mur, et même si je repère un certain nombre d'ouvrages anciens, les bibelots sont bien plus nombreux. Une magnifique peinture au format XXL et un planisphère vintage habillent le mur opposé. Son bureau est placé au centre, devant deux immenses fenêtres. Il est envahi par de la paperasse et des cadres photo de sa famille. J'ai l'impression d'être dans le bureau d'Indiana Jones.

Je souris alors qu'elle récupère un smartphone pour le glisser dans son sac à main.

– Je vois que tu as définitivement abandonné ton vieux Nokia.

– Sam me l'a presque ordonné à l'époque, et aujourd'hui, avec deux ados à la maison, je peux difficilement faire sans.

Elle récupère une veste légère et me sourit.

– Je suis prête.

Je reconnais le chemin vers Pike Place Market. Dans la rue, nous nous faisons interpeller par une fan qui réclame une photo et un autographe. Visiblement, ma casquette et mes lunettes de soleil ne suffisent pas. Maxine se met en retrait pour me laisser faire tout en m'observant attentivement.

– Désolé, m'excusé-je.

– Ça ne fait rien. Monsieur la star… me charie-t-elle en me donnant un léger coup d'épaule.

J'aime qu'elle parvienne à être taquine avec moi. Cela me fait chaud au cœur et me ramène au bon vieux temps, mais je me demande si elle est vraiment si compréhensive que ça avec mon statut. Nous ne parvenons jamais à être tranquilles sans être interrompus au moins une fois par un fan. C'est vraiment difficile à supporter au quotidien. C'est l'un des aspects auquel je ne me suis toujours pas habitué ; je prive aussi mes proches de pouvoir faire comme bon leur semble lorsqu'ils sont avec moi. Dans tous les cas, Maxine ne dit rien.

En traversant au bout de l'avenue, Maxine s'empare brusquement de mon bras. Je pivote la tête vers elle et constate que le talon de son escarpin s'est coincé dans un interstice. Se penchant en avant pour remettre sa chaussure, chancelante, elle rit doucement tout en secouant la tête. Le souvenir de notre soirée au Griffith Observatory me revient immédiatement à l'esprit et me fait sourire.

– Eh bien, je pensais que tu aurais appris à marcher depuis le temps.

– Tu as fini de te moquer de moi !

Nous échangeons un regard de connivence qui me fait chaud au cœur.

– Ça fait du bien de repenser aux bons moments passés ensemble, me confie-t-elle.

– Je suis d'accord.

Avant que je ne tombe amoureux d'elle, nous étions amis, et cette amitié signifiait beaucoup pour moi. Je sais que pour elle aussi.

Nous passons commande au comptoir de DeLaurenti's, une épicerie italienne, puis nous nous installons à une table haute.

– Comment tu occupes ton temps libre ? demandé-je.

– Disons qu'avec les enfants et le travail, je n'en ai pas beaucoup.

– Aucun moment rien que pour toi ?

Elle baisse la tête vers son assiette, comme si elle était gênée.

– Si, bien sûr, je lis beaucoup et il y a toujours la musique. Enfin, la plupart du temps, c'est avec Megan. Ponctuellement, j'accepte de l'emmener à des soirées *open scene*. C'est au *Monkey Loft*, à SODO.

– Ah oui, il me semble l'avoir entendue en parler avec l'un de mes élèves, Jake.

– Jake, répète-t-elle en souriant.

– Elle t'a parlé de lui ?

– Oui. Je crois qu'elle a un faible pour lui.

– Il a l'air d'être un bon gars, si ça peut te rassurer.

Elle hoche la tête. Je sais bien que parfois les bonnes impressions ne suffisent pas et que nous pouvons toujours avoir de mauvaises surprises, mais mon instinct me dit que ce n'est pas le cas en ce qui concerne Jake.

– Tu es parvenue à te faire des amis à Seattle ?

– Oui, quelques-uns, des collègues pour la plupart. Et je suis toujours en contact avec Sam. Elle est maman de deux garçons magnifiques et elle attend le troisième. Justin et elle sont toujours ensemble.

– Ça me fait plaisir d'apprendre ça.

Je croque dans mon sandwich, puis bois une gorgée de mon soda.

– Et toi, alors ? Tu fais quoi en dehors de la musique ?

– Principalement du sport. Je suis pas mal sur la route, donc on est tout le temps occupés, mais on est ensemble.

– Je n'imagine pas ce que ce doit être.

– Quoi donc ? Vivre sur la route ou partager mon intimité avec ces trois-là ? plaisanté-je.

– Les deux.

Je me perds dans son rire. Depuis que nous avons mis cartes sur table, j'ai remarqué qu'elle se laisse plus facilement aller qu'auparavant. Elle sourit aisément, elle est avenante avec le monde qui l'entoure et elle rit. Et j'adore ça, même si c'est une pente glissante. Nos regards s'accrochent. Quelques secondes passent sans que nous disions quoi que ce soit. Un moment de flottement interrompu par un coup de klaxon qui fait sursauter Maxine, lui faisant renverser sa boisson, manquant de peu ses vêtements. Elle recule de justesse alors que le liquide se répand sur la table et coule par terre.

– Attends, je m'en occupe.

Je récupère des serviettes en papier et éponge le plus gros avant de me lever pour aller chercher de l'aide au comptoir.

– Je suis vraiment désolée, s'excuse Maxine alors qu'une serveuse arrive avec un balai et une serpillière.

– Ce n'est rien. Ça arrive à tout le monde, commente l'employée.

Elle nettoie le sol, puis revient dans la foulée pour la table.

– Ça aussi, ça me rappelle quelque chose, dis-je.

Elle explose de rire tout en se cachant derrière ses mains.

– Je t'avais fait forte impression, hein ?

– Tu ne te doutes pas à quel point.

Je détourne les yeux, incapable de la regarder sans transmettre quelque chose que je ne suis pas prêt à dévoiler – ni à elle, ni à moi-même, je pense.

Nous terminons notre repas avant de rejoindre la sortie. Nous marchons lentement jusqu'au SAM, comme si nous ne voulions ni l'un ni l'autre rompre ce moment. Malheureusement, lorsque nous arrivons devant l'entrée, je n'ai plus le choix ; je dois m'esquiver. Ce rendez-vous, c'est déjà énorme.

– Merci de m'avoir accordé ta matinée, Maxine.

– Avec plaisir.

Je me tourne vers elle et plonge mon regard dans le sien. La savoir à mes côtés, après toutes ces années, c'est comme si je replongeais dans le passé. Nous avons changé, mais quelque chose dans le fond reste identique : le bien-être que je ressens à ses côtés. Je refuse de perdre tout cela une nouvelle fois. Je suis prêt à me contenter du minimum pour cela.

J'avance d'un petit pas pour réduire la distance entre nous. Je me retiens de lever une main à son visage pour trouver sa peau, glisser derrière son oreille cette mèche rebelle qui danse sur sa joue. Mon regard erre sur sa bouche bien trop longtemps, mais c'est plus fort que moi. Je devine à sa respiration suspendue qu'elle doit se poser au moins autant de questions que moi. Du moins je l'espère.

Je lui souris faiblement avant de reprendre la parole d'une voix rauque :

– Merci.

– De quoi ?

– De m'offrir cette chance de renouer avec toi.

– Merci à toi de m'avoir offert du temps pour réfléchir. Tu avais raison.

– À propos de quoi ? demandé-je en haussant un sourcil.

– Tu es toujours aussi patient.

– Uniquement quand les choses en valent la peine.

Cette fois-ci, elle ne cherche pas à se soustraire de mon regard. Elle ne se cache pas et cela me plaît. J'aime cette nouvelle Maxine, sûre d'elle et confiante.

– Je crois qu'au fond, je n'étais pas prête à te voir disparaître de ma vie, parce que tu m'as manqué.

Je sens mon cœur battre plus vite, soulagé.

– Moi aussi, tu m'as manqué. J'espère qu'on remettra ça bientôt.

Je me penche vers elle et dépose un baiser sur sa joue. Je n'en avais pas l'intention, pourtant je le fais durer un peu plus longtemps, juste pour me repaître de la sensation de sa peau sous mes lèvres, puis je prends enfin congé.

CHAPITRE 26

MAXINE

Je reviens de chez Joey, l'ami de Noah, chez qui je l'ai conduit. Je retire mes chaussures et dépose mon sac dans l'entrée. Je fais un pas pour rejoindre la cuisine quand une mélodie retient mon attention. Je fais demi-tour et monte à l'étage jusqu'à la chambre de Megan. Frappant doucement pour annoncer mon arrivée, je m'appuie contre la porte, les bras croisés, attendant qu'elle termine de jouer. Au bout de quelques minutes, elle finit par une note longue et claire, puis redresse la tête.

– C'est très joli ce que tu joues.

– Merci.

– C'est différent du morceau de l'autre jour.

Elle tient toujours la guitare dans ses mains. Quand elle m'a demandé de lui en apprendre les rudiments, Kenneth et moi lui en avons trouvé une d'occasion, nous permettant de pratiquer toutes les deux en même temps. Cela fait un moment désormais, lui en offrir une neuve pour Noël pourrait être une bonne idée.

– Oui, c'est pour le programme. On doit écrire une chanson. J'ai presque toute la musique, mais seulement le début des paroles. Jake m'aide.

– Le fameux Jake, la taquiné-je en la faisant rougir. Je suis heureuse de voir que vous vous entraidez.

– Il m'a demandé si je voulais bien sortir avec lui.

– Tu en as envie ?

– Oui. Il me plaît vraiment beaucoup. Et il est gentil, attentionné, il s'intéresse à moi. Il…

Je souris. Elle me fait penser à moi, lorsque j'ai craqué pour un certain musicien, il y a longtemps.

– Je lui ai proposé un cinéma demain après-midi. Tu pourras m'y déposer ?

– À une seule condition.

Elle me fait de gros yeux, un peu surprise.

– Je veux entendre ce que tu as composé.

– Euh… c'est-à-dire que…

Elle paraît très mal à l'aise soudainement. Peut-être qu'elle n'a pas envie que je découvre ce dont elle parle. Je m'en veux de l'avoir bousculée.

– Ça ne fait rien, commencé-je.

– Non, c'est bon. C'est juste que…

Elle secoue la tête mais s'installe quand même. Elle joue quelques accords avant de poser sa voix. Je reconnais son style bien à elle. Elle n'est pas encore professionnelle, mais elle a déjà une patte reconnaissable. Et puis, lorsqu'elle commence à chanter, je me fige.

Every time I learned with him
Every time I listened to him sing
Every time I witnessed his talent

I knew by heart his way of doing things
The passion that drove him
when he spoke of his family
It scared me so much at the time
But he managed to break down
every one of my defenses

Je reste sans voix alors que Megan termine. Les yeux rivés sur les cordes de la guitare, je peine à organiser mes pensées.

– Ce n'est qu'une ébauche évidemment. Il faut que je la travaille en cours. Mais… Tu es fâchée ? demande-t-elle tout bas.

– Quoi ? Non, bien sûr que non.

Elle a utilisé ce que je lui ai confié à propos de Garrett, mais je suis très loin de ressentir de la colère.

– Je… je ne m'attendais pas à ça, soufflé-je avant de tousser légèrement pour dégager le nœud dans ma gorge.

J'ai du mal à retenir mes larmes.

– Je pensais que tu ne voulais pas chanter parce que tu parlais de tes parents.

– J'ai écrit sur eux aussi, mais je… Ce que tu m'as dit ce soir-là, c'était tellement… C'est difficile à expliquer. Tu avais cette lueur dans le regard et cette intonation dans la voix. Tout ce qui transparaissait, c'était le bonheur que tu éprouvais à l'époque à ses côtés. Je voulais juste le transcrire en musique, pour ne pas le perdre et te montrer.

– Quoi donc ?

– Tu es plus souriante depuis que tu as repris contact avec lui. Quand tu reviens d'un rendez-vous avez lui… Ça fait longtemps qu'on t'avait pas vue comme ça. Il te fait du bien.

Je suis sidérée. C'est vrai que je me sens bien à ses côtés, mais j'ignorais que je paraissais différente.

– Ça va ?

– Oui, ne t'en fais pas, ma chérie. Tu es douée.

– Tu trouves ?

– Bien sûr. Et ça ne date pas d'aujourd'hui.

Je pose une main sur sa joue. Je m'en veux de lui avoir fait de la peine en m'obstinant à refréner sa passion.

– Ça tient toujours pour ce soir ? s'enquiert-elle.

– Oui. On va manger un morceau en ville et ensuite on rejoint le *Monkey Loft*.

– J'ai hâte !

Je quitte le lit et me dirige vers la porte. Megan m'arrête dans mon élan.

– Est-ce que je peux inviter Ryan et le groupe ?

– Tu es sûre ?

– Les autres membres du groupe l'ont déjà fait, ça lui permet aussi de voir comment on progresse. Ça t'embête ?

– Je suppose que non.

Elle me lance un grand sourire et je sors de sa chambre, incertaine. Mais bon, après tout, c'est normal de sortir avec ses amis, non ?

***

Le bâtiment ne paie pas de mine mais l'endroit est vraiment top. Un peu confidentiel, avec une jolie vue, à la fois en extérieur et en intérieur.

– Je suis si contente, répète-t-elle pour la quatrième fois alors que nous patientons dans la file d'attente. Tu voudras bien faire un petit truc avec moi, ce soir ?

– Oh, eh bien… je ne sais pas.

– S'il te plaît ? me supplie-t-elle avec ce regard qu'elle maîtrise si bien.

– D'accord.

– Merci ! s'exclame-t-elle en me sautant au cou.

Je ris doucement avant que le vigile ne nous autorise enfin à entrer. Nous avons nos petites habitudes maintenant : je commande un virgin mojito et Megan un Pepsi, puis nous cherchons une place idéalement située. Ryan a remercié Megan pour l'invitation, sans lui confirmer s'ils pourraient venir. Ce sera une surprise. Un peu stressante, je dois l'avouer.

Être ici me ramène toujours au *Porthole*, ravivant les souvenirs des moments partagés avec Samantha et Justin, Garrett et les garçons. J'ai toujours fait en sorte de taire ces images qui s'invitent sans rien me demander, mais depuis le retour du chanteur dans ma vie, je les laisse faire et cela me fait du bien.

Dans un premier temps, nous assistons à quelques prestations, et rapidement Megan veut rejoindre la scène. Ce soir, elle a tenu à venir avec une guitare car la chanson qu'elle a choisie s'ouvre sur une intro qu'elle veut à tout prix jouer. La sienne étant un peu vieillotte, elle a pris celle que Garrett m'a offerte.

Je l'encourage d'un mouvement de la tête et une fois encore un sourire radieux vient illuminer son visage. Elle rejoint le tabouret éclairé par plusieurs spots jaunes et s'y installe. À l'instant même où ses doigts commencent à courir sur les cordes, je suis subjuguée. Elle m'a toujours fait cet effet-là. La chair de poule s'empare de mes bras. Les mots de Kenneth me reviennent en tête : Megan mérite tout ça, même si cela me fait peur. Elle me fait penser à Garrett. Cette manière dont elle s'approprie la musique, les paroles pour les faire siennes. Billie Eilish possède un univers bien particulier, pourtant Megan parvient avec une facilité déconcertante à se l'approprier et y apporte une autre dimension.

Try not to abuse your power

I know we didn't choose to change

You might not wanna lose your power
But havin' it's so strange

She said you were a hero
You played the part
But you ruined her in a year
Don't act like it was hard

Toute l'assemblée acclame sa performance avant qu'elle ne m'invite d'un petit mouvement de tête discret à la rejoindre. Une promesse est une promesse. Je déglutis, pas forcément à l'aise pour autant, et me lève de mon fauteuil. Être sous la lumière n'a jamais été un plaisir pour moi. Je préfère mille fois vivre ma petite vie tranquille dans l'ombre. Toutefois, ce soir je n'ai pas le choix, je me dois de partager cet instant avec elle, parce que la musique nous a rapprochées à la mort de Craig et Rochelle. Elle m'a sauvée après mon agression et elle a eu le même impact sur Megan. Cela représente beaucoup à nos yeux. C'est une partie de ce que nous sommes.

Je reconnais immédiatement *All I want* d'Olivia Rodrigo lorsqu'elle commence à jouer. Heureusement pour elle, je connais le texte. Ma tessiture est différente de la sienne mais nos harmonies se marient bien à cette mélodie douce et entêtante. Megan me sourit sans arrêt, visiblement ravie. Je m'en veux terriblement de la manière dont les choses se sont passées entre nous ces derniers temps. Mais il ne tient qu'à moi de changer ça.

Elle lâche la guitare contre le pied du tabouret pour venir se jeter dans mes bras.

– Merci, c'était génial. Et je crois que la salle est d'accord.

Je ris en écoutant les applaudissements. Je m'apprête à quitter la scène, suivie de Megan, mais je suis coupée dans mon élan en découvrant Garrett qui s'avance, instrument à bout de bras. Ma nièce lui lance un sourire accompagné d'un hochement de tête, avant de nous laisser pour rejoindre la salle. Il passe une main dans ses cheveux et me regarde alors que toutes les têtes sont tournées vers nous. Visiblement, son arrivée n'est pas passée inaperçue.

– Tu m'accordes un duo ?

– Oh… Eh bien… je… bafouillé-je en baissant les yeux au sol.

– S'il te plaît ? En souvenir du bon vieux temps ?

Je mords ma lèvre et me tourne vers les lumières tamisées. Offrir une performance avec Megan, passe encore. Mais m'afficher avec Garrett ? Après tout ce temps…

Il ne semble pas décidé à me laisser déguerpir : avant que je puisse répondre, il attrape ma main et m'entraîne avec lui. Un peu comme un robot, je reprends place sur le tabouret et le regarde s'asseoir à côté de moi. Ses habitudes n'ont pas changé : sa manière de tenir sa guitare, de la poser sur sa cuisse, de jouer sur les cordes, de battre le rythme du pied.

Je détaille ses cheveux légèrement en bataille, un peu plus foncés que sous le soleil de Californie, ses yeux plongés dans les miens, sa bouche qui s'étire dans un sourire paresseux, l'encre qui s'agite sur ses bras, ses mains. Pourquoi faut-il qu'il m'attire inexorablement ? Quoi que je dise, que je veuille ou non. Je m'étais pourtant dit que ce ne serait que de l'amitié entre nous, mais s'il utilise la musique, je ne suis pas sûre d'y arriver. C'est comme si je ne pouvais pas lutter, parce que mon cœur, mon corps et mon âme se souviennent de tout ce que j'ai ressenti à ses côtés. La manière dont il me regardait, se confiait à moi, m'écoutait, me respectait, m'embrassait, m'aimait.

Mes yeux se mettent à piquer sous le poids des souvenirs alors que j'avais fait tout mon possible pour les tenir sous clef, bien à l'écart. Alors, quand il entame *Memories* des Maroon 5, je décide d'ouvrir la porte et de les laisser remonter à la surface.

Le sourire débordant de sincérité qu'il me lance me pétrifie sur place. Je pourrais m'y noyer et en réclamer encore et encore. Je me demande s'il l'offre à beaucoup de monde, si d'autres femmes ont pu l'admirer. Je suis soudainement, violemment et profondément, jalouse, après tous ces mois d'abstinence, de toutes celles qui ont pu goûter à ses lèvres après moi, qu'il a caressées de ses doigts, qui se sont réchauffées auprès de son corps.

Je suis en colère, triste et déçue de ce temps perdu, de ces moments manqués, de ce vide qu'il a créé sans le vouloir. C'est injuste, envers moi, envers lui, mais c'est ce qui m'agite en cet instant précis. Parce que je n'ai finalement jamais pu m'investir totalement dans une relation en huit ans et que je n'y ai jamais vu de problème. C'est comme si Garrett me faisait reprendre conscience et c'est assez douloureux comme constat. Respirer le même air que lui est soudain trop difficile.

Je quitte précipitamment la scène pour me diriger droit vers le bar. Même s'il est sans alcool, un nouveau verre est toujours une distraction bienvenue. Une fois de retour auprès de Megan, celle-ci me lance un regard inquiet.

– Ça va ?

– Oui, je…

Je suis interrompue par une mélodie qui s'élève sur scène. Je découvre alors, stupéfaite, que Garrett est toujours en place. Je ne connais pas le morceau qu'il a choisi d'interpréter, mais les mêmes sensations qu'autrefois s'emparent de moi : je sais qu'il s'adresse à moi à travers les paroles d'un autre, qu'il a un message à me faire passer.

C'est comme s'il parvenait à me happer d'un seul regard, juste au son de sa voix.

Oh, don't be scared about it
Don't forget it was real
Do you remember the way it made you feel?

Do you remember the things it let you feel?
How do I make you stay
When it's easier to let you go?
Nobody know what we know about it
No one needs to know

Son regard accroché au mien, il se livre comme il l'a toujours fait, sans fausse note, sans peur, sans crainte, comme s'il n'était pas devenu ce chanteur mondialement connu. Personne ne sait ce qui se joue entre nous, cette bataille contre le passé qui s'invite plus que jamais, cette lutte contre cette attirance qui persiste malgré les années passées loin l'un de l'autre. Comment est-ce possible d'être aussi émue par lui après huit longues années sans se voir ? Huit années à le détester, à l'écouter crier sa souffrance, huit années à essayer de l'oublier, huit années à faire comme si j'étais passée à autre chose, huit années à ne pas y arriver.

À la fin de sa représentation, il détache enfin ses yeux de ma silhouette et quitte la scène sous les ovations de la foule.

– Maxine ? souffle Megan, me ramenant dans le présent. Ça va ?

– Oui.

– Tu es sûre ?

Je me contente d'un hochement de tête. Elle ouvre la bouche, prête à me dire quelque chose, quand Ryan s'arrête à nos côtés. Je lève les yeux vers lui et ne manque pas sa gêne.

– Salut, Maxine. Megan.

– Ryan, réponds-je d'une voix rauque.

– Je suis content de te voir. Vous voulez vous joindre à nous ?

Je me tourne vers l'endroit qu'il désigne du doigt. Pourquoi Garrett n'est-il pas venu lui-même ?

– Il craint d'avoir dépassé les bornes sur scène, explique Ryan en devinant mes pensées. Tu nous laisses une minute, Megan ? Tu peux aller rejoindre le groupe, on arrive.

Je n'ai pas le temps de dire quoi que ce soit que Megan file. Le batteur prend place dans le fauteuil qu'occupait ma nièce. Il se penche vers moi, coudes sur les genoux, mains croisées devant lui.

– Je tenais à m'excuser pour le musée.

– Oh, tu veux dire pour t'être servi de ma nièce ? nuancé-je, un demi-sourire sur les lèvres.

– Alors ça ne s'est pas exactement passé comme ça. Megan a commencé à se confier à moi et je vis avec Garrett, je le connais. Je sais ce qu'il ressent à propos de toi et je suis sûr que tu en es consciente aussi, sinon tu ne réagirais pas comme ça.

– Ryan…

– Écoute-moi, s'il te plaît. J'ai juste voulu vous donner un petit coup de pouce. Tout ce qu'on veut, c'est votre bonheur.

– Pourquoi pensez-vous que nous serions heureux ensemble ? Nous le sommes déjà, séparés.

– Alors je ne vais pas parler pour toi, mais Garrett n'est pas heureux, ça, c'est une certitude.

Cet aveu me fend le cœur, mais il ne me surprend pas vraiment. C'est plus ou moins ce qu'il a laissé entendre lors de notre discussion au marché. Mais de là à l'affirmer…

– Pourquoi ?

– C'est comme ça, malgré ce qu'on vit, il fait semblant. Il y a un regain depuis que tu es réapparue, alors je suis désolé si ça t'agace, mais je ne vais pas m'excuser de vouloir essayer de vous rabibocher. Tu ne crois pas que vous avez perdu assez de temps ? Je sais bien que vous n'y êtes pour rien mais il est là, maintenant, et toi aussi.

– Ryan, je…

– Je ne veux pas que tu te forces à quoi que ce soit. Mais si toi aussi tu as changé depuis qu'il a refait surface, offre-lui cette chance de te rappeler comment c'était quand vous étiez tous les deux.

Je ne lui dis pas que je n'ai pas besoin de Garrett pour cela. Ni que tout le monde autour de moi m'a déjà tenu ce discours, à raison. Malgré ça, je ne peux empêcher les larmes de me monter aux yeux.

– Maxine, soupire Ryan en portant une main à ma joue et en essuyant la première qui dévale.

– Ce n'est rien.

Il avance vers moi et sans prévenir, m'attire contre lui pour un câlin un peu bourru. Je me mets à rire doucement contre son torse.

– Viens un peu avec nous. Montre-lui que tout va bien. S'il te plaît ? me supplie-t-il avec ses yeux de cocker et son sourire charmeur.

– Ça marche encore tout ça ?

– Évidemment ! Qu'est-ce que tu crois ? Je me suis même amélioré avec le temps.

– Tu m'en diras tant.

– Alors c'est oui ?

– Oui.

– *Yes !*

Il attrape sans délicatesse ma main, me tirant derrière lui. Je retrouve ma nièce tout à fait à l'aise auprès de Garrett, Olly, Ayden et Kiera. Je les salue faiblement alors que chacun me sourit. Tout ce sur quoi je me focalise, c'est la proximité entre Garrett et la danseuse. Ryan pose ses mains sur mes épaules et m'assied de force à côté du chanteur. Kiera l'abandonne aussitôt pour se tourner vers mon kidnappeur.

– Tu veux boire quelque chose ? me demande Garrett.

– Non, rien, merci.

Je suis crispée comme jamais, incapable de me détendre. Tout allait bien jusque-là, pourtant…

– La guitare avec laquelle jouait Megan… commence-t-il.

– C'est la tienne, enfin, celle que tu m'as offerte.

– Tu l'as gardée.

– Évidemment, jamais je n'aurais pu m'en séparer. Elle a beaucoup trop de valeur à mes yeux.

Il me jette un regard avant de passer la main sur sa nuque. Les autres ont volontairement tourné la tête pour ne pas nous observer, divertis par Megan qui leur parle musique, même si je suis sûre qu'ils ne ratent pas une miette de notre conversation.

– Merci, souffle-t-il.

– Pour la guitare ?

– Non, enfin si, aussi, mais surtout d'être restée sur scène avec moi et d'être là.

Je hoche la tête tout en observant ses mains. Ses doigts caressent sa peau tatouée. Je bats des paupières, tentant de ne pas les imaginer ailleurs.

– Je m'excuse d'avoir quitté la scène comme ça. Tu n'as rien fait de mal.

– Tu es sûre ?

– Oui. À cent pour cent.

Il passe la langue sur ses lèvres avant de reprendre la parole :

– Megan est vraiment douée. Et tu l'es toujours.

Les rires de Megan et de Ryan nous distraient quelques secondes.

– Ça me tue, tu sais.

– Quoi donc ?

– De savoir qu'on n'a jamais été si proches en huit ans et pourtant d'avoir l'impression qu'on est loin l'un de l'autre.

– Garrett…

– Je sais, mais je… je ne peux pas, tu comprends ?

– Tu ne peux pas quoi ?

– Abandonner.

Je déglutis et ferme les yeux. Ils se rouvrent brusquement quand je sens ses doigts s'enrouler autour des miens.

– Viens danser avec moi.

– Oh…

– S'il te plaît ?

Je jette un coup d'œil vers Megan et repense à ce qu'elle m'a dit dans sa chambre. À sa chanson. Sans me laisser de temps pour me défiler, j'acquiesce d'un mouvement de tête. Nous nous déplaçons à travers la petite foule et Garrett m'attire contre lui alors qu'*Adore You* se fait entendre. Ses mains se posent chastement sur mes hanches tandis que je noue les miennes sur sa nuque.

– Tu es magnifique.

Je me sens rougir. Son timbre qui vibre, son souffle près de mon oreille, la chaleur de sa peau à travers le tissu de ma robe, son parfum masculin et entêtant, tout me perd. *Il* me perd.

Il se rapproche encore contre moi. Plus aucun espace entre nous, juste nos deux corps qui s'épousent. Je ne parviens pas à faire taire ces picotements qui réveillent ma peau, les battements de mon cœur qui s'affole. Jusqu'à maintenant, la proximité avec un homme ne m'avait jamais manqué. Après avoir surmonté mon deuil, je me suis forgé une carapace. Il n'y avait pas de place pour l'amour, la tendresse ou l'affection avec quelqu'un en dehors de ma famille. C'est ce qui a fait échouer toutes mes tentatives. Cependant, en cet instant précis, dans les bras de Garrett, je ressens ce besoin. Il agit sur moi comme il l'a déjà fait huit années plus tôt.

– Kiera ? lâché-je du bout des lèvres.

– Elle est à fond sur Ryan. Je ne m'amuserais pas à ça, pas avec toi.

L'une de ses mains migre sur ma joue et il se penche à mon oreille pour chantonner à ma seule intention, répétant les mots de Harry Styles qui chante dans les airs. Sa voix vibre contre moi, m'emporte, me renverse.

Honey (ah)
I'd walk through fire for you
Just let me adore you
Oh, honey (ah)
I'd walk through fire for you
Just let me adore you
Like it's the only thing I'll ever do
Like it's the only thing I'll ever do

Je me sens fondre dans ses bras. Quand je suis arrivée à Los Angeles, il est parvenu à s'emparer de mon cœur à force de sincérité, de patience et de gentillesse. Suffit-il aujourd'hui d'un simple sourire et de quelques mots susurrés à mon oreille ? Cela ne peut pas être aussi simple. Je ne peux pas nier que je ressens quelque chose pour Garrett, comme si mes sentiments avaient été ranimés à son contact. Mais les choses sont différentes d'il y a huit ans. Je ne suis plus seule, sa vie n'est plus la même. Toute l'agitation autour du groupe, le rythme effréné qu'ils doivent supporter, je ne sais pas si je pourrais m'y faire. Sans compter que ce stage, ce n'est qu'une parenthèse dans leur emploi du temps. Leur quotidien, c'est LA, pas Seattle.

– Garrett…

– Je sais. Je sais.

Il dépose un baiser sur ma joue et sa main s'arrime à ma nuque tandis que son pouce erre sur ma pommette. Cette proximité, cette tension, cette douceur, c'est mon signal d'alarme. Je pose mes mains sur son torse pour mettre une distance entre nous. Il est trop tôt, c'est trop rapide. Ça me fait peur. J'ai passé des années à essayer de l'oublier, je ne peux pas retomber dans ses bras. Cette fois-ci, je ne suis pas sûre de m'en relever.

Son petit mouvement de tête m'indique qu'il a saisi. Nous terminons notre danse et rejoignons le groupe. Rapidement, Kiera propose d'aller danser dans un club. Les gars semblent partants, sauf Garrett.

– Je peux te raccompagner à votre maison, si tu veux, proposé-je.

– Tu es sûre ?

– Certaine.

Il me remercie d'un sourire. Nous prenons nos affaires, Megan étant déjà fatiguée du bruit, et quittons le bar. Sur le trottoir, je prends chacun des membres du groupe dans mes bras et me laisse envahir par la nostalgie. Une douce chaleur s'empare de moi et fait naître un sourire sur mes lèvres.

– Tout va bien ? s'enquiert Ryan, le dernier à me saluer.

– Très bien.

– Tant mieux. J'aime ce sourire.

– Tu n'es pas le seul, murmuré-je en regardant ma nièce qui discute avec Garrett.

– Je sais que ça peut être terrifiant. Mais tu n'as aucune raison de t'inquiéter, je t'assure.

Il dépose un baiser sur ma joue avant de rejoindre les autres.

– J'aurais pu prendre un taxi, dit Garrett alors que nous grimpons en voiture.

– Ne dis pas de bêtise. Je peux faire un détour pour toi.

Je jette un coup d'œil à Megan dans le rétroviseur. Elle est plongée dans son portable. J'entre l'adresse des garçons dans le GPS et m'insère dans la circulation. Nous restons silencieux le restant du trajet, l'esprit encore sur la piste avec Garrett.

– Merci Maxine, dit le chanteur alors que je m'arrête devant le portail de la villa. De m'avoir raccompagné mais surtout… pour la chanson. Et la danse.

Je me contente cette fois-ci d'un hochement de tête, certaine que ma voix me trahirait.

– Bonne nuit, souffle-t-il en se penchant pour déposer un baiser sur ma joue. Bye, Megan.

– Salut Garrett.

Il sort de la voiture, claque la portière et je reste un instant à suivre sa silhouette des yeux.

– On va coucher là, tu crois ? me réveille Megan en reprenant place devant.

Elle se met à rire doucement.

– Cet air-là. C'est ce dont je parlais cet après-midi, lâche-t-elle.

Je roule des yeux et appuie sur l'accélérateur. Elle ne m'épargnera donc rien.

CHAPITRE 27

GARRETT

– La semaine dernière on s'est concentrés sur l'écriture, j'aimerais qu'on se focalise aujourd'hui sur la composition. Vous savez déjà que peu importe le texte, on peut partir sur tout style de musique. Mais il va falloir que vous déterminiez lequel vous voulez choisir pour le grand final dans moins d'un mois.

Mes élèves me lancent un regard tout en hochant la tête. Ils semblent un peu perdus.

– Je ne vais pas vous lâcher dans le grand bain tout seuls. J'ai demandé qu'on puisse bénéficier d'une salle à part pour faciliter l'exercice. Je propose de passer un moment individuellement avec chacun d'entre vous pour parler musique tandis que les autres restent ensemble pour bûcher sur leur texte, ça vous convient ?

– Oui, parfait, répond Rhonna en souriant.

Ils s'installent autour d'une même table et échangent sur leurs écrits. Je suis content de constater qu'ils ont changé. Emily est peut-être l'exemple le plus frappant : elle qui était extrêmement timide n'hésite plus à prendre la parole et à conseiller ses camarades. Je l'observe rayer un mot sur la feuille de Tionne et le remplacer par un autre. Rhonna qui me disait avoir des difficultés à écrire présente une copie entièrement couverte, signe qu'elle a trouvé l'inspiration et qu'elle a progressé. Je suis vraiment fier d'eux.

Après un petit quart d'heure, j'emmène Emily dans la salle de musique. Elle me donne l'impression d'un ange avec ses longs cheveux blonds et la tendresse qui se dégage de son visage. Elle me montre son texte et je l'invite à choisir l'instrument sur lequel elle veut jouer. Sans surprise, elle s'assied devant le piano et, pendant trente minutes, nous travaillons ensemble. Ce qui me frappe le plus chez elle, c'est la douceur dans sa voix, dans son attitude, qui peut être brusquement chassée par une force étonnante.

Nous terminons et, deux minutes plus tard, Jake entre dans la pièce. Je désigne la chaise face à moi. S'y installant, il me tend la feuille sur laquelle il a rédigé son texte. Il me paraît un peu tendu, la tête enfoncée dans ses épaules, les mains nouées entre ses jambes.

– C'est vraiment bien, tu sais ce que j'en pense, le rassuré-je. Je rajouterai peut-être juste un *bridge* à cet endroit.

Je fais une croix juste avant le dernier refrain, tout en remarquant quelques notes gribouillées sur le côté.

– Ça marche, je vais y réfléchir.

– Tu aimerais partir sur quel style, alors ? Ballade ou plus rythmé ?

– J'ai envie de quelque chose de doux. Juste une guitare sèche…

– … et tes émotions, finis-je pour lui.

– C'est ça.

Je me relève et attrape l'une des guitares pour la lui tendre.

– Montre-moi à quoi tu as pensé.

Tout en s'installant, Jake acquiesce d'un mouvement de tête. Les notes sont un peu tremblantes et il est obligé de s'y prendre à trois fois avant de me donner une première mélodie complète et harmonieuse. Il soupire lourdement, les épaules basses.

– Tu es nerveux, comment ça se fait ?

– Je sais, je suis désolé.

– Tu veux en parler ?

– Je me suis engueulé avec mes parents.

Il m'avait semblé le comprendre en analysant son texte qui parle de jugement, d'attente et d'héritage. Cela me fait de la peine pour lui.

– Je pensais pouvoir leur cacher ma participation au stage jusqu'à la fin mais ils ont fini par l'apprendre. Mon père m'a appelé et m'a passé un savon comme j'en ai jamais eu. Ma mère n'a rien fait pour me défendre. J'aimerais tellement qu'ils comprennent, qu'ils se rendent compte. Je ne sais pas quoi faire.

Me rapprochant de lui, je plante mes coudes sur mes genoux et croise les mains devant moi.

– Je ne peux pas te dire que je comprends ce par quoi tu passes. La seule chose que je peux te conseiller, c'est d'écouter ton cœur. Toi seul sais ce qui le fait battre, ce qui te motive, ce pour quoi tu veux vivre.

Contrairement à Jake, j'ai toujours été soutenu, par ma famille – et c'est toujours le cas –, mais aussi par Margo. Je suis toujours en colère contre elle et je ne suis pas sûr de réussir à oublier ses actions un jour, mais il n'empêche que cette situation me blesse. Elle est auprès de nous depuis la naissance du groupe, c'était mon amie. Je n'arrive toujours pas à comprendre comment nous avons pu passer de ça à ce vide abyssal. Comment a-t-elle pu agir comme elle l'a fait ?

Je me secoue intérieurement, reportant mon attention sur mon élève. Je n'ai pas envie de penser à elle, je ne lui ai d'ailleurs pas reparlé depuis notre échange dans la loge, n'obtenant que quelques nouvelles par ma mère. Et c'est très bien ainsi.

Jake hoche la tête sans lâcher mon regard. J'ai l'impression qu'il est capable de prendre tout ce que je lui dis pour argent comptant. C'est aussi l'une des choses avec lesquelles j'avais un peu de mal en me lançant dans cette aventure parce que je sais à quel point les jeunes sont influençables. Je ne dois pas raconter de conneries.

– Une chose est sûre, Jake. Tu as le droit d'essayer et d'échouer avant de recommencer. Je sais que tu veux gagner pour leur prouver quelque chose, mais même si tu ne remportes pas ta place dans l'une des écoles, ça ne veut pas dire pour autant que tu as perdu. Tu comprends ce que j'essaie de dire ?

– Je crois, oui.

– Ton talent n'est pas à prouver. C'est une certitude, tous autant que vous êtes. Maintenant, il faut juste montrer que tu as ce qu'il faut pour aller au bout. Il faut se battre, peu importent les coups durs et les épreuves. Crois-moi, je suis bien placé pour le savoir.

Je quitte ma chaise pour prendre une guitare et reviens face à lui.

– Tu as peut-être l'impression de te lancer seul là-dedans et c'était le cas au tout début, mais ça ne l'est plus maintenant. Tu as le groupe dans la salle juste à côté. Tu as Megan.

Il écarquille les yeux, stupéfait de m'entendre le dire tout haut.

– Évidemment que j'ai remarqué, m'amusé-je. Ce n'est pas un reproche, Jake. Et puis, tu m'as moi maintenant. Je ne dis pas que ça sera facile, que je répondrai immédiatement, mais si vous le souhaitez, on peut rester en contact.

– Tu ferais ça ?

– Bien sûr.

Le sourire qu'il me retourne me montre que j'ai réussi à lui remonter le moral. Lorsque je commence à jouer sa mélodie, il se fait encore plus grand. En duo, nous améliorons sa partition et mon sentiment de ne pas être légitime n'est plus si fort que ça. Et quand ses camarades lui succèdent, il disparaît complètement.

CHAPITRE 28

MAXINE

Depuis la soirée au *Monkey Loft*, les journées sont passées à une vitesse folle. En trois semaines, je n'ai revu Garrett qu'une seule fois : samedi dernier, quand je les ai invités lui et le groupe à nous rejoindre pour notre visite culturelle mensuelle au musée de la Culture Pop. Je me suis dit que le thème était approprié. Le week-end d'avant, Garrett était rentré à Los Angeles pour fêter l'anniversaire de sa mère. J'ignore quand nous allons nous revoir, mais une chose est sûre, je pense beaucoup à lui.

La tête dans le frigo en train de ranger les courses, je sursaute lorsque la sonnette retentit.

– J'y vais ! crie Megan.

Deux secondes plus tard, elle hurle de nouveau :

– Maxine ! C'est pour toi !

Je referme la porte et fronce les sourcils. Il faut vraiment que nous rediscutions de sa façon de communiquer dans cette maison. Je pose le sac que j'avais en main et rejoins l'entrée. Je m'arrête net alors que la silhouette de Garrett se dessine dans le contre-jour de la porte vitrée. Il me lance un grand sourire, un jean tout simple épousant ses hanches étroites et ses jambes athlétiques. Son tee-shirt *I love Seattle* et son éternelle casquette des Kings[7] de Los Angeles me font pouffer de rire. Je préfère ne pas m'attarder sur ses tatouages : trop de distraction, trop de tentation. Les plaques militaires de son frère pendent sur son torse, accompagnées de ses solaires.

– Garrett ? Qu'est-ce que tu fais là ?

– Je viens te kidnapper pour la journée.

– Pardon ?

Je n'aime pas trop les imprévus. Tant qu'on vit seul ils ne posent pas de problèmes, mais pas quand on gère une famille.

– Je ne peux pas. Les enfants seraient tout seuls.

– Maxine ! intervient Megan. J'ai 16 ans ! Je peux me garder et Noah aussi.

Je sais bien qu'elle a raison. Je ne sais même pas pourquoi j'ai sorti cette excuse. Il me prend juste au dépourvu, c'est tout.

– S'il te plaît, Max. C'était mon anniversaire hier, dit-il, arborant cette moue adorable qui me faisait déjà craquer à l'époque.

C'est un argument de poids, cela va sans dire. Et il me suffit de plonger mes yeux dans les siens pour y lire tout ce qui le motive : le temps qui

7. Équipe professionnelle de hockey sur glace.

passe et qui le rapproche inexorablement de son départ, l'envie sincère d'être en tête à tête avec moi, le rappel de ce que je lui ai affirmé, à savoir que j'étais prête à renouer avec lui. Seulement, il va s'en aller et je ne sais pas comment faire avec cette donnée. Je me suis déjà bien trop accrochée à lui. Il est revenu et je…

– Maxine ?

Il lance un regard à Megan, lui demandant silencieusement un peu d'intimité. Elle nous laisse seuls dans l'entrée sans sourciller. Garrett avance vers moi et pose un doigt sous mon menton pour attirer mon attention.

– Dis-moi ce qui se passe dans cette jolie tête.

– Je ne peux pas faire ça, murmuré-je.

– Faire quoi ? Passer du temps avec moi ?

– Oui.

– Pourquoi ça ? Tu as dit que tu voulais bien qu'on redevienne amis.

– Garrett…

– Je te promets de rester sage. Je t'en prie, accorde-moi ta journée. Fais-moi découvrir Seattle. Je veux passer le dernier week-end qu'il me reste ici en ta compagnie avant la soirée de clôture. Je ne sais pas de quoi sera fait demain, mais aujourd'hui, je peux le contrôler.

Il ne comprend pas. Ce n'est pas de lui que je m'inquiète, c'est de moi. Je finis pourtant par acquiescer d'un mouvement de tête. Je préviens Megan qui se retient de sauter de joie, puis Noah, avant de leur laisser de l'argent pour commander à manger ce soir, si jamais je ne suis pas revenue à temps.

Je retrouve Garrett dans le vestibule et me penche pour mettre des baskets en toile.

– Par contre, tu vas trouver que j'exagère, mais je suis venu avec notre chauffeur.

– On va prendre ma voiture, pas de souci.

J'attrape les clefs et nous rejoignons le Jeep Compass garé dans l'allée. Je n'ai aucune idée de ce que je peux lui montrer. Avec le groupe, ils ont dû se contenter du centre de Seattle, alors je peux sûrement l'emmener dans les quartiers plus au nord.

Je quitte Capitol Hill en direction de Lake Union. Longer le lac peut être sympathique pour ensuite rejoindre Fremont et Ballard.

– Comment se passe le programme ? lancé-je, concentrée sur ma conduite. Vous en êtes où ?

Je le sais grâce à Megan, mais j'ai envie de l'entendre de sa bouche.

– Tout se passe très bien. J'ai du mal à me dire que la fin est pour bientôt. J'apprécie toujours autant mon groupe et dans l'ensemble, je crois qu'on est tous satisfaits, à la fois de l'ambiance, du niveau des candidats et de leur progression. J'ai le sentiment d'avoir créé des liens particuliers avec mes élèves. J'espère être parvenu à leur transmettre un peu de mon savoir.

– Je suis persuadée que c'est le cas. Dois-je te rappeler le miracle que tu as accompli avec moi ?

– C’est toi qui as fait tout le travail.

– Disons que c’était cinquante-cinquante, alors.

Je m’arrête à un feu rouge et le regarde en coin. J’ouvre la bouche avant de la refermer aussitôt, puis redémarre au vert tout en mordillant ma lèvre.

– Ryan est toujours aussi emballé par le talent de Megan si c’est ce que tu veux savoir, finit-il par dire, lisant dans mes pensées.

– Je sais qu’elle est douée. Mais elle est encore trop jeune.

– Je le pense aussi. Si elle l’emporte à la fin, elle pourra finir sa scolarité, ils lui gardent sa place. Même sans ça, ce stage est une bonne expérience et ça lui donne confiance en elle. Je comprends tes craintes, mais ta nièce est bien entourée, je suis sûr qu’elle peut vivre de sa passion tout en gardant les pieds sur terre.

– Nous verrons bien. Elle doit d’abord terminer le lycée, et ensuite, nous aviserons.

À Ballard, je récupère la route pour m’arrêter à Golden Gardens Park.

– C’est super joli par ici, commente Garrett en sortant de la voiture. Seattle est vraiment chouette.

– C’est vrai, on s’y sent bien. Vous êtes un peu sortis de la ville ?

– Une seule fois, jusqu’à un point de vue sur le mont Rainier. On n’a pas vraiment eu le temps à vrai dire.

Tout au long de la promenade, j’ai pleinement conscience de la présence de Garrett à mes côtés :

la chaleur de son bras lorsqu'il frôle le mien, les regards en coin qu'il me lance, le sourire presque omniprésent sur ses lèvres, son rire, sa voix. Il ne fait rien de particulier, mais je perçois toutes ces petites choses qui me rappellent tellement ce que nous partagions auparavant. Je ne sais pas gérer ces sentiments qu'il réveille. Je ne doute pas que nous allons rester en contact, aucun de nous deux ne veut revivre l'expérience passée. Et je sais qu'une amitié a bien plus de chance de survivre à la distance qui va nous séparer dans peu de temps, même si cela me serre de plus en plus le cœur. Il a beau me faire frissonner chaque fois qu'il ouvre la bouche, ses yeux ont beau me dire mille choses que je rêve d'entendre, je ne peux pas me permettre d'imaginer plus. Son départ serait encore pire si nous décidions d'aller plus loin.

Belltown, le Chihuly Garden and Glass, la Space Needle, tout y passe. Garrett me laisse l'abreuver d'informations en tout genre, le balader dans toute la ville me permet d'éviter de me poser trop de questions.

Les joues fouettées par le vent, je regarde les voitures défiler en dessous de nous. Ce n'est pas la première fois que je monte dans le monument le plus emblématique de la ville, mais je suis chaque fois émerveillée par la vue depuis le sommet. Le temps parfaitement dégagé nous offre un panorama exceptionnel sur la chaîne des Cascades où se trouvent les monts Rainier, Baker et Saint Helens, et les eaux éblouissantes des lacs Union et Washington.

– Je peux comprendre comment on tombe amoureux d'un endroit pareil, commente Garrett, accoudé à mes côtés.

Je plonge mon regard dans le sien et me perds dans le bleu de ses yeux. Je m'égare un instant sur ses lèvres, m'en voulant aussitôt. Je ne dois pas céder à la tentation.

Un bip court s'élève entre nous, rompant ce moment. Garrett extrait son portable de la poche de son jean et je le regarde pianoter sur le clavier, focalisée sur ses doigts. Je me rappelle nettement leur toucher, ce que j'éprouvais dès qu'il posait une main sur moi.

Il faut que je m'occupe. Que je pense à autre chose.

– Ça te dit de prendre une glace ?

– Avec plaisir !

Je vois bien qu'il est surpris que cela vienne de moi, mais c'est le seul moyen que j'aie trouvé pour détourner mes pensées. Nous prenons le chemin de la sortie, et tout le temps que dure la descente en ascenseur, je surprends quelques coups d'œil intrigués de la part de certains touristes qui ont visiblement compris qui était Garrett. J'essaie de cacher un soupir, de toute évidence mal puisqu'ils se taisent brusquement, comme si je les avais rappelés à l'ordre.

– Garrett ?

– Ouais ?

Il a la bouche pleine de fondant au chocolat. Assis sur un banc de l'esplanade face à la tour, légèrement en retrait, nous observons les passants déambuler. Cela fait à peu près dix minutes que je cherche comment aborder le sujet.

– Qu'est-ce qu'il y a ?

– Je… Le soir où l'on s'est retrouvés au *Monkey Loft*, Ryan…

– Il est venu s'excuser pour l'histoire du musée, c'est ça ? J'ai complètement oublié de t'en parler.

– Oui, mais ce n'est pas ce que je voulais dire.

– Ah.

Je croque un morceau de ma glace pour éviter qu'elle ne fonde.

– Il a laissé sous-entendre que tu n'étais pas heureux.

Il écarquille les yeux, déstabilisé.

– Je sais que tu m'as confié que tu te sentais seul, mais pas que… Est-ce qu'il a raison ?

Je l'entends déglutir tandis qu'il fuit mon regard.

– Pourquoi ça t'intéresse ? murmure-t-il.

– Parce que tu as compté pour moi, et malgré les années, je suis obligée d'admettre que c'est toujours le cas.

Ses pupilles dans les miennes, il m'observe avec attention.

– Megan… Elle m'a fait écouter une chanson.

– Une chanson ?

– Oui, que tu as interprétée en cours.

– Comment ça ? Quelle chanson ?

Il réfléchit de longues secondes, quand enfin cela fait tilt. Une lueur de colère s'allume dans ses yeux.

– Sur quel réseau tu as vu ça ? Je leur avais demandé de ne pas la diffuser !

– Ce n'était pas sur un réseau, c'était une vidéo enregistrée sur son portable.

– Tu n'étais pas censée voir ça, se renfrogne-t-il.

– Ça te dérange que je l'aie vue ?

– Oui.

– Pour quelle raison ?

– Parce que tu vois en moi comme personne.

Bras croisés et poings serrés, il s'enfonce dans le silence, sa glace dangereusement en équilibre sur le côté. Lorsque je finis par conclure qu'il ne me dira plus rien et que nous n'avons plus qu'à rentrer, il soupire puis relève la tête.

– Je vais répondre à ta question, mais à une seule condition.

– Laquelle ?

– Tu réponds à la mienne ensuite, sans mensonge.

C'est dangereux... mais c'est fair-play.

– D'accord.

– Ryan t'a dit la vérité. Je sais que les gars sont avec moi, qu'on forme une équipe, mais je ne vis pas avec eux. Quand la tournée se termine, quand je rentre chez moi, je suis seul. Je n'ai jamais trouvé personne qui me donne envie de combler ce vide, qui provoque cette petite étincelle. Pas depuis…

Il jette un bref coup d'œil sur le côté, puis reprend :

– J'ai besoin de quelqu'un qui me comprenne. Je ne veux pas d'une figurante. Je veux avoir envie de passer tout mon temps avec elle, partager tout et rien. Vivre. Je te l'ai dit. Je sais bien que je n'ai pas le droit de me plaindre, de ressentir ne serait-ce qu'un millième de ça, mais c'est là.

Il regarde pensivement son cône – du moins, ce qu'il en reste – avant de lécher la crème et d'enchaîner :

– La vérité, c'est que ce manque, ce vide, il n'a jamais été aussi présent que depuis que tu as débarqué en *backstage* avec Megan. Jamais je n'aurais pensé te revoir un jour.

– Moi non plus.

Que dois-je penser de ça ? L'ingratitude qu'il ressent, je la ressens aussi. Cette impression de tricher, de mentir, de gâcher quelque chose qui profiterait nettement plus à quelqu'un qui saurait l'apprécier à sa juste valeur, je la repousse tous les jours. Et il me dit que c'est encore pire depuis que j'ai réapparu ? S'il savait que pour moi aussi… L'honnêteté a toujours été une qualité qui définit Garrett, cela n'a pas changé. Même si c'est parfois dur de l'entendre.

– Mon tour. Dis-moi si tu es heureuse.

J'ouvre la bouche avec la ferme intention de lui répondre oui. Mais avant qu'un seul mot n'ait pu franchir mes lèvres, il secoue la tête.

– Pas de mensonge, on a dit. Tu t'étonnes que je ne sois pas heureux malgré ce que je vis, mais qu'en est-il de toi ? Au marché, tu m'as dit que tu ressentais la même chose, que tu n'avais pas pitié de moi. Pourquoi ? Tu t'occupes merveilleusement bien de Noah et de Megan, ils sont intelligents et en bonne santé. Tu es accomplie dans ton métier et j'ai vu à quel point tu es toujours aussi passionnée. Mais comment pourrais-tu me comprendre si, dans le fond, il ne te manquait pas quelque chose à toi aussi ?

J'ai envie de le contredire mais je dois respecter notre marché. Je finis par hocher la tête, cédant.

– Tu veux m'expliquer pourquoi ? demande-t-il doucement.

Je soupire avant de lever les yeux au ciel. Garrett n'a jamais eu de difficulté à se confier à moi et je sais qu'il ne me jugera pas, mais je ne suis plus habituée à cet exercice. Révéler ses failles, surtout quand on ne les assume pas ? Cela ne devient pas plus facile avec le temps.

– Je crois que je me suis juste oubliée, trop concentrée sur mes responsabilités, la nécessité de subvenir aux besoins des enfants. Noah et Megan étaient tout ce qui comptait. Je me suis dit que le reste n'avait pas d'importance. Et c'est devenu normal.

C'est vraiment dur de l'admettre. Kenneth, Katy et même Samantha ont souvent essayé de m'ouvrir les yeux, mais j'ai toujours fait la sourde oreille.

Pourtant là, maintenant, auprès de Garrett alors que nous jouons cartes sur table, je ne peux plus me mentir. Il ne commente pas, se contentant d'un doux sourire.

Nous finissons nos glaces dans un silence un peu pesant. Je m'en veux d'avoir mis ce sujet sur le tapis. Autant que cette journée se termine ; je me lève, lasse, mais Garrett me retient par le bras, m'obligeant à lui faire face.

– Arrête de te faire du mal, tu veux bien.

– Je ne…

Il rit doucement tout en replaçant une mèche de cheveux derrière mon oreille.

– Je sais que tu t'en veux de m'avoir parlé de ça, mais ça ne fait rien. Déjà à l'époque tu parvenais à me pousser à me confier, c'est toujours le cas.

– Tu crois vraiment qu'on n'a pas changé ?

– Ce n'est pas ce que je dis. Seulement, certaines choses sont restées les mêmes. Alors, pourquoi les nouvelles ne seraient-elles pas compatibles ?

Je médite quelques instants sur ses mots. Je le vois scruter mes lèvres avec une lueur d'amusement dans ses iris.

– Qu'est-ce qu'il y a ?

– Tu as de la glace, là, m'indique-t-il en faisant tourner son doigt au-dessus de sa lèvre.

Je frotte mon index dessus, mais si j'en juge à sa tête, je n'ai rien effacé.

– Attends.

Il tend sa main et passe le pouce juste à la commissure de mes lèvres, puis porte son doigt à sa bouche et le lèche. J'ai soudain chaud et la gorge sèche. Se rend-il compte de ce qu'il vient de faire ? À quand remonte la dernière fois qu'un homme m'a touchée de manière sensuelle ?

– Tout va bien ? se renseigne-t-il avec un haussement de sourcil.

– Oui.

Un sourire impertinent vient étirer ses lèvres. Est-ce que je lui en veux ? Absolument pas. Et c'est bien le problème.

– Je…

Il me sonde patiemment, attendant que je poursuive, mais j'ignore si j'en suis capable. Garrett m'a sortie d'un long sommeil, c'est comme si j'avais subi un électrochoc. Il a réanimé ce besoin, cette envie de partager quelque chose avec un autre. Il a redonné vie à mes souvenirs, à ces sensations que j'éprouvais à ses côtés. Il a creusé ce manque qu'il a si bien décrit. Parce qu'en le revoyant, j'ai su. Je tiens toujours à lui, inutile de se mentir, et je suis aussi effrayée à l'idée de passer à côté de quelque chose, encore. Mais je n'oublie pas que les problèmes auxquels nous devions faire face par le passé sont toujours là ; la distance en premier lieu.

– Je m'excuse, finit-il par dire, voyant que je ne termine pas.

– Tu t'excuses ?

– Non, je ne suis pas désolé, mais je… je suis peut-être allé trop loin. J'ai juste envie qu'on…

Il détaille à nouveau mes lèvres et j'ai l'impression de faire un bond en arrière. Nous sommes en train de vivre la même chose qu'il y a huit ans. Mais les circonstances sont très différentes.

– Garrett, soufflé-je en posant une main sur son torse. C'est la nostalgie qui parle.

– Je ne crois pas, non.

– On ne peut pas faire ça.

– Je peux te demander pourquoi ?

– J'ai vraiment besoin de te l'expliquer ?

Je soupire tout en croisant les bras sur ma poitrine pour instaurer une maigre barrière entre nous.

– Je vis à Seattle, tu habites à Los Angeles. Je suis tutrice de deux ados qui me prennent tout mon temps, tu es le chanteur d'un groupe au succès mondial, toujours sur la route. Dans moins de trois semaines, tu seras de retour en Californie à des milliers de miles d'ici. Nous évoluons dans deux mondes bien trop différents. Sans oublier notre passé d'anciens drogués.

Je n'ai touché à rien depuis ma cure de désintox, on pourrait penser que c'est loin derrière moi, mais c'est l'une des règles quand on entame une thérapie et qu'on entre dans un groupe de soutien : on restera un ancien drogué toute notre vie. Alors je suis obligée d'y penser. Garrett peut être si addictif… À l'époque, Patrick nous avait mis en garde. Ses conseils s'appliquent toujours ici, non ?

– Je ne vois pas trop comment nos vies pourraient être compatibles.

Il déglutit, digérant mon discours. J'ai essayé d'être la plus douce possible, mais il faut appeler un chat un chat.

– Ça n'a rien à voir avec toi, je ne cherche pas à te blesser. C'est la réalité, Garrett. J'ai mis longtemps à créer une certaine stabilité dans mon foyer après la perte de Rochelle et de Craig, avec mon passé de junkie et ce qui est arrivé à Portland. Je ne suis pas sûre de pouvoir gérer tout ça.

Serrant les lèvres, il se rapproche un peu. Sa voix n'est qu'un murmure :

– Je comprends ce que tu me dis. Mais je ne peux m'empêcher de penser que si j'étais quelqu'un d'autre, ce serait bien plus facile.

– Je ne voudrais pas que tu sois quelqu'un d'autre.

Mon intervention lui arrache un petit rire satisfait.

– Je ne voudrais pas que tu sois quelqu'un d'autre non plus. Je sais que le programme prend bientôt fin, mais je n'ai pas envie de partir. Ça me tue.

Sa voix se brise sur le dernier mot. Ses pupilles se mettent à briller.

– Je comprends, vraiment. À une époque j'étais même persuadé qu'il était impossible de créer une vraie relation amoureuse durable avec quelqu'un qui ne fait pas partie de notre milieu. Mais je me trompais. L'important, ce n'est pas d'où vient la personne, c'est ce que je partage avec elle, nos affinités, ce qu'on est prêt à faire pour l'autre. J'ai eu un superbe modèle avec mes parents, j'y crois, je sais que ça existe. Je suis persuadé que certaines personnes entrent dans notre vie pour une bonne raison. Tu en fais partie, Maxine.

Je ferme les yeux et laisse ses mots répandre leur magie en moi. Il a toujours été doué. Pour me bousculer, pour me faire prendre conscience des choses. Il m'est impossible de combattre cette attirance que j'éprouve pour lui. Ça va bien au-delà du physique. Si j'ai craqué pour lui la première fois, c'est avant tout pour sa patience, son intérêt, sa passion pour la musique, sa gentillesse, et ce n'est pas différent aujourd'hui. J'ai le sentiment de discerner en lui ce que tout le monde ignore ou refuse de voir : la manière dont les drames qu'il a vécus l'ont forgé, la souffrance qui l'habite encore parfois alors qu'il l'a pourtant livrée au monde, à cause de notre séparation, de la perte de son frère, de son père. Je comprends cette solitude si difficile à supporter parce que je la partage.

Il pose une main sur ma joue, m'obligeant à rouvrir les yeux. Un tendre sourire s'étire sur ses lèvres.

– Je me dois d'être honnête. Je tiens énormément à toi, Maxine. Le passé n'y change rien. Je vais t'offrir du temps comme toujours, mais sache que je suis très sérieux. Je sais bien que rien ne nous facilite la tâche, mais on pourrait essayer et voir ce que ça donne, non ? Si tu parviens à mettre tout ce que tu as énuméré de côté… Réfléchis-y, d'accord ? C'est tout ce que je te demande.

Je hoche la tête, bien incapable de prononcer un seul mot. Il se penche pour déposer un baiser sur ma joue et fait quelques pas avant de se tourner vers moi.

– Tu viens ? Je crois qu'il est temps de rentrer.

Je l'observe, lui et ses cheveux en bataille, ses yeux doux, son sourire incertain et sa main tendue. Puis je le suis. Un silence s'étire entre nous jusqu'au parking, uniquement interrompu par l'appel de Garrett à son chauffeur pour lui signifier que nous rentrons chez moi.

Lorsque je me gare dans l'allée devant la maison, je suis incapable de le regarder. Cette journée a été tellement plus que ce que j'en attendais. Peut-être trop. J'ai besoin de réfléchir à tout ça, mais je ne veux pas qu'il parte. Je ne veux pas qu'il quitte cette voiture en pensant que je l'ai rejeté, que je lui en veux. Cela me fait presque plus mal que ces huit ans de mutisme.

– Garrett… je suis tellement désolée, si tu savais.

– Je sais.

Une larme s'échappe de mon œil. Je la chasse rapidement avant qu'il ne s'aperçoive de mon trouble.

– Je pensais agir pour le mieux. Je n'ai jamais voulu te faire souffrir.

– Je le sais, Maxine.

Il se penche par-dessus la console centrale et m'attire à lui. Je le laisse me prendre dans ses bras et le serre à mon tour aussi fort que je le peux.

– Merci pour cet après-midi, murmure-t-il à mon oreille.

Nous nous redressons alors qu'une berline noire s'arrête le long du trottoir.

– Garrett ? Demain midi, ça te dit de venir déjeuner à la maison avec les garçons ?

Il me sonde quelques secondes avant de répondre :

– Avec plaisir.

Puis il dépose un baiser sur ma joue et quitte l'habitacle.

Je ne sais pas de quoi l'avenir sera fait, mais je sais que je ne veux pas voir disparaître Garrett de ma vie, pas après l'avoir retrouvé. Sauf que j'ai peur. Cela a été vraiment difficile de le quitter et carrément impossible de l'oublier. Je constate qu'il ne m'a d'ailleurs pas fallu grand-chose pour à nouveau éprouver les mêmes sentiments. Il n'a pas changé. Mais moi, suis-je toujours la même ? Serai-je capable de faire face à son absence, ou me noierai-je à nouveau dans ma peine ?

CHAPITRE 29

GARRETT

Après ma journée en compagnie de Maxine, j'étais un peu dans un état second. Je n'ai jamais eu peur de me confier sur mes sentiments auprès d'elle. Non, ce qui m'effraie, c'est ce qu'elle ressent, elle. Les cartes sont entre ses mains. Peu importe ce qu'elle décidera, comme à l'époque, je prendrai tout ce qu'elle sera prête à m'offrir.

Le mois d'août est bien entamé et le programme touche à sa fin. La dernière semaine a été difficile émotionnellement, chacun s'étant attaché aux autres, tout le monde donnant le meilleur de soi. L'examen final de chaque candidat a eu lieu hier, aucun des membres du groupe d'ARGO n'a été autorisé à y assister. Nous avions seulement le droit d'être là avant et après, leur offrant nos derniers conseils et encouragements, et nos félicitations.

Les trois candidats sélectionnés seront annoncés ce soir et chaque participant se verra remettre un diplôme. Tous les *rushes* partiront en production après le gala de clôture et MTV planche pour une diffusion prévue mi-octobre, pour une série d'une dizaine d'épisodes, il me semble. Nous serons évidemment sollicités pour la promo, sans oublier la sortie de notre *best-of*, avant le retour en studio d'enregistrement pour notre prochain album, et tout ce que cela implique : tournages de clips vidéo, interviews, émissions télévisées…

Je retrouve mes élèves pour notre dernière journée ensemble. L'occasion pour nous tous de faire le point. Leur mine est plus triste qu'à l'accoutumée. En posant les fesses sur le rebord du bureau, je leur lance un petit sourire. J'ouvre la bouche mais Tionne me devance, arrachant un rire collectif :

– Ne nous fais pas pleurer.

– Je ne suis pas sûr de pouvoir tenir cette promesse. Je ne vais pas revenir sur la journée d'hier, elle était assez stressante comme ça. J'ai pensé que ce serait sympa de faire un petit bilan cet après-midi. Je ne vous l'ai jamais dit mais au tout départ je n'étais pas spécialement emballé à l'idée de participer à ce programme. On sortait tout juste de notre tournée, j'étais fatigué, et puis, je ne savais pas si je pouvais avoir ma place ici.

– Tu as changé d'avis ? demande Jake.

– Oui, grâce à vous.

– Pourquoi tu pensais ça ?

Tout en souriant, je croise les bras sur ma poitrine.

— Je ne savais pas si j'allais avoir la pédagogie nécessaire et surtout je ne voulais pas le faire juste pour l'argent. Je voulais y gagner quelque chose en retour, mais je ne savais pas quoi.

— Et alors ?

J'observe Jake, très intéressé par mon discours.

— J'aurais dû savoir que grâce à la passion pour la musique que nous partageons, c'était déjà gagné. J'ai aimé nos échanges, vous donner des conseils, partager mon expérience avec vous. J'ai aimé vous voir apprendre à vous connaître et tisser des liens entre vous, vous observer un à un progresser et vous entraider aussi. Au bout de tant d'années passées dans le milieu, on oublie un peu comment c'était. Vous m'avez ramené à nos débuts avec les gars. Et surtout, je vous remercie d'avoir été attentifs et attentionnés. J'aime votre mentalité et je vous souhaite tout le meilleur pour la suite.

Je surprends Emily qui essuie une larme. Tionne tend la main pour la poser sur son épaule, les yeux brillants elle aussi. Elle me fait une grimace parce que je n'ai pas accédé à sa demande, mais je ne me sens absolument pas coupable.

— Je voudrais te remercier, Garrett, intervient Jake. Tu sais combien ce stage était important pour moi mais je ne me doutais pas à quel point j'allais apprendre, tant sur la musique que sur le côté humain. Je ne m'attendais pas à vivre cette unité avec le groupe.

– Je ressens la même chose, rebondit Rhonna. Bien sûr on a appris des trucs théoriques qu'on a mis en pratique, mais c'est quand même une expérience un peu folle qu'on vient de partager. Peu importe qui va l'emporter, on a tous gagné quelque chose au bout du compte.

Voilà ce dont je parle, c'est cette façon de penser qui me marque le plus. On pourrait croire que ce n'est qu'une façade parce qu'ils sont filmés, qu'ils pensent avant tout à leur image, mais je sais que c'est ce qu'ils sont réellement. Je suis persuadé que l'amitié qui s'est nouée entre eux va durer.

– T'as une idée de ce que le jury a pensé des prestations ? demande Tionne.

– Non, je suis navré. On s'est entretenus avec eux avant, on a donné notre appréciation finale mais, comme je vous l'ai dit le premier jour, ce n'est pas de notre ressort. Et heureusement parce que je serais bien incapable de vous départager.

– Allez, Garrett, faut pas avoir peur de leur dire que c'est moi le meilleur, fanfaronne Antonio.

J'éclate de rire, rapidement suivi par le groupe. Ils vont me manquer. Je déglutis et me redresse avant de me diriger vers le piano. Comme tous les jours depuis neuf semaines, le cameraman me suit, imité par le perchman. Je ne suis pas mécontent d'être bientôt débarrassé de cette attention, en revanche.

– Une dernière session, ça vous tente ? Vous pouvez attraper un instrument et vous joindre à moi.

Je commence à jouer des notes au hasard. La musique est ce qui nous a réunis tous ici, quoi d'autre pour nous dire au revoir ? Quand Emily se met à entonner les premières phrases de *Love Has Different Ways To Say Goodbye* de Tom Grennan, je me dis que nous avons tous ce même don pour trouver la bonne chanson au bon moment pour exprimer tout ce que nous ressentons.

***

De retour à la villa, avant de partir pour cette soirée qui sera sûrement très riche en émotions, j'ai besoin de prendre l'air et pour cela, rien de mieux qu'un petit footing au bord du lac pour me vider la tête. J'enfile une tenue de sport, mes baskets, récupère mon portable que j'installe dans mon brassard et sors de la maison.

Je sélectionne la *playlist* la plus récente et me lance. Je n'ai jamais réussi à courir sans écouter de la musique. Je fronce pourtant les sourcils alors que *Flaws* d'Olly Murs résonne à mes oreilles. Je n'ai pas le souvenir d'avoir ajouté ce titre, mais peu importe.

I got flaws I can't disguise
I've been running from them all my life
On the surface I'm all smile
But I'm only living half a lie

Stuck behind the glass
and the walls are closing in
Stuck inside a past that won't let me leave
But I'm in chains while you're breaking free

Rob Thomas prend la suite avec *Pieces*. Une nouvelle fois, j'ai un petit moment d'arrêt. Ce morceau-là non plus, je ne l'ai pas choisi. Les paroles font écho en moi alors que mes pieds reprennent le martèlement du sol en cadence. S'agit-il d'un nouveau coup du sort particulièrement bien inspiré ? Vient ensuite OneRepublic et *Fingertips*. Rien d'inhabituel, mais cet enchaînement est quelque peu étrange. Surtout lorsqu'ils continuent avec *Can't stop*.

I don't want to live without you
I can't live without you half the day, heeey hey
I don't want to live without you
And put life off for another day
Hey-hey yeah hey-hey yeah
But I can't stop thinking about,
thinking about us anymore, oooh oh
I said I can't stop thinking about,
thinking about us anymore, oooh oh
I said I can't stop, no, thinking about,
thinking about this anymore, oooh oh
And all I've got, ouh, is nothing
I want anymore, oooh oh

Bon, c'est vraiment suspect. Je fronce les sourcils, attendant la suite. Ruelle et sa superbe voix se fait alors entendre avec *Find You*. Je garde le rythme, curieux, puis lève les yeux au ciel lorsqu'*Only* des Imagine Dragons poursuit. Je secoue la tête. Toutes ces chansons, leur signification, cela ne peut pas être une coïncidence. Je ricane en entendant *It Was Always You* des Maroon 5, qui enchaîne après Nick Jonas et Robin Schulz avec *Right Now*. Quelqu'un a joué avec mon portable, c'est une certitude. Voilà près de trente minutes que je subis cette avalanche de morceaux sans trop savoir quoi en penser. Quand *You're The One That I Want* commence, j'éclate de rire. Je parie un million qu'il s'agit de Ryan. Quel imbécile ! Décidément, il n'en loupe pas une.

Je m'arrête quelques secondes pour passer sur une autre playlist un peu moins prise de tête et opère un demi-tour. Une fois à la maison, je file sous la douche et rejoins ma chambre pour m'habiller pour la soirée. L'agence nous a fait livrer à chacun un costume pour l'occasion. J'ajuste le col de ma chemise, jetant un regard mauvais à la cravate qui était fournie avec. Je suis prêt à beaucoup d'efforts, mais pas à ça. Je tire sur les pans de ma veste et fronce les sourcils en découvrant un papier blanc glissé à l'intérieur de l'une des poches. Pensant trouver une étiquette, je déchante vite en prenant conscience qu'il s'agit d'un mot laissé par Margo :

Je suis vraiment désolée, Garrett.
J'ai choisi ce costume pour toi,
il se marie si bien avec tes yeux.
J'espère que tu trouveras un jour la force
de me pardonner. Je t'aime. Margo.

Je chiffonne de rage le papier et l'envoie balader à l'autre bout de ma chambre. Elle choisit son moment, ce n'est pas possible. Si j'en avais le temps, je changerais de costume sur-le-champ. Je ferme les yeux et prends une profonde inspiration pour me calmer. Ce n'est qu'un costume, certes, mais penser à Margo me met toujours les nerfs en pelote. Savoir que j'ai cédé à son chantage pour préserver ma mère m'est toujours difficile à digérer. Surtout quand j'ai assuré à Maxine qu'elle ne faisait plus partie de ma vie.

Respire, Garrett. Respire.

– T'es prêt ? hurle Ryan depuis le salon.

– Ouais ! J'arrive.

Je jette un dernier coup d'œil à mon reflet dans le miroir avant de descendre au rez-de-chaussée. Je chasse ma mauvaise humeur et la remplace par un sourire. Je ne vais pas tout gâcher avec ça. Hors de question.

– Où sont les autres ?

– Ayden arrive, Olly est dehors, il s'en grille une avec Kiera. Ça va ? Ton footing s'est bien passé ?

– J'en étais sûr ! l'accusé-je en le pointant du doigt.

– De quoi ?
– Comment tu t'es débrouillé ?
Je ne suis pas fâché, mais je me rends compte que mon ton est un peu sec. Il me lance un regard qui en dit long. En réalité, je suis plutôt content de la distraction qu'il m'offre.
– Tu m'en veux ?
– Non, mais il ne fallait pas te donner autant de peine.
– Garrett, je voulais juste te donner un petit coup de pied aux fesses. D'ordinaire, les mots des autres, ça fonctionne sur toi, non ?
– Oui, mais pas cette fois.
Il me détaille avec attention, sceptique.
– Vraiment ? Tu vas vraiment ne rien faire ?
– Ryan, soupiré-je. Il n'y a rien de plus à dire. Je t'assure. Ça ne dépend pas de moi. On est deux dans l'histoire.
– Est-ce que tu lui as clairement dit les choses au moins ? Tu l'as prise entre quatre yeux et tu le lui as dit ?
– Lui dire quoi ?
– Tu sais très bien.
– Je suis prêt ! s'exclame Ayden en déboulant derrière moi.
Il tombe à pic. J'ai vraiment les meilleurs amis au monde, je peux toujours compter sur eux pour me sortir d'une situation délicate.
– Garrett, tente quand même Ryan.
– On va être en retard. Ce n'est pas le moment.

Pour appuyer mes dires, Olly et Kiera nous rejoignent dans la foulée. Ryan n'a d'autre choix que de laisser tomber. Notre chauffeur est là, direction Cornish pour la toute dernière soirée.

CHAPITRE 30

GARRETT

Je bois une gorgée de mon verre – du soda, je suis sage ce soir – en observant toute la bande d'adolescents rire au milieu de la salle, satisfaits après ces deux mois d'intense travail. Pour cette grande soirée, l'école a privatisé le premier étage du bâtiment qui concentre les pièces de détente communes aux étudiants de l'établissement. La salle de réception est immense avec une hauteur sous plafond impressionnante, alliant couleurs chatoyantes et béton, métal et verre. J'ai immédiatement une pensée pour Maxine, parce que la construction est une œuvre d'art à elle seule.

Les jeunes ont fait un effort vestimentaire, laissant au placard jeans décousus et tee-shirts au profit de tenues plus habillées. Certains font tout de même un peu de résistance, à l'image de Jake et ses Converse. L'ambiance est agréable, le comité, restreint : en dehors des élèves, il n'y a que nous, les professeurs, l'équipe de techniciens de MTV qui nous a suivis et les responsables du projet, et ceux de l'école. Les caméras nous filment encore, mais c'est le dernier jour à supporter leur objectif rivé sur nous. Je suis allé à la rencontre de chacun de mes élèves me présenter à leurs parents, pour ceux qui ont fait le déplacement. Ce qui n'est pas le cas pour Jake. Même si l'annonce de sa participation au programme n'est pas très bien passée, j'avais espéré qu'ils finiraient par se rendre compte de l'importance que cela avait pour leur fils, et je sais qu'il en va de même pour Jake. À l'écart, il attend patiemment que les discours se lancent.

– Je suis vraiment désolé, mec, dis-je, compatissant.

– C'est gentil, mais je savais que ça se passerait comme ça.

– Tu peux être fier du chemin parcouru, vraiment. Tu t'es démené et tu as assuré aux épreuves finales. Tout du long, tu as été un soutien pour les autres, même si tu n'étais pas forcément celui qui avait le plus de connaissances et d'expérience.

– Tu le penses sincèrement ?

– Oui. Si je suis connu pour quelque chose, c'est bien mon honnêteté. Je n'ai aucun intérêt à te raconter des bobards. Continue sur cette voie et tu iras loin.

– Merci, Garrett.

Je m'avance pour le prendre dans mes bras.

– Et puis, tu n'as pas tout perdu, je pense, le taquiné-je en captant une œillade amoureuse de Megan.

Jake baisse la tête, gêné.

– Allez ! J'ai été à ta place. Prends soin d'elle, c'est tout ce que je te demande.

– Pas de souci.

Je m'efface pour laisser Megan discuter avec Jake, sa tante et son oncle. Je récolte un petit sourire de Maxine au passage qui me ravit.

– S'il vous plaît ! appelle Allison Maden, la directrice artistique de MTV. Je vous remercie pour votre présence parmi nous. J'espère que tous les participants ont passé un agréable été en compagnie des membres d'ARGO. Ce fut une expérience très intéressante. Nous sommes plus que ravis du programme, nous avons hâte de partager ça. Samuel ?

Le directeur de Cornish prend le relais. Il serre la main d'Allison et lève son verre.

– Je suis ravi de vous avoir accueillis au sein de notre établissement le temps de ce stage. J'espère que vous y avez passé de bons moments. Anton, Rosa et moi-même sommes plus que satisfaits du travail accompli. C'était une expérience inédite et elle va au-delà de nos espérances. On a pu rencontrer des jeunes gens motivés et bourrés de talent, que nous espérons retrouver ces prochaines années.

– Samuel a tout dit, poursuit Rosa, la directrice du Reed College. Vous vous êtes tous battus et vous avez démontré une volonté à toute épreuve. Quelle joie d'avoir assisté à des prestations d'une telle qualité. Autant chez les élèves que chez les professeurs.

J'espère que cela a été aussi enrichissant pour vous que pour nous, même s'il n'y a que trois places au final.

Le directeur de Lewis & Clark hoche la tête, solennel.

– Et maintenant, pour le dénouement.

Allison se tourne vers un membre du staff qui lui tend une enveloppe scellée. Elle la décachette et en extrait un papier.

– J'ai l'immense plaisir de vous annoncer le nom des trois gagnants : Thais Malone, Amanda Robertson et Jake Ronski.

Aussitôt, des cris de joie s'élèvent dans la salle. Une fierté sans nom s'empare de moi alors que je vois Megan se jeter dans les bras de Jake, rapidement suivie par les autres membres de ma classe. Il le mérite entièrement.

– Est-ce que quelqu'un voudrait dire quelque chose ? demande Allison en se tournant vers les gagnants.

Les jeunes gens se lancent un regard, clairement impressionnés, encore sous le coup de l'émotion. Jake finit par s'avancer vers le centre après que ses deux camarades sont passés, remerciant tout le monde. Je l'encourage d'un hochement de tête.

– Je ne vais pas faire mieux que les copains, je pense. Je… Je suis juste très reconnaissant de l'opportunité qui m'a été donnée. Elle représente tellement à mes yeux, encore plus maintenant que je sais que je fais partie des finalistes. Merci à

ARGO et plus particulièrement à Garrett pour ses conseils et son soutien. Merci à MTV et aux écoles pour cette expérience extraordinaire.

Jake s'empresse de faire un pas en arrière pour rejoindre les autres. Allison nous adresse ensuite un coup d'œil, nous invitant à prendre la suite.

Je regarde les mecs et fais le premier pas. Je récupère le micro et me lance, la gorge un peu nouée par l'émotion.

– Ce n'est un secret pour personne, je n'étais pas hyper-emballé par le projet. Non pas parce que je pensais que c'était une mauvaise idée, mais parce que cette année a été extrêmement chargée pour nous et que je ne pensais pas être au meilleur de ma forme pour rendre justice au programme. Les participants m'ont prouvé le contraire. Ils ont été un moteur pour chacun d'entre nous, alimentant notre envie de transmettre notre passion, notre savoir. J'ai adoré les voir évoluer, se soutenir, créer une véritable cohésion. Des amitiés sont nées, des relations amoureuses aussi. Je parle au nom du groupe en affirmant que nous sommes fiers d'avoir participé à ça. Fiers d'avoir mené ces jeunes gens au bout. Nous félicitons les gagnants et encourageons chaudement les autres à persévérer car vous avez tous votre place dans ce milieu, n'ayez aucun doute là-dessus. Jake, tu sais tout le bien que je pense de toi, tu méritais ta place parmi les candidats et je suis particulièrement fier de toi.

Je lui adresse un sourire et invite tout le monde à lever son verre en brandissant le mien. Les félicitations pleuvent, les élancements de joie aussi – ils ont même trouvé le moyen de faire exploser des canons à confettis qui en envoient dans tous les sens, jusque dans nos chemises. Laissant les équipes en liesse, je vais rejoindre Jake et le serre encore une fois contre moi.

– Félicitations. Raison de plus pour me croire, hein ?

– Merci.

– T'as fait tout le boulot, Jake.

Il me salue de la tête, les yeux brillants, puis il est alpagué par les caméras qui veulent sa réaction à chaud après la délibération. Tous les candidats vont y avoir droit. Et seulement après ça, nous pourrons savourer une intimité retrouvée.

– Ça vous dit de fêter ça dans un bar ?

– Carrément !

La soirée est sur le point de prendre fin et Ryan et Kiera se regardent comme deux affamés qui tomberaient sur un restaurant de fast-food en plein désert. Je me tourne vers Maxine pour savoir si elle est partante. Nous n'avons pas vraiment eu la chance de discuter calmement, mais elle n'a pas l'air très emballée.

– On pourrait boire un verre à la maison, si ça te tente… proposé-je discrètement alors que le reste du groupe est déjà en train de choisir le lieu de perdition du jour.

– Je peux ramener Megan, suggère Kenneth.

– Tu es sûr ? s'enquiert-elle.

– Évidemment.

Maxine me lance un regard et finit par accepter d'un sourire. Honnêtement, je n'y croyais pas. Mais c'est de bon augure, non ?

Megan s'avance vers moi, nerveuse, me coupant dans mes réflexions.

– Je voulais te remercier.

– De quoi ? Je n'ai pas fait grand-chose.

– Si. Tu ne le sais pas encore, mais merci.

J'accepte une étreinte rapide avant qu'elle ne recule d'un pas. Kenneth me tend une main, que je m'empresse de saisir.

– J'espère qu'on aura l'occasion de se revoir.

– Je l'espère aussi.

Nous saluons les dernières personnes présentes et filons jusqu'au parking. Les garçons ont décidé de nous déposer à la villa avant de repartir au *Fog Room*. Dans la voiture, un peu serrés malgré la taille du véhicule, je n'écoute qu'à moitié les conversations, trop occupé à tenter d'ignorer les frissons qui remontent le long de mes bras à force de frôler la peau de Maxine. Elle aussi y réagit, je le vois, mais ne s'écarte pas. Je prends chaque regard, chaque sourire, chaque rire. Je mémorise tout dans les moindres détails et mon cœur se fend un peu plus. Parce que j'ai peur de ce que demain sera fait.

Dans le rétroviseur, je capte un coup d'œil insistant de Ryan, notre discussion interrompue planant entre nous. Si je reste dans mon coin, sans provoquer les choses, ne vais-je pas le regretter ? Je ne me suis jamais vraiment attardé sur l'avenir et les conséquences, mais là, il s'agit de Maxine, c'est différent, plus puissant.

Lorsque nous arrivons chez nous, j'ai à peine le temps de m'en rendre compte que nous sommes devant la porte et que le groupe a déjà redémarré, comme s'ils étaient pressés de nous laisser un peu d'intimité. Nous nous observons en silence avant que je ne me décide à pénétrer à l'intérieur.

– Tu veux du vin ou un soda ?

– Un soda, s'il te plaît.

Je détache les yeux de sa silhouette puis file à la cuisine, nous servant tous les deux. Pris d'une inspiration, je lance une musique de fond, douce mais dansante. Quand j'atteins le salon, je retrouve Max de dos, pieds nus face à la baie vitrée, se balançant légèrement au gré des notes.

Prenant mon courage à bras-le-corps, je dépose les verres sur la table basse et me plante devant elle pour lui prendre la main. Sans rien lui dire, je pose mes doigts sur ses hanches et l'accompagne dans un léger déhanché.

Elle se met à rire doucement. J'aimerais pouvoir lire en elle, deviner ses pensées. J'aimerais tant qu'elle me parle. A-t-elle réfléchi à ce dont je lui ai parlé devant la Space Needle ? Qu'envisage-t-elle ? Est-elle prête à tenter le coup avec moi ? Pour moi ?

– Tu travailles demain ? Tu as un couvre-feu ?

– Non. Je… je suis tout à toi.

Nous restons alors simplement à danser, et je tente tant bien que mal de ne pas me faire d'idées. Je fais le plein de sa douceur, de son parfum, du bien-être que j'éprouve alors que je la tiens contre moi. Je ne sais pas combien de temps nous restons là, peau contre peau, à bouger doucement – peut-être trente minutes, peut-être une heure, peut-être deux. La musique cesse brusquement, mais je refuse de bouger. Me vient alors l'idée de prendre le relais. C'est comme ça que j'avais réussi à lui transmettre ce que je ressentais, alors je vais utiliser les mots d'un autre pour lui parler une fois encore. Faire passer mes émotions et me livrer à cœur ouvert. Pour cela, Seafret et *Oceans* me semblent tout indiqués. C'est une déclaration d'un homme à une femme qui lui dit qu'il la veut, qu'il a besoin d'elle, qu'il veut toucher sa peau, la savoir à ses côtés, mais qu'il y a des océans entre eux qui l'en empêchent.

Sa prise se resserre sur le tissu de ma chemise qu'elle tient fermement à ma taille. Lorsqu'elle se recule et plonge ses yeux dans les miens, je vois toute l'émotion qui l'agite. Elle est aussi perdue que moi. Je pose mon front sur le sien et nous restons sans rien dire dans le silence de la maison, avec pour seule musique les battements de nos cœurs et nos souffles mélangés.

Je pourrais rester ainsi, à la tenir dans mes bras, respirer le même air qu'elle, mais cela finirait par être trop dur. Je sais pertinemment que je suis incapable de me contenter de ça, c'est trop peu. C'est bien là tout le problème. Garde-t-elle le silence parce que ce qu'elle me dirait me briserait ? Est-ce parce qu'elle n'ose pas faire ce pas ? Je pose une main sur sa joue, juste pour avoir un peu plus de contact. Je n'ai pas envie de me dire que je ne vais plus la revoir, mais je suis soudain trop froussard pour chercher à le savoir concrètement. Un gong retentit soudainement dans le salon, la faisant sursauter.

– Ce n'est rien. C'est juste l'horloge qui annonce minuit.

– Ça m'a surprise, pouffe-t-elle en portant une main à sa poitrine.

Je fais un pas en arrière, prenant conscience de ce que cela implique. C'est comme si le destin nous ramenait sur terre, à la manière de Cendrillon. Le rêve va-t-il prendre fin ?

– Il se fait tard, tu veux rester dormir ici ? Il y a encore une chambre disponible à l'étage.

– Oh, oui, d'accord.

Je l'accompagne jusqu'en haut, lui présente rapidement les lieux avant de l'abandonner quelques secondes pour aller lui chercher un tee-shirt pour la nuit. De retour sur le palier, je le lui tends. Elle s'en empare tout en papillonnant des yeux.

– Tu fais comme chez toi surtout, au besoin il y a une salle de bains au fond du couloir.

– OK, merci.

Je lis nettement l'incompréhension dans son regard, mais il faut vraiment que je prenne un peu de recul, je ne veux pas faire de connerie. Je dépose un baiser sur sa tempe et file dans ma chambre. Après avoir enfilé un pantalon de pyjama, je tombe à la renverse sur le matelas, les yeux rivés au plafond. Les deux mois qui viennent de s'écouler défilent dans mon esprit. Nos retrouvailles, nos échanges, nos discussions, nos sorties, nos réussites. Elle dans les *backstages* du concert, elle dans le bar où j'ai appris ce qui lui était arrivé toutes ces années, elle sur scène, elle au musée, dans son monde, elle à la réception, elle chez moi. Elle, à quelques pieds de moi, derrière une porte fermée. Et moi, torturé par la peur et l'excitation. L'amour. Je suis censé repartir lundi pour Los Angeles. Peut-être que j'espérais qu'elle fasse un pas vers moi mais je ne lui en ai pas laissé l'occasion : j'ai profité d'une alarme pour prendre la fuite. Parce qu'elle a raison, tout nous sépare. Et je ne suis pas sûr de survivre une fois encore si nous devions céder. Je pense que mon cœur ne le supporterait pas.

Je ne sais pas combien de temps s'est écoulé depuis que je l'ai abandonnée, mais impossible pour moi de trouver le sommeil tout en sachant qu'elle occupe la pièce juste à côté. Je suis comme monté sur du deux cent vingt volts. J'envoie balader le drap qui couvre mes hanches et bascule les pieds par-dessus le matelas. Je descends au salon et me sers un grand verre d'eau avant d'aller entrouvrir la baie vitrée pour observer le jardin sous le clair de lune.

Le climat et la végétation de Seattle n'ont rien à voir avec ceux de Los Angeles. Tout ici est plus vert, plus vif, plus vivant. Même l'océan a une couleur et une odeur différentes. Je suis cent pour cent californien, pourtant j'ai la sensation très nette que je pourrais me plaire ici. Je chasse cependant cette idée avant de rejoindre le salon pour m'installer au piano. J'ai besoin d'évacuer tout ça. La chambre de Maxine est suffisamment loin, je ne la réveillerai pas.

Mes doigts courent instinctivement sur les touches bicolores, faisant s'élever *The Silence* de Manchester Orchestra dans la pièce, l'emplissant d'une douce mélancolie.

But you, amplified in the silence
Justified in the way you make me bruise
Magnified in the science
Anatomically proved that you don't need me
Why do I desire the space?
I was mourning after you
I was lost and lost my shape
There was nothing I could do

Ce silence, moi aussi j'en fais l'expérience. Celui de la solitude. Cette souffrance qui me bouffe de l'intérieur sans que je parvienne à l'apaiser, à combler ce vide. Il est tellement difficile de se concentrer sur les points positifs de sa vie quand le négatif a tant de poids. Je ne peux pas en parler, je ne peux pas la faire disparaître. Et si j'étais condamné à vivre ainsi ? Exposé à un monde de paillettes et de faux-semblants, vivre mon rêve sans jamais en être vraiment satisfait ?

Je bats rapidement des paupières, chassant les larmes qui me montent aux yeux. Ma poitrine monte et descend avec difficulté. Je me sens sur le point de craquer et je ne comprends pas pourquoi maintenant.

Mon attention est détournée par la présence d'une chaleur dans mon dos. Une microseconde plus tard, Maxine s'installe à mes côtés. Assise dos au piano, elle colle son épaule contre la mienne et tend l'oreille, laissant la musique résonner entre nous. La chair de poule s'empare de moi et je sais pertinemment que cela n'a rien à voir avec le léger courant d'air qui fait remuer les voilages de la fenêtre.

Les dernières notes s'évaporent et mes mains retombent sur mes cuisses. Je ne veux pas qu'elle voie que je tremble, qu'elle se rende compte de tout ce qui bout à l'intérieur de moi. Je baisse le menton alors que Maxine prend une profonde inspiration. Je n'ose pas la regarder, je ne sais pas ce dont je serais capable si je le faisais.

Pourtant, elle m'achève d'une seule phrase :

– Tu m'as manqué.

Je me fige et ma respiration se coupe quand elle se penche vers moi. Elle se décale très légèrement et vient poser sa joue contre la mienne, son souffle chatouillant mon oreille, ses cils caressant ma peau. Sa bouche frôlant mon lobe, elle n'a pas besoin de hausser le ton pour que j'entende parfaitement les mots franchir ses lèvres.

– Je n'ai jamais cessé de penser à toi, à nos moments. Dès que Megan me réclamait de la musique, des cours de guitare, dès que je partageais sa passion, je te voyais et je me souvenais. Tu m'as sauvée à l'époque, tu m'as offert ce que personne n'avait réussi à faire jusque-là : une porte de sortie, une ouverture pour échapper à mon passé et me concentrer sur l'avenir. Tu es celui qui m'a sauvée, ajoute-t-elle.

Elle ne peut pas me dire tout ça. Elle ne peut pas me toucher du bout du doigt, raviver mon âme sans provoquer de tumulte. Je suis tétanisé. Je ne peux pas décider à sa place. Je ne peux pas faire ce pas vers elle, je le refuse. Je l'ai déjà fait et j'ai souffert. Tellement.

Elle amorce un léger recul mais garde ce contact entre nous, aussi doux qu'une plume, aussi renversant qu'une vague géante qui m'engloutit tout entier. A-t-elle seulement conscience de tout ce qui remue en moi ? De tout ce qu'elle bouscule ?

– Tu m'as tellement manqué Garrett. Tellement, si tu savais.

Je presse les paupières, retenant encore mon souffle. Quand ses lèvres se posent à la commissure des miennes, j'ai la sensation de me liquéfier sur place. À l'époque, elle avait déjà ce pouvoir sur moi ; j'ignorais que c'était encore d'actualité. Comment est-ce possible ?

– Dis quelque chose.

Je ne peux pas me noyer dans son regard. Je ne peux pas me laisser aller au risque de tout perdre une fois encore. Je vis à Los Angeles et elle est ici, avec Noah et Megan. Je ne peux pas l'ignorer, faire semblant.

– Garrett, gémit-elle en se détachant de ma peau.

J'aimerais tellement lui dire que je ne veux qu'elle, qu'elle est la seule que j'ai toujours désirée, mais je ne peux pas. En ai-je seulement le droit ?

Elle finit par se relever et je tressaille en sentant le froid qui prend maintenant sa place. Je ne suis qu'une statue figée sur le banc, devant ce piano sur lequel je jouais il y a quelques secondes à peine et qui ne me renvoie plus qu'un silence de plomb. Je m'attends à ce qu'elle m'abandonne, mais à la place, elle m'attrape par les épaules, m'intimant de me reculer légèrement. Je suis estomaqué lorsque je la vois enjamber l'assise pour venir s'installer à califourchon sur mes cuisses. Ses mains se posent sur mes joues et ses doigts s'arriment à ma nuque.

– Je suis là, Garrett.

Elle passe le bout de sa langue sur ses lèvres charnues. Mes mains s'ancrent autour de sa taille ;

c'en est presque douloureux de la sentir, de la ressentir, d'éprouver autant pour elle alors que nous avons été séparés toutes ces années. Est-ce possible que les sentiments ne se soient jamais taris malgré la colère et la rage ?

Je pose mon front contre le sien et inspire profondément. Pourquoi ai-je la frousse comme ça ? Depuis quand est-elle devenue la plus courageuse de nous deux ? L'a-t-elle toujours été ?

– Garrett.

– Toi aussi, tu m'as manqué, finis-je par lâcher. Tous les jours. Mais je t'ai aussi détestée. J'ai souffert, Maxine.

– Je sais, dit-elle, la voix tremblante. Je suis tellement désolée. Moi aussi, j'ai ressenti tout ça, le bon comme le mauvais, mais je n'ai jamais réussi à oublier. À t'oublier.

– Je n'ai jamais pu non plus.

– Je sais tout ce que j'ai dit auparavant, tout ce qui me retient, tout ce qui m'effraie, tout ce qui peut nous empêcher d'être ensemble. Mais la seule chose sur laquelle il m'est impossible de faire une croix, c'est toi, Garrett.

Sa voix faiblit et elle se colle un peu plus à moi. Quand ses lèvres se posent délicatement sur les miennes, je me sens défaillir. Mes doigts pincent un peu plus la chair de ses hanches et elle approfondit notre baiser. Je ne lui connais pas cette audace, cette confiance en elle. Je me demande un instant si cela m'est réservé ou s'il s'agit simplement d'un nouveau trait de sa personnalité.

– C'est juste toi, ça a toujours été toi, me rassure-t-elle, comme si elle venait de lire dans mes pensées.

– Maxine…

Je la plaque contre moi et elle avale mon souffle, m'insufflant une énergie nouvelle. J'ai envie de lui dire qu'à son tour, elle vient de me sauver en se confiant à moi, mais bon sang, cette frousse est tenace.

– Dis-moi que ce n'est pas un rêve, la supplié-je.

Je me méfie des rêves, désormais. Ils sont trompeurs. Je ne veux pas que Maxine en soit un, qu'elle soit un peut-être. Je la veux tous les jours, je ne veux plus la perdre, jamais.

– Ça n'en est pas un.

– Maxine, soufflé-je contre son oreille, cherchant à nouveau le plus de contact possible.

– C'est nous. *No more lies*.

Ces mots agissent comme un déclic en moi, comme si nous venions de signer un accord tacite. Je me précipite sur sa bouche, mes mains se placent sous ses fesses et je me relève d'une petite impulsion. Elle noue ses jambes autour de mes hanches et je repousse le banc avec l'arrière de mes genoux.

Notre baiser perd toute timidité alors que je monte les marches pour rejoindre ma chambre, la tenant fermement contre moi. Non pas que l'idée de lui faire l'amour devant le piano me dérange, mais j'estime que notre première fois mérite plus d'intimité que ça. Il ne s'agit pas d'une femme lambda à la sortie de l'un de nos concerts. C'est Maxine, je veux lui offrir ce que je n'ai jamais donné à aucune autre. Je veux ressentir tout ce qui m'est inconnu, dans ses bras, auprès d'elle.

Une fois à l'abri, je la dépose au sol et nous fais reculer près du lit. Lentement, elle passe son tee-shirt par-dessus sa tête et son corps uniquement vêtu d'une petite culotte en dentelle se dévoile à moi.

Je reste un instant totalement immobile. J'ai si longtemps imaginé ces courbes, ces formes, que je suis presque sous le choc de les découvrir enfin pour de vrai. Elle est parfaite. La faible lumière qui perce de l'extérieur dessine sa silhouette d'une manière très artistique. C'est comme si elle était elle-même une œuvre d'art. J'effleure du regard la finesse de ses jambes, l'arrondi de ses fesses, le creux de sa taille, le galbe de ses seins, la rondeur de ses épaules. J'ai presque peur de la toucher, de poser mes mains sur elle et de la voir s'évaporer.

Elle semble percevoir mon appréhension, alors, comme tout à l'heure, elle prend les devants et avance d'un pas vers moi. Ses mains se posent sur mon torse et elle parcourt en une caresse légère les tatouages qui habillent ma peau. Elle se met sur la pointe des pieds et vient se coller contre moi. Sa poitrine heurte mes pectoraux et met mon corps en ébullition. Elle est là, dans mes bras, et je prends conscience de la chance que j'ai. Je dois la saisir puisque tout me mène à elle.

Un gémissement s'échappe de ses lèvres quand je trouve enfin le courage de la toucher. Sa peau est un véritable délice de velours, mettant mes sens à mal. Son goût m'électrise et je me demande si je parviendrai à me contrôler, à faire les choses correctement, sans précipitation. Je ne veux pas foirer ce moment, il est trop important.

Ses mains migrent dans mon dos, parcourent mes muscles tendus et atterrissent au creux de mes reins. Quand elles glissent dans mon pantalon, un grognement de plaisir reste coincé dans ma gorge. Son toucher sur mon cul est juste sensationnel. Qu'est-ce que ce sera quand elle passera devant ? Putain, je ne vais jamais tenir.

Elle tire sur l'élastique de mon vêtement pour me le retirer. Il glisse le long de mes jambes et je me retrouve nu devant elle. Jamais je n'ai été autant au garde-à-vous pour personne. C'est comme si des mois, des années de frustration venaient de prendre vie dans mon sexe et qu'il réclamait enfin justice.

Un petit sourire s'étire sur son visage, mélange d'impertinence et de satisfaction qui me plaît énormément et me donne encore plus envie d'elle. J'aime cette femme sûre d'elle et lumineuse qui se dévoile devant moi. Elle recule d'un pas, passe les pouces sous les coutures de sa culotte et le sous-vêtement atterrit à ses pieds. Elle s'éloigne encore un peu plus de moi et finit par s'allonger sur mon lit.

– Tu es tellement belle, putain…

Elle entrouvre la bouche mais je ne lui laisse pas l'occasion de dire quoi que ce soit : je la rejoins comme si le temps m'était compté. Un hoquet de surprise s'élève entre nous et je reprends possession de ses lèvres. Aucune chance qu'elle s'échappe.

Nos gémissements emplissent rapidement l'espace et je contiens difficilement mon désir. Lorsque mes doigts trouvent son intimité, elle se tend subrepticement, m'obligeant à m'arrêter. Tout un tas de questions se bousculent dans ma tête, j'ai peur d'être allé trop loin, peut-être trop vite. Joignant ses doigts aux miens, elle me rassure d'un sourire. Je refoule tout cela dans un petit coin de mon esprit et me concentre sur elle. Elle est tout ce qui compte.

Je m'applique, attentif à la moindre de ses réactions. J'apprends à la lire. Je veux lui montrer tout l'amour que je lui porte, tout ce qu'elle représente pour moi. Ce moment entre nous va bouleverser à tout jamais mon existence, car je sais déjà qu'après cette nuit, plus rien ne sera jamais comme avant. Elle sera mon tout.

Ses soupirs lascifs m'électrisent. J'aime la voir ainsi, tendue et excitée. Elle remue les hanches et vient chercher un contact plus poussé. J'accélère le mouvement de mes doigts tandis que mon pouce se pose sur son clitoris.

– Garrett… geint-elle, les yeux mi-clos.

– Oui ?

– C'est là.

Elle enfonce sa tête dans l'oreiller et je me concentre sur ce point particulier qui semble la rendre extatique. Elle est incapable de formuler un mot distinctement. Tandis que mes doigts s'activent toujours en elle, mes lèvres se posent sur la pointe de l'un de ses seins pendant que mon autre main caresse le second. Quand Maxine crie mon nom, je dois me retenir de ne pas la suivre. Elle me lance un regard brumeux et un sourire paresseux qui me font fondre pour elle.

– Bordel, Max…

Jusqu'à ce qu'elle pose ses doigts chauds sur mon sexe, je pensais avoir un minimum d'ascension dans notre échange, mais je suis tellement loin de la réalité. J'aime le fait qu'auprès de moi, elle ne craigne pas d'oser, qu'elle ne soit pas en retrait. Je veux qu'elle se sente libre. Libre d'être elle-même. Je tâche de ne pas l'abandonner, mais il est difficile de rester concentré quand elle me prodigue autant de plaisir. Elle attrape ma nuque et m'attire vers elle pour m'offrir un baiser enflammé pendant qu'elle augmente la cadence autour de mon membre. Quand elle vient effleurer mon gland, je cille. Je tente de m'écarter légèrement, mais elle resserre son emprise, toujours avec ce petit sourire effronté.

Nos caresses gagnent en intensité, nos peaux se parsèment d'un fin voile de sueur, nos respirations s'entrecoupent de souffles hachés. Notre étreinte est sensuelle, ses soupirs, érotiques, et je deviens fou. Notre désir est en train d'atteindre son paroxysme. Quand je reprends l'un de ses seins dans une main et que j'en titille la pointe de ma langue, elle tire fort sur mes cheveux et se met à haleter, comme si elle avait atteint le sommet et qu'elle était prête à sauter.

– Garrett.

– Je suis là. Dis-moi.

Le regard qu'elle me renvoie me foudroie de l'intérieur. Il est ravageur, renversant et me trouble plus qu'il ne devrait. Je repense à son aveu et je m'approche au plus près de son visage.

– C'est toi, juste toi, murmuré-je. Ça l'a toujours été et ça le sera toujours.

Ses pupilles se mettent à briller. Je m'empresse de chasser cette émotion d'un baiser, je ne supporterais pas de la voir pleurer, même de bonheur. Elle noue ses chevilles dans mon dos et accentue notre contact, cherchant une friction pour atténuer ce désir qui bouillonne, qui n'a fait qu'enfler. Je ne sais pas pendant encore combien de temps je vais tenir, mais je la laisse prendre tout ce qu'elle veut.

– Garrett, se lamente-t-elle, une douleur dans la voix.

C'est mon signal. Je tends le bras pour attraper un préservatif dans le tiroir de la table de chevet et me hâte de l'enfiler. Je reviens face à elle et pose mes coudes de part et d'autre de sa tête. Je dégage une mèche de son front et lui souris tendrement.

– Je rêve de ce moment depuis tellement longtemps, avoué-je, la gorge nouée.

– Ce n'est pas un rêve, Garrett. C'est vrai, nous le vivons ensemble. Enfin.

C'est la réalité, un fantasme qui prend vie. Je sais que je ne verrai plus rien de la même façon après et j'aime ça. Tellement.

Je pousse lentement à l'entrée de son sexe et quand je trouve la chaleur de son corps, je bloque un instant. Je cherche sur son visage la moindre grimace, le plus petit regret, mais tout ce que j'y lis, c'est une sérénité sans faille, l'éclat de son regard, ce léger sourire sur ses lèvres. Le bonheur à l'état pur. C'est à cet instant précis que je prends conscience que jamais je n'ai cessé de l'aimer. Galvanisé, je commence mes va-et-vient avec une lenteur intentionnelle. Cela me permet de durer plus longtemps et surtout d'attiser son désir. Je veux réveiller le volcan qui sommeille en elle, afin qu'elle explose dans mes bras.

Rapidement, elle devient exigeante, elle ordonne, me guide et je m'exécute volontiers, avec précision, adoration, dévotion. Je veux lui donner et prendre tout autant. Quand la déflagration est sur le point de retentir en moi, je me redresse et accentue sa position en saisissant ses fesses et en plaquant ses jambes contre mon torse. Je pince ses hanches et accélère le mouvement. Je pose un pouce sur son clitoris et me concentre.

– Garrett, me prévient-elle. Là !

Je libère tout ce dont je suis capable et l'orgasme me foudroie tout entier, répandant sa magie dans tout mon corps. Elle crie encore mon prénom dans la foulée et écarquille les yeux, cherchant son souffle. Les cheveux éparpillés sur l'oreiller, les joues rouges, la respiration erratique, elle est magnifique. Elle croque dans sa lèvre alors que je poursuis mes efforts encore quelques secondes, le cœur battant à tout rompre dans ma poitrine.

– Max… prononcé-je dans un souffle à son oreille.

– Je suis là, me rassure-t-elle en souriant. Avec toi.

Et mon organe le plus vital se gonfle un peu plus d'amour pour elle. À une époque, nous nous disions des mensonges pour supporter les épreuves de la vie. Maintenant, il est grand temps de faire place à la vérité pour vivre sereinement et accueillir le futur à bras ouverts. Et sa place est à mes côtés, j'en suis persuadé.

CHAPITRE 31

MAXINE

C'est une envie pressante qui a raison de mon sommeil. J'ouvre un œil et il me faut quelques secondes pour remettre l'endroit où je me trouve. Et surtout celui contre qui je suis lovée.

Je referme aussitôt les yeux. Je sens mes joues se colorer et mon cœur accélère sa cadence. Suis-je encore en train de rêver ? Je lève une main et viens me pincer le bras. La douleur est réelle. Je suis bien dans la chambre de Garrett, dans son lit, contre son corps nu. Je pivote tout doucement la tête et contemple l'homme encore paisiblement endormi à mes côtés. Son visage respire la sérénité. J'ai du mal à me dire que j'en suis responsable.

À la façon dont il a mis un terme à la soirée hier, j'ai compris qu'il cherchait à prendre du recul. Sur le moment, je n'ai pas su prendre mon courage à deux mains et le retenir. Je l'ai laissé faire. Je méditais dans la chambre quand j'ai entendu le piano. Du haut de l'escalier, j'ai laissé la mélodie m'emporter, son talent me submerger. C'était comme si ses mots silencieux étaient quand même parvenus à mes oreilles. À partir de là, je n'ai pas eu le choix : je devais le rejoindre. Garrett est le bon, celui que j'attendais pour me lancer à cœur ouvert sans penser à demain. Peut-être même qu'il l'a toujours été. Seuls lui et moi avons de l'importance.

La nuit qu'il m'a offerte a dépassé toutes mes attentes. La première depuis… un moment. Il est parvenu à tout effacer, à éclaircir les mauvais souvenirs, les traumatismes. Rien d'autre n'a existé à part *lui*.

Allongé sur le ventre, la tête tournée vers moi, Garrett paraît si calme. Je l'ai senti torturé ces derniers jours et j'ai compris que j'étais la cause de ses agitations. Il était grand temps que je prenne conscience des choses et laisse tomber les œillères que je me suis mises depuis qu'il est réapparu dans ma vie.

Je quitte discrètement le confort du lit pour aller aux toilettes. Je récupère son tee-shirt et j'en profite pour boire un verre d'eau. Quand je croise mon reflet dans le miroir, je ne peux que constater l'éclat de mon visage : le bonheur irradie de mes traits même si je suis décoiffée, que mon maquillage a coulé et bavé. Un grand sourire naît sur mes lèvres. Je suis heureuse, et cela fait un bien fou.

Je retourne dans la chambre sans faire le moindre bruit, mes pas étouffés par la moquette moelleuse qui tapisse le sol. Je referme la porte, espérant ne pas avoir réveillé Garrett. Lorsque je me retourne, je sursaute en le trouvant assis, appuyé contre la tête de lit, les mains nouées devant lui, les épaules basses. Je porte une main à mon cœur et soupire.

– Tu m'as fait peur, lâché-je.

Il ne répond rien, se contentant de m'observer avec intensité. Je fais un pas en avant et découvre une lueur dans ses yeux, un mélange de peur et de soulagement.

– Garrett…

Son regard me suit alors que j'approche encore. Je pose un genou sur le matelas, puis le second, et avance à quatre pattes jusqu'à lui. Il reste stoïque alors que je m'installe à califourchon sur ses cuisses. Les mains sur ses joues, je fais mon possible pour le rassurer.

– Je n'allais pas m'enfuir, je te le promets. Je ne pourrais pas te faire ça, te faire revivre le passé. Surtout pas après cette nuit.

Il me regarde, les yeux brillants, avant de me serrer fort contre lui.

– Max…

– C'était tellement fabuleux, admets-je, les joues chaudes.

Ses iris bleus scintillent maintenant d'un tout autre éclat, comme si mes mots venaient de balayer les doutes qui s'étaient insinués en lui. Brusquement, il attrape ma nuque et m'attire à lui. Ses lèvres fondent sur les miennes. Je manque de l'écraser, me retenant à ses épaules solides.

Nos hanches entrent en contact, rallumant le désir qu'il a attisé cette nuit. Ses mains se faufilent sous son tee-shirt qu'il me retire. Sitôt qu'elles sont sur ma peau, tout mon épiderme s'enflamme, réclamant plus. J'ai la sensation qu'il possède toutes les clefs de mon corps ; il sait ce qui me fait vibrer, il devine mes envies, mes désirs. Ce que j'apprécie par-dessus tout, c'est qu'il ne me considère pas comme une petite chose fragile. Il m'accorde des moments de pure douceur, mais il sait aussi se montrer exigeant et brusque, comme s'il avait du mal à se contenir. Cette précipitation, cette excitation, c'est si exaltant. J'aime voir ce que nos deux corps nus, nos deux peaux l'une contre l'autre, provoquent en lui.

– Tu es si belle. Putain, Max…

Je le sens au bord de l'implosion. Cette nuit était trop peu. Maintenant que nous y avons goûté, nous en voulons encore plus. Il me renverse sur le lit et envoie balader le drap. Mes yeux descendent sur sa virilité. J'ai pris tant de plaisir cette nuit. Comment ai-je pu attendre si longtemps pour vivre ça auprès de lui ?

Un désir bouillonnant s'agite entre mes jambes. Garrett dépose de légers baisers dans mon cou, à la naissance de ma poitrine, tout en gardant mes mains emprisonnées des siennes au-dessus de ma tête. Son souffle me caresse et me provoque.

– Tu me rends fou, tu sais ça ?
– Toi aussi.
– Dis-moi ce que tu veux.
– Tout. Toi.

Sa langue s'insinue entre mes lèvres et m'embrasse avec ferveur et passion. Ses doigts migrent le long de mon ventre et disparaissent vers mon intimité. Ils glissent le long de mes lèvres, font des va-et-vient, excitant, chatouillant, cajolant mon clitoris. Je me tortille sous lui, dans l'expectative.

Garrett enfonce un doigt en moi, puis un deuxième tandis que son pouce fait pression. Quand un troisième s'invite et qu'il leur fait prendre un angle particulier, une chaleur indescriptible croît en moi. Un gémissement incontrôlé s'échappe de ma gorge et un sourire tout à fait insolent naît sur ses lèvres. Sa langue vient s'enrouler autour de la mienne et m'offre un baiser renversant.

Je refuse d'être la seule à éprouver du plaisir. Je libère l'un de mes poignets et m'empare aussitôt de son érection pour lui rendre ses caresses avec application. Il marque un moment d'arrêt, comme s'il lui était impossible de se concentrer sur deux choses à la fois. Cela me remplit de fierté. J'aime voir naître cette lueur dans ses pupilles, cet air d'abandon sur son visage.

Il revient brusquement à moi et m'arrache un nouveau baiser enfiévré. Je suis sur le point de protester quand il m'abandonne pour rapidement descendre vers mon sexe. Ma respiration se suspend et mes hanches se lèvent instinctivement.

Mon Dieu. C'est tellement… Le souffle court, je ne parviens pas à me contrôler. C'est comme s'il m'emmenait continuellement dans les nuages sans me laisser toucher terre entre deux ascensions. Ses doigts, sa langue, son souffle, ses dents… Un nouvel orgasme me foudroie et me laisse pantelante.

À nouveau, ce sourire satisfait sur son visage qui m'arrache un gloussement. Il dépose un tendre baiser sur mes lèvres avant de pivoter pour s'allonger face à moi.

Son érection ne désenfle pas entre nous, puissante contre ma hanche. Galvanisée par les hormones qui ont envahi mon organisme, j'ai envie de lui rendre la pareille. Je le pousse complètement pour qu'il se retrouve sur le dos. Je parsème son torse de baisers, son rire vibrant entre nous.

– Max, geint-il, ses doigts dans mes cheveux.

Cette peau tatouée que j'ai si souvent rêvé de toucher, ces lèvres que j'ai goûtées et qui m'ont hantée, ce corps qui éveille mes sens. Lui. Il prend toute la place. Mes mains s'emparent à nouveau de son membre et sa respiration se suspend. Sa tête bascule en arrière au moment où mes lèvres l'engloutissent. Je m'applique du mieux que je peux ; si j'en juge aux gémissements et grognements qui s'échappent de sa gorge, ça a l'air de fonctionner. La douceur de sa peau, son goût, j'ai la tête qui tourne. Je resserre mon emprise et accélère mes mouvements, mes dents griffant doucement son gland, mes doigts jouant avec ses bourses.

– Putain, Max ! Arrête ! s'écrie-t-il alors que ses hanches se lèvent dans un réflexe.

– Capote, exigé-je sans le relâcher pour autant.

Il tâtonne sur la table de chevet et finit par me tendre un carré d'aluminium. Je le couvre et m'assieds sur lui. Je place son sexe à l'entrée du mien et, délibérément, je le fais lentement glisser à l'intérieur de moi.

Les mains en appui sur ses pectoraux, je savoure le pouvoir que j'ai sur lui. C'est un échange : j'adopte le rythme que je souhaite, il prend sans forcément contrôler ce que je lui donne, mais loin de moi l'idée d'être égoïste. Il ne l'a jamais été avec moi. Alors je me laisse aller, cherchant la moindre sensation, le plus petit contact. Je libère cette flamme qui brûle en moi, trop longtemps contenue, endormie, et nous emporte tous les deux. Il empoigne mes hanches et m'accompagne dans mes mouvements, accentuant puissamment notre point de rencontre.

Chacun de ses muscles est tendu à l'extrême, ses pupilles rivées aux miennes. Je peine à garder conscience alors que le feu dévore tout sur son passage. Quand l'une de ses mains me relâche pour que son pouce vienne se poser sur mon clitoris, c'en est fini de moi. Le plaisir dévaste tout, mon être tout entier tremble et je redouble d'efforts afin de ne pas m'effondrer sur lui. Je veux le mener au point de non-retour.

Je passe une main dans mon dos et vais caresser ses testicules. Un doigt s'égare légèrement en dessous et une simple petite pression le délivre. Il explose, pinçant ma chair, grognant mon prénom, son corps tendu comme un arc.

– Bordel ! Max !

Je n'avais fait que le fantasmer, mais l'amour avec Garrett est tellement renversant. Il m'attire contre lui, réclamant une étreinte alors que nos corps sont moites de nos efforts, mais il n'a pas l'air d'y prêter attention, alors j'en fais autant. Je relève tout de même les yeux vers lui et rencontre ses iris brillants. Un sourire paresseux vient étirer ses lèvres.

– C'était incroyable.

Je suis bien de cet avis. L'amour avec Garrett est incroyable. Comblée, je me blottis un peu plus contre lui, calant ma respiration sur la sienne, tandis qu'il caresse mon dos. Après quelques minutes, il dépose un baiser sur le sommet de mon crâne et s'arrache de mes bras.

– Je vais prendre une douche. Tu ne bouges pas.

– Promis.

Une fois propre, je prends sa suite et lorsque j'en sors, je découvre un plateau rempli de bonnes choses à grignoter qui nous attend sur le lit. Je me jette sur une tasse de café fumant.

– Merci, dis-je, soulagée, avant de croquer dans un toast beurré.

– De rien.

Dans un silence agréable, je contemple la chambre, me remémorant ce qui vient de s'y passer.

– Je sais à quoi tu penses, affirme-t-il.

– Ah oui ?

– Évidemment. Tes joues ne peuvent pas mentir.

Je ris doucement, sa paume caressant ma pommette. J'aperçois sa guitare contre un mur. Je la désigne du doigt et me tourne vers lui.

– Tu veux bien me jouer quelque chose ?

– Oui, si ça te fait plaisir.

Je vais la chercher et reviens contre lui. Il s'adosse à la tête de lit et réfléchit quelques instants, puis ses doigts se mettent en mouvement. Toutes les sensations reviennent instantanément, comme si elles n'étaient jamais parties. Je suis de nouveau propulsée huit ans en arrière quand je m'émerveillais dès qu'il jouait quelque chose, dès que son corps et son âme fusionnaient avec la mélodie. La même position, le même visage concentré, le même dévouement à la musique. C'est aussi ce qui fait que jamais je ne pourrai cesser de l'aimer, parce qu'il y a quelque chose qui se dégage de lui qui fait tellement écho en moi et à ce que nous étions.

Je reconnais *Lights Down Low* de Max et une fois de plus, je suis abasourdie de le voir choisir à la perfection un morceau qui se marie si bien au moment présent. Comme il y a huit ans.

Heaven only knows where you've been
But I don't really need to know

I know where you're gonna go
On my heart, where you're resting your head
And you just look so beautiful
It's like you were an angel
Can I stop the flow of time?
Can I swim in your divine?
Cause I don't think I'd ever leave this place

Il repose la guitare contre le lit et m'attire auprès de lui.

– J'aimerais tant arrêter le temps et ne jamais quitter cette pièce, souffle-t-il, sérieux. Rester avec toi et oublier tout le reste.

– Moi aussi.

– Mais on ne peut pas, hein ?

Je glisse un peu et pose mon oreille juste au-dessus de son cœur afin d'écouter sa musique, celle qu'il m'a fait découvrir il y a des années et qui ne m'a jamais quittée.

***

Il est largement plus de 3 heures de l'après-midi lorsque nous daignons enfin sortir de la chambre et rejoindre le salon. La maison est étrangement silencieuse. Nous nous demandons un instant si le reste de la bande est ici quand des rires nous parviennent de l'extérieur. Nous trouvons ses colocataires éparpillés autour de la piscine : Ryan et Ayden se chamaillent dans l'eau, Kiera bronze, le nez plongé dans un livre, et Olly est en train de gribouiller quelque chose sur un carnet, assis à table.

Toutes les têtes se tournent vers nous et les regards plongent aussitôt sur nos doigts noués. Quatre sourires authentiques et sincères naissent sur leur visage et Garrett m'attire à lui sans pudeur.

– Si vous avez faim, il reste des lasagnes au four, dit Ryan. Et ce n'est pas pour me lancer des fleurs, mais elles sont succulentes. Normal, vu que c'est moi qui les ai cuisinées.

– Parce que tu cuisines, maintenant ? m'étonné-je.

– Eh oui, jeune demoiselle. Il y a plein de trucs que tu dois rattraper, et pas qu'avec Garrett.

Son frère lui envoie une tape sur l'arrière du crâne. La réaction ne se fait pas attendre : s'ensuit une bataille à qui coulera l'autre en premier. Kiera se retrouve éclaboussée dans la manœuvre.

– Mon livre ! Bande d'idiots !

– Désolé, s'excuse Ryan en se tournant vers elle, offrant par la même occasion à son frère de l'attirer sous l'eau sans sommation.

– Je te jure… soupire Garrett.

– Ça m'avait manqué aussi.

Il dépose un baiser sur ma tempe.

– Tu as faim ?

– Je resterais avec plaisir, mais l'après-midi est bien entamé. La rentrée est pour dans trois jours et je dois faire le point avec les enfants. Et je ne veux pas bloquer Kenneth trop longtemps.

– Il y a une voiture de dispo, nous informe Olly. La prod nous en a laissé une ce week-end.

– Ah oui, c'est vrai. Eh bien, parfait, je vais pouvoir te ramener chez toi. On y va.

– Salut les mecs, dis-je.

– Salut Max. À plus !

Je le laisse m'entraîner vers le véhicule. Sur le trajet, je me contente de sonder le paysage ; les maisons et les rues défilent aussi vite que les pensées fusent dans mon esprit, aussi vite que le peu de temps qui nous est imparti. Je remarque que nous sommes arrivés seulement au moment où Garrett coupe le moteur.

– Est-ce que tu regrettes ? demande-t-il en crevant le silence.

– Quoi ? Bien sûr que non ! Pourquoi tu dis ça ?

– Je te trouve bien silencieuse. À quoi tu penses ?

– Quand est-ce que vous prenez l'avion ?

– Demain.

Je déglutis et détourne aussitôt les yeux, triturant mes doigts. Nous venons juste de nous retrouver et il me quitte déjà. Je sais que nous ne sommes rien promis, mais je…

– Je n'ai pas l'intention de partir avec les gars.

– Comment ça ?

Il laisse échapper un petit rire tout en portant une main à ma joue.

– Tu penses vraiment que je vais m'en aller si rapidement après cette nuit ? Sûrement pas. Il faut qu'on discute, qu'on pose tout à plat. Je veux que tu me dises ce dont tu as envie, je veux t'expliquer ce que j'envisage pour nous, que tu me dises toi ce que tu souhaites. Je te veux. Tu comprends ? Il est hors de question qu'on se sépare comme ça, pas après toutes ces années à avoir été éloignés l'un de l'autre. C'est au-delà de mes forces.

Je lutte contre les larmes. Il prend mes doigts dans les siens, serrant fort, les yeux brillants.

– Max. Je ne suis pas prêt à te laisser. Et même si quelques miles finiront par s'interposer entre nous, je ferai tout mon possible pour que ça fonctionne. J'ai toujours été très sérieux en ce qui te concerne. Tu as accepté de faire à nouveau partie de ma vie et ça veut dire beaucoup pour moi. Je sais qu'on a changé tous les deux, mais ce qui se passe entre nous, c'est toujours là. Fais-moi confiance.

– Je te fais confiance.

Il se penche pour m'embrasser tendrement et me sourit.

– Je te le promets.

Mais alors que ses yeux m'affirment qu'il ne me laissera jamais, que ses doigts caressent ma peau pour me rappeler qu'ils ne me lâcheront pas, que ses lèvres frôlent mon cou pour apaiser mes craintes, mon cœur, lui, ne peut s'empêcher de se serrer.

CHAPITRE 32

GARRETT

Installé dans le canapé, je patiente le temps que Maxine souhaite une bonne nuit aux enfants. Enfin, aux ados, plutôt. Après la soirée d'hier, impossible pour nous de nous séparer. Maxine m'a donc proposé de les rejoindre ce soir pour le repas et nous avons passé un moment très agréable, rythmé par les récits de Noah et Megan qui nous ont expliqué ce qu'ils envisageaient pour leur prochaine année scolaire. Nous avons discuté un peu de Jake aussi, avec Megan. Ils sont si animés et motivés, cela fait plaisir à voir et surtout, je me régale à observer Maxine, si fière et aimante. Ces huit années passées loin d'elle n'auront pas été vaines. Elles lui ont permis de prendre soin d'eux, de les élever et de les aimer. Je comprends son choix.

Pendant longtemps, j'ai pensé l'amour que je lui portais effacé, complètement évaporé. J'ai pourtant dû me rendre à l'évidence : je ne faisais que survivre. Il m'a suffi d'un simple regard, d'un petit sourire de sa part pour que tout remonte à la surface, à la limite de me noyer. La violence de mes sentiments m'a fait peur. J'ai fait face aux épreuves, j'ai tenté de refréner cette culpabilité qui s'insinuait régulièrement en moi, j'ai fait mon possible pour cesser de croire que chacun de mes proches finissait par être touché par un malheur : mon frère, mon père, ma mère, Margo, et même Maxine, comme si je portais la poisse. Cette noirceur qui habite et façonne ma vie depuis si longtemps, il aurait été si facile d'y succomber à nouveau. Et puis Maxine est réapparue. Elle est ma lumière au bout du tunnel, mon salut.

Nous n'avons pas discuté de ce qui nous attend, préférant nous concentrer sur notre bonheur. J'ai beaucoup repensé cependant à tout ce qu'elle m'a énuméré, aux contraintes immuables avec lesquelles nous devons vivre. J'étais sincère en lui affirmant que je ferais tout pour que notre histoire fonctionne, mais cela ne m'empêche pas d'être effrayé. Et si Maxine ne voyait pas les choses comme moi ?

– Tout va bien ? souffle-t-elle en entrant dans le salon. À quoi tu penses ?

– À toi.

Je lui tends la main et l'attire contre moi. Maintenant que nous ne sommes plus que tous les deux, j'imagine que la fameuse conversation peut avoir lieu, mais avant cela, j'ai besoin de prendre un peu de ma dose de Maxine.

Mes doigts agrippent sa nuque et, un peu brusquement, je plonge sur ses lèvres. Le gémissement qui s'en échappe me fait tourner la tête. Nous restons quelques minutes juste comme ça, à nous embrasser, à nous délecter du goût, de la chaleur de l'autre. Lorsqu'elle se détache de moi, elle me lance un petit sourire qui se veut sûrement rassurant, mais j'y lis aussi de l'angoisse.

– Il faut qu'on parle, c'est ça ?

Elle se mord la lèvre, hochant la tête.

– Je ne regrette rien, murmure-t-elle. Absolument rien. Mais ça ne veut pas dire que je n'ai pas la frousse. C'était déjà le cas par le passé, et ça, ça n'a pas changé.

Je comprends tellement ce qu'elle ressent. Les mêmes émotions m'agitent en ce moment. Je passe mon pouce sur sa pommette, soufflant pour me donner du courage.

– Je ne vais pas te mentir, Max. Je ne sais pas de quoi l'avenir sera fait, mais je peux te faire une promesse. Celle de faire tout ce qui est en mon pouvoir pour que nous deux, ça fonctionne. Peu importent toutes les difficultés que tu pourras m'avancer, je veux y croire. Toi et moi, ça veut dire quelque chose, c'était déjà le cas à l'époque et c'est encore plus vrai maintenant. Tu avais raison en affirmant qu'il nous serait impossible de rattraper les huit années passées loin l'un de l'autre, et tu sais quoi ? C'est peut-être dur à accepter, mais ce n'est pas nécessaire. Elles nous appartiennent, elles nous ont permis de grandir, de mûrir, d'évoluer. Regarde ce que tu as accompli, dis-je en ouvrant les bras. Tu peux être fière de toi, tellement.

– Garrett…

Je lui souris tendrement en voyant ses yeux humides et prends l'une de ses mains dans la mienne. J'ai besoin qu'elle s'implique, qu'elle me dise ce qu'elle veut.

– Je ne vais pas te mentir non plus en te disant que tout ceci ne me fait pas peur. C'est ce qui me retenait. Je sais que ça ne sera pas facile, mais ça serait encore plus difficile de repartir chacun de son côté. Je te l'ai dit, je ne veux pas te voir quitter ma vie.

– Mais ?

– Mais tu habites Los Angeles et on est à Seattle. Je pourrais difficilement laisser ce que j'ai construit ici.

Elle baisse le regard, s'appuyant sur mon torse comme si j'étais le seul pilier auquel elle pouvait se retenir.

– Jamais je ne te demanderai de tout abandonner. Dis-moi simplement comment tu vois les choses.

Je passe un bras par-dessus ses épaules alors qu'elle hoche la tête.

– Peut-être qu'on pourrait se partager entre ici et là-bas. Financièrement, ça risque de ne pas être facile et je…

– Maxine, je suis là. Ne pense pas à ça. Je me doute bien qu'avec Noah et Megan, tu n'es pas aussi libre que moi et que nos moyens ne sont pas les mêmes. C'est moi qui ferai les allers-retours le plus souvent. Ne t'en fais pas pour ça.

– Tu crois que c'est possible avec tes obligations ?

– Bien sûr. Tant que je réponds présent pour tous nos engagements, je suis libre de faire ce que je veux le reste du temps. Deux heures et demie en avion, c'est vite fait, même si on est régulièrement pris pour un tas de choses. Sauf lorsqu'on est en tournée aux quatre coins du pays. Voire plus, prochainement. Mais j'ai le luxe de pouvoir choisir mon rythme, alors je ne vais pas me gêner.

– Être une star a certains avantages, glousse-t-elle.

Je suis content de la voir prendre cette conversation avec une pointe d'humour.

– Je ne vais pas te contredire.

Elle tord ses doigts avant de pencher la tête sur le côté.

– Garrett, si tu es d'accord, j'aimerais qu'on prenne notre temps. Qu'on ne s'expose pas…

– Il n'était pas question de faire autrement. Je suis sérieux, Maxine. Notre histoire est importante et je ne ferai rien pour la mettre à mal, je te le promets.

– Mais ?

Elle me sourit. Elle aussi peut sentir mes doutes. Je prends une profonde inspiration et arrache le pansement :

– Mais même si nous restons cachés dans un premier temps, les choses finiront par se savoir. On nous a déjà vus ensemble alors que rien ne se passait entre nous à ce moment-là. Il faut que tu en aies conscience.

– C'est le cas. J'ai bien vu à quel point vous êtes exposés et que vous pouvez être abordés n'importe quand, n'importe où.

– Tu as vu certaines choses, mais les vivre, c'est différent, insisté-je. Et il y a un fossé encore plus grand entre faire face à un groupe de fans et à un groupe de paparazzis. Ces derniers sont souvent intrusifs, pressants. Certains sont plus respectueux que d'autres et ont une certaine éthique, notamment vis-à-vis des mineurs, mais ce n'est pas toujours le cas.

Je vois passer un éclat dans ses yeux.

– Je comprendrais que tu puisses avoir peur et préfères renoncer.

Je veux lui demander si elle est prête à prendre le risque, à essayer avec moi, pour moi, pour nous, malgré ou avec la célébrité, mais je me tais. Je veux la laisser décider seule. Elle détient mon cœur entre ses mains. Une simple pression et elle me ranime, ou elle me tue.

Une larme roule sur sa joue, je m'empresse de venir l'essuyer.

– Je veux être à tes côtés, pour les bons moments comme les plus durs. Je t'ai trop attendu, Garrett.

Front contre front, nez contre nez, nos cœurs battent à l'unisson.

– Si tu es d'accord pour me partager avec le reste du monde quand on est sur la route, je te promets que je serai à toi. Tout entier. Complet, comme personne d'autre ne me connaît.

Elle hoche vivement la tête tout en rivant ses yeux sur mes lèvres. Moi aussi j'ai très envie de me jeter sur les siennes, mais je n'ai pas terminé.

– Je te propose de profiter de tout ce qu'on peut prendre pour le moment, sans penser aux complications. À Seattle, on est tranquilles. On verra comment les choses évolueront par la suite.

Elle acquiesce, un sourire aux lèvres. Il ne m'en faut pas plus, je fonce sur sa bouche et agrippe l'arrière de sa cuisse pour la hisser sur moi. Mon baiser est vorace, il brûle de lui laisser une marque, de créer une envie et un besoin viscéral que je serais le seul à pouvoir combler. Ses doigts glissent dans mes cheveux et ses hanches basculent contre les miennes.

Un grognement remonte de ma gorge, lui provoquant un gémissement. Je me fais la promesse de lui montrer qu'elle peut tout faire avec moi : exiger, prendre sans rien donner en retour, ordonner, se lâcher sans crainte, ni peur d'avoir honte. Je la veux elle, tout entière, sans artifice, avec ses failles et ses cicatrices.

– Garrett…

– Oui ?

– Il y a les enfants…

– Je sais, soupiré-je.

Je doute qu'ils soient déjà endormis. C'est même une certitude en ce qui concerne Megan.

– On peut très bien se contenter de ça. (Je dépose un baiser léger sur ses lèvres.) Ou de ça. (Je tire un peu sur le col de son tee-shirt et lèche sa peau dénudée.)

– Et tu crois vraiment qu'on arrivera à s'en satisfaire ?

– J'en suis sûr, parce que ça voudra dire que ce sera encore plus explosif la prochaine fois qu'on se retrouvera tous les deux.

– Hmm, hmm… marmonne-t-elle alors que ses doigts caressent les cheveux sur ma nuque.

– Dois-je te rappeler à quel point je suis patient ?

– Non, je le sais.

Elle me sourit tendrement avant de m'embrasser. La fougue laisse place à la douceur et nous terminons la soirée blottis l'un contre l'autre devant un reportage musical. Et tout ce que je me dis, c'est que cette soirée est parfaite. Je veux vivre la même tous les soirs pour le restant de ma vie, parce qu'il n'y a rien que je ne désire plus au monde que Maxine lovée contre moi.

***

Les quelques jours supplémentaires que je me suis accordés prennent fin ce soir. J'ai passé une semaine à profiter du moindre temps libre avec Maxine. J'ai fait plus ample connaissance avec Noah, Megan et aussi Kenneth. Il fait partie intégrante de sa vie, et même si j'étais jaloux de lui au départ, ce sentiment n'existe plus aujourd'hui. J'ai envie et besoin d'apprendre à connaître l'homme et l'ami. Il est parti il y a quelques minutes à peine. Installés dans le canapé face aux enfants assis dans les fauteuils, nous leur avons demandé de rester un instant avant de rejoindre leur chambre pour leur parler.

– Qu'est-ce qui se passe ? demande Noah avant de jeter un coup d'œil à sa sœur.

Maxine se rapproche de moi et prend l'une de mes mains dans la sienne. Elle noue nos doigts et aussitôt, un grand sourire s'épanouit sur les lèvres de Megan. Nous nous sommes montrés très discrets, évitant de nous afficher aux yeux des enfants, mais il est temps d'annoncer clairement les choses pour ne pas les prendre par surprise.

– Je le savais ! s'exclame-t-elle.

– Moi aussi. C'est pour ça que vous nous avez demandé de rester ?

– En partie, dit Maxine. On voulait vous le dire de vive voix.

– Que vous êtes ensemble ? devine Megan. Il était temps !

Cela fait rire son frère qui est rouge comme une tomate. Visiblement, l'intimité le met mal à l'aise.

– On est ravis que vous soyez heureux pour nous mais… commence Maxine avant de me lancer un appel à l'aide du regard.

– … on voulait aborder autre chose avec vous, poursuis-je. Comme vous le savez, Maxine et moi, on se connaît depuis plusieurs années. On s'est rencontrés à Los Angeles. Mais les circonstances sont… particulières.

– Je ne voulais pas vous en parler parce que c'était une période difficile de ma vie et que j'ai préféré le garder pour moi, ponctue Maxine.

Megan hoche la tête. La prise de Maxine sur mes doigts se fait plus forte. Je caresse sa peau avec mon pouce pour essayer de la réconforter un peu, même si je comprends son stress.

– Le fait qu'on soit en couple risque de vous exposer, expliqué-je, et on préfère évoquer le sujet avec vous, si vous avez des questions.

– Ça a un rapport avec le fait que tu nous aies caché que vous vous connaissiez depuis longtemps ? demande Megan à sa tante.

– Oui.

Celle-ci me jette un coup d'œil nerveux, alors je poursuis :

– Mon passé de toxico n'est un secret pour personne. À la mort de mon frère, j'ai plongé dans la drogue et j'ai suivi une cure de désintox pendant plusieurs mois avant le début de notre première tournée. Et j'ai ensuite intégré un groupe de soutien chez les Narcotiques Anonymes.

– C'est là qu'on s'est rencontrés, finit Maxine.

Les yeux des deux adolescents s'écarquillent. Ils restent sans voix pendant plusieurs secondes qui semblent s'étirer à l'infini. Maxine me lance un regard désespéré. Elle appréhendait tellement sa confession.

– C'est… je… bafouille Megan. Tu te droguais ? Pourquoi ? Et pourquoi tu nous en as jamais parlé ?

– Vous étiez trop petits quand je suis revenue ici pour m'occuper de vous. Kenneth et ses parents étaient au courant et Craig et Rochelle aussi. Ils ont choisi malgré tout de me confier votre garde, alors ça m'a donné confiance. Je savais que je m'en sortirais. Je ne voulais pas vous accabler avec ça. Peut-être aussi parce que j'en ai toujours un peu honte. J'avais peur que vous me voyiez différemment.

– Et maintenant ? demande Noah du bout des lèvres.

– Tout va bien, les rassure Maxine. Je continue de participer ponctuellement à des séances, j'ai ma marraine. Mais tout va très bien.

Elle n'a pas répondu à l'une des questions, mais ils ne s'en formalisent pas. Un jour, elle sera peut-être prête à en parler.

– Et toi, Garrett ?

– Je n'ai pas touché à la drogue depuis presque neuf ans. Je renvoie chacun des artistes ou des membres du staff qui travaille à mes côtés qui consommerait. Comme Max, j'ai toujours mon parrain à LA et je le vois de temps en temps ou bien on s'appelle. Mais tout va bien aussi.

– Tu nous en aurais parlé si Garrett n'était pas réapparu dans ta vie ?

Cette question est légitime, cependant je ne m'attendais pas à autant de perspicacité de la part de Megan.

– J'aurais fini par le faire, plus tard, oui. Mais j'ai voulu prendre les devants face à la popularité de Garrett. Je voulais que vous l'appreniez de ma bouche, pas dans un magazine.

Noah et Megan échangent un regard. Ils découvrent une autre facette de leur tante. Maxine hésite, ne sachant pas quoi dire de plus. Elle n'aura finalement pas à faire quoi que ce soit : Noah et Megan se lèvent en même temps et viennent se jeter dans ses bras. Je lâche ses doigts et assiste à un câlin qui me fait monter les larmes aux yeux. Maxine ne tarde pas à pleurer, rapidement accompagnée par sa nièce.

– On t'aime toujours autant, murmure Megan. Ça ne change rien du tout.

– Moi aussi, je vous aime. Tellement.

Elle dépose un baiser sur chacune de leurs joues avant de les serrer à nouveau fort contre elle. Et lorsqu'ils répondent à son affection par une suite ininterrompue de « on t'aime Maxine » je me dis que, définitivement, ces dernières années n'auront pas été vaines.

Maxine est à l'étage avec Noah et Megan depuis quelques minutes. Ils ont eu besoin d'un temps ensemble, seuls, pour discuter avant de se coucher. Ils ne s'en rendent pas compte, mais ils ne pouvaient pas démontrer plus d'amour qu'en acceptant cette vérité comme ils l'ont fait. Ils sont incroyables.

Je referme la porte du lave-vaisselle, terminant de ranger la cuisine, quand mon portable se met à sonner. Je lève les yeux au ciel. C'est encore Margo. Cela fait quatre fois qu'elle essaie de m'appeler aujourd'hui. Je ne sais pas en quelle langue je dois lui parler pour qu'elle comprenne que je ne veux plus avoir affaire à elle. Je n'en ai aucune envie mais je finis par décrocher et vais m'isoler sur la terrasse.

– Enfin ! s'exclame-t-elle.

– Je te demande pardon ?

– Désolée, mais j'essaie de te joindre depuis plusieurs jours.

– J'aurais pensé que tu finirais par comprendre que je ne veux pas te parler. J'ai été très clair à ce propos, Margo. Tu joues à quoi ?

Un silence accueille ma réponse.

– Qu'est-ce que tu veux ? grogné-je.

– Les gars n'ont pas voulu me dire où tu étais…

– Parce que ça ne te regarde pas, putain ! Je n'ai pas de comptes à te rendre, merde !

– Tu es avec elle, n'est-ce pas ?

J'ai envie de raccrocher. Cet échange ne sert strictement à rien. Elle reprend, mais je sens bien dans sa voix qu'elle est blessée. Hors de question que je m'excuse pour autant. Ma vie privée, c'est ma vie privée.

– Stephany est malade, elle ne pourra pas venir travailler pendant au moins trois semaines. Ta mère a demandé que je prenne le relais avec vous.

– Tu ne pouvais pas lui dire non ? Elle aurait demandé à David. T'as juste décidé de me pourrir la vie, hein ?

– Je suis désolée que tu voies les choses de cette façon, réplique-t-elle sur un ton condescendant. Je veux juste soutenir ta mère. Elle doit sûrement penser qu'on pourrait se réconcilier.

Je ricane sèchement tout en passant une main dans mes cheveux. Je donne un coup de pied dans un caillou qui rejoint le chemin bordant la maison.

– Arrête de la jouer comme ça, tu veux bien ? Je ne suis plus dupe. Rien ne pourrait arranger les choses entre nous. Ça vaut aussi pour les petits mots que tu glisses dans mes costumes. Ça n'arrivera pas.

– Tu vas rentrer au moins ?

– Évidemment ! Arrête de me prendre pour un lâcheur, tu veux bien ? Ce n'est pas moi la personne sur qui on ne peut pas compter.

Je dois attraper le premier vol pour Los Angeles demain. Je ne peux pas rester plus longtemps, un planning bien chargé nous attend. Savoir que je vais devoir côtoyer Margo me met les nerfs à vif. Comme si j'avais besoin de ça.

– Une des interviews pour MTV a été décalée à demain après-midi, je voulais savoir si tu serais là.

– Quelle heure ?

– Trois heures.

– Je serai là. Un texto aurait suffi, ne puis-je m'empêcher de dire. Je dois te laisser.

Je mets fin à l'appel sans plus de cérémonie, très énervé. Voilà, il m'a suffi d'échanger avec elle quelques minutes à peine pour être de mauvaise humeur. Être resté à Seattle m'offre aussi la chance de ne pas croiser Margo. Plus je suis loin d'elle, mieux je me porte. Et tant qu'elle et Maxine ne sont pas dans la même ville, je n'ai pas à en parler à cette dernière.

Je grogne. Margo a tout gâché.

Dans mes réflexions, je n'entends pas Maxine me rejoindre. Je sursaute alors que ses bras se nouent autour de ma taille et que sa joue se pose entre mes omoplates.

– Tout va bien ?

– Oui.

– Tu as l'air assez remonté, commente-t-elle en faisant le tour pour se glisser face à moi.

– Rien de grave.

Je refuse que mes problèmes viennent la perturber. Elle a suffisamment à gérer au quotidien. Au lieu de ça, je baisse la tête et dépose un baiser sur ses lèvres roses.

– Les enfants vont bien ?

– Oui. Ça nous a fait du bien de discuter. Je suis soulagée de leur en avoir parlé.

– J'étais sûr que ça ne changerait rien pour eux. Ils ont été formidablement bien élevés.

– Craig et Rochelle ont fait tout le boulot.

– Non, Max. Je ne suis pas d'accord. Ils ont commencé le travail, mais Kenneth et toi avez pris le relais et vous l'avez bien fait. Ne minimise pas ton impact.

Elle hoche la tête et me lance un petit sourire.

– Merci pour cette semaine, la remercié-je.

– J'aurais aimé avoir plus de temps libre à t'accorder.

– Max, ne t'excuse pas. C'est moi qui me suis incrusté alors que ce n'était pas prévu.

Nous avons profité, flâné. Nous avons fait de la musique, chanté tous les deux, mais aussi avec Megan. J'ai joué à la console avec Noah, nous avons bricolé sa voiture télécommandée. Il m'a montré tout ce qu'il a accompli durant son stage de robotique. J'ai regardé un match de baseball avec Kenneth – les Seattle Mariners contre les Los Angeles Dodgers. J'ai immédiatement revu Maxine lors de notre rencontre au *Porthole*, avec son sweat trop large. Des choses simples qui m'ont gonflé le cœur.

Plus tard dans la nuit, je me montre extrêmement doux et attentionné. C'est tout ce que je veux lui offrir : cette simplicité, cette tendresse. Je veux partager son quotidien, être là pour elle, nous voir avancer dans la vie ensemble. Elle mérite une vie pleinement heureuse où elle sera choyée et aimée, son *happy ever after*. Alors, dans le silence de la chambre, je lui promets que tout ce qui m'importe, c'est elle et son bonheur, elle et moi, nous deux. Elle est tout ce que je veux, tout ce que j'aurai à jamais.

CHAPITRE 33

MAXINE

Garrett est parti depuis deux jours seulement, mais il me manque terriblement. Je suis vraiment très heureuse que les enfants aient bien pris l'annonce de notre relation, même s'ils s'en doutaient. Quand nous avons décidé de leur confier les circonstances de notre rencontre, je ne pouvais pas tout raconter d'un seul coup. J'ai besoin d'y aller par étapes.

Je sais que je n'ai pas répondu à la question de Megan et ma nièce l'a remarqué. Les petits coups d'œil qu'elle me lance par moments me prouvent qu'elle s'interroge sur ce qui m'a poussée vers la drogue. Ce n'est pas vraiment une conversation innocente. Je sais qu'aucun manuel ne pourra me donner la bonne réponse. Si Rochelle était encore présente à nos côtés, elle pourrait me soutenir, me conseiller.

Hier soir, j'ai surpris une conversation entre Megan et Jake au téléphone alors que je rejoignais ma chambre. Il commentait toutes les photos de l'école qu'il venait de lui envoyer et a fini par lui dire que ce serait sympa qu'elle puisse l'y rejoindre après le lycée. Voire qu'elle vienne passer quelques jours auprès de lui durant les prochaines vacances scolaires. Megan s'est empressée de répondre que cela lui plairait mais qu'il fallait évidemment qu'elle en parle avant avec moi.

Je me suis figée dans le couloir à l'idée de savoir Megan seule dans Portland. Enfin, elle ne serait pas seule, mais elle y serait sans moi. Évidemment je vais refuser : elle est trop jeune et cela me fait peur. Mais elle est en droit de comprendre pourquoi. Et pour cela, il faut que je lui parle.

Je viens juste de coucher Noah. Je referme derrière moi et avance jusqu'à la chambre de Megan. Je frappe et attends qu'elle m'invite à entrer.

– Je te dérange ? demandé-je en faisant un pas à l'intérieur.

– Non, pas du tout.

Elle repousse le livre qui reposait sur ses jambes.

– Tout va bien au lycée ? Comment ça se passe par rapport à ta participation au programme ?

– Eh bien, pour le moment, seuls mes amis sont au courant. Comme la diffusion n'a pas encore commencé, c'est plutôt calme. Je me doute qu'à un moment donné, ça va être un peu plus compliqué, mais bon, tu sais, c'est pas pire qu'avec nos histoires classiques.

Elle m'arrache un petit rire. Il n'y a bien qu'une ado pour pouvoir comparer des histoires de lycée à un passage à la télé.

– Comment va Jake ?

– Il est arrivé à Portland hier. Il a pu faire le tour du campus, il a pris sa chambre et les cours commencent lundi prochain.

– Tu ne m'as pas dit quelle école l'avait choisi finalement.

– Il est au Lewis & Clark College.

– Super. Et il a des nouvelles des deux autres gagnants ?

– Oui, on est tous restés en contact. Amanda est avec Jake à Portland, au Reed College, et Thais a intégré Cornish, ici. On a prévu de se revoir bientôt. J'ai hâte qu'elle me raconte comment ça se passe.

J'attrape un coussin et m'installe en tailleur pour lui faire face.

– Et avec Jake, comment tu vois les choses ?

– Tant que je suis au lycée, ce sera une relation à distance. Il a prévu de venir me rendre visite à Seattle quand il aura un moment de libre. Et il a suggéré que je vienne le voir à Portland. Mais tu vas dire non.

– C'est plus compliqué que ça, Megan.

Je joue avec un fil qui dépasse d'une couture, repoussant le moment où je vais devoir me lancer.

– Je sais que vous avez des cours de prévention à l'école, que tu es une fille intelligente…

– Oh, mon Dieu. Tu veux qu'on ait *la* conversation ? se moque-t-elle.

– Fais la maligne.

– On n'en est pas encore là avec Jake. Je l'aime beaucoup, mais je n'en ai pas envie pour l'instant. Il le comprend parfaitement.

– Il m'a l'air d'un garçon bien. Et je suis fière de toi.

Elle me sonde de ce regard si semblable au mien, à celui de sa mère.

– Pourquoi tu viens me parler de ça ? Jake n'est pas mon premier copain et on a déjà discuté de ça avant.

– Je sais.

Je soupire, replace mes cheveux derrière mes oreilles et me lance.

– Il y a quelque chose dont je voudrais discuter avec toi. Je n'ai pas voulu le faire l'autre jour parce que je n'étais pas prête, et je pense que Noah non plus. Il est encore trop jeune, je ne veux pas l'impliquer là-dedans. Et j'ai envie d'être complètement transparente avec toi.

– OK… Tu sais que tu peux tout me dire.

Je laisse échapper un petit rire. J'ai envie d'y croire, mais ce que je m'apprête à confier, c'est quand même très moche et difficile. Katie me dirait que je me berce d'illusions en pensant qu'une jeune fille de 16 ans n'a jamais été confrontée à l'agressivité de notre société.

J'inspire profondément. C'est maintenant ou jamais. Je hoche la tête plusieurs fois pour me donner un peu de courage. Mon Dieu, c'est tellement plus dur que tout ce que je m'étais imaginé ! Megan tend une main pour la poser sur les miennes, tremblantes, qui triturent toujours le pauvre coussin. Une petite pression sur mes doigts m'encourage à y aller.

– Je ne sais pas si tu en as souvenir, mais avant d'étudier à Los Angeles, j'étais à la fac à Portland. J'étais une étudiante classique, j'avais de bonnes notes, mais je savais aussi m'amuser. J'étais heureuse sur le campus. Et puis j'ai rencontré un garçon. Alesso. Un peu plus vieux que moi, différent dans sa manière de voir la vie. Il en avait une conception bien à lui. Mais il était aussi très gentil, plein d'humour, intelligent. Au début, tout était parfait.

Repenser à tout cela est vraiment douloureux, je le sens dans ma poitrine, dans mon cœur, dans tout mon corps. Ils se souviennent pour moi, même si je n'ai toujours pas récupéré un seul souvenir précis de cette nuit d'horreur. Je ne cherche pas à le faire, je n'en ai pas besoin. Je baisse les yeux sur le pouce de Megan qui caresse ma peau tout doucement. Quand je replonge mon regard dans le sien, j'y vois un amour sans faille, comme si elle se doutait de ce qui allait suivre, mais que cela ne changeait rien. C'est tout ce qu'il me faut pour poursuivre.

– C'est auprès de lui que j'ai goûté à la drogue pour la première fois. Quand on se retrouvait entre amis, j'aimais bien ça. J'avais la sensation de me contrôler à ce moment-là. Et puis, pendant une soirée, les choses ont dérapé. Il y avait de l'alcool, différentes drogues. Avec les mélanges, on était tous dans un état second. Je ne me souviens de rien avec précision, mon cerveau ne m'y autorise pas. Quand je me suis réveillée le lendemain, j'étais nue dans un lit avec Alesso et deux autres garçons.

Les yeux de Megan s'écarquillent et sa vue se brouille aussitôt, envahie par les larmes. Elle reste silencieuse, me laissant continuer sans m'interrompre. Il vaut mieux. Si j'entends l'émotion dans sa voix, c'est terminé pour moi. Sa prise sur mes doigts se resserre.

– Je n'ai pas eu besoin de me souvenir pour savoir que je n'avais pas pu être consentante. J'aimais Alesso, j'aurais été prête à beaucoup de choses pour lui, mais ça, non. Jamais.

Elle me prend dans ses bras. Je la serre fort.

– Continue. Je suis assez forte.

– Ma puce, soufflé-je alors qu'une larme dévale ma joue. Après ça… je suis allée à l'hôpital pour subir des examens, prendre la pilule du lendemain. Je n'en ai pas parlé à ta mère, j'avais tellement honte. Je n'ai pas osé en parler à qui que ce soit. Alesso m'avait laissée tomber, il ne répondait pas à mes messages, il m'évitait. Je me sentais perdue, abandonnée. Et puis, un soir, je n'ai pas eu la force suffisante pour me lever, pour me dire que la vie valait malgré tout le coup.

Elle lâche mes doigts. Lorsque la pulpe de son index se met à dessiner les contours de la cicatrice qui barre mon avant-bras sous mon tatouage, je ne retiens plus mes larmes. Étrangement, ce que j'ai toujours redouté, ce moment que nous vivons à l'instant, ne m'effraie plus. Je ne ressens qu'un profond soulagement et surtout je me rends compte que Megan est vraiment une jeune femme intelligente. Ses parents l'ont parfaitement élevée. Je suis tellement fière d'elle.

– J'ai tenté de mettre fin à mes jours. Je ne dois ma survie qu'au retour inopiné de ma coloc. Après ça, Rochelle a été mise au courant. Elle m'a sauvé la vie en prenant les choses en main. On a essayé de porter plainte, mais mon état ce soir-là n'a pas plaidé en ma faveur. Il y a… encore beaucoup de progrès à faire sur ce sujet. Alors, avec Rochelle, j'ai pris la décision d'entrer en cure de désintox et de suivre une thérapie. J'ai ensuite obtenu mon transfert à Los Angeles. Il était hors de question que je reste à Portland. C'est là que j'ai rencontré Garrett.

– Maxine, pleure Megan. Je suis tellement désolée. C'est pour ça que tu ne veux pas que j'y aille, n'est-ce pas ?

– Oui. Ça n'a pas tant à voir avec la musique, même si c'est un milieu difficile, comme tu peux le voir à travers Garrett.

– Je comprends mieux, murmure-t-elle en essuyant ses larmes.

Je tends les mains pour prendre son visage entre mes doigts.

– Jamais je n'ai douté de ton talent, jamais. Mais ce que j'ai vécu là-bas, ta mère le savait et je ne sais pas ce qu'elle aurait voulu. Je suis tout aussi perdue que toi, avoué-je doucement. Je veux seulement ce qu'il y a de mieux pour toi. C'est tout. Je ne veux pas les décevoir. Je veux que tes parents soient fiers de toi, de ton frère, de nous.

– Ils le sont, Maxine, je le sais.

– Oh, ma chérie, éclaté-je en sanglots en l'attirant contre moi.

– C'est la vérité. Noah et moi, on n'aurait pas pu espérer mieux que Kenneth et toi. Je ne le montre peut-être pas tous les jours, mais c'est vrai. Papa et maman ne pourraient pas être plus heureux.

Je pose une main sur sa joue et lui souris tendrement.

– Je t'aime, Max.

– Moi aussi, ma puce.

Elle m'attire à nouveau contre elle avant de prendre un peu de recul.

– Garrett t'a aidée à aller de l'avant, alors ? Comme aujourd'hui ?

– Tu es beaucoup trop perspicace, toi, la taquiné-je, les joues humides.

Son sourire me confirme la joie qu'elle éprouve de me voir à nouveau goûter au bonheur auprès de lui.

– Oui, affirmé-je doucement. Et on tente le coup aujourd'hui. Je ne vais pas te mentir, cette pression médiatique, ce sera plus un fardeau qu'autre chose. Mais être avec Garrett efface un peu tout ça, alors que son absence, savoir que nous pourrions ne plus faire partie de la vie de l'autre, c'est trop dur.

– Je suis contente que vous vous soyez retrouvés. Et je te remercie de bien avoir voulu te confier à moi. Tu n'imagines pas ce que ça représente à mes yeux.

Une nouvelle fois, elle se réfugie dans mes bras. Quand la sonnerie de son portable se fait entendre, Megan se détache alors que j'essuie les larmes sur ses joues.

– C'est Jake, dit-elle en regardant l'écran.

Je lui fais un clin d'œil.

– Pas trop tard.

– Promis. Je t'aime.

Je dépose un dernier baiser sur sa joue et la laisse. Je lâche un profond soupir en refermant derrière moi. C'était difficile, mais c'est une bonne chose que j'aie réussi à parler. Et, lorsque je rejoins le salon, c'est avec un immense poids en moins sur les épaules.

CHAPITRE 34

MAXINE

Mon cœur bat la chamade alors que je suis les voyageurs qui quittent leur siège pour rejoindre la passerelle, puis le hall de l'aéroport. Au bout de trois semaines à s'échanger des SMS, Garrett m'a fait la surprise de m'offrir un billet pour que je vienne passer le week-end avec lui à Los Angeles. Il a spontanément proposé que Noah et Megan m'accompagnent, mais j'ai préféré profiter d'un moment rien qu'avec lui. Et puis, c'est la première fois que je vais être parachutée dans sa nouvelle vie, je n'ai pas envie que les enfants y soient exposés tout de suite.

Comme promis, il m'attend dans le hall d'arrivée, lunettes de soleil sur le nez et tête basse pour éviter qu'on le reconnaisse. Un sourire immense se dessine sur nos lèvres lorsqu'il me voit et je me presse de courir dans ses bras. Mon bagage rebondit au sol tandis que sa bouche trouve sans peine la mienne pour un baiser impatient et brûlant. Sa casquette cogne sur mon front et tombe à la renverse.

– Maxine, Maxine, Maxine…

Je ris doucement. Vivement que nous nous retrouvions chez lui. Je glisse mes doigts dans ses cheveux en bataille quand un flash sur ma droite me fait sursauter. Garrett grogne et nous nous tournons vers un inconnu, téléphone rivé vers nous, en train de nous prendre en photo. Je m'attends à ce que le chanteur se jette sur le jeune homme, mais à la place, il se penche pour récupérer mon sac, prend ma main et m'entraîne à sa suite d'un pas plus que pressé.

Une fois près de sa voiture, il balance ma valise à l'arrière et m'invite à monter. Il me rejoint et ne perd pas une seconde pour quitter le parking.

– Je suis désolé, marmonne-t-il.

– Ce n'est pas ta faute.

– Je sais. J'avais juste espéré avoir un peu plus de répit. Tu peux être sûre que ça sera sur les réseaux dans quelques minutes à peine.

J'attrape sa main pour lui faire comprendre que tout va bien. Lorsque les gens viennent vers lui pour lui parler, demander un autographe et un selfie, Garrett prend les choses avec beaucoup plus de facilité. Ce qu'il n'apprécie pas c'est d'être épié et que des personnes qui lui sont totalement étrangères se permettent de saisir sans son autorisation des moments de sa vie privée.

Mon corps se réchauffe à mesure que nous empruntons la route qui mène à Venice. Les deux ans que j'ai passés ici, à Los Angeles, restent gravés à jamais dans mon cœur. Je reconnais immédiatement le quartier : Marina Del Rey s'étend sur notre gauche et, petit à petit, les grands immeubles laissent place aux petites maisons.

Nous entrons dans un quartier résidentiel privé après avoir montré patte blanche auprès d'un gardien. Garrett s'arrête devant une propriété moderne qui dispose d'un petit jardin formant une barrière supplémentaire naturelle au-delà des murs. Le portail coulissant s'ouvre, puis l'une des deux portes de garage bascule.

– Et nous voilà chez moi.

– Waouh, m'extasié-je en le suivant à l'intérieur. C'est absolument superbe.

Un crépi blanc, des huisseries en aluminium noir, du bois au sol et au plafond, et des murs blancs éclatants. Garrett me fait faire le tour du propriétaire et à mesure que nous passons de pièce en pièce, je découvre son intimité : les tableaux, les photos de famille, avec le groupe, les souvenirs de tournées, de voyages, ses nombreux instruments de musique, toute sa vie s'étale devant moi.

De larges baies vitrées donnent sur une terrasse et un couloir d'eau, petit coin de paradis mi-intérieur et mi-extérieur. À l'étage se trouvent trois grandes chambres avec salles de bains privatives. Mais le toit… Le toit, c'est le clou du spectacle. De grandes banquettes sont disposées autour d'un brasero, d'imposants bacs en ciment noir accueillent des bambous qui camouflent le vis-à-vis de chaque côté. Je me dis qu'on ne peut pas faire mieux que ça, jusqu'à ce que je relève les yeux.

– Alors ? demande-t-il timidement en venant m'enlacer par-derrière.

– L'histoire d'amour entre l'océan et toi ne s'est jamais tarie, hein ?

– Non, admet-il en riant.

La maison donne sur l'eau. Je l'avais déjà aperçue depuis les fenêtres, mais du toit, c'est extraordinaire. On a l'impression qu'il suffirait d'enjamber la rambarde pour sauter dans la mer. Si je me penche un peu, je peux même voir la ville qui s'étend sur le côté.

– Tout comme la nôtre.

Il me ramène contre lui, ses lèvres se précipitent sur les miennes et il m'offre un baiser digne du plus grand film romantique de cinéma.

– Je suis tellement heureux de t'avoir pour moi ce week-end.

– Tu te trompes. C'est toi qui es à moi.

Je lui lance un grand sourire couplé à un regard qui se veut aguicheur. Le petit rire qui s'échappe de sa gorge me fait frissonner.

– On ne va pas bouger d'ici jusqu'à lundi, je le sens…

Je glousse alors qu'il se penche vers moi pour réclamer un autre baiser. Après tout, nous avons trois longues semaines à rattraper.

***

– Bonjour toi, ronronne Garrett en nouant ses mains sur mon ventre.

Son nez niché dans mon cou, il me respire tout en plaquant mon corps contre le sien.

– Salut, murmuré-je en penchant la tête sur le côté.

Je me suis réveillée avant lui, mourant de faim, et ai décidé de nous préparer un petit déjeuner. Je coupe le feu sous les pancakes alors que ses lèvres se posent sur la peau juste sous mon oreille, m'arrachant un frisson d'excitation.

– Tu n'imagines pas à quel point je suis content de te voir chez moi.

– Parce que tu as enfin une femme qui te fait à manger ?

Il rit doucement tout en secouant la tête.

– Je… Te voir ici, c'est juste… ça me plaît énormément. Je me sentais tellement seul dans cette grande maison depuis quelque temps.

– C'est terminé maintenant.

Pour toute réponse, il s'empare de mes lèvres et m'embrasse à me faire tourner la tête. Il finit par me relâcher pour que nous puissions enfin reprendre des forces.

– Tu as envie de faire quoi ? demande Garrett la bouche pleine. Je sais ce que j'ai dit hier, mais je ne peux pas t'enfermer ici, même si j'en ai très envie…

– Si je te dis que je veux aller me balader sur la jetée de Santa Monica, retourner au Griffith Observatory ?

– Tout ce que tu veux.

– Tout ce que je veux ? Hmm, tu es sûr ? Fais attention à ce que tu dis, Garrett.

– Si tu fais allusion à toi dans mon lit… susurre-t-il en lorgnant mes jambes nues.

– Serais-tu devenu insatiable ?

– Il se pourrait bien, oui. J'ai du mal à calmer mes ardeurs en ce qui te concerne. Tu es tellement…

Il abandonne son siège pour se pencher sur moi. Il me surplombe de toute sa hauteur et ses yeux me scrutent avec envie. Mon regard dévie sur son torse nu et j'humidifie mes lèvres. Je crois que je me suis fait prendre à mon propre piège. Il se met à rire avant de m'embrasser avec passion. Quand il met fin à notre baiser, mon cœur bat la chamade.

– Autant garder le meilleur pour la fin de la journée.

***

Je marque un moment d'arrêt alors que Garrett rejoint l'extérieur au lieu de gagner le garage.

– Je me suis dit que ce serait une bonne idée d'avoir un chauffeur pour la journée, histoire d'être tranquilles.

– D'accord.

Le long du trottoir, nous retrouvons un homme en costume-cravate qui patiente près d'un gros SUV. Il est impressionnant avec son air de dur à cuire et ses lunettes noires.

– Monsieur Brentwood.

– Adam.

Il nous ouvre la porte et nous glissons sur la banquette arrière. Je hausse un sourcil et interroge Garrett :

– Cet homme n'est pas juste chauffeur, hein ?

– C'est un garde du corps avec qui on travaille régulièrement, avoue Garrett en prenant ma main. Juste par précaution.

Je hoche la tête alors que l'homme s'installe derrière le volant. Nous choisissons de rejoindre le Griffith Observatory en premier. Le paysage urbain a changé, mais tout reste très familier.

– Ça me fait tout drôle de revenir ici après tant d'années, dis-je alors qu'Adam se gare au plus près de l'entrée.

– J'imagine.

Je regarde Garrett mettre ses lunettes de soleil et cacher sa tignasse sous une casquette à l'effigie des Lakers. Adam nous devance et vient nous ouvrir. Je comprends qu'il s'apprête à nous suivre, mais j'aimerais bien faire cette visite rien qu'avec Garrett. Le site ne semble pas encore totalement pris d'assaut, mais il est encore tôt.

– Vous pouvez peut-être nous attendre ici ? suggéré-je. On ne s'attardera pas trop.

L'homme ne montre aucune émotion et se contente de se tourner vers Garrett.

– Il n'y a pas grand monde pour le moment. Vous pouvez rester là. Au moindre souci, je vous appelle.

– Très bien.

Adam reprend place dans la voiture tandis que Garrett me tend la main. Le chemin d'accès jusqu'à l'observatoire est assez pentu ; une voie piétonnière, qui part d'en bas, longe les places de parking. Le panneau HOLLYWOOD à droite est toujours aussi petit, vu d'ici. Au-delà des coupoles, nous apercevons la métropole avec ses nombreux gratte-ciel qui se dessinent sur la ligne d'horizon. Garrett m'entraîne vers la statue de James Dean. J'éclate de rire en me remémorant notre conversation de l'époque.

– Toujours aussi moche, on est d'accord ? Qu'est-ce que tu m'avais dit déjà ? Que « la sculpture ne lui rendait pas vraiment hommage », un truc comme ça.

– C'est vrai, concédé-je.

– Non, c'est pire que ça. Le pauvre doit se retourner dans sa tombe.

J'éclate de rire et il dépose un baiser sur le sommet de ma tête, puis nous avançons jusqu'aux rambardes. Je le laisse prendre quelques clichés avec la montagne en fond, enlacée dans ses bras. Lorsque je tourne légèrement la tête pour le regarder, il en profite pour m'embrasser. Je devine qu'il continue de prendre des photos, mais cela m'est égal. J'ai envie d'avoir des souvenirs de notre week-end.

Nous avons à peine fait un pas pour rejoindre l'observatoire qu'un groupe de trois personnes nous interpelle.

– Excusez-nous, vous êtes Garrett Brentwood ? demande la plus petite d'entre eux. Est-ce qu'on pourrait prendre une photo ?

– Oui, si vous voulez.

– Ça vous ennuie ? dit la plus grande en s'adressant à moi.

Elle me tend son portable.

– Pas de souci.

Les trois jeunes filles se placent de chaque côté de Garrett et je prends plusieurs clichés avant de rendre l'appareil à sa propriétaire.

– Merci beaucoup !

Garrett leur renvoie un sourire avant de revenir à moi. Il s'apprête à ouvrir la bouche mais je l'arrête aussitôt.

– Pas la peine de t'excuser. Vraiment.

Un voile vient teinter son regard. Je sais pertinemment ce qu'il est en train de penser, mais ce n'est pas sa faute. C'est mon choix. Je me hisse sur la pointe des pieds et dépose un baiser sur ses lèvres. Je ne trouve pas de meilleur moyen pour lui faire comprendre que je suis d'accord avec tout ça, même si ce n'est pas facile.

– Tu veux me rendre fou, souffle-t-il en posant son front contre le mien.

– Plutôt te donner un aperçu de ce qui t'attend quand on va rentrer.

Il me sourit puis m'entraîne jusqu'en haut du bâtiment, un bras par-dessus mes épaules. Quand nous sommes arrivés tout en haut, je me blottis dans ses bras et nous observons la ville, émerveillés. Nous avons tant de souvenirs dans celle-ci, tant de moments qui nous ont forgés, nous ont permis de devenir les personnes que nous sommes aujourd'hui. Lui aussi est ému, je le sens à ses doigts qui serrent ma taille et à sa respiration hachée.

Son attention est toutefois détournée par du mouvement sur sa gauche. Quelqu'un est en train de voler des clichés de nous deux. Cependant, il ne dit rien. Nous restons encore quelques minutes face à la métropole qui s'étend en contrebas avant de redescendre.

Quand nous nous décidons à rejoindre le parking, nous devons faire face à une foule plus dense. Beaucoup de personnes semblent avoir reconnu Garrett. C'est comme si la nouvelle s'était répandue.

– Garrett ! Par ici.

– Garrett, une photo !

Le musicien resserre sa prise sur ma main et me tire vers lui.

– Il faut qu'on presse un peu le pas, Max.

Je hoche la tête et le suis sans discuter. Nerveux, nous passons devant le banc sur lequel nous nous étions confiés l'un à l'autre. C'était une autre époque. Aujourd'hui, avec le petit attroupement qui se densifie derrière nous, il ne me procure plus le même sentiment de sécurité. Alors que nous approchons presque en courant de la voiture, Adam en surgit et nous ouvre rapidement la portière, non sans nous adresser un regard noir.

Une fois à l'abri dans la voiture, Garrett se tourne vers moi, le regard inquiet, tandis qu'Adam se met en route.

– Tu vas bien ?

– Oui, ne t'en fais pas.

– Je ne sais pas si c'est une bonne idée d'aller à Santa Monica, intervient le garde du corps.

Je lui adresse un regard à travers le rétroviseur. Je peux comprendre son inquiétude, mais je n'ai pas envie d'abandonner maintenant.

– Tentons le coup. Si on voit que c'est trop pénible, on rebroussera chemin.

Adam émet un grondement de mécontentement manifeste, comme si cela pouvait suffire à me faire changer d'avis. Mais je tiens à cette balade.

– Je viens avec vous dans ce cas, et c'est non négociable.

Garrett acquiesce d'un mouvement de tête et je me blottis contre lui.

Une heure plus tard, Adam déniche une place sur le front de mer. La jetée se dessine au loin, apaisant tout de suite mon cœur. Cet endroit aussi me rappelle beaucoup de moments joyeux. Pour moi, mais aussi pour tout le groupe. Garrett me colle encore à lui, comme s'il avait peur de me voir m'envoler. Je le laisse faire et passe un bras autour de sa taille. Il abaisse un peu plus sa casquette et ajuste ses lunettes.

Nous nous promenons tranquillement main dans la main en croisant de nombreux sportifs. Adam est à quelques pas derrière nous, d'une discrétion impressionnante. Je l'en remercie, cela nous permet de profiter de cette sortie presque comme un couple normal. Je ne peux m'empêcher de détailler les bâtiments où d'immenses fresques colorées habillent toujours les murs.

– Alors, c'est comme dans tes souvenirs ? se renseigne Garrett.

– Oui. Mais j'avoue que pouvoir faire ça – je me mets sur la pointe des pieds et l'embrasse – , c'est quand même mille fois mieux.

Il rit, hochant la tête.

– Je confirme. Mille fois mieux.

Je tourne la tête, admirant l'immensité bleue devant nous. J'étire un sourire triste.

– Tu sais, la dernière fois que je suis venue ici, Rochelle et Craig m'accompagnaient. J'avais parlé de toi à ma sœur.

Il serre mes doigts entre les siens. Je sais qu'il comprend. J'essuie une larme solitaire qui coule sur ma joue lorsqu'il reprend :

– Matt et moi, on adorait venir se balader ici. Il nous est même arrivé de nous poser juste pour jouer. Enfin, Matt était à la guitare et je chantais.

– Je ne savais pas, tu ne m'en as pas parlé à l'époque.

– Non. Je ne voulais pas tout te confier d'un coup. Et puis, tu sais bien comment c'était, j'avais beaucoup de mal à parler de lui.

– Et maintenant ?

Il hausse les épaules. Je lève légèrement la tête pour le regarder. Ses yeux sont rivés au loin, comme s'il était perdu dans le passé. Il se rapproche et dépose un baiser sur mon front.

– Maintenant, eh bien, c'est moins difficile, mais je n'aime pas le faire pour autant. Avec ma mère, c'est plus naturel. Mais j'essaie de ne pas me laisser abattre, de me concentrer sur les bons souvenirs.

– Je suis tellement désolée pour ce que vous avez vécu. Ton frère, puis ton père.

Il me sourit tout en caressant ma joue de ses doigts. Mes cheveux vont et viennent à cause du vent, chatouillant sa peau. Il se penche pour m'embrasser délicatement, avec une dévotion qui me bouleverse.

– On y va ? propose-t-il.

– Oui.

Si à l'aller, nous avons été tranquilles, ce n'est pas le cas alors que nous remontons la jetée. Des fans interpellent Garrett, se mettent à ses côtés et arrachent des selfies sans demander son autorisation. Ils scandent son prénom, attirant encore plus l'attention sur nous, rendant notre sortie plus difficile. Adam s'est aussitôt précipité à nos côtés, faisant son possible pour nous faire de la place, mais cela devient compliqué.

Je suis bousculée et percute Garrett sans douceur. Il me plaque un peu plus contre lui et mon cœur accélère le rythme. C'est donc ça, l'absence de vie privée, d'espace personnel. J'ai bien fait de ne pas venir avec les enfants.

– C'est Garrett !

– Énorme, le chanteur d'ARGO !

Nous sommes ballottés, beaucoup cherchant à toucher Garrett comme s'il était le Messie.

– Restez bien derrière moi, nous ordonne Adam alors qu'il dégage la voie.

Arrivés sous l'arche Santa Monica Pier, nous pensons être sortis d'affaire jusqu'à ce que notre regard tombe sur plusieurs paparazzis qui n'attendaient que nous.

– Garrett ! Par ici !

– Garrett ! Qui est la jeune femme qui vous accompagne ?

– GARRETT ! Une photo !

Je m'y étais préparée, pourtant je ne m'attendais pas à ce que les choses se déroulent ainsi. J'ai l'impression d'être catapultée dans un univers parallèle. Comment fait-il pour vivre ça au quotidien ? Chaque sortie doit être un véritable parcours du combattant. Je n'aurais pas dû proposer cette promenade. Nous aurions pu nous contenter de rester chez lui. Je parie qu'il savait très bien que cela finirait comme ça, mais qu'il voulait me faire plaisir.

Garrett ne répond rien à personne, il se contente de suivre le chemin frayé par Adam qui fend la foule sans douceur, en me tenant fermement contre lui. Il a baissé sa tête, tentant de dissimuler un peu plus ses traits. En ce qui me concerne, c'est raté. À part blottir mon visage contre son torse et le laisser me guider, je suis impuissante. Nous pressons le pas, toujours suivis. Je sens Garrett tendu comme un arc. Nous montons rapidement en voiture et Adam ne perd pas une seconde avant de quitter le parking.

Le chanteur ne prononce pas un seul mot durant tout le trajet. Je perçois aussi toute la tension qui émane des épaules contractées du chauffeur. Lui aussi se doutait que les choses tourneraient ainsi. Je me sens mal d'avoir provoqué cette situation. Un silence pesant a envahi l'habitacle. Lorsque nous entrons enfin dans la résidence surveillée et qu'Adam se gare devant la maison, je laisse échapper un soupir de soulagement. Il vient nous ouvrir et échange quelques mots avant de nous saluer.

– Je suis désolée d'avoir proposé qu'on sorte. Si on était restés ici…

– Max, on n'allait pas rester cloîtrés à la maison. C'est juste que… j'aurais préféré qu'on soit plus tranquilles. Mais on dirait bien que ce ne sera jamais le cas, pas comme à Seattle.

Garrett sort de la voiture, en colère – une colère froide, contenue, que je sais être dirigée contre l'extérieur. Je le rejoins alors qu'il passe la porte d'entrée.

– C’est parce qu’ici, tout est différent.

Il m’observe de la tête aux pieds. Je ne sais pas ce qu’il cherche, mais s’il croit que cette journée va m’effrayer, il se trompe.

– Tout sera dans les médias dès demain, peut-être même dès ce soir, déclare-t-il.

– Je me doute.

– Tu prends ça avec tellement de calme.

– Parce que c’est comme ça. Tu m’avais prévenue. Je sais bien que si tu le pouvais, on se passerait de tout ça, mais il n’y a rien que tu puisses contrôler. Donc je l’accepte.

Il pose ses mains sur mes hanches et m’attire à lui, cachant son visage dans mon cou.

– J’ai tellement de chance de t’avoir.

Je noue mes mains sur sa nuque et me presse un peu plus contre son corps.

– Montre-moi ça, alors, susurré-je.

Il ne se fait pas prier. Il se penche pour me soulever et nous gagnons rapidement l’étage. À l’abri des regards, là où seul l’océan peut nous entendre.

CHAPITRE 35

MAXINE

Le lendemain, c'est un rayon de soleil venu réchauffer mon visage qui me réveille. Je me retourne et constate que mon amant est déjà debout. M'étirant, je souris en repensant à ma nuit dans ses bras. C'est vraiment facile d'y prendre goût, d'en devenir dépendante.

Je repousse les draps et ramasse le tee-shirt que Garrett m'a prêté pour dormir. Je l'enfile et, après un détour par la salle de bains, je rejoins le palier. La voix rauque de Garrett, furieux, me fige en haut de l'escalier.

– Ne te fous pas de ma gueule ! Tu n'as rien à dire sur ma vie privée, t'entends ? Je n'ai pas de comptes à te rendre. Combien de fois va-t-il falloir que je me répète ?

Je m'agrippe à la rambarde. Ce n'est pas bien d'écouter, je le sais, mais c'est plus fort que moi.

Je descends quelques marches avant de m'arrêter lorsqu'il reprend de plus belle :

– Ça ne te regarde pas, bordel ! Arrête avec ça. C'est ridicule.

Je porte une main à ma bouche pour contenir son tremblement. J'ai comme l'impression d'être la source du problème.

– Ma vie privée, c'est ma vie privée. Et je ne vois pas en quoi ça peut impacter le groupe. Arrête avec tes conneries, tu veux bien.

Je pose un pied sur le parquet froid de l'entrée et avance vers la cuisine. Garrett ne m'a pas encore vue, il fait des allers-retours devant le sofa et s'arrête sur le seuil de la baie vitrée grande ouverte. Il passe une main rageuse dans ses cheveux, le menton sur son torse.

– Fais ton job, c'est tout ce que je te demande. Je m'en fous de combien ça va coûter et je n'ai pas besoin de tes commentaires. Et n'oublie pas, menace-t-il. Je sais ce dont on est convenus, mais je peux très bien changer d'avis et en parler à ma mère. Ça m'est complètement égal, tu n'as pas ton mot à dire. Je m'en fous.

Il raccroche et se retourne pour balancer son téléphone sur le canapé. Il sursaute en me découvrant, appuyée contre l'îlot central.

– Salut, murmuré-je. Désolée, j'ai entendu ta discussion.

– Ce n'est rien.

– Ça n'en a pas l'air.

Il secoue la tête et soupire. Je ne l'ai jamais vu si las, si dépité et je ne l'avais jamais entendu parler sur ce ton à quelqu'un, à part à Margo il y a huit ans. Et encore, c'était bien moins virulent, si mes souvenirs sont bons.

– Qu'est-ce qui se passe ? demandé-je en avançant vers lui.

Je glisse mes bras autour de sa taille et me hisse sur la pointe des pieds pour venir cueillir un baiser sur ses lèvres. Il me rend mon étreinte, nichant son visage dans mon cou. Il me respire, me serre fort contre lui. Je ressens une vraie détresse chez lui et je suis à deux doigts de paniquer.

Lorsqu'il se détache de moi, il attrape mon visage entre ses mains et se penche pour m'embrasser. Délicatement, telle une plume. J'y goûte sa tendresse, son amour, mais aussi sa puissance, et je devine à son regard que cela a un rapport avec ce que nous avons vécu hier.

– Comme on pouvait s'en douter, nos escapades ne sont pas passées inaperçues. C'est partout sur les réseaux.

– On savait que ça arriverait.

– Il n'aura même pas fallu vingt-quatre heures, déplore-t-il, irrité.

– Garrett, arrête de te faire du mal pour rien. Explique-moi pourquoi tu es si remonté. Ce n'est pas juste à cause des photos, n'est-ce pas ?

Il baisse les yeux vers nos doigts enlacés. Plus il attend pour se lancer et plus je m'inquiète.

– C’était l’agence. Ils découvrent les images en même temps que le reste du monde et ils ne le prennent pas très bien. J’aurais dû les avertir soi-disant, comme ça, ils auraient pu parer.

– Parer à quoi ? Tu es déjà officiellement sorti avec d’autres femmes, non ?

– Oui, mais… cette fois-ci on est liés tous les deux, par notre passé et aussi à cause du programme. Et de Megan. Je n’avais pas du tout pensé à ça. Elle n’a pas gagné, mais on pourrait mettre en doute la légitimité de sa présence, même si nous n’étions pas ensemble à l’époque.

Merde. Nous ne l’avons même pas envisagé, même si rien ne peut nous être reproché.

– Pour le moment ils ignorent qui tu es, mais s’ils creusent, ils finiront par le découvrir. J’espérais juste qu’on aurait plus de temps, qu’on puisse préserver notre bulle.

– Je sais, Garrett.

– J’ai chargé l’agence de faire pression, explique-t-il en arpentant le salon. Grâce au droit à l’image, ils ne devraient pas pouvoir publier tout et n’importe quoi, mais ils s’en foutent. On porte plainte, ils paient une amende, publient un message d’excuse ou un démenti. Et ça recommence. C’est un cercle sans fin.

Je hoche la tête. J’ai déjà vu la une de ces magazines, je sais comment cela fonctionne, mais jamais je n’aurais pensé un jour me retrouver dessus.

– Je sais qu'on a parlé de ça, mais je tiens juste à te redire qu'ils vont sûrement inventer des trucs, ils vont ressortir des histoires du passé, pour faire un mélange et pondre n'importe quoi. Ils prêcheront le faux pour savoir le vrai. Mais je suis avec toi, il n'y a que toi.

– Je le sais. Tu n'y es pour rien, Garrett. Respire.

– Je suis tellement énervé !

Les bras sur la tête, il continue à faire les cent pas devant moi, furieux.

– Tu ne m'en veux pas ?

– Absolument pas. On va rester au calme chez toi aujourd'hui, profiter l'un de l'autre. C'est tout ce qu'il nous faut.

Il me prend dans ses bras et lâche un profond soupir.

– Merci d'être si compréhensive.

Il dépose un baiser léger sur mes lèvres juste avant que son portable ne se mette à sonner. Il s'excuse pour décrocher et rejoint l'extérieur. Je me demande comment Garrett et le groupe font pour vivre avec cette folie constante autour d'eux. C'est hallucinant.

Je retourne dans la cuisine pour lancer un café, songeuse. Je crois que nous ne nous rendons pas compte de la chance que nous avons de bénéficier d'anonymat, de pouvoir vivre en toute liberté. Je suis si concentrée sur la machine qui moud les grains que je ne remarque la présence de Garrett dans mon dos que lorsque ses mains se posent de part et d'autre des miennes et que son menton tombe sur mon épaule. Son nez frôle le lobe de mon oreille, m'arrachant un frisson.

Sa voix n'est qu'un murmure. Les larmes me montent aux yeux et je m'appuie un peu plus contre lui pour lui dire que je suis toujours là, que je ne m'en vais pas.

I knew I loved you then
But you'd never know
'Cause I played it cool
when I was scared of letting go
I know I needed you
But I never showed
But I wanna stay with you
until we're grey and old
Just say you won't let go
Just say you won't let go

Je pivote pour l'enlacer de toutes mes forces.

– *I won't let go*, murmuré-je.

Un soulagement profond se lit dans son regard. J'ai envie de lui dire tellement de choses, mais une fois encore, il me prend de court en entonnant une mélodie qu'il est en train de créer de toutes pièces. Je sais que cela vient de lui, je le sens dans mon corps, dans mon cœur, dans mon âme.

Despite the years gone by
You're still you
Beautiful, intelligent and passionate

As if time
Had no effect on you

Is it too late
To tell you how much I'm sorry?
Is it too late
To want you next to me?
Is it too late
To let you know that I love you?
Is it too late?

All this time cursing each other
Hating each other because of a betrayal
Hate, pain, suffering
Far from each other
If I had known, if I had insisted

Is it too late
To tell you how much I'm sorry?
Is it too late
To want you next to me?
Is it too late
To let you know that I love you?
Is it too late ?

Mourir d'amour. J'ai toujours cru que cette expression n'était qu'une exagération, qu'elle ne pouvait pas refléter de vrais sentiments. Pourtant, cette déclaration va bien au-delà de tout ce que j'aurais pu seulement imaginer.

– Je t’aime, Max. Je n’ai jamais cessé de t’aimer.
– Oh, Garrett… Je t’aime.

J’oublie subitement l’odeur du café qui se répand, ma faim ou la menace des photographes à l’extérieur. Garrett est tout ce qui compte à cet instant. Lui et moi. Nous.

***

– Qu’est-ce qu’il y a ?
– Rien, se débine-t-il en détournant les yeux.
– Si, dis-moi.

Nous sommes installés sur la terrasse, le soleil amorce doucement sa descente. Finalement, nous avons pu profiter d’une journée plutôt agréable. Nous avons lézardé dans le canapé puis Garrett a tenté de reproduire un plat que lui a appris Ryan avant d’alterner entre piscine et transat, ponctuant l’après-midi de baisers passionnés qui ont mis mon corps en émoi. Je devine à l’éclat brillant dans son regard qu’il est encore tendu par le dernier que nous avons échangé.

– Garrett.
– Tu vas me prendre pour un obsédé.

J’éclate de rire et m’empare de sa main.

– Je te promets que non.

Il tire sur mon bras et je tombe à la renverse sur ses cuisses. Je suis encore en maillot de bain. Ses doigts s’égarent sur ma peau nue qui se couvre de chair de poule. Il dépose un baiser sur mon épaule, sa main dans mon cou m'attire encore plus à lui. Sa voix n'est qu'un murmure alors qu'il chuchote à mon oreille.

– Tu es dans tous mes fantasmes.

– Vraiment ?

– Oui.

– Certains sont réalisables ?

– Oui.

– Dis-moi, susurré-je, soudain très excitée.

– J'aimerais que tu me chevauches dans mon lit. Ton corps nu se dessinerait dans le contre-jour du coucher de soleil. Ta poitrine remuerait sous tes assauts de plus en plus vigoureux. Ton visage se tordrait de plaisir. Tes mains sur mes tatouages. Ta langue dans ma bouche m'offrirait le baiser le plus torride que tu m'aies jamais donné. Mes doigts saisiraient tes hanches, y laisseraient leurs empreintes. Ton corps serait telle une œuvre d'art, s'imprimant dans mon esprit pour ne jamais le quitter.

– Garrett… gémis-je.

– Hmm ?

– Tu pourrais me faire jouir rien qu'avec tes mots, tu le sais, ça ?

– Oui, ricane-t-il. Mais je préfère le faire avec ça. (Il appuie son érection contre mes fesses.) Ou avec ça. (Ses doigts stimulent mon sexe à travers le tissu de mon maillot.) Ou encore avec ça.

Faisant pivoter mon cou, il fond sur ma bouche avec férocité. Dans la minute qui suit, nous sommes déjà à l'étage, Garrett allongé sur le lit. Il me dévore littéralement des yeux, et je vais me faire le plaisir immense de donner vie à l'un de ses fantasmes.

***

– Tu vas me manquer.

– Toi aussi.

Nous avons tout le mal du monde à nous dire au revoir. Il est encore très tôt et par chance, le terminal de l'aéroport n'est pas bondé. J'ai l'impression de ne croiser que des hommes et des femmes d'affaires qui ne nous prêtent aucune attention, la tête plongée dans leur téléphone portable ou dans un dossier. Adam veille quand même à notre sécurité, tout près d'un pilier en ciment, à l'affût.

Les semaines à venir seront chargées pour Garrett. Il est encore incapable de me dire quand il pourra revenir nous voir à Seattle.

– On s'appelle tous les jours, d'accord ?

– Promis.

– Promets-moi autre chose.

– Oui ?

– Ne fais pas attention aux magazines. Ne les regarde pas, passe ton chemin.

J'ignore si j'en serai capable. Je hoche malgré tout la tête.

– Je dois y aller, murmuré-je.

– Je sais. Envoie-moi un message quand tu es installée. Et quand tu atterris. Et une fois que tu es bien rentrée chez toi.

– Oui, le rassuré-je en riant doucement, avant de l'embrasser encore une fois.

Je crois que jamais je n'en aurai assez.

Je me penche pour récupérer mon unique bagage et l'abandonne à contrecœur.

– Attends !

Il me retient en attrapant ma main.

– Garrett…

S'il continue comme ça, je vais manquer mon avion.

– Je sais. J'ai oublié de te dire quelque chose.

– Quoi donc ?

– Je t'aime.

– Oh. Moi aussi, je t'aime.

Un dernier baiser, et cette fois-ci, je retourne à ma vie.

CHAPITRE 36

GARRETT

Je suis en train d'halluciner, ce n'est pas possible autrement. Je vais péter un câble. J'ai beau me préparer au pire, chaque fois les médias parviennent à me surprendre. Il n'a suffi que d'un peu plus de quinze jours pour que la presse jette notre histoire en pâture. Putain ! J'imagine très bien ce qu'il leur sera possible de pondre avec plus de temps pour faire des recherches, pour déterrer notre passé, raviver nos blessures.

Je croise le regard d'Olly qui ouvre la bouche, pour finalement se taire. Je crois que cela vaut mieux. Peu importe ce qu'il pourra avancer, cela ne changera rien aux faits. Quand les mecs ont découvert les journaux, ils ont débarqué ni une ni deux à la maison, mais c'est peine perdue. Si d'ordinaire j'arrive à faire avec cet aspect du job, aujourd'hui c'est trop. Mes parents ont toujours évolué dans ce milieu et même s'ils n'étaient pas directement sous les feux des projecteurs, ils s'y sont habitués. Alors je ne m'en suis jamais fait pour eux. Mais là ? Le ramassis de conneries qui s'étale sous mes yeux me donne envie de vomir. C'est tout ce que j'exècre.

NOUVELLE CONQUÊTE
POUR LE CHANTEUR D'ARGO !

QUI VIENT DE PRENDRE LA PLACE
DE MARGO DANS LES BRAS
DE GARRETT ?
QUI EST CETTE MYSTÉRIEUSE JEUNE
FEMME QUI S'AFFICHE
AUX CÔTÉS DE GARRETT BRENTWOOD ?

ALORS QU'ON IMAGINAIT
UNE ROMANCE AVEC KIERA JONES,
VOILÀ QUE GARRETT BRENTWOOD
ROUCOULE AVEC UNE INCONNUE !

UNE DE PLUS SUR LE TABLEAU
DE CHASSE DÉJÀ BIEN FOURNI
DE GARRETT BRENTWOOD,
LE CHANTEUR D'ARGO !
À QUAND LA PROCHAINE ?
LES PARIS SONT OUVERTS !

Je me fais du mal à passer en revue tous ces articles. Pourquoi ai-je pensé que pour une fois, les paparazzis me feraient une fleur, qu'ils m'offriraient un peu de repos, qu'ils s'occuperaient d'un autre pour changer ? Emporté par un accès de rage, j'envoie valser mon portable à travers la pièce. Il vient s'éclater contre le mur près de la télévision.

Trois paires d'yeux se rivent à mon regard.

– Ta mère va arranger ça, assure Ryan.

– J'en doute. C'est trop tard. Ça ne serait qu'une pure perte d'argent et de temps. J'ai déjà essayé quand ils ont sorti les premières photos de Max et moi. Et là, ils ressortent des images vieilles d'il y a cinq ans et mixent le tout pour pondre ces merdes. Ils me font passer pour un salaud et Maxine est au milieu de tout ça ! Je ne sais pas où ils sont allés chercher ça, mais tout ça, là, ça provient de la soirée de clôture du programme.

Je pointe du doigt une série de photos où j'apparais entre Maxine et Kiera.

– Pour le moment, le nom de Maxine n'est cité nulle part, tente de temporiser Olly.

– Ouais, parce qu'ils n'ont pas encore assez creusé. Mais ça ne va pas tarder. Vous le savez très bien.

L'air abattu de mes potes me prouve que j'ai raison.

– Bordel !

Ma chaise part en arrière et s'écrase au sol avec fracas. Toute cette histoire prend des proportions auxquelles je ne m'attendais pas. Je rejoins la terrasse et inspire profondément, les mains plantées sur les hanches, après avoir mis le bazar dans mes cheveux. Nous savions que ça allait arriver, mais je caressais le faible espoir que cette fois-ci, ce serait différent, parce qu'il s'agit de Maxine, qu'elle ne mérite pas ça. Je ne dis pas que c'est une petite chose fragile, loin de là, elle m'a parfaitement démontré qu'elle savait encaisser avec calme, mais je voulais juste faire mieux, autrement.

Je veux Maxine, mais je ne peux pas la protéger de tout ça. Seulement, je suis trop égoïste pour m'éloigner d'elle. Elle serait pourtant plus épanouie sans moi.

– Tu crois que ça va la déranger qu'on sache qui elle est ? demande Ayden en me rejoignant.

– On en a discuté, elle s'est confiée aux enfants au sujet de la drogue pour éviter qu'ils ne l'apprennent à travers les journaux, donc non. Elle s'y est préparée. Elle a même discuté de Portland avec Megan.

– OK. Donc ? Qu'est-ce qui te fait peur au juste ? Parce que tu es déjà sorti avec des inconnues, me fait remarquer Ryan.

– Parce que c'est Maxine, parce que je l'aime. Et je… j'aimerais juste la protéger de tout ça. Entre parler de son passé avec ses proches et voir sa vie exposée au grand jour, il y a une marge. Et si… et si elle ne pouvait pas supporter ça ? Si elle préférait tout arrêter ?

Les yeux baissés, les poings serrés, je refuse de relever la tête. Je ne veux pas voir leur compassion, voire pire, leur pitié. Voir Maxine réintégrer ma vie, pouvoir être aussi proche d'elle, c'est inespéré. Je ne peux pas imaginer qu'elle puisse disparaître à nouveau. Pourtant, elle en aurait tous les droits. Et c'est ce qui me met dans cet état. Je ne compte pas prendre d'initiative sans en parler avec elle mais je crains que toute cette pression, cette attention soit trop lourde à supporter. Il faut que nous en parlions, aucun doute possible, mais si cela ne suffisait pas ? Ma mère me suggérera sûrement de prendre les devants, d'organiser une réunion avec une journaliste de confiance. Est-ce quelque chose que Maxine pourrait accepter ?

– Connaissant Maxine comme on la connaît, intervient Olly, je suis persuadé qu'elle a pensé à tout ça. Je comprends que tu sois sur les nerfs, Garrett, et je sais que tu ne vas pas aimer ce que je vais te dire, mais calme-toi.

Je tente de me détourner de lui, mais mon ami pose ses mains sur mes épaules et me force à le regarder.

– Tu ne peux pas contrôler cet aspect de notre vie. Tu le sais, on le sait et on fait avec depuis huit ans. À moins d'envisager de tout abandonner et d'aller te terrer au fin fond de l'Arizona, tu ne peux rien y faire. Franchement, ça nous ferait chier, mais on te soutiendrait à mille pour cent. Sauf qu'on te connaît et qu'on sait très bien que ça fait partie de toi. Tu n'étais qu'à moitié heureux jusqu'à ce que Maxine revienne dans ta vie. Et je doute honnêtement que te séparer de l'un au profit de l'autre te comble.

– C'est égoïste de vouloir les deux, contré-je.

– Non, c'est humain. On ne choisit pas de qui on tombe amoureux, Garrett. Tu as Maxine dans la peau depuis des années.

– Qu'est-ce que tu suggères, alors ? soupiré-je, dépité.

– Parle avec elle. Encore. Et surtout, ne prends pas de décision à sa place.

– Je n'en avais pas l'intention.

La petite moue sur son visage m'indique qu'il n'y croit pas vraiment.

– Tu ne t'es pas donné autant de mal pour baisser les bras et les laisser gagner !

– Vous êtes plus forts que tout ça.

Bien malgré moi, un petit rire s'échappe de mes lèvres. Cela me touche de les voir si concernés.

– Comment ça se passe à l'agence ? demande Ryan.

– Comme vous pouvez vous en douter : Margo me prend la tête.

Stephany a prolongé son arrêt de travail, ma mère est débordée, elle ne sait plus où donner de la tête, alors elle se repose sur son meilleur élément. Dommage que ce soit celui à qui je ne veux plus parler.

– Elle n'a pas supporté que j'aille à Seattle. Elle n'a pas bien pris le fait de découvrir que Maxine et moi sommes ensemble dans les médias, même si elle s'en doutait. Elle est remontée parce que soi-disant ça ternit notre image, sauf que personne ne connaît les circonstances de notre rencontre. Je ne sais pas ce qu'elle s'imagine. Diana est sur le front, elle est plus compréhensive et ne voit pas les choses sous le même angle. Mais ça m'épuise.

– C'est normal, compatit Olly en posant une main sur mon épaule.

– Tu dois parler à ta mère, Garrett.

– Je ne peux pas faire ça.

– Elle comprendra.

– Je sais bien. Mais tout ce qu'elles ont vécu, tout ce qu'elles partagent, je vais ruiner tout ça si je lui explique. Sans compter que Margo a menacé de partir avec les artistes qu'elle a signés.

– On comprend parfaitement, mais à un moment donné, il faut faire des choix, dit fermement Ayden. Et puis, tu crois vraiment qu'elle le ferait ? Elle a si peu d'éthique que ça ?

– Est-ce qu'elle en a seulement le droit ? renchérit Ryan. Elle peut très bien te raconter des conneries et elle sait que tu ferais tout pour ta mère.

Je hoche la tête. Je sais qu'ils ont raison et je m'en veux de ne pas m'être renseigné sur ce point, mais je n'ai pas franchement envie de gérer ça maintenant. Je doute toutefois que Margo m'ait menacé dans le vent. Je sais maintenant de quoi elle est capable.

– Est-ce que tu lui as parlé de Maxine et toi, au moins ? demande Olly.

– Toujours pas. J'avoue que depuis la soirée, j'ai tout gardé pour moi. Tant que les journaux n'en disaient rien, je voulais juste profiter. Mais je sais qu'il faut que j'aie cette conversation avec elle.

– Monica va mal le prendre, Garrett, me met en garde Ayden.

Si ce n'est déjà fait. Ma mère n'a pas pu passer à côté des médias. Je sais comment elle fonctionne toutefois : elle ne prendra pas les devants, elle attendra que je fasse le premier pas.

– Je ne fais que de la merde, déploré-je en passant une main sur mon visage.

– Disons plutôt que l'amour te rend un peu con, nuance Ryan, l'air très sérieux. Ça va s'arranger. Chaque chose en son temps. Tu comptes faire quoi dans l'immédiat ?

– D'abord, me racheter un portable, dis-je en jetant un coup d'œil aux débris qui gisent par terre, à l'intérieur. Ensuite, je vais appeler Maxine.

Si cela ne tenait qu'à moi, je partirais dès maintenant la rejoindre, mais notre planning est chargé cette semaine, ce n'est pas le moment de leur faire faux bond. Et surtout, cela donnerait raison à Margo. J'ai toujours fait en sorte de tenir mes responsabilités, je ne me vois pas tout planter pour courir auprès de Maxine.

– Alors, pour le portable, tu prends le mien, t'auras juste à changer de puce, dit Ayden en me tendant son téléphone.

– Et si jamais tu as besoin de monter à Seattle, tu le feras, affirme Ryan.

Je m'apprête à m'expliquer, mais mon ami m'en empêche en posant ses doigts sur mes lèvres.

– On sait bien ce que tu te dis, mais c'est trop de pression, mec ! continue-t-il. On est une famille, Garrett. Si le coup de téléphone ne suffit pas, tu iras à Seattle, même si on a des trucs de prévus. On se chargera de Margo. Elle pourra gueuler comme un putois si ça l'amuse, on s'en fout. C'est Maxine, elle compte plus que le reste.

Je me tourne vers Olly, le seul à ne pas y aller de son grain de sel.

– Les frangins ont tout dit. Rien à ajouter.

Cette fois-ci, j'éclate de rire et bon sang, cela fait du bien dans toute cette merde. Après une accolade collective, ils s'éloignent afin que je puisse contacter Maxine. Seulement, mon appel reste sans réponse. Je laisse un message sur son répondeur et, dépité, je m'effondre sur le sofa. Tombant sur l'horloge murale, je constate qu'il est encore tôt ; Maxine est sûrement au travail.

Ne pas paniquer tout de suite. Respire Garrett. Respire.

Elle me répondra quand elle entendra mon message. Je prends une profonde inspiration et calme mon rythme cardiaque. Je ne vais pas rester à ne rien faire assis sur mon canapé, autant mettre mon temps libre à profit et appeler ma mère. Il faut que nous ayons cette conversation avant qu'elle ne tombe sur tout ça dans la presse.

– Salut m'man, lancé-je après qu'elle a décroché.

– Garrett. Je suis contente de t'avoir, mon chéri.

Un klaxon se fait entendre derrière elle.

– Je te dérange ?

– Non, pas du tout. Je suis à Chicago. J'ai rendez-vous avec une chanteuse que David a remarquée sur YouTube.

– Cool.

– Tout va bien ?

Elle n'a pas encore dû voir les unes des journaux.

– Garrett ?

– Oui, pardon. Écoute maman, je… je ne sais pas si tu te souviens, mais il y a huit ans, je t'avais parlé d'une fille dont j'avais fait la connaissance.

– Oui, vaguement.

– Eh bien, c'est la femme que j'ai retrouvée à Seattle.

– D'accord.

Sa voix se fait un peu essoufflée de l'autre côté. Je l'imagine en train de remonter une avenue au milieu des passants.

– Je… j'aimerais qu'on se voie pour que je puisse t'en parler plus en détail, mais Max et moi, on est ensemble.

Elle reste silencieuse un petit temps, mais quand elle reprend la parole, j'entends un sourire dans sa voix.

– Je suis très heureuse pour toi, mon cœur.

– J'avais peur que tu le prennes mal.
– Pourquoi ça ?
– Parce que j'ai attendu avant de te le dire, parce que les médias en parlent déjà et que je suis…
– Ne t'en fais pas pour ça, Garrett. Le principal est que tu m'en parles maintenant. Je suis désolée de ne pas être à la maison. C'est un peu la course ces derniers temps, pour tout le monde.
J'acquiesce, mal à l'aise. Maxine n'est pas la seule chose que je lui ai cachée. La façon qu'a Margo de s'immiscer dans mon existence me pèse de plus en plus, mais ce n'est pas quelque chose que je peux balancer nonchalamment au téléphone. J'y renonce pour aujourd'hui. Un problème à la fois.
– Ne t'excuse pas de travailler, maman.
– Tu me raconteras tout à mon retour. D'accord ? Je suis arrivée, je dois te laisser.
– Ça marche. Je t'aime.
– Moi aussi, mon chéri.
Elle raccroche et je reste un moment à scruter l'écran éteint de mon smartphone. Je ne crois pas avoir manqué à mes engagements ni avoir été distrait et je n'ai pas envie de me prendre la tête avec ça maintenant, mais je dois me rendre à l'évidence : j'ai un peu laissé ma mère de côté. Une question qui me déplait fait alors surface : Margo a-t-elle raison, finalement ?

CHAPITRE 37

GARRETT

Je suis dans un état de stress intense. Maxine ne m'a toujours pas donné de nouvelles et je suis bloqué à Los Angeles en raison d'une série d'interviews pour le programme. Je suis content de retrouver les gagnants et de les voir échanger sur leurs débuts dans leur école respective, mais j'ai clairement la tête ailleurs.

La journée est enfin terminée et je viens de rentrer chez moi. Prenant tout juste le temps de retirer ma veste, je me précipite sur mon téléphone, tentant de joindre Maxine pour la énième fois. Mon souffle se bloque quand enfin le son de sa voix perce de l'autre côté, autrement que dans son message préenregistré.

– Garrett ?

Enfin ! Je lève les yeux au ciel pour le remercier, serrant le poing, me retenant de pousser un cri de victoire.

– Oui, je suis là. Je désespérais de réussir à t'avoir.

– Je suis sincèrement navrée. Hier je travaillais, ma dernière réunion s'est éternisée, et ensuite, à peine arrivée à la maison, j'ai dû partir précipitamment. Je n'ai pas pris le temps de te rappeler.

Son timbre est posé, elle ne semble ni en colère, ni triste. Elle me donne même l'impression d'être plutôt sereine.

– Qu'est-ce qui se passe ?

– J'ai une très bonne nouvelle à t'annoncer : Samantha a accouché hier d'un troisième petit mec. Isaac. Justin m'a prévenue aussitôt et je n'ai pas pu attendre ce week-end pour les rejoindre. J'ai posé un congé exceptionnel et ai sauté dans le premier avion. J'ai atterri il y a deux heures seulement à Nashville.

Un soulagement immense me submerge. Voilà l'explication de son silence. Basculant contre la têtière du canapé, je soupire lourdement tout en passant une main dans mes cheveux.

– C'est une excellente nouvelle. Tout s'est bien passé ?

– Oui. Ils se portent tous les deux très bien. Elle doit quitter la maternité dans deux jours. Ils m'hébergent chez eux et je vais donner un coup de main avec Eliot et Leo.

– Quand est-ce que tu rentres ?

– Je ne repars que lundi. Je me suis arrangée avec Kenneth et mes collègues.

– Je suis content pour Samantha. Tu l'embrasseras de ma part ?

– Avec plaisir.

Elle ricane avant de reprendre :

– D'ailleurs, elle aussi est contente pour nous. Quand elle a appris que tu étais revenu, elle a hurlé au téléphone. Elle a failli me percer le tympan.

– À ce point ?

– Je te jure ! Je parie que tout Nashville l'a entendue. Enfin, ce n'est sans doute rien à côté de ses hurlements quand elle a accouché. Justin m'a dit qu'elle n'avait absolument aucun filtre.

– Il faut dire que c'est un travail assez extraordinaire. Elle peut.

Avoir des enfants. Je crois que j'en ai toujours voulu. Un foyer, un semblable à celui dans lequel j'ai grandi, rempli d'amour et de bienveillance. Est-ce vraiment réalisable avec la célébrité, cette attention constante ? Je sais que plein de stars sont mariées et ont des enfants, mais ce n'est déjà pas évident de préserver une vie privée en couple, alors, avec une famille ?

– Garrett ? Tu m'entends ?

– Oui, pardon.

– Tu vas bien ?

Je ne retiens pas un petit rire amer. Et comme Maxine me connaît parfaitement, son soupir m'indique clairement qu'elle sait ce que je ne dis pas.

– J'ai essayé de tenir ma promesse, de rester loin de tout ça, souffle-t-elle. J'ai vu les kiosques en centre-ville, au marché.

– Et ?

– Je vais bien, Garrett. Vraiment.

– Il n'y a rien entre Kiera et moi. Elle est avec Ryan.

Son rire cristallin réchauffe mon cœur.

– C'est un potin en toute exclusivité ? s'amuse-t-elle. Ils vont bien ensemble.

– Ils ne nous l'ont pas vraiment dit officiellement. Je les ai surpris avec les gars durant la pause alors qu'on donnait une interview avec les trois gagnants du programme. Ryan est complètement accro. Lui qui se foutait de ma gueule…

– Ah oui ? Tu es accro toi aussi ?

– Oui, d'une petite brune aux yeux chocolat qui me rend fou.

Je prends une nouvelle inspiration et soupire tout en secouant la tête.

– J'aimerais tellement être auprès de toi.

– Je sais, moi aussi.

– Cette distance entre nous est plus dure à vivre que je ne l'aurais pensé.

Un silence accueille mon aveu. Je l'entends changer de position, se préparer à continuer.

– Ce n'est pas ta faute, Garrett. Je te l'ai déjà dit, j'ai plongé dans cette relation avec toi en ayant conscience de tout ça : de l'éloignement, des médias. Nous avons parlé aux enfants, je me suis expliquée avec Megan. Peu importe le reste. Je m'y suis préparée. Tout se passera bien.

– Si tu te retrouves exposée comme ça, c'est à cause de moi. Tout est à cause de moi, à chaque fois, depuis toujours.

– Garrett… De quoi tu parles ?

– Rien.

Jusqu'à moi, Maxine menait une existence calme et paisible. Qui suis-je pour les plonger dans ce cirque ?

– Tu mérites tellement mieux que tout ça.

Ma voix se brise et les larmes me montent aux yeux.

– Garrett… qu'est-ce que tu ne me dis pas ? Je suis là, *I won't let go*, assure-t-elle d'une voix douce et réconfortante.

– Et pourquoi ? Qui voudrait de cette vie ? Qui voudrait de cette vie avec moi ?

– Moi. *Moi*, je veux de cette vie avec toi. Je te veux *toi*.

– Même si tu prends le risque d'être malheureuse ? De souffrir ?

– Souffrir ?

– C'est ce qui finit par arriver à tous ceux qui partagent ma vie, murmuré-je tout bas.

– Oh, Garrett… Non. Tu n'es pas responsable de tout ça. Ni maintenant, ni par le passé.

Quelques secondes s'écoulent en silence. J'aimerais tellement être à ses côtés, la prendre dans mes bras, la sentir contre moi.

– Cette culpabilité que tu ressentais, elle n'est jamais partie, n'est-ce pas ?

Je ravale un sanglot tout en secouant la tête.

– Elle a même grandi avec le temps. Avec la mort de mon père, la maladie de ma mère, le cancer de Margo. Comme si faire partie de mon entourage attirait le mauvais œil. Je sais bien que je n'ai pas de pouvoir là-dessus, mais je ne peux pas m'empêcher de penser que je porte malheur, tu comprends ? Une merde en entraînant une autre. Et maintenant que je sais pour la mort de Craig et Rochelle…

– Toutes ces épreuves, c'est la vie, Garrett. Tu n'y es strictement pour rien. J'ai besoin que tu l'entendes et que tu le comprennes. Ce serait te mentir de te dire que ça ne me dérange pas que mon existence soit décortiquée et analysée, étalée à la vue de tous. Mais si c'est le prix à payer pour être avec toi, je suis prête. Il en va de même pour la distance entre nous. Elle n'est pas facile, mais je ne veux pas que tu disparaisses pour m'offrir la possibilité de vivre tranquillement. J'ai besoin de toi. Je te demande de ne plus penser à tout ça, d'accord ?

– Maxine… gémis-je.

Je sais qu'elle me sourit, je le sens. C'est dingue, mais même à distance, je ressens son amour pour moi. Entre nous, c'est tellement fort. Et j'en prends toute la mesure alors qu'elle se met à fredonner. Je n'ai pas le souvenir qu'elle l'ait déjà fait spontanément alors cela me chamboule un peu. Je ferme les paupières et me concentre sur sa voix.

Crazy to think that a man can't hurt
Love takes its toll every time it don't work, yeah
One door closes and another opens
But it's hard to let go when your heart's broken
I'll give you my trust,
can you give me your word?

Come take my heart of glass
And give me your love
I hope you'll still be there
To pick the pieces up
'Cuz baby I'm fragile, fragile, fragile

J'essuie une larme alors qu'elle roule sur ma joue. Je ferai de mon mieux pour la protéger et la préserver, j'en ai les moyens, même si je sais d'avance que je ne pourrai pas tout contrôler.

– Tu es vraiment prête ? Pour tout ?

– Si tu cherches à te débarrasser de moi, c'est trop tard, Garrett Brentwood. Je suis follement et éperdument amoureuse de toi. Je vais m'accrocher, tu ne pourras plus t'échapper.

Sa pointe d'humour m'arrache un petit rire. Je me sens ridicule d'avoir laissé mes peurs et ma colère prendre le dessus alors que Maxine fait face avec beaucoup de maturité.

– Ne te concentre que sur les bonnes choses qui nous arrivent. Parce qu'il y en a. Dis-m'en une.

Il ne me faut pas réfléchir longtemps.

– J'ai parlé à ma mère de nous deux.

– Oh. Euh… d'accord. Et alors, comment ça s'est passé ?

– Très bien. Elle était heureuse pour nous. J'aurais préféré le lui annoncer en face, mais elle est en déplacement alors j'ai dû me contenter d'un coup de fil, mais je suis content de l'avoir fait, d'autant plus avant qu'elle ne l'apprenne par les journaux. Là, elle aurait déclenché la Troisième Guerre mondiale.

Un silence me répond.

– Max ?

– Oui. C'est juste que… je me demande ce qu'elle penserait de moi.

– Elle pensera comme son fils, que tu es une femme formidable, courageuse et forte. Elle t'aimera comme je t'aime. Ce n'est pas évident en ce moment, mais je me disais qu'on pourrait peut-être fêter Noël ensemble ? Noah, Megan et toi vous pourriez venir à Los Angeles et je ferais les présentations en bonne et due forme. Qu'en dis-tu ?

– J'en dis que ça me plairait énormément.

Cela fait du bien de me projeter, de planifier avec elle.

– Tant que j'en suis aux révélations en avant-première… Notre participation pour l'entracte du Super Bowl l'année prochaine a été validée.

– Tu plaisantes ? Le Super Bowl ! Mais c'est dingue !

– C'est le mot, oui. C'est hallucinant, même.

– C'est tellement mérité, Garrett. Oh là là, j'ai tellement envie de te prendre dans mes bras, là, tout de suite.

– Et j'adorerais ça.

J'ignore encore quand nous pourrons nous revoir, mais sa voix me réconforte.

– Tu accepterais de m'y accompagner ? Et tant que j'y suis, j'aimerais beaucoup t'avoir à mes côtés pour les Grammy Awards fin janvier.

– Vraiment ?

– Absolument. Tu as dit que tu ne me lâcherais plus, non ?

– Je l'ai dit, oui. Évidemment que j'accepte. Rien ne me ferait plus plaisir.

Prenant conscience que notre conversation dure depuis un petit moment maintenant, je lui demande :

– Je ne te dérange pas au moins ?

– Non, je suis chez Sam et Justin. Il est toujours auprès d'elle.

Maxine à la maternité. Ça, ce serait une sacrée preuve que le destin ne s'acharne plus sur moi.

– Leo et Eliot sont chez leurs grands-parents, il les récupère demain. Tu sais, reprend-elle, pendant mon vol, je me suis souvenue de Megan et de Noah quand ils sont nés. Ils étaient si petits. Et je me suis rendu compte que nous n'avions jamais discuté de ça. Est-ce que tu veux des enfants ?

Elle murmure, comme si elle avait peur de me brusquer.

– Uniquement avec toi, réponds-je solennellement. Je suis très sérieux en ce qui te concerne. Je l'ai toujours été.

– Je sais. C'est en partie pour ça que je suis tombée amoureuse de toi, à l'époque et maintenant.

– En partie ? C'est quoi l'autre ?

– Toutes tes autres qualités. Parce que tu es toi. C'en est fini de moi.

– Merci.

– De quoi ?

– D'être là, de m'aimer, pour cette conversation. J'en avais besoin.

– Je serai toujours là.

Je m'enfonce un peu plus dans le sofa et lâche un profond soupir. Il me suffit de l'entendre pour que tout aille mieux. C'est fou.

– Tu me manques.

– Toi aussi.

– Je ne suis pas sûr de pouvoir revenir à Seattle avant un petit moment, c'est la folie. J'ai l'impression de courir partout.

– On se rattrapera quand on se verra.

– Ça ne fait même pas trois semaines et j'ai l'impression que ça fait une éternité que je n'ai pas pu t'embrasser, te caresser, te faire l'amour.

Un gloussement me répond.

– À quoi tu penses ? demande-t-elle.

– À quelque chose de totalement indécent.

Je perçois très nettement sa respiration devenir plus hachée.

– Tu es où ?

– Sur le lit, dans la chambre d'amis. Pourquoi ?

Rien qu'à m'imaginer la conversation qui va suivre, je sens mon désir grimper.

– Tu me fais confiance ?

– Oui.

– Je n'ai jamais fait ça, mais j'ai envie de toi.

– Garrett, s'étrangle-t-elle.

– Tu me dis stop quand tu veux.

Je déglutis puis me lance :

– Déshabille-toi et parle-moi.

Je suis tenté un instant de basculer l'appel en visio, mais l'idée de n'avoir que le son de sa passion a quelque chose de vraiment très excitant.

– Je… Je fais glisser mon pantalon. Je déboutonne mon chemisier.

Je ferme les yeux et le spectacle se forme dans mon esprit sans aucune difficulté. Je la connais par cœur. Ses doigts fins, sa peau laiteuse et si douce. Je retire ma ceinture et ouvre mon jean pour libérer mon sexe.

– Je suis en sous-vêtements, murmure-t-elle.

– Imagine mes mains dégrafer ton soutien-gorge, faire glisser ta petite culotte le long de tes jambes. Si j'étais là, je t'allongerais sur le lit et tu sentirais mon poids contre toi.

– Ta bouche sur la mienne, poursuit-elle. Mes seins contre ton torse.

– Je ferais quoi ? Comment tu voudrais que je m'occupe de toi ? Tes mains font le travail à ma place. Dis-moi.

Un souffle s'échappe de ses lèvres et me fait bander un peu plus fort alors que je m'active sur mon érection.

– Tu jouerais avec mes pointes, les mordillant, les pinçant, les léchant.

– Maxine, grondé-je en fermant les yeux.

De l'autre côté, sa respiration se fait plus rapide et ses soupirs, erratiques. Je deviens fou, comme si mon ouïe venait de se décupler. Je suis on ne peut plus conscient du moindre son qui provient de Max, du froissement des draps sur lesquels elle se tend, de la caresse de ses doigts sur sa peau, des petits bruits qui s'échappent d'entre ses lèvres. Je perçois le tintement de mon bracelet qui cogne contre ma montre, rythmant mes gestes de plus en plus rapides sur ma verge.

– Garrett…

– Et après ? Continue, exigé-je, haletant.

– Tu descendrais plus bas pour…

– Te goûter, finis-je pour elle. Mon souffle sur ta peau, j'écarterais tes cuisses et m'installerais entre.

Un gémissement de plaisir me parvient, électrisant mes sens. Mon cœur bat si fort à mes tempes que je le jurerais sur le point d'exploser. Mes jambes se contractent et la chaleur se fait de plus en plus pressante dans mes reins.

– Qu'est-ce que tu fais ?

– Ma main… entre mes lèvres… sur mon clitoris.

– Putain, Maxine !

Je suis tellement excité qu'elle vive cette expérience avec moi. Caressant mes testicules, je ralentis le mouvement sur mon membre et me concentre. Bon sang, je tuerais pour être dans cette chambre avec elle.

– J'aurais ton goût sur la langue, je verrais à quel point tu mouilles, je plongerais mes doigts en toi pour t'emmener au bord du précipice, faire le grand saut avec toi.

– Mes hanches se lèvent, Garrett, j'en veux plus. Mes doigts dans tes cheveux, sur tes épaules. Ta bouche impatiente.

Je suis incapable de prendre sur moi, mes va-et-vient reprennent et accélèrent. Je suis tout près du point de non-retour.

– Mon Dieu, halète-t-elle. Oh… Garrett !

– Je suis là, Max.

Je presse les paupières et mon orgasme surgit tel un raz-de-marée. Je grogne de plaisir. Bordel ! J'ignore si c'est la situation qui fait ça, mais c'est… extraordinaire. L'imaginaire a pris le pas sur les vraies sensations, c'est… J'ai du mal à trouver les mots.

Nos respirations sont tout ce qui résonne entre nous avant qu'un rire ne se fasse entendre. Aussitôt un sourire naît sur mes lèvres.

– C'était… absolument incroyable. Je… je n'ai jamais connu quelque chose d'aussi intense.

– Moi non plus.

– Je n'arrive pas à croire que j'ai fait ça. Tu me verrais…

– Quoi ? En sueur, les joues rouges, tremblante ? Ou le bonheur sur ton visage ?

– Oui, tout ça.

– Tu vois. Je te connais, je sais.

J'aimerais sentir ses doigts sur mes joues, ses lèvres sur les miennes.

– Si c'est si intense entre nous c'est parce qu'on est connectés, affirme-t-elle.

– Tu as raison. Continue de me dire des choses comme ça et je vais en faire une chanson.

Elle rit et je tombe un peu plus amoureux.

– Je t'aime. Et je meurs de fatigue par ta faute.

– Je plaide coupable sans hésitation. Fais de beaux rêves, Max. Je t'aime.

CHAPITRE 38

GARRETT

Cinq semaines. Je n'arrive pas à croire que cela fait déjà cinq semaines que je n'ai pas vu Maxine. J'en souffre vraiment. Bien entendu, nous nous appelons tous les jours, mais cela n'a rien à voir avec sa présence à mon côté.

Notre planning est tellement chargé que je n'ai pas eu une minute à moi pour dégager un peu de temps pour monter à Seattle. Pourtant cela me ferait du bien, j'ai l'impression de marcher au radar, je ne suis qu'un robot qui avance en pilote automatique, répondant aux sollicitations, respectant ses engagements. C'est toujours le cas à cette période. Nous courons aux quatre coins du pays, prenant à peine le temps de nous reposer. Maxine voit bien à quel point je suis fatigué, mais il n'y a rien que nous puissions y faire à part prendre notre mal en patience.

Le premier épisode du programme MTV a été diffusé mercredi dernier, ponctué par les entretiens que le groupe a accordés à la chaîne. Sans compter la promotion pour le *best-of* qui a commencé et le tournage du clip pour l'un des inédits. En début d'année prochaine, il sera temps pour nous de retourner en studio pour écrire, composer et enregistrer les titres qui constitueront notre futur album. Nous aurons sept mois pour le finaliser.

Je compte les jours avant de pouvoir retrouver Maxine. C'est dur, vivre si loin l'un de l'autre, mais je sais que cela en vaut la peine. Elle est mon moteur, même si cette semaine est particulière.

Je m'apprête à entrer dans l'agence de ma mère quand je suis arrêté par la sonnerie de mon portable. C'est Ed.

– Salut mec, me dit-il.

– Comment tu vas ?

– Bien, et toi ? Tu me fais des cachotteries ?

Je me mets à rire tout en m'écartant pour m'éloigner de la circulation. Les unes m'affichant dans les bras de Maxine continuent d'alimenter la presse, mais pour le moment aucune info n'est concrètement sortie. Elle est encore une inconnue aux yeux du public, bien qu'elle attise la curiosité. Diana ne cesse de refuser en bloc les demandes d'interviews. Je veux bien répondre aux requêtes si cela concerne le boulot, mais rien ne filtrera de ma part sur ma vie privée.

– Désolé, m'excusé-je.

– Tu parles, se moque-t-il. Figure-toi que tu as animé la dernière réunion aux NA.

– Arrête ton char.

– Je te jure ! Même Patrick y a pris part. Je ne lui avais rien raconté de notre discussion. C'est Marisol qui a mis ça sur le tapis.

Je passe une main dans mes cheveux avant de soupirer.

– Tout le monde était très heureux pour vous, s'empresse-t-il de dire.

– C'est gentil.

– Je suis content que vous ayez pu parler et vous réconcilier. Comment tu te sens ?

Devant moi, l'enseigne lumineuse de la maison de production de Big M se reflète sur les vitres. Je prends le temps de réfléchir avant de répondre honnêtement.

– C'était compliqué au début. Elle a mis du temps avant d'accepter qu'on se voie en tant qu'amis. Puis on a réappris à se connaître, et on a fini par se rendre à l'évidence : entre nous, c'est toujours pareil, même mille fois mieux. Maintenant on doit faire face à tout ce qui va avec ma vie.

– Ça ne doit pas être évident.

– Non, pas vraiment. Mais Maxine est géniale.

– Tant mieux. Tu la salueras de ma part ?

– Avec plaisir.

– Je dois te laisser, mais on se voit toujours mercredi ?

Je déglutis, une boule obstruant soudain ma gorge.

– Oui. Salut, Ed.

– D'ac'. Bonne journée, Garrett.

Il raccroche et je presse les paupières. Le 24 octobre. L'anniversaire de la mort de mon frère. Dix ans qu'il nous a quittés, pourtant je suis toujours dans un état particulier ce jour-là, bien plus que pour mon père. La journée, je reste auprès de ma mère, nous nous remémorons les bons souvenirs, nous regardons les albums photo, nous visionnons des vidéos. C'est chaque fois très intense émotionnellement alors à la fin, je rejoins Ed pour évacuer. C'est la seule fois de l'année où nous nous donnons rendez-vous.

Je me secoue un peu et rejoins enfin l'agence. Ma mère m'a demandé de passer sans me donner plus d'information. Qu'est-ce qui vaut autant de mystère ? Je salue Rosa puis remonte le couloir jusqu'au bureau. Devant la porte, je tombe nez à nez avec Margo qui sort justement de la pièce. *Quel karma pourri.* Elle me lance un sourire que je ne lui rends pas. Chaque fois que nous nous croisons, elle tente une approche, et chaque fois, je la rembarre. Il n'y a aucune chance sur terre pour que je lui pardonne.

– Garrett…

– Pas maintenant, je n'ai pas le temps.

– Je ne savais pas que tu allais passer.

– Je ne viens pas te voir, donc pas de raison que tu le saches.

À nouveau ce regard blessé. Je la dépasse sans un mot supplémentaire et toque. Après avoir eu la confirmation que je pouvais entrer, je fais un pas, me retourne et ferme la porte sur le visage peiné de Margo. À la dernière seconde je crois même voir de la colère au fond de ses pupilles, mais je ne m'attarde pas et claque le battant. Elle ne peut s'en prendre qu'à elle-même.

– Bonjour, m'man. Désolé d'être en retard, j'ai reçu un appel.

– Pas de souci, mon chéri.

Je l'embrasse sur la joue lorsqu'un mouvement sur la gauche attire mon attention. Je tourne la tête pour découvrir notre attachée de presse.

– Diana, la salué-je en fronçant les sourcils. Qu'est-ce qui se passe ?

– Assieds-toi, Garrett.

Le ton de ma mère m'alerte aussitôt, de même que son regard profondément attristé. J'alterne entre Diana et elle, essayant de déterminer à quoi nous avons affaire. Quelle merde vient de nous tomber dessus ?

– Quelque chose est sorti dans la presse ? cherché-je à savoir.

– Non, rien de plus que ce qu'on a vu ces derniers temps.

– Donc ?

– Assieds-toi, je t'en prie.

Je l'observe une seconde avant de rejoindre Diana sur le sofa. Elle attrape une enveloppe en papier kraft et vient s'installer face à nous sur un fauteuil.

– On a reçu ça ce matin au courrier.

– Qu'est-ce que c'est ?

– Ça t'est adressé.

– Oui, je vois bien, rétorqué-je en détaillant l'écriture sur le dessus. Mais si tu m'as convoqué, j'imagine que c'est parce que tu as examiné ce qu'il y a dedans ?

– Oui.

J'avise ses traits soucieux et son teint presque blafard. Diana n'a pas l'air mieux. La main légèrement tremblante, j'en examine le contenu : un papier et une clef USB. Un frisson me parcourt tout entier quand je prends connaissance du document : une lettre de chantage. À mesure que je lis, une colère immense s'empare de moi et je fais de mon mieux pour ne pas exploser devant ma mère. Mon sang pulse à mes tempes et ma mâchoire se serre à m'en casser les dents. Je bous littéralement. Je me retiens pour ne pas déchirer ce que je tiens entre mes mains pour en faire des confettis, mais cela ne fera pas disparaître le problème. Je finis par relever la tête et je les observe à tour de rôle.

– Vous avez regardé ce qu'il y a là-dessus ? demandé-je en brandissant le *flash drive*.

– Non. On voulait te montrer ça avant d'envisager de le faire.

– Quelle est notre marge de manœuvre ?

– J'ai déjà convoqué Anthony. Nous allons étudier l'affaire, explique Diana.

Anthony est l'avocat de l'agence. Un homme très compétent et avec beaucoup de connaissances et de ressources. Un as dans son domaine.

– Le type nous donne deux semaines. C'est trop peu pour essayer de le court-circuiter, affirmé-je. Ryan a un ami dans l'informatique. Il pourra peut-être nous aider.

– Anthony a des contacts dans la police scientifique.

– On ne peut pas mêler la police à ça.

– Tu n'envisages pas de payer, quand même ! intervient ma mère. Rien ne nous garantit qu'il n'y a pas de copie, comme il l'affirme. Si tu paies une fois, il réclamera encore plus. Il fait pression sur toi, mais Garrett…

– Cette décision me revient, maman. Je… J'ai besoin de réfléchir, de prendre l'air. Je reviens.

Je me relève brusquement et sors du bureau. Je manque de renverser Margo qui entre dans le couloir au même moment, une pile de dossiers contre sa poitrine. Je la retiens de justesse, les mains sur ses bras.

– Garrett ? dit-elle en me scrutant. Tout va bien ?

– Pas maintenant, l'imploré-je en la contournant.

– Garrett !

– Laisse-le, Margo.

Je ne me retourne pas pour voir si ma mère a réussi à retenir mon ancienne amie. Je quitte l'agence dans un état second.

Je le savais, je le sais depuis des années : je suis un aimant à problèmes. Comme l'étincelle qui met le feu aux poudres, où que j'aille, peu importe qui je rencontre, l'issue est toujours la même. Et c'est un incendie que je laisse derrière moi.

CHAPITRE 39

MAXINE

Garrett m'a paru si fragile lorsque j'étais à Nashville auprès de Sam. J'ai fait tout mon possible pour apaiser ses peurs et le rassurer, lui qui a passé son temps à le faire pour moi. Malgré la distance, nous faisons en sorte de maintenir un lien constant, avec des messages et des appels quotidiens. Discuter de notre avenir, planifier des rendez-vous, des voyages, rend notre relation vraiment concrète, réelle.

Je sais que ce ne sera pas facile, mais c'est le lot de toute histoire, non ? La nôtre n'a rien d'ordinaire, elle est compliquée, pleine de souvenirs, mais elle est importante, vitale. Maintenant que je suis à ses côtés, je me rends compte qu'il me manquait quelque chose. Je suis définitivement plus heureuse depuis qu'il est entré à nouveau dans ma vie.

– C'est trop bizarre, commente ma nièce alors qu'elle apparaît à la télé.

Je suis installée dans le salon avec Kenneth, Noah et Megan devant le nouvel épisode du programme MTV. Le troisième depuis le lancement de l'émission. C'est notre rendez-vous du mercredi soir. Megan devient rouge comme un coquelicot chaque fois qu'elle s'aperçoit à l'écran.

– Carrément, renchérit Noah. Mais bon, tu rends plutôt bien.

– C'est censé être un compliment ?

– Oui. Certains sont pas télégéniques. Toi, c'est bien.

– Ton frère a raison, confirme Kenneth. Tu es magnifique, et dans ton élément.

Je crois qu'il nous a fallu à tous un petit temps d'adaptation pour nous y faire. Après le premier épisode, j'étais soulagée de voir que l'émission était plutôt sérieuse. Nous ne sommes pas sur un format classique de téléréalité mais plutôt dans le cadre d'un reportage, et cela fait toute la différence. Voir Megan et les autres participants évoluer au fil des semaines et découvrir les membres du groupe auprès de leurs élèves me plaît beaucoup. C'est une autre facette de leur personnalité vraiment chouette. Ils se révèlent très appliqués et étonnamment doués. Et puis, voir Garrett à la télé me permet aussi de combler un peu le vide que je ressens à cause de son absence.

Une fois l'émission terminée, les enfants douchés et couchés, Kenneth revient s'installer sur le canapé à mes côtés. Je cale un coussin dans mon dos et replace le plaid sur mes jambes. Le froid de l'automne recommence à s'installer progressivement.

– Toujours pas de fuite dans les journaux à propos du lien de parenté entre Megan et toi ?

– Non, toujours pas. Comme ils ne savent pas encore qui je suis, ça aide un peu.

Avoir banni les réseaux sociaux de ma vie après mon agression m'est d'une plus grande aide que ce que j'aurais pensé, puisqu'ils peuvent difficilement trouver des informations à mon sujet.

– Comment ça se passe à ton boulot ?

– Eh bien, certains collègues sont venus me trouver pour savoir si c'était bien moi avec Garrett Brentwood. Je suis devenue rouge comme une tomate, alors difficile de nier l'évidence. Bien entendu, ça a fait jaser pendant quelques jours, mais ça leur a vite passé. Comme je n'ai rien à dire…

– Je parie que certains t'ont demandé un autographe, plaisante Kenneth.

– Tout juste, surtout mes collègues femmes.

– Qui ne tente rien n'a rien.

Je pouffe. Je me doutais bien que mon histoire avec Garrett ferait parler, d'autant qu'il y a des fans dans mon entourage, mais d'une manière générale ils sont respectueux et j'ai confiance en eux pour tenir leur langue. Je continue de m'occuper des groupes scolaires, mais je ne prends plus en charge les visites guidées. Certains visiteurs sont trop intrusifs, je l'ai vu avec Garrett à Los Angeles. J'aurais du mal à le supporter ici et je ne voudrais pas attirer l'attention sur moi. J'ignore comment la direction du musée le prendrait.

– Tu as des nouvelles de Garrett ?

Je secoue vivement la tête. En temps normal, il ne loupe jamais un appel, m'envoie plusieurs messages dans la journée, sans faillir. Il a toujours une pensée pour moi en dépit du planning plus que chargé d'ARGO. Jusqu'à la semaine dernière, je pensais que tout allait bien entre nous, mais là, Garrett se fait étrangement silencieux. Je comprendrais tout à fait qu'il soit moins présent, sauf que je n'ai eu aucune explication de sa part. Lui qui était si rigoureux dans la volonté de maintenir notre connexion envoie désormais des messages concis, presque formels. Cela m'angoisse. J'essaie en vain de l'avoir au téléphone depuis trois jours, sans succès. Et quand nous avons discuté ce week-end, il n'était clairement pas de bonne humeur, mais il a refusé de me dire ce qui se tramait.

– Je ne sais pas ce qui se passe, il ne veut pas me parler.

– Je suis sûr que c'est lié à son travail. Il a beaucoup à faire.

– Oui, sûrement.

Mon instinct me dit qu'il y a plus, mais je ne peux pas me permettre de mettre tout entre parenthèses et de descendre à Los Angeles. Je vais devoir me montrer patiente et attendre qu'il daigne se confier à moi. J'essaierai de le bousculer un peu la prochaine fois que nous échangerons.

– Ne t'en fais pas, Maxine. Tout va bien se passer.

– Tu restes pour un film avec moi ?

– Bien sûr.

Il attrape la télécommande et passe un bras autour de mes épaules. Je me blottis contre lui et tente de mettre mon cafard de côté. Demain sera un autre jour.

***

J'étais résolue à patienter et à laisser Garrett venir à moi, à ne pas céder à la tentation de jeter un coup d'œil aux tabloïds. C'est vrai. Après tout, les trois quarts des informations relatées par la presse à scandale sont sûrement fausses, alors à quoi bon ? Sauf que cela fait vingt minutes que j'attends désespérément que la caisse du supermarché se débloque devant moi, que le gros titre qui s'étale sous mes yeux est impossible à ignorer, et que ma détermination s'effrite peu à peu. Qui a eu la mauvaise idée de placer les journaux là, quand il n'y a rien d'autre à faire que les regarder ?

Décidée à ne pas lâcher, j'ai eu le temps de passer en revue la totalité des articles de mon chariot, de compter le nombre de clients qui patientent en silence, et d'entendre trois fois l'annonce du staff qui demande des renforts. Chaque fois, le papier me faisait de l'œil.

Lorsque le micro résonne pour la quatrième fois, je craque. La main tremblante, je m'empare du torchon et parcours l'article des yeux, m'attardant plus sur les images que sur le contenu écrit.

La rumeur d'une idylle entre Margo Hensen et Garrett Brentwood prend un peu plus d'ampleur. La jeune femme aperçue récemment avec lui à Los Angeles semblant avoir disparu du paysage, Garrett et Margo passeraient tout leur temps ensemble.

J'ai pris les rumeurs d'une histoire entre Kiera et Garrett avec beaucoup d'humour parce que j'ai côtoyé quelquefois la danseuse et que j'ai pu constater qu'elle ne montrait aucun intérêt pour le chanteur. Et depuis que Garrett m'a confirmé pour Kiera et Ryan, il n'y a de toute manière plus aucun doute à avoir. Mais là, je me demande pourquoi mettre Margo en avant. Elle ne travaille plus pour le groupe depuis plusieurs mois, quel est l'intérêt ? Mon cœur se serre toutefois en découvrant des clichés qui les montrent bien l'un à côté de l'autre, parfois très proches. Ils ont un passé commun, je ne peux rien y faire. Ce sont sûrement d'anciennes photos.

Je me demande un instant si cela ne ferait pas partie d'une stratégie mise au point par l'agence pour maintenir les journalistes à distance. Leur offrir un autre os à ronger est un moyen comme un autre, mais c'est de mauvais goût. Ma théorie déjà branlante s'effondre cependant lorsque je repose le magazine et tombe sur un autre : la mise en pages n'est absolument pas soignée, mais peu importe. Les larmes me montent aux yeux. Ils y sont arrivés : je ne suis plus une inconnue.

MAXINE, LA MYSTÉRIEUSE AMIE
DU PASSÉ, REVIENT DANS LA VIE
DU CHANTEUR GARRETT BRENTWOOD

Selon une source anonyme,
Garrett et Maxine se sont connus
lorsqu'elle étudiait à Los Angeles,
juste avant le début de la carrière d'ARGO.
Il y a neuf ans, le lancement de leur album
avait été retardé à cause du décès de Matt,
le frère de Garrett.
Le chanteur était alors entré en cure
de désintox. C'est là-bas qu'il aurait fait
la rencontre de Maxine.
Si l'on ignore tout des motivations
de cette dernière, financières ou sentimentales,
Garrett doit faire face à bon nombre
de rumeurs toutes en lien avec sa vie privée
plutôt agitée et intense. Entre idylle
entre Kiera Jones et lui,
et grossesse surprise de Margo Hensen,
quel sera l'avenir de l'histoire
entre Maxine et Garrett ?

Quel ramassis de conneries !

Je range le tabloïd sans douceur sur la gondole. La file d'attente s'étant enfin éclaircie, je m'empresse de déposer mes articles sur le tapis et de régler mes achats pour quitter le supermarché le plus rapidement possible.

J'appelle Kenneth sur le chemin pour qu'il me rassure. En rentrant, je demande à Noah et Megan de s'occuper de décharger la voiture et de faire réchauffer le gratin pour ce soir, tandis que je file dans ma chambre et cherche à joindre Garrett. Toutes mes tentatives échouent.

Maxine
Rappelle-moi. Je t'en prie.
J'ai besoin de te parler.

Je sens les larmes monter, à bout. Si j'arrivais à discuter avec lui, cela irait beaucoup mieux, je le sais. J'ai vraiment besoin de l'entendre, qu'il me rassure. J'inspire et expire longuement pour me calmer et décide de prendre sur moi. Je vais m'occuper des enfants, me changer les idées, j'essaierai de nouveau tout à l'heure.

– T'as signé les documents pour le voyage à Vancouver ? me demande Noah, sa sœur sur les talons, lorsque j'arrive dans la cuisine.

– Oui, je les ai posés sur ton bureau.

– Super.

Les fonds récoltés avec la fameuse vente de gâteaux vont enfin servir à emmener sa classe une petite semaine en Colombie-Britannique, au Canada.

– J’ai tellement hâte !

– Deux parts s’il te plaît, j’ai faim, demande Megan en s’asseyant à table.

Je sers et les rejoins.

– Vous savez déjà ce que vous allez faire ? reprend ma nièce en se tournant vers son frère.

– Pas précisément. On va participer à certains des cours de la classe d’échange, mais on va faire des visites aussi. Je crois qu’on va descendre à Victoria et prendre le ferry.

– Pourquoi on a pas fait ça quand j’étais au collège ?

– T’es allée à New York ! T’exagères.

Je les écoute parlementer, le regard dans le vide. Garrett ne quitte pas mon esprit. Qu’est-ce qui peut bien le retenir à ce point ? Y a-t-il une once de vrai dans ces histoires ? Sinon, pourquoi ressortiraient-ils Margo du placard ?

À la fin du repas, je les envoie se doucher, incapable de me concentrer sur autre chose que mes hypothèses. Je quitte la cuisine pour rejoindre le salon. Cela fait à peine dix minutes que la télé est allumée que mon portable sonne. Je souris tout en secouant la tête : Samantha. Je me doutais qu’elle s’inquiéterait, alors que c’est elle qui mériterait qu’on prenne soin d’elle.

– Coucou toi, me salue-t-elle.

– Coucou. Comment tu te sens ?

– Épuisée mais plus heureuse que jamais. Mais je n’appelle pas pour parler de moi !

– Je me doute, ricané-je.

– Alors, ça y est, toi aussi, tu es une star, se moque-t-elle.

– Tu parles.

– Plus sérieusement, comment tu vas ?

Je bascule la tête contre le dossier de la banquette et contemple le plafond immaculé.

– Je vais te répondre comme je l'ai fait à Kenneth : on savait que ça finirait par sortir à un moment donné, ce n'était qu'une question de temps. Donc ça va. Je ne dis pas que ça me plaît, mais c'est comme ça. Je ne vais pas vivre cachée pour autant.

– Mais ?

– Je n'arrive pas à avoir Garrett au téléphone depuis un moment. Ça m'inquiète.

– Je suis sûre qu'il va vite te contacter, il doit être très occupé, c'est tout.

– C'est ce que je me dis, et c'est aussi ce que me dit Kenneth, mais bon…

– Max, me coupe-t-elle, il ne t'a pas couru après pour disparaître comme ça. Votre histoire, elle est tellement incroyable. Tout va bien se passer. Et rappelle-toi…

– Quoi ?

– J'ai toujours raison.

J'éclate de rire tout en me redressant.

– Est-ce que Justin est dans les parages ? Qu'il puisse confirmer tes dires ?

– Tu sais bien qu'il acquiesce à tout ce que je dis. Ça n'en reste pas moins la vérité. Va te détendre dans un bon bain, prends un livre et souffle un coup.

– Je vais faire ça.

– Tu vois, toi aussi quand tu veux, tu m'écoutes.

– Va t'entraîner sur tes enfants et ton mari, lui ordonné-je en riant. Merci d'avoir appelé.

– Je t'en prie, c'est normal. Bonne soirée, Max.

– Bye.

Je soupire, la tête en arrière contre le dossier du canapé. Il faudrait que je me repose, c'est sûr. Que je pense à autre chose. Sauf que je n'y arrive pas. Je ferme les yeux, lasse, mais je me redresse aussitôt alors que ma sonnerie retentit dans la pièce. Je me lève brusquement, le téléphone m'échappant presque des mains. Sur l'écran, c'est enfin le nom que j'espérais voir qui s'affiche.

– Salut.

– Garrett, soupiré-je.

Je me laisse tomber à la renverse sur le sofa et pose une main sur mon cœur. Le soulagement qui s'empare de moi est tel que je me mets à pleurer à chaudes larmes sans parvenir à me contrôler. Je me fiche de tout le reste, mais j'ai vraiment eu peur de ne plus avoir de nouvelles de Garrett.

– Maxine…

Sa voix est rauque, chargée de tendresse mais aussi de culpabilité. Je me lève pour rejoindre ma chambre afin de pouvoir discuter tranquillement.

– Je suis désolé, pour tout. D'avoir été si long à te rappeler, pour tout ce qui se dit, d'être loin de toi.

– Arrête. Ce n'est pas ta faute.

Je sais pertinemment qu'il n'en croira pas un mot, mais j'ai besoin de le lui dire.

– Comment tu vas ?

– Ça va. J'aurais aimé ne pas voir ma vie privée étalée dans les journaux, mais au moins le pansement est arraché. J'ai accepté mon passé il y a un moment. Tu m'as dit un jour qu'il ne nous définissait pas, je me suis accrochée à ça et ça fonctionne.

– Ma guerrière.

Je peux presque l'entendre sourire avant qu'il ne reprenne :

– Je vais le dire parce que j'en ai besoin, mais Margo n'est pas enceinte de moi.

Son aveu ferme et définitif m'arrache un ricanement amer.

– Je ne sais pas d'où sort cette connerie ! La dernière fois qu'on a… enfin… Ça remonte à des mois. Il n'y a que toi, Max.

– Pourquoi ils parlent d'elle alors ? Quel est l'intérêt ?

Garrett marque une pause mais il reprend aussitôt :

– Je n'en sais rien, Max. Je… je ne travaille plus avec elle. C'est pareil pour Kiera, on n'a jamais été ensemble. Ryan ne dit rien, mais je vois bien que ça le blesse aussi. Ce qu'on pensait être fun et passager entre eux semble sérieux. Ma mère aimerait qu'ils se montrent en public pour se débarrasser de l'un des problèmes, mais Ryan n'est pas très chaud et je t'avoue que moi non plus. Je refuse de jeter l'un de mes potes en pâture même si c'est pour me soulager d'un poids.

Il renifle et cela me fend le cœur. Le silence qui suit me touche plus qu'il ne faudrait.

– Ça irait tellement mieux si je pouvais te serrer dans mes bras.

– Garrett… Est-ce que tu es tout seul ?

– Non, je suis à l'agence. Je… on parle stratégie.

– Stratégie ? On dirait que tu me parles d'entrer en guerre. Et pourquoi ne pas publier un démenti ? Profiter de l'une de vos interviews pour faire le point ?

– C'est prévu. La semaine prochaine, chez Oprah Winfrey. Notre attachée de presse s'en est occupée.

– D'accord.

À nouveau ce silence pesant. Je me redresse et m'assieds en tailleur sur le canapé.

– Garrett ? Est-ce que tu me dis tout ?

Je l'entends se déplacer, une porte s'ouvre et se referme dans la foulée. Sans doute s'est-il isolé pour plus d'intimité.

– C'est si pesant cette situation, avoue-t-il sans répondre pour autant à ma question. Je crains tellement que tu prennes peur et me laisses tomber.

– Je n'en ai pas l'intention. Du moment que l'on fait front ensemble et que tu m'impliques, tout ira bien.

– Je suis vraiment désolé d'avoir été moins présent cette semaine. Je ne voulais pas t'inquiéter mais je ne savais pas où donner de la tête. Tout va tellement vite. Chaque fois que j'ai l'impression de régler un problème, un nouveau nous tombe dessus.

– Je ne t'en veux pas, vraiment. Je sais que vous êtes très occupés, je ne vais pas te reprocher de travailler. On regarde religieusement tous les épisodes de MTV. Vous êtes extras tous les quatre.

– Merci. C'est gentil.

– Je peux te confier un secret ?

– Dis-moi.

– Je crois bien que j'ai une préférence pour le grand blond aux yeux bleus. Garrett, je crois.

Ma distraction fonctionne puisqu'il rit. Je souris à mon tour, heureuse d'alléger un peu l'ambiance. J'aurais bien besoin d'un câlin, mais il est trop loin de moi. À la place, je lui demande la seule chose qui sera capable de m'apaiser.

– Tu peux me chanter quelque chose ?

– Bien sûr.

Il y a une douce chaleur dans sa voix. C'est ainsi que nous fonctionnons, la musique a toujours été un baume sur nos cœurs. Elle nous a réunis, nous a unis.

You tell all the boys no
Makes you feel good, yeah
I know you're out of my league
But that won't scare me away, oh, no
You've carried on so long
You couldn't stop if you tried it

You've built your wall so high
That no one could climb it
But I'm gonna try

Je caresse mon tatouage, la cicatrice qui le traverse et les larmes me montent aux yeux. Un sanglot m'échappe. Garrett cesse brutalement de chanter.

– Maxine ?

– Tu es le seul à tout savoir de moi. Tout.

– Je sais.

– Et ça ne t'effraie pas ?

– Non, parce que c'est toi.

– Tu veux bien rester en ligne jusqu'à ce que je m'endorme ?

– Bien sûr.

Et il le fait.

CHAPITRE 40

MAXINE

Garrett me manque, atrocement. Les appels, les textos, les visios ne me suffisent plus. J'ai besoin de le voir. Cela ne changerait rien au battage médiatique que nous subissons mais au moins, j'aurais la sensation que cela n'a pas d'impact sur nous. Le toucher, l'embrasser, lui faire l'amour, le regarder dans les yeux, je suis en manque de lui. Sept semaines tout pile depuis que nous nous sommes vus, je commence à trouver le temps long. Je dois juste me montrer forte, je refuse de l'accabler plus qu'il ne le fait lui-même.

Les enfants vivent la situation plutôt bien. Noah s'en moque, quant à Megan, elle parvient à faire la part des choses, à démêler le vrai du faux. Et je me dis que cela la confronte déjà à ce qu'elle pourrait expérimenter en choisissant cette voie. Toutefois, je doute que cette expérience la fasse changer d'avis. Ses camarades sont plus intrigués par sa participation au programme d'été que par le lien entre Garrett et moi. Ses amis proches me connaissent, mais le fait de ne pas porter le même nom attire moins l'attention.

Je suis prête à accepter le moindre petit aspect positif à tout ce bazar. J'ai du mal à me dire que Garrett et le groupe vivent avec toute cette pression depuis des années. C'est dur et tellement invasif.

Je suis en train de valider plusieurs dossiers avant le week-end quand mon téléphone interrompt la douce musique classique que j'ai mise en fond sonore. Je décroche et tombe sur Andrew de l'accueil.

– Madame Zelko, navré de vous déranger, j'ai quelqu'un qui demande à vous voir.

– Nous avions rendez-vous ?

Je fronce les sourcils, fouillant dans ma mémoire.

– Non, ce n'était pas prévu.

– Qui est-ce ?

Il s'éloigne un instant et je souris à l'idée que Garrett puisse, une fois encore, me surprendre au travail.

– Mme Hensen.

Je me redresse, un frisson glacé descendant le long de ma colonne vertébrale.

– Margo Hensen ?

– Oui, c'est bien ça.

Que peut-elle bien venir faire ici ? Comment ose-t-elle se présenter sur mon lieu de travail ? Qu'est-ce que je fais ?

– Madame Zelko ?

– Oui, pardon Andrew. Demandez à Roger de l'accompagner jusqu'à mon bureau, je vous prie.

– Très bien. Je m'en occupe.

Je raccroche et reste figée devant le combiné. J'ai du mal à croire qu'elle est ici. Et même si elle est bien la dernière personne que j'ai envie de voir, sa venue m'intrigue, alors je refrène cette alarme intérieure qui me met en garde.

Quelques minutes plus tard, un coup frappé à la porte m'arrache un petit sursaut. Je me lève, lisse ma jupe, remets un peu d'ordre dans mes cheveux avant d'aller ouvrir.

– Madame Zelko. Madame Hensen, m'informe Roger.

– Je vous remercie. Margo, la salué-je sèchement. Je t'en prie, entre.

Elle pénètre dans la pièce avec un hochement de tête en guise de salutations et jette un regard alentour. Aucun coin n'est épargné, j'en profite pour la détailler. Elle n'a pas changé. Elle arbore toujours le même style vestimentaire, très chic, avec une coiffure et un maquillage impeccables. J'ai beaucoup de mal à me dire que Garrett et elle ont partagé des moments d'intimité. Et plus que tout, ce qui me frappe, c'est le point auquel nous sommes différentes. Bien entendu, j'ai beaucoup évolué, je ne suis plus cette jeune femme qui se cachait, j'ai acquis de l'assurance et je m'assume bien mieux, mais quelque chose de bien particulier se dégage de Margo. Je n'arrive pas à me l'expliquer.

Je secoue la tête et retourne m'asseoir à mon bureau, l'invitant à prendre place sur l'un des sièges en face de moi.

– Je te remercie de me recevoir.

– Je peux savoir ce qui t'amène, Margo ?

J'aimerais que nous en venions aux faits, que cette rencontre ne s'éternise pas.

– Tout d'abord, je voudrais m'excuser pour la façon dont je t'ai traitée et ce que je vous ai fait subir, à Garrett et toi. Même si je l'ai fait en pensant à ARGO, ce n'est pas une excuse.

– Il n'est pas un peu tard pour ça ?

– Effectivement, s'excuse-t-elle en baissant les yeux sur ses mains croisées. Tout ce que je voulais, c'était le bonheur de Garrett et du groupe.

– Oui, tu l'as déjà dit. Ça n'explique pas ta présence ici.

Elle pince les lèvres, comme si elle se retenait de dire quelque chose.

– Je n'en ai pas parlé à Garrett parce que je sais qu'il s'y serait opposé, mais je pensais que tu méritais d'en être informée en personne.

Je fronce les sourcils. Me penchant en avant, doigts noués sur mon sous-main, je l'invite à poursuivre d'un petit mouvement de tête.

– Une enveloppe est arrivée à l'agence lundi de la semaine dernière…

– À l'agence ? l'interromps-je en écarquillant les yeux. Je croyais que tu n'y travaillais plus. Garrett t'a renvoyée, non ?

– Non, j'y travaille toujours et je m'occupe toujours du groupe. Je suis navrée que tu aies cru le contraire.

J'accuse le coup. J'essaie de me rappeler avec précision ce que Garrett m'a dit après sa dispute avec Margo. Est-ce moi qui ai mal compris ? Ai-je interprété ses mots pour qu'ils aillent dans mon sens ? Je pensais qu'il ne voulait plus avoir affaire à elle après ce qu'elle nous a fait. Je tente de relativiser : Margo n'est pas quelqu'un de confiance. Elle peut tout à fait me raconter n'importe quoi. Mais dans quel but, quand il me suffit d'un coup de fil pour infirmer ses dires ?

Elle se penche pour sortir un courrier de son sac et le dépose entre nous. Il est bien adressé à l'agence.

– Tu trouveras à l'intérieur une lettre d'un certain Alesso…

En entendant ce prénom, mon cerveau fait comme un court-circuit. *Alesso ? Pourquoi Margo me parle-t-elle d'Alesso ?* Comment peut-elle le connaître ? Il ne peut pas réapparaître, c'est impossible. Il n'existe plus. Il a disparu de ma vie depuis longtemps.

Je n'écoute plus rien de ce qu'elle raconte. Je suis brutalement renvoyée toutes ces années en arrière et je lutte contre les souvenirs qui menacent de remonter à la surface. Je refuse de replonger dans ce cauchemar. Je l'ai laissé derrière moi, je l'ai enfermé à double tour.

Déglutissant, je détaille du regard le rectangle brun devant moi. Un si petit objet qui peut tout bouleverser.

– Maxine ?

Je relève brusquement la tête.

– Oui ?

– Tu vas bien ?

– Non, mais ça doit t'être bien égal, n'est-ce pas ?

– Tu te trompes. Si je suis ici, c'est parce que je pense que tu as le droit de savoir.

– Lundi de la semaine dernière, tu dis, murmuré-je.

Elle me renvoie un sourire compatissant.

– Oui. Je n'ai pas tout de suite été mise dans la confidence. Garrett a tenté de traiter ça en comité restreint avec sa mère et Diana.

C'est comme si je venais de recevoir un uppercut. J'ai du mal à respirer. J'aurais pu mettre en doute la sincérité de Margo, mais si ce courrier est arrivé à l'agence et que Margo l'a entre les mains, c'est donc qu'elle y travaille toujours. Garrett m'a menti. De plus, cela veut dire qu'il est au courant depuis presque deux semaines et qu'il ne m'en a pas parlé. Quand je lui ai dit que tout irait bien s'il m'impliquait, qu'il m'a assuré qu'il était d'accord avec moi, il me mentait.

Je reporte mon attention sur la jeune femme. Bien droite sur la chaise, elle ne montre aucun signe qui pourrait me faire douter de sa parole. Je suis en train de mettre en doute mon amant face à une femme qui nous a déjà trahis. Comment savoir si elle n'invente pas tout ça ? Mais encore une fois, dans quel but alors que je pourrais facilement vérifier ?

– Qu'est-ce qu'il y a dedans ? demandé-je en revenant à l'enveloppe.

– Une lettre de chantage et une vidéo.

Je remonte le regard sur Margo, vacillant sur ma chaise. Une vidéo ? De quoi ? Je vais me sentir mal. C'est comme si mon instinct avait deviné : une *sextape*.

– Cet homme, Alesso, explique qu'il t'a reconnue à cause de tous ces articles dans la presse et que vous vous êtes connus à la fac de l'Oregon. Il exige une certaine somme d'argent en échange de l'exemplaire original de la vidéo, le seul autre qui existe.

– Tu l'as regardée ? lâché-je d'une voix lourde, fixant la bosse qui déforme le papier.

Comme elle garde le silence, je reporte mon attention sur elle. Elle n'a pas besoin de me répondre. Oui, elle a tout vu. Elle a été témoin de mon humiliation, alors que moi-même, j'en ignore encore presque tout.

Je réprime un sanglot et redresse les épaules, bien déterminée à camoufler ma faiblesse devant cette femme qui ne m'a jamais voulu du bien.

– Je suis désolée, je devais m'assurer que ce qu'il disait était vrai. Garrett m'en avait parlé, mais je…

– Il t'en avait parlé ? m'étranglé-je.

– Oui, au détour d'une conversation. Un soir où il était saoul, il a craché tout ce qu'il avait sur le cœur et s'est confié à moi.

La première larme s'échappe de mon œil. Je m'empresse de la chasser d'un mouvement vif de la main. Je n'y crois pas. Tout ceci, cet échange, sa présence, ses mots, c'est un cauchemar et je vais bientôt me réveiller. Il ne me peut pas m'avoir fait ça. Elle est en train de jouer avec moi. Je relève le menton et revêts un masque dur en la sondant intensément.

– Pourquoi tu es là, Margo ?

Elle hausse les épaules, comme si cela semblait évident.

– Il s'agit de ta vie privée et je me suis dit qu'il valait mieux t'avertir en personne. Je pense que personne ne devrait prendre de décision à ta place. Je n'aimerais pas que ce soit le cas si je vivais ça. Je peux même t'aider, quoi que tu décides. On peut le payer et lui faire signer un accord de confidentialité, par exemple. L'échéance est pour lundi qui vient. L'agence embauche des juristes qui peuvent en rédiger, ils ont l'habitude. Si la vidéo ou des photos fuitent quelque part, il devra faire face à de grosses poursuites judiciaires et il n'aura pas les moyens de s'en relever. Ce n'est qu'une suggestion, évidemment.

– Pourquoi tu n'es pas venue avec Garrett, si tu travailles toujours à l'agence ?

– Il ne voulait pas t'en parler, il voulait gérer ça tout seul. Je le sentais sur le point de faire une connerie alors je me suis décidée à venir. Déjà à l'époque, vos démons menaçaient de vous tirer vers le bas. C'est encore plus le cas maintenant avec cette vidéo. Garrett prend les choses très à cœur, c'est quelqu'un d'entier, il a mené une vie assez tumultueuse depuis le lancement du groupe. Je n'ai pas besoin de te le dire et tu sais aussi bien que moi quelle peut être sa réaction. Il finira par être incapable de prendre sur lui et je ne donne pas cher de la peau de cet Alesso. Et à ce moment-là, il foutra en l'air presque dix ans de travail.

J'entends parfaitement ce qu'elle me dit, pourtant, je ne connais pas le Garrett qu'elle décrit. Il n'est pas du tout comme ça avec moi, il ne l'a jamais été. L'homme dont je suis tombée amoureuse est à mille lieues de ce portrait. J'ai bien sûr entendu certaines choses au cours des huit dernières années, mais je me disais que tout était exagéré. Et s'il avait bien été comme ça ? À cause de mon départ, du fait de ne pas savoir ? Est-ce que je le connais si bien que ça ? C'est vrai que la fois où il était venu me chercher à la fraternité, lorsque je m'étais enfermée dans la salle de bains d'un inconnu, j'avais dû le retenir de se battre. Pour défendre ceux qu'il aime, il pourrait être capable de bien des choses.

Je repense à la distance qu'il a parfois mise entre nous ces derniers temps, au fait qu'il a de temps en temps esquivé certaines de mes questions. Et si tout ceci avait un lien avec ce chantage ? Et les coups de fil nerveux qu'il a souvent eus, était-ce avec Margo ? Cela expliquerait pourquoi il ne pouvait pas m'en parler, vu qu'elle est censée ne plus travailler pour eux. Enfin, d'après ce que j'ai bien voulu comprendre à l'époque où nous avons repris contact. Je n'ai pas envie de douter de lui, je n'ai pas envie de croire Margo, mais tout m'y pousse pourtant.

– Je suis vraiment désolée, Maxine.

– C'est gentil, m'entends-je dire.

Je ne sais pas si je dois la croire ou non, mais je m'en fiche.

– Toi ou lui refusez peut-être de l'entendre, mais tout ce que je cherche à faire, c'est le protéger.

– J'ai bien compris. Merci d'avoir fait le déplacement pour me mettre au courant.

Elle acquiesce d'un hochement de tête et amorce un mouvement pour se relever.

– Ne m'en veux pas, mais je ne te raccompagne pas.

– Pas de souci. Je te laisse ma carte. N'hésite pas si je peux t'aider.

– D'accord.

– Au revoir.

Je la suis du regard alors qu'elle quitte mon bureau. Je savais qu'accepter de la recevoir se retournerait contre moi, même si je suis persuadée que refuser de la rencontrer n'aurait pas fait disparaître cette menace. La seule différence aurait été mon ignorance.

Après je ne sais combien de minutes à ne pas bouger, peut-être une heure, j'envoie un message à Kenneth lui demandant de s'occuper des enfants. Nous avions prévu de nous retrouver à la maison pour manger des pizzas, mais je ne me sens pas de les affronter. Je prétexte un travail qui vient de s'ajouter à mon planning et repose le téléphone.

La main tremblante, je finis par récupérer les documents et sors la lettre en premier. Je pensais pouvoir reconnaître l'écriture d'Alesso, mais non. Il ne s'agit que de mots tapés sur un clavier, seule leur signification me prouve que ce courrier est authentique. La façon dont il décrit notre rencontre, ce que nous avons vécu, jusqu'à cette soirée de *spring break*. Margo n'a pas pu inventer tout ça, quand bien même Garrett se serait confié à elle. Et puis je découvre le montant réclamé, une aberration : six chiffres. Je n'en reviens pas. C'est bien au-delà de mes moyens… Et soudain, je me rappelle que le courrier est adressé à Garrett. C'est sûrement à sa portée.

Je reprends l'enveloppe et la renverse au-dessus de ma main. Une clef USB tombe dans ma paume et les larmes que j'ai si longtemps retenues franchissent la barrière de mes yeux. Je la serre fort entre mes doigts. Je sais que je n'aurai pas le courage de la regarder. Je ne peux pas faire ça, j'en suis incapable.

Je récupère mon sac et jette l'ensemble à l'intérieur. J'attrape ma veste, mes clefs et quitte précipitamment le musée. Mais je ne rentre pas à la maison. Non. À la place, je me dirige vers le *Nest Rooftop Bar*. J'ai besoin d'un verre. Des années que je n'ai rien bu, mais là, je crois que j'ai atteint un point de bascule.

Alors je commande, et j'attends. Cela dure peut-être une demi-heure. Je contemple mon verre de vin le regard vide, incapable de tremper mes lèvres dedans. J'ai peur que cela me replonge dans un passé dont je ne veux pas me souvenir.

– Maxine, souffle une voix à mes côtés.

Je me tourne lentement vers Katie. J'avais à peine posé mes fesses sur le tabouret que je lui envoyais un message. Elle me prend dans ses bras en découvrant ma mine que je suppose livide. Posant une main sur ma joue, elle s'assied à côté de moi. Elle ne dit rien de plus, se contentant d'être une présence réconfortante, me laissant le choix de me confier à elle ou non. Elle repousse seulement le verre d'alcool devant moi et commande deux *virgin* cocktails à la place.

– Garrett a été contacté… par Alesso.

Je retiens un sanglot, puis je lâche enfin mon sac. Cela dure de longues minutes entrecoupées de lourds silences que j'ai du mal à rompre. À la fin, je tremble tellement que je n'arrive plus à tenir mon verre.

– Respire, Maxine. Respire, m'encourage Katie en prenant ma main dans la sienne. Respire.

Je fais ce qu'elle me dit, relâchant un peu de pression. Je prie juste pour ne pas craquer en plein milieu du bar. Je n'ai vraiment pas besoin d'attirer l'attention.

– Je comprends l'état dans lequel tu es, ma belle. Mais regarde-moi.

Je fais pivoter ma tête vers elle et prends une profonde inspiration.

– Tu es forte, Maxine. Tu vas surmonter cette épreuve comme tu as fait pour toutes les autres. Tu vas prendre un peu de temps pour digérer tout ça et tu iras trouver Garrett pour mettre les choses au clair. Tu vas en discuter avec Kenneth et il va te soutenir. Tu vas trouver une solution. Peu importe ce que tu vas décider, c'est toi qui gères, OK ? Personne d'autre. Ni Margo, ni Garrett, et sûrement pas Alesso. On est d'accord ?

– Je ne sais pas si je vais y arriver, réponds-je d'une voix tremblante.

Katie fait tourner mon tabouret pour que je sois bien en face d'elle.

– Si, tu vas y arriver. J'en suis sûre. Tu vas le faire. Répète après moi : « Je vais y arriver. »

– Je vais y arriver.

– Plus fermement que ça.

– Je vais y arriver.

– C'est mieux. Encore une fois.

– Je vais y arriver.

– Voilà. Regarde tout ce que tu as accompli, Max. Tu en es parfaitement capable. Je sais que c'est dur, horriblement, mais tu peux le faire.

Je hoche la tête. J'ai envie d'y croire. Elle me replace face au comptoir et nous terminons nos verres en silence.

CHAPITRE 41

GARRETT

Je ne comprends pas son silence. Je n'ai pas de nouvelles de Maxine depuis son unique SMS reçu samedi soir : « *Je vais bien, j'ai besoin d'un moment. Je te rappelle.* » Tous mes appels basculent sur sa messagerie. Et j'ai beau laisser chaque fois un message, je n'ai aucun retour. Il m'a été impossible de quitter Los Angeles avant lundi matin et j'ai vécu entre-temps comme un lion en cage, vérifiant l'écran de mon smartphone toutes les dix minutes. Sans compter le reste.

D'un côté je m'inquiète pour elle et pour les enfants, me demandant s'il leur est arrivé quelque chose, fébrile. D'un autre côté, je suis sur le pied de guerre avec ma mère. En réalité, toute l'équipe a été mobilisée. Il était évident que je ne pouvais pas garder ça pour moi, sans pour autant entrer dans les détails. Le groupe est derrière moi, me soutient.

Ryan a contacté son ami informaticien, mais nous n'avons pas encore eu de ses nouvelles.

Je bous. De colère, d'impuissance, d'épuisement. Je ne parviens pas à faire taire cette petite voix qui me susurre que si Alesso cherche à blesser Maxine une fois de plus, c'est uniquement parce que nous sommes ensemble. Si son visage n'avait pas été divulgué dans les médias, elle ne serait restée qu'un souvenir pour ce salopard. Je ne sais pas ce dont je serais capable si je me retrouvais en face de lui. Il ravive ce que j'ai tu depuis de longues années. Je ne veux pas redevenir ce type d'il y a neuf ans, mais bordel, je suis tellement furieux ! Elle risque de revivre ce pan si douloureux de sa vie, et la dernière chose que je souhaite est qu'elle soit blessée.

Je sais que je devrais lui en parler, elle est la première concernée, mais j'essaie de la protéger. Si je peux étouffer cette affaire et lui épargner de souffrir, je le ferai. Mais plus les jours filent et plus je sens que ça m'échappe. Anthony a tenté de me dissuader de payer, de céder au chantage, et m'a encouragé à aller trouver la police. Mais j'ai l'impression de me retrouver face à une impasse. Je mène chaque combat de front, je fais tout mon possible pour limiter la casse et faire taire les rumeurs. Je donne littéralement de ma personne et voilà que Maxine joue les fantômes.

J'étais tellement pressé de la rejoindre que j'ai quitté LA sans bagage, sans repasser par la maison. Je ne tiens plus. Seulement, je n'ai aucune idée de comment m'y prendre. J'ai un mauvais pressentiment. Je sais que je n'ai pas tout dit à Maxine, que c'est mal, mais j'essaie de la préserver. J'ai réfléchi à différentes façons de tout lui avouer sans la blesser, en vain. Et si elle se doutait de quelque chose ? Ça expliquerait son silence. Je me vois mal débarquer à son travail. Nous souffrons parce que notre vie privée est exposée dans les journaux, je doute qu'aller chercher des explications alors qu'elle est au musée soit une bonne idée. J'angoisse de la retrouver, qu'elle me dise enfin ce qui lui arrive.

Une fois devant son domicile, je balance sans douceur les billets au chauffeur et quitte avec précipitation le taxi. Sans plus de cérémonie, mon poing s'abat sur la porte d'entrée et je recule d'un pas. Je fronce les sourcils alors que Kenneth m'ouvre la porte.

– Garrett, salut.

Je n'aime pas ce que je peux lire dans son regard. On dirait de la pitié.

– Salut. Maxine est là ?

– Oui, entre.

– Est-ce qu'elle va bien ?

– Je vais vous laisser vous expliquer, d'accord ? Noah ! Megan ! dit-il en penchant la tête vers le salon. On s'en va.

– Quoi ? Mais pourquoi ? Oh ! Salut Garrett, m'accueille Noah en me voyant. Tu devais pas venir que ce week-end ?

– J'ai réussi à avancer mon voyage.

– Génial.

À première vue, il n'est pas au courant d'un quelconque problème entre Maxine et moi. Megan me lance aussi un regard étonné alors qu'elle avance dans l'entrée.

– Bonjour Garrett. C'est une surprise.

Je lui souris faiblement en retour, incapable de m'expliquer.

– On va laisser Garrett et Maxine tranquilles, dit Kenneth. Je vous emmène manger un hamburger et on ira au cinéma après.

– Chouette, c'est moi qui choisis le film ! s'exclame Noah.

– Ben voyons, marmonne sa sœur en chaussant ses baskets.

Ils continuent de se chamailler en quittant la maison. La main sur la poignée de porte, Kenneth se tourne vers moi, le regard grave.

– Bonne chance mon vieux. Elle est dans sa chambre.

Et il me laisse dans l'incompréhension la plus totale, comme un con.

Je ne sais pas si je dois appeler Maxine ou la rejoindre. Je finis par monter l'escalier : si elle m'avait entendu, elle serait déjà descendue. Une fois devant sa porte, je frappe deux coups distincts. J'entends une voix étouffée puis des pas sur le parquet avant que Maxine ne vienne m'ouvrir. La stupeur se peint sur son visage.

– Sam, je te rappelle, dit-elle au téléphone avant de raccrocher. Garrett ? Qu'est-ce que tu fais là ?

Ce n'est pas l'accueil que j'espérais, mais au moins je ne me fais pas mettre dehors – quoi que j'aie pu faire.

– Tu ignores tous mes appels et mes messages depuis trois jours. Alors je suis venu dès que j'ai pu.

Elle fuit mon regard. Baissant les yeux, elle me passe devant sans rien dire et rejoint le rez-de-chaussée. *Bordel, c'est quoi, ce truc ?* Je la retrouve dans la cuisine en train de se servir un verre d'eau fraîche.

– Tu m'expliques ? Tu es malade ? Il y a un problème avec les enfants ? Quelqu'un te pose des soucis à cause de moi ? Des journalistes ? Explique-moi, je t'en prie.

Les mains tendues vers elle, je la supplie de me répondre. Je suis à bout. Je ne vois pas, à part les tabloïds, pour quelle autre raison elle pourrait réagir comme ça, mais elle m'a tellement assuré qu'elle réussirait à encaisser que je ne comprends pas. Les journalistes seraient-ils enfin tombés sur les enfants ? Ils n'avaient pourtant pas l'air inquiets, tout à l'heure.

Elle pose ses mains à plat sur le plan de travail et je vois ses épaules se crisper. Je ne le sens pas. Pas du tout.

– J'ai eu la visite de Margo vendredi, lâche-t-elle d'une faible voix.

Une bombe. C'est l'effet que cela me fait. J'ai l'impression qu'une bombe vient d'être lâchée au-dessus de ma tête et que tout est en train d'exploser. Et je ne peux que regarder les éclats voler sans bouger. Ce que je craignais est en train d'arriver. Qu'est-ce que Margo a pu lui dire ? Que sait-elle exactement ? J'ai envie de me gifler. Quelle que soit la réponse, j'ai fait de la merde et je vais en payer le prix fort. Je déglutis et avance vers elle, mais elle secoue la tête pour m'en dissuader. Son geste me blesse, mais je le comprends. Elle se contente de me scruter, comme si elle attendait ma réaction, une explication. Il est peut-être encore temps de sauver quelque chose.

– Pourquoi tu ne m'as pas appelé ? Qu'est-ce qu'elle t'a dit ?

– J'ai appris un certain nombre de choses alors j'avais besoin de temps pour digérer. J'allais t'appeler, assure-t-elle, tu m'as juste devancée. Est-ce que c'est vrai ?

– Qu'est-ce qui est vrai ?

– Margo travaille toujours pour l'agence de ta mère ? Elle s'occupe toujours de manager le groupe ?

Je déglutis et chasse rapidement le voile qui vient obscurcir ma vue.

– Non, c'est faux.

– Qu'est-ce qui est faux, exactement ?

Maxine lit parfaitement en moi, pourquoi est-ce que j'essaie de lui cacher la vérité ?

– Max…

– Garrett, non, souffle-t-elle en secouant la tête. J'ai essayé de ne pas la croire mais j'ai le sentiment que tu me caches quelque chose. Et là, ça, ton attitude, ton regard, je sais que j'ai raison.

Sa voix tremble. Je m'en veux.

– Dis-moi la vérité maintenant, s'il te plaît.

– Je ne t'ai pas menti, je l'ai bien renvoyée.

– Pourquoi travaille-t-elle toujours pour l'agence dans ce cas ?

– Elle est partie… pendant un temps.

Je ferme les yeux avant de détourner le regard, m'asseyant sur un tabouret de l'îlot central.

– Ma mère a eu vent de notre dispute le jour où j'ai appris ce qu'elle nous avait fait. Elle a cherché à comprendre, à savoir ce qui se passait entre Margo et moi. N'oublie pas que je connais Margo depuis toujours. Mes parents sont amis avec les siens. Ma mère l'aime comme si c'était sa fille.

– Tu veux me faire croire que ta mère ferait passer Margo avant toi ?

– Non, bien sûr que non.

– Elle n'est pas au courant, n'est-ce pas ?

Je secoue la tête, totalement abattu.

– J'étais sur le point de le lui dire, parce que j'étais décidé à ce que Margo disparaisse complètement de ma vie. Ma mère voulait une explication, sinon Margo reviendrait. C'est son entreprise, je n'ai aucun droit sur son personnel. Sauf que Margo a débarqué après une séance photo et qu'elle a menacé d'emmener tous les artistes qu'elle avait signés. J'ai fini par demander à notre avocat de se renseigner discrètement sur les contrats que Margo a fait signer et elle en aurait tous les droits.

J'ignore si elle serait capable de blesser ma mère, mais je ne peux pas prendre ce risque.

– Je ne pouvais pas le permettre, ma mère a consacré toute sa vie à l'agence. C'est son bébé. Le problème était entre Margo et moi. J'ai consenti à taire notre différend pour préserver la relation entre ma mère et Margo. Elles ont toutes les deux survécu à un cancer, ce qui les a énormément rapprochées. Je… J'ai néanmoins imposé une condition : elle revenait travailler pour l'agence mais elle perdait ses droits sur ARGO. Avec l'appui des mecs, ma mère n'a pas eu d'autre choix que d'accepter et Margo n'a rien eu à dire.

Les épaules de Maxine s'affaissent et je n'ai qu'une envie, courir pour la prendre dans mes bras et la rassurer. Je peux lire en elle combien tout ce que je lui explique la blesse.

– Margo n'est plus censée s'occuper du groupe. C'était le cas dans les premiers temps, mais Stephany, l'agente qui a pris le relais, est tombée malade et son arrêt a été prolongé. Ma mère a demandé à Margo de revenir auprès de nous, pour combler…

– Tu as délibérément choisi de passer sous silence ce qu'elle nous a fait et tu lui as offert la possibilité de travailler à vos côtés, m'interrompt-elle. Tu mens à ta mère, la laissant croire que Margo est quelqu'un de bien, qu'il ne s'agit que d'une petite dispute entre amis et qu'elle n'a jamais tenté de nous faire du mal. De *te* faire du mal, à toi, son fils.

– Je voulais juste faire au mieux pour tout le monde.

– Tu dissimules une information importante à ta mère, tu l'empêches de prendre la décision de garder ou non Margo car elle pense qu'elle est compétente et une amie. Le fait que tu me l'aies caché montre bien que tu savais que ce n'était pas le mieux pour tout le monde.

Sa remarque me fait l'effet d'une claque. J'ai nié ce nœud à l'estomac, j'ai refusé d'admettre que je faisais une énorme connerie parce que tout ce qui m'importait, c'était ce sourire sur le visage de ma mère. J'ai fait une erreur. Maxine a entièrement raison, je n'ai pas pensé à ce que ma mère ferait, je ne lui en ai pas donné l'opportunité. J'ai laissé Margo gagner, malgré ce qu'elle nous a fait. Je n'ai pas réfléchi aux conséquences, pensant que les deux femmes ne se rencontreraient jamais.

– Que se serait-il passé si nous nous étions croisées devant ta mère, Margo et moi ? S'il lui était venu l'idée de nous présenter, pensant que nous aurions pu nous entendre, devenir amies ? Elle doit se douter qu'on s'est déjà rencontrées à l'époque. À moins que tu aies pensé me cacher, nous cacher l'une de l'autre ?

– Non, Max ! Pas du tout ! Je n'ai pas pensé à tout ça. Tu es ici et Margo à Los Angeles, ça n'avait pas d'importance.

– Il semblerait que tu te sois trompé puisque ça ne l'a pas empêchée de venir me trouver ici, à Seattle.

Je soupire tout en secouant la tête. Je suis dans un tel état de nerfs. Margo a encore fait des siennes. Comment puis-je croire qu'elle veuille sincèrement mon bien ? C'est impossible.

– Elle m'a aussi dit que… tu t'étais confié à elle, à propos de mon passé, de ce qui m'avait poussée dans la drogue.

J'écarquille les yeux, sidéré. *Putain ! Mais j'y crois pas !* Les seuls à qui j'en aie parlé, et absolument pas dans le détail, ce sont les copains et je sais que jamais ils n'en auraient discuté avec qui que ce soit, surtout pas avec Margo. C'est une certitude, je parierais ma vie là-dessus.

– C'est faux.

– Elle m'a dit que c'était un soir où tu étais saoul. Tu pourrais très bien ne pas t'en souvenir.

– Je sais ce que je dis, Maxine. Je n'en ai jamais parlé à Margo. Tu dois me croire. Pourquoi est-elle allée te dire ça ?

Je ne comprends pas, comment Margo en est-elle venue à parler de ça ? Et puis soudain, cela fait sens. *Elle n'a pas fait ça ?* Une colère sans nom s'empare de moi et je suis sur le point de tout envoyer balader. Je bous littéralement, tellement que j'ai du mal à contrôler mes tremblements. Je me lève, incapable de rester en place. Elle a vraiment dépassé les bornes cette fois. Il n'y aura plus aucun retour possible en arrière. Je ne le voulais pas, mais ma mère et Diana ont fait part du chantage à Margo – avant que je ne puisse les en empêcher, évidemment. Je suis entré dans une fureur noire quand je l'ai appris, mais le mal était fait. Je n'aurais jamais pensé qu'elle se servirait de cette situation pour atteindre Maxine.

Je croise le regard de Max et soudain son visage se décompose. Elle recule d'un pas et son dos heurte le plan de travail.

– Maxine ? dis-je, la voix étouffée, de crainte de la voir s'évanouir.

Elle est pâle comme un linge et semble avoir du mal à reprendre sa respiration.

– Tu ne lui en as pas parlé, mais ça ne t'étonne pas qu'elle soit au courant… Parce que tu sais pourquoi. Tu sais, murmure-t-elle. Pour le chantage, la lettre et la vidéo. Margo ne m'a pas menti. Tu sais.

Sa remarque me prend de court. Je fronce les sourcils.

– Je… Quoi ?

– J'avais encore des doutes, je me disais que Margo pouvait avoir maquillé la vérité, que tu ne savais rien de tout ça. Mais tu sais. Tu es au courant mais tu ne m'en as pas parlé.

– Max…

– Non, dit-elle en secouant vivement la tête. Quand je te parlais au téléphone, quand je te disais que tout irait bien si tu m'impliquais, ça signifiait qu'on se dise tout. Mais tu m'as caché ça ! C'est ma vie, c'est mon passé et tu me l'as caché !

– Ce n'est pas ce que tu crois ! m'exclamé-je en avançant vers elle.

– Reste où tu es !

La main tendue entre nous, elle empêche ses larmes de couler. *Non, non, non, je ne veux pas. Ce n'est pas du tout ce qui était prévu.*

– Écoute-moi, je t'en prie.

– Parce que tu as quelque chose à dire, maintenant ?

– Ma mère a reçu cette lettre à l'agence, avec la vidéo. Je… J'ai compris que c'était vrai en lisant la lettre, ce que cet homme racontait, c'était tout ce que tu m'avais expliqué. J'ai vu ce qu'il demandait en échange de la vidéo originale. Je me suis douté que c'était à cause de moi, de notre relation, que ça refaisait surface.

– Est-ce que tu l'as regardée, la vidéo ?

– Je… j'étais obligé.

Maxine a un haut-le-cœur. Elle se tourne juste à temps pour vomir au-dessus de l'évier. Je me précipite dans son dos pour retenir ses cheveux mais elle se dégage d'un violent coup de coude. Je recule et attrape un torchon qui traîne sur l'îlot central pour le lui tendre. Je me sens tellement impuissant.

Sa tête bascule entre ses bras, elle prend plusieurs grandes inspirations, puis finit par se redresser. Mais elle est incapable de rester debout. Elle se laisse alors glisser contre le meuble de cuisine et s'assied par terre. Ses joues sont maculées de larmes et je reste figé à la regarder. Je n'ai pas le droit de la toucher. Je souffre avec elle, je m'en veux terriblement, mais j'ai agi du mieux que je pensais, elle doit le comprendre.

– Je ne crois pas qu'il s'agisse de toi sur cette vidéo, dis-je, m'accroupissant.

Les iris de Maxine s'arriment aux miens. Elle me contemple avec détachement, et ça me brise le cœur.

– Tu ne l'as pas visionnée ?

Étonné, j'attends qu'elle confirme, mais elle se contente de rester là, inerte. Je sais qu'elle m'entend, mais elle semble incapable d'amorcer le moindre geste, de prononcer le plus petit mot.

– J'ai fait appel à un détective privé. Je l'ai missionné pour retrouver cet Alesso. J'ai payé ce qu'il demandait pour ne pas attirer ses soupçons.

– Tu as payé ? s'étrangle-t-elle. Margo m'a dit le contraire. Elle me proposait de m'aider.

– Elle n'est pas au courant, je ne pouvais pas prendre le risque de laisser fuiter quoi que ce soit. Le service juridique de l'agence est sur le qui-vive. Diana est sur tous les fronts. J'ai mis le meilleur hacker sur le coup, on surveille le Net nuit et jour et je… Je voulais seulement te protéger. Je sais combien tu as souffert et je ne voulais pas que ça resurgisse, qu'il vienne salir ta famille.

Une lueur vive passe soudainement dans le regard de Max. Elle se redresse péniblement en s'appuyant sur le meuble de cuisine avant de se passer une main sur le visage.

– Tu ne comprends rien, Garrett. Tu as bafoué ma confiance et mon intimité. Tu étais tellement focalisé sur les médias, l'attention que nous porte la presse, pensant que ça allait m'effrayer et me faire fuir, que tu as oublié l'essentiel. La franchise et le respect.

Quoi ? Non, ce n'est pas ça, pas du tout.

– Je ne v…

– C'est ma vie privée. Même si tu es au courant de ce qui s'est passé, ça ne te donnait aucun droit de regarder cette vidéo sans moi ou mon autorisation, que ce soit bien moi ou non dessus. Tu aurais dû m'en parler, ne pas me le cacher mais tu as choisi de faire tout ça dans mon dos. Tu m'as laissée dans l'ignorance et tu as gardé Margo dans ta vie. Tu lui as permis de me blesser encore une fois.

– Max, non. Je t'en prie, l'imploré-je en avançant, mais elle m'arrête d'un mouvement. Je n'ai jamais voulu qu'on en arrive là.

– Tu aurais dû en parler à ta mère, tu n'aurais pas dû lui cacher ça. Même si elle aime Margo, elle se serait rangée du côté de son fils, elle t'aurait soutenu, peu importe si sa société risquait d'en pâtir. Je comprends que tu aies voulu l'épargner, mais ça ne lui rend pas service de ne pas savoir que quelqu'un d'aussi abject évolue à ses côtés, et tu as choisi d'offrir cette chance à Margo pour, qu'une fois de plus, elle s'en serve contre moi.

– Maxine, écoute-moi, je t'en prie, la supplié-je. Je sais que j'ai merdé, sur toute la ligne. J'en suis terriblement désolé. Tu dois me croire. Je suis désolé.

Elle secoue la tête, soufflant, évacuant les larmes qui continuent à couler le long de ses joues.

– Non, Garrett. Je… j'ai besoin de temps. Je ne peux pas… C'est trop, tu comprends ?

– Max, murmuré-je la voix tremblante.

– Je te demande de partir, Garrett. Le temps que je digère tout ça, que je réfléchisse.

Au moment où ses yeux se posent sur moi, je prends conscience de l'ampleur des dégâts. Brutalement, je comprends qu'elle a raison, je suis coupable de ce dont elle m'accuse. Je l'ai trahie. J'ai bafoué son intimité. Je lui ai caché des informations capitales. Je me suis persuadé que je la protégeais alors que j'aurais dû me confier immédiatement à elle et que nous aurions avancé ensemble.

Mon cœur se brise une fois de plus. J'ai foiré, complètement, totalement. Elle est en train de mettre un terme à notre relation à cause de moi, de ce que j'ai fait. Je ne peux pas le lui reprocher. La peine et la souffrance que je lis en elle, j'en suis le responsable. La culpabilité vient s'ajouter à la longue liste de mes torts. Si je n'avais pas insisté, persisté, si je l'avais laissée tranquille, Margo ne se serait pas attaquée à elle, nous n'aurions pas reçu cette lettre, Maxine vivrait une vie paisible loin de ses douleurs passées.

Je suis le seul fautif, c'est moi qui ai causé toute cette merde. Quoi que je fasse, quoi que je décide, voilà comment les choses se terminent : quelqu'un que j'aime souffre.

– Je suis désolé, soufflé-je à nouveau. Tellement. J'espère que tu parviendras à me croire un jour. Ne t'en fais pas, je vais m'occuper de tout ça et tu n'entendras plus parler de moi. Je te le promets.

Maxine ne réagit pas. Je laisse passer quelques secondes avant de reculer. Je dois respecter son choix, j'aurais dû le faire dès le départ, j'aurais dû faire mieux, différemment. Alors, même si j'ai l'impression que ma vie s'arrête en faisant cela, je fais demi-tour et quitte cette maison. Je vais m'effacer de sa vie, pour qu'elle puisse retrouver la sienne.

CHAPITRE 42

GARRETT

Après une nuit passée dans un hôtel à proximité de l'aéroport de Seattle avant de pouvoir attraper un vol pour LA, je suis de retour chez moi, sur les rotules. Je n'ai pas fermé l'œil de la nuit et j'ai mal au crâne tellement mon cerveau est malmené par les pensées noires qui s'y incrustent. La conversation entre Maxine et moi ne cesse de repasser, martelant mon cœur à chaque seconde.

Je jette ma veste sur le dossier du canapé et me précipite vers mon bar. Je ne prends pas la peine de me servir dans un verre, j'attrape la première bouteille qui me tombe sous la main et je vais m'effondrer sur mon sofa.

La première gorgée de whisky m'arrache la trachée mais j'accueille cette brûlure avec délice – elle est concrète, palpable, tellement plus que la douleur qui fait sa place dans mon cœur. Je lutte contre les larmes, contre les images de Maxine en pleurs.

J'en suis responsable. Pourquoi ne suis-je pas parvenu à rester loin d'elle ? Pourquoi n'ai-je pas pensé à tout ce qui découlerait de cette histoire ?

Les minutes, les heures s'étirent et je reste inerte sur mon divan, dans un état que je sais lamentable. La bouteille est à moitié vide, maintenant. Je lutte depuis tellement longtemps contre la culpabilité, contre la dépendance, contre la solitude. Pourquoi ai-je cru avoir droit au bonheur ? J'ai imaginé pendant un instant un coup de pouce du destin en revoyant Maxine, mais je n'en suis pas digne, car je suis incapable de faire les choses correctement.

La sonnerie de mon portable me sort de ma torpeur. Je le récupère dans la poche arrière de mon jean et décroche.

– Hey G ! s'exclame Olly. On vient prendre des nouvelles !

Je ricane sèchement. Je ne suis franchement pas en état de leur faire un rapport.

– Je suis chez moi, lâché-je mollement.

– Comment ça, chez toi ? Tu n'as pas pris l'avion pour Seattle ?

– Si, mais je suis rentré. Max et moi, c'est fini. Pas la peine de venir. Je ne veux voir personne.

– Garrett, mais qu'est-ce que…

– Je vous en prie, soufflé-je, la voix tremblante. Plus tard.

Je raccroche et retourne à ma bouteille. D'une main, je lance une *playlist* au hasard sur l'enceinte Bluetooth, poussant le son à fond. Je ne devrais pas être surpris de tomber sur une chanson triste. Le karma, hein ? De toute façon, c'est peut-être ce qu'il me faut. Quelque chose qui m'enveloppe, qui s'immisce en moi et m'entraîne vers le fond. J'y suis déjà, autant continuer. Je prends une nouvelle rasade d'alcool et me relève, chancelant. J'avance vers la partie abritée de la piscine, contemplant l'eau translucide pendant un temps indéterminé. Lorsque *Sink or Swim* de Tom Gregory s'élève, j'éclate de rire. Comment ne pas croire qu'une puissance divine me parle depuis l'au-delà ?

It wasn't enough to say I love you
It wasn't enough to make you care
You left me to sink or swim
When you let the water in
Floating alone in deadly waters
Hoping the tide will pull me in
You left me to sink or swim
When you let the water in

Mes yeux tombent sur le creux de mon bras. Les cicatrices ne sont jamais parties ; elles se sont atténuées avec le temps, c'est tout. Le plus souvent, je sniffais, mais quand j'avais besoin d'un effet plus radical, plus immédiat, c'était en intraveineuse. En réalité, je crois avoir expérimenté tous les moyens possibles d'administration et toutes les substances qui étaient à ma disposition. Y repenser me donne envie de vomir. Toutes ces années, il m'aurait suffi de tendre la main pour pouvoir satisfaire cette envie. Cela aurait été si facile. Mais j'étais parfaitement entouré, j'étais déterminé. J'ai réussi à taire ce besoin et à maintenir le cap. Seulement là, ce soir, je me sens au plus bas. J'ai merdé, de A à Z.

La bouteille m'échappe des mains, se fracassant au sol. Je retire mon tee-shirt en tirant sur l'encolure. Du bout du pied, j'enlève mes baskets, ôte mon jean, rejoins les marches et entre dans l'eau tiède. Elle me drape, m'enlace, m'aspire lentement. Lorsque ma tête plonge sous la surface, mes larmes s'effacent et je me coupe du monde.

Plus aucun son ne filtre. Seules mes pensées flottent autour de moi. Je suis comme engourdi, lesté.

Une première bulle d'air s'échappe de mon nez, remontant doucement. Mon pouls accélère. Il serait si simple de retrouver l'air libre. Un simple mouvement des bras, une petite impulsion des jambes et je respirerais à nouveau. Pourtant, je fais en sorte de peser de tout mon poids pour rester au fond. Là où rien ne peut plus m'atteindre. J'ai l'impression d'être en apesanteur.

Une nouvelle bulle se fait la malle et ma poitrine commence à me brûler. La tête me tourne. J'ignore combien de temps je peux tenir sous l'eau. Combien de temps puis-je échapper à ma vie ? Même si j'ai trahi la confiance de Maxine, si nous n'étions pas liés, rien de tout ceci ne serait arrivé. Alesso n'aurait pas cherché à me soutirer de l'argent. J'ai été l'élément déclencheur de sa machination. Comment ai-pu être aussi con ? Pourquoi n'ai-je pas pensé aux conséquences de mes actes ?

Je ferme les yeux. Malheureux. Je suis malheureux.

Mes pensées sont brutalement interrompues par une masse qui plonge dans la piscine, entourée de milliers de bulles blanches qui m'empêchent de voir ce qui se passe. Deux bras puissants passent sous les miens pour me tirer vers le haut.

– GARRETT ! hurle Olly, alors que je reprends difficilement mon souffle en toussant.

Je jette un coup d'œil à mon ami, le repoussant brutalement. Il est hors de lui. Sans grande surprise, Ryan et Ayden l'accompagnent. Ce qui me choque, c'est la frêle silhouette de ma mère qui se dessine derrière les frangins et qui me contemple, le visage horrifié, une main tremblante devant la bouche.

Putain !

– Je t'avais dit que je ne voulais voir personne ! m'emporté-je en me relevant, furieux.

– TA GUEULE ! Tu croyais vraiment qu'on allait rester sans rien faire ? Merde ! On peut savoir ce que tu foutais dans l'eau ? Et ça ?

Il tend le doigt vers les débris de verre au sol. J'ignore ses questions et lui passe devant. Maintenant que je suis sorti de l'eau, j'ai froid.

– Où tu comptes aller comme ça ? m'arrête-t-il en tirant sur mon bras. Je te parle !

Je m'apprête à répliquer sèchement, mais ma mère intervient, coupant tout le monde dans son élan :

– Garrett, tu montes t'habiller, ordonne-t-elle. Ryan, tu vas avec lui récupérer des vêtements secs pour Olly. Ayden, aide-moi à nettoyer ça.

Aucun de nous ne pipe mot. Je sens le poids du regard de Ryan dans mon dos. Dans ma chambre, j'attrape un tee-shirt, un bas de jogging et une paire de baskets que je lui tends, puis je rejoins ma salle de bains sans rien ajouter.

Quand je refais mon apparition quinze minutes plus tard dans le salon, seul le regard de ma mère m'accueille. Les gars sont partis. C'est sûrement préférable. Mais maintenant que mes idées sont claires, j'ai plus honte qu'autre chose. Parce que je sais ce que chacun s'est imaginé, même si c'est faux.

– Viens t'asseoir, finit par dire ma mère.

Obéissant, je la rejoins sur le sofa.

– Qu'est-ce qui t'arrive ? Je sais que tout ce que tu subis est lourd à porter, mais tu as déjà fait face au même genre de tapage.

– Ça n'a rien à voir et tu le sais pertinemment.

Je suis en colère qu'elle place Maxine sur le même plan que tout le reste. Je me relève, fébrile, et vais me poster devant les baies vitrées.

– Peut-être que si tu consentais à m'expliquer clairement les choses, je pourrais comprendre. Pourquoi tu refuses de m'en dire plus ? Garrett…

– Ça ne sert plus à rien de toute manière.

– Pourquoi tu dis ça ? Qu'est-ce qui s'est passé ?

Je souffle, tentant d'évacuer ma douleur, les mains tremblantes. Je croise les bras pour les contenir. Elle n'insiste pas, me laisse choisir si je veux me confier ou pas. Je ne sais pas combien de temps s'est écoulé quand je me décide enfin à ouvrir la bouche.

– Mon amour n'est pas suffisant. Tout ça, c'est ma faute, alors ça ne sert plus à rien. Je suis parti, je la laisse partir, ça vaut mieux.

J'essuie les larmes qui coulent sur mes joues. Je suis gêné de m'exposer de cette manière devant ma mère, elle qui est un modèle de force et de combativité. Seulement, j'ai beau le vouloir, je suis incapable de me retenir alors qu'elle s'avance vers moi et m'attire à elle.

J'explose dans ses bras, comme le petit garçon que j'étais jadis. Que je suis toujours.

– Comment peux-tu croire que sa vie vaudra mieux si tu n'y es pas ?

– Je le sais, c'est tout.

Elle m'entraîne vers le canapé. Prenant l'une de mes mains dans la sienne, elle caresse ma joue avec l'autre.

– Raconte-moi tout, depuis le début. Ne me cache rien.

Alors patiemment, avec attention, émotion, colère et peine, ma mère m'écoute relater toute mon histoire avec Maxine : le passé, ma proposition pour la tournée, le présent, l'absence entre les deux et surtout les révélations sur Margo. Je lis la stupéfaction dans ses yeux. Mais elle est encore plus grande lorsque je me confie sur mes sentiments, mon ressenti depuis toutes ces années, la culpabilité, la solitude, la tristesse si profonde qui emplit mon cœur.

– Je… murmure-t-elle enfin. Je ne sais pas par où commencer.

Elle essuie discrètement une larme qui perle à son œil et prend une profonde inspiration.

– Je regrette tellement que tu ne te sois pas confié à moi plus tôt. J'aurais pu te rassurer, te consoler. Surtout, je me rends compte que je n'ai pas été une bonne mère. Je n'arrive pas à croire tout ce que…

– Tu n'es pas une mauvaise mère ! m'offusqué-je.

– Garrett. Écoute-moi bien. Je comprends tout ce que tu me dis, mais toi, là-dedans ? Est-ce que tu prends le temps d'analyser les choses ? J'ai perdu un fils, oui, mais tu as perdu ton frère. J'ai perdu mon mari, oui, mais tu as perdu ton père. J'ai fait face au cancer, mais tu as fait face à ton addiction. Je ne suis pas plus forte que toi, mon chéri. Tu l'es tout autant et il est grand temps que tu en prennes conscience.

– Maman…

– Je n'ai pas fini. Je regrette tellement que tu ne m'aies pas parlé plus ouvertement de Maxine à l'époque. J'avais bien vu que quelque chose était différent, ton bonheur, ces sourires, cette force tranquille qui refaisait son apparition, c'était grâce à elle. Je voulais préserver ton intimité, attendre que tu sois prêt, mais j'aurais aimé savoir tout ça pour pouvoir la remercier et surtout agir en circonstance. Je suis terriblement désolée de ce qui vous a séparés et encore plus maintenant que j'apprends que tout a été manigancé par Margo. Et qu'elle continue à le faire.

– Tu n'y es pour rien, maman.

Contrairement à moi.

Je détourne le regard.

– Je pensais agir pour le mieux, je voulais préserver ton entreprise. Elle gère beaucoup d'artistes et il était hors de question que tu souffres aussi de la situation. Je pensais gérer. Sans compter qu'elle est une amie de la famille, avec ses parents…

– Je peux comprendre ce qui t'a poussé à prendre sur toi, mais tu n'aurais pas dû, mon chéri. J'ai ma part de responsabilité. Si à l'époque je n'avais pas espéré vous voir ensemble, je ne l'aurais pas encouragée. Ah… Si j'avais eu connaissance de tout ceci, je n'aurais certainement pas insisté autant pour qu'elle revienne alors que tu l'avais congédiée. C'était tout à fait légitime. Tu es mon fils, ton bonheur et ton bien-être l'emportent sur tout le reste. Jamais je n'aurais fait passer ma société avant toi, Garrett. Jamais. Margo peut très bien te menacer, me menacer, c'est mon nom sur les portes de l'agence…

– Anthony dit qu'elle peut partir avec ses contrats.

– Un contrat implique deux parties. Si les artistes concernés avaient préféré rester avec Margo, je ne m'y serais pas opposée. Ce milieu regorge d'individus aussi doués que toi et les garçons. Ça m'aurait peinée, mais je m'en serais remise. Parce que c'est toi ma priorité.

Pourquoi me suis-je obstiné ? Pourquoi ai-je cédé face à Margo ? J'aurais dû avoir confiance. Je suis soulagé que ma mère ne soit pas en colère, mais je me sens encore plus mal maintenant que je sais que tout ceci aurait pu être évité. Margo pourrait n'être qu'un souvenir si je n'avais pas décidé seul, si j'avais réfléchi.

J'essuie mes larmes, le regard tourné vers la piscine.

– Je n'ai pas essayé de…

– Je sais. Tu voulais juste t'évader un instant.

Elle sèche mes joues avant de m'attirer dans ses bras. Je la serre fort contre moi.

– Je te promets qu'on va réussir à gérer cette situation. Le département juridique s'en occupe, on va démêler le vrai du faux.

– Je sais. Je le lui ai promis.

– Bien. Et après ça, vous pourrez…

– Non, dis-je fermement en me détachant d'elle. Il n'y a pas d'après, maman.

– Garrett…

– C'est comme ça. Peu importe ce que tu me diras. C'est pour le mieux, je ne peux pas lui imposer ça. J'ai essayé de la protéger et j'ai lamentablement échoué. J'ai trahi sa confiance. Je n'ai fait que les mauvais choix, à commencer par le moment où j'ai insisté pour qu'on reprenne contact. J'aurais dû m'en tenir au fait de lui révéler la vérité et tourner les talons. Rien de tout ceci ne serait arrivé.

Ma mère me contemple, dubitative. Elle aimerait probablement me contredire mais elle sait que j'ai raison, c'est pour cela qu'elle se tait.

La vie n'est pas faite de rêves qui se réalisent. Je devrais déjà m'estimer chanceux d'avoir pu en toucher un du doigt. J'ai rencontré Maxine, elle m'a autorisé à vivre des moments incroyables auprès d'elle, maintenant je dois la laisser partir. Parce qu'auprès de moi, elle ne pourra jamais réaliser les siens.

CHAPITRE 43

GARRETT

Après avoir mis tout à plat avec ma mère, j'ai eu besoin d'un jour supplémentaire pour me remettre de mes émotions. En surface seulement. Intérieurement, c'est toujours le tumulte en moi, mais je ne pouvais pas laisser les choses comme ça avec le groupe. Je les ai rejoints chez Olly et je me suis une fois de plus confié sur tout.

Les deux frangins me sont rapidement tombés dans les bras, compatissants, m'offrant tout leur soutien. En ce qui concerne le guitariste, j'ai bien senti une rancœur plus ancrée. Je me suis isolé avec lui et il a gratté plus profond, me bousculant, exigeant. Je me suis rendu compte en sondant son regard qu'il avait vraiment eu peur. Je me suis effondré dans ses bras, soudain conscient que si je les perdais, je me retrouverais définitivement seul et que je n'y survivrais pas. Seulement je devais me douter qu'ils n'en resteraient pas là. Et c'est donc pour cette raison que quatre jours après mon retour de Seattle, je portais plainte, poussé par mes amis et ma mère. Grâce au détective privé et au hacker que j'avais engagés, nous avions assez de preuves pour monter un dossier solide. L'as en informatique a retrouvé la trace du maître chanteur en suivant l'argent.

J'appréhendais de me rendre au commissariat et d'exposer les faits, ne sachant sur quel policier j'allais tomber. Cependant, j'ai été rapidement rassuré : le lieutenant Kevin Street est fan du groupe et a bien compris la nécessité d'être discret. Il semble être quelqu'un de confiance et à l'écoute. À aucun moment il ne m'a jugé.

Quand Alesso a commencé à être interrogé, je n'ai pas cherché à être présent. Je ne voulais pas me retrouver en face de cet individu, même à travers une vitre sans tain. Je me connais, j'aurais envoyé tout au diable et je me serais jeté sur lui. Je n'aurais eu qu'une seule envie : refaire le portrait du violeur de Maxine. Anthony, l'avocat de l'agence, me l'avait de toute manière déconseillé. Mais quand il a reçu le procès-verbal et qu'il nous en a fait part, j'ai découvert à quel point Margo était impliquée dans cette affaire. Je suis vraiment tombé de haut. J'ai même encore du mal à comprendre ce qui se passe alors que c'est au tour de notre ancienne agente d'être entendue au commissariat. Cette fois-ci, je ne me suis pas gêné pour jouer de ma notoriété. J'ai demandé au lieutenant de me rendre un grand service en échange de pass VIP pour un prochain concert. Voilà donc comment je me retrouve de l'autre côté du miroir sans tain alors que le policier auditionne Margo accompagnée de son avocat. Je suis dans un état de nerfs indescriptible. J'oscille entre une rage à peine contenue et une stupéfaction incroyable. Ma mère et Anthony sont avec moi. Je sens qu'elle est dans une profonde tristesse et en pleine sidération, elle aussi. Margo était comme une fille pour elle.

Deux heures qu'ils sont là-dedans et Margo refuse de plier, son avocat l'encourageant à garder le silence. Ça aussi, ça m'a surpris : quand elle a su que les flics arrivaient pour lui parler, elle n'a pas hésité une seule seconde à se faire représenter. Elle savait pourquoi.

– Si on s'épargnait des journées de torture ? cingle le lieutenant en regardant sa montre. Mme Hensen ne peut pas nier son implication dans l'affaire.

– Ma cliente n'a rien à dire.

– Je vais parler pour elle, pas grave. On a des relevés de téléphone qui prouvent un lien entre Alesso Bergamm et vous. Ne me dites pas que c'est une erreur. Une erreur, c'est une fois, peut-être deux, mais sûrement pas des dizaines et sûrement pas quand les appels durent des heures. Et c'est sans compter sur les textos. J'ai tout sur papier, si vous voulez y jeter un coup d'œil. Encore une fois.

Margo baisse les yeux sur les documents mais ne desserre pas les lèvres. J'ai envie d'entrer dans la pièce et de la secouer par les épaules pour qu'elle passe à table. J'ai besoin de savoir ce qu'elle a fait. J'ai besoin de savoir que c'est faux. Je prends toutefois sur moi, le flic m'a mis en garde : il m'autorise à assister à l'interrogatoire mais en aucun cas je ne dois me manifester, au risque de mettre l'enquête en péril.

– On a aussi la preuve que vous vous êtes rendue sur Portland où vit M. Bergamm deux fois au cours des trois derniers mois.

– Ma cliente est agente, elle s'occupe d'artistes dans tout le pays, la défend son avocat.

– Pourtant, à moins qu'elle n'ait agi pour son propre compte, Mme Brentwood nous a confirmé qu'aucun artiste habitant Portland n'a été signé par l'agence. De même, aucune fiche de remboursement de frais n'a été établie par Mme Hensen en ce sens. Pour corroborer ses dires, il nous faudra la liste des artistes rencontrés, mais je doute que vous ayez les moyens de le faire.

Kevin range les documents dans sa pochette avant de croiser les mains devant lui. Ses épaules se redressent et toute son attention se porte sur Margo, comme s'il essayait d'établir un lien avec elle. Lors de mon dépôt de plainte, je n'ai rien caché, il sait donc tout de ma relation avec elle.

– Je sais que vous étiez l'agente d'ARGO. J'imagine très bien votre rôle et votre implication dans leur carrière. Un peu comme si vous faisiez partie du groupe, non ?

– Oui, on peut dire ça.

– Vous connaissez M. Brentwood depuis longtemps ?

– Des années.

– Comment qualifieriez-vous votre relation d'un point de vue personnel ?

– Nous sommes amis.

Je suis sidéré. Je peux voir à l'expression de son visage qu'elle le pense vraiment, même après tout ce qui s'est passé.

– Vous n'avez jamais été plus que des amis ?

– Margo, rien ne vous oblige à répondre, conseille son avocat.

– Vous êtes une belle femme, vous êtes amis, vous évoluez dans le même milieu, vous partagez énormément, vous êtes là au quotidien. J'imagine que parfois… un rapprochement intime peut avoir lieu ?

Margo baisse la tête, le regard rivé sur ses mains croisées. Le lieutenant est en train de tirer sur sa corde sensible. Il m'utilise pour la pousser à parler. Rusé.

– Au fil des années, vous avez sûrement appris à le connaître par cœur, à anticiper ses demandes et attentes. Peut-être que vous avez développé des sentiments pour lui ?

– Je les aime tous les quatre, se défend-elle.

– Mais Garrett a quelque chose de différent, n'est-ce pas ?

Margo tourne la tête vers la porte. Je remarque ses lèvres qui se pincent.

– Vous avez été de tous les instants de bonheur, vous l'avez soutenu durant sa période sombre. Une amie fidèle et précieuse.

– J'ai été bien plus que ça.

Et voilà.

– Je n'ai toujours pensé qu'à son bonheur, j'ai toujours essayé de le protéger. Je l'aime.

– Je n'en doute pas. Mais ça n'était pas suffisant, n'est-ce pas ? Parce qu'il ne vous a jamais aimée en retour. Du moins, pas de la même façon.

Margo hoche la tête, ses yeux se mettent à briller.

– Le voir cumuler les conquêtes, papillonner, profiter tout en vous gardant près de lui, ça a dû être dur ? Garrett ne faisait qu'aller et venir, sans jamais se soucier de ce que vous ressentiez.

Je sais qu'il cherche avant tout à la pousser à bout, mais l'entendre dire les choses de manière si crue me met face à mes erreurs. Et c'est difficile. Parce que j'ai ma part de responsabilité dans cette histoire.

– Alors quand il s'est rapproché de Mme Zelko et que les choses sont devenues sérieuses entre eux, j'imagine que vous n'avez pas dû apprécier. Savoir qu'après tout ce que vous aviez fait pour lui, il préférait retourner auprès de son premier amour, une ancienne droguée…

– Ça m'a mise en colère ! J'étais furieuse. Elle a été suffisamment idiote pour se faire avoir par un homme aussi bête qu'Alesso ! Quand j'ai vu son premier courrier, je n'en revenais pas. De l'amateurisme.

Se rendant compte de son éclat, Margo échange un regard avec le juriste avant de presser fortement ses paupières. Elle a craqué.

– Margo, tente une nouvelle fois son avocat.

Elle l'interrompt d'un mouvement de la main et je m'approche de la vitre. Je sais bien qu'elle ne peut pas me voir, pourtant, elle relève la tête et ses pupilles viennent se ficher dans les miennes. Un frisson me parcourt aussitôt des pieds à la tête et j'ai soudain beaucoup trop froid. Je sens la main de ma mère se poser dans mon dos en guise de soutien.

– Le premier courrier ?

– Oui. Il en a envoyé un il y a quelques semaines déjà. Dès les premières photos qui sont sorties dans la presse, en fait.

– Les photos de qui ?

– De Garrett et de… Maxine. J'ai pris contact avec lui, après ça.

– Lui, qui ?

– Alesso Bergamm. J'ai d'abord voulu savoir s'il avait des preuves de ce qu'il avançait. Il m'a alors parlé des *sextapes*. Je lui ai donc suggéré de demander plus d'argent.

Ce n'est pas possible. Comment ai-je pu me tromper à ce point sur elle ? Comment ai-je pu la côtoyer durant toutes ces années et ne pas comprendre qui elle était vraiment ? Elle me donne envie de vomir. Je n'ai jamais eu envie de frapper quelqu'un à ce point-là. Elle me dégoûte. Comment mon amie a-t-elle pu devenir cette personne ?

Je jette un coup d'œil à ma mère. Elle est aussi blanche qu'un cachet d'aspirine. Elle prend appui sur le rebord de la vitre ; je m'approche d'elle et pose mes mains sur ses épaules pour lui apporter un peu de soutien.

– J'ignorais que ce n'était pas Maxine dessus. Garrett m'avait vaguement parlé de l'agression de Maxine alors qu'il était saoul et ce qu'Alesso décrivait collait parfaitement. J'ai juste saisi l'occasion de lui faire prendre conscience des choses.

– C'est-à-dire ?

– Que Maxine et lui n'ont rien à faire ensemble. Le passé de Maxine aurait pu éclabousser Garrett et le groupe. Il fallait qu'il s'en rende compte. Visiblement, il est bien trop sous influence pour comprendre que c'est pour lui que j'ai fait ça. Je ne sais pas ce qu'elle lui fait, mais ça doit être… époustouflant.

Elle tourne la tête, le dédain s'affichant sur son visage.

C'en est trop pour moi, je suis sur le point d'être malade. Je quitte la pièce précipitamment et cours rejoindre les toilettes les plus proches, ma mère sur les talons. Je tombe à genoux au-dessus de la cuvette et vomis tout ce que j'ai sur l'estomac. L'acidité m'arrache la trachée, des sueurs coulent le long de mon dos. Un nouveau haut-le-cœur m'oblige à me baisser. Je ne sais pas combien de temps je reste assis sur le carrelage froid, la tête contre le bois de la séparation, mais c'est une porte qui claque qui me fait réagir. Je me relève péniblement et vais jusqu'à l'évier. Me rinçant la bouche, je me passe un peu d'eau sur le visage avant de contempler mon reflet dans le miroir. Je fais peur à voir. Je ne me reconnais pas.

Quand je sors de la pièce, je suis toujours faible sur mes jambes. Je repère ma mère et Anthony qui discutent avec le policier. En m'apercevant, ma mère se dirige immédiatement vers moi. Elle pose une main sur ma joue et me lance un faible sourire.

– Mon chéri.

Le flic s'avance vers moi, Anthony sur les talons, et se contente d'un sourire compatissant avant de me laisser avec mes proches.

– Margo va être relâchée avec interdiction de quitter la ville, nous informe Anthony. Ça mettra un peu de temps, mais elle sera inculpée avec M. Bergamm.

– Je n'en reviens pas, commenté-je d'une voix blanche.

– Elle a aussi avoué avoir communiqué des informations à la presse au sujet de Maxine pour tenter d'affaiblir votre relation.

– C'est elle qui a révélé son nom.

– Oui, entre autres. Elle a tenté d'orienter les journalistes sur la piste de la drogue. Le lieutenant Street va demander à avoir accès à ses comptes bancaires pour voir si elle a touché de l'argent contre ces informations.

– Ce n'est pas possible…

Je pose une main contre le mur et tente de me calmer, les yeux fermés.

– Garrett, murmure ma mère, alarmée par mon état.

Je crois que je vais me sentir mal.

– Vous êtes pâle comme un linge, Garrett, s'inquiète Anthony.

Je n'entends plus rien de ce qu'il me dit. C'est comme si un casque avait été posé sur mes oreilles et tout ce qui me parvient est un bourdonnement incessant. Je glisse contre le mur et pose l'arrière de mon crâne derrière moi, tentant de contrôler ma respiration. Quand ma mère me secoue gentiment, je rouvre les yeux.

– Je vais vous raccompagner, dit notre avocat.

Maman glisse un bras sous le mien et je me laisse porter. J'aimerais me montrer plus fort, mais je me sens vidé de toute énergie, anéanti.

Une fois dans la maison familiale – je n'ai pas réussi à les convaincre de me ramener chez moi –, ma mère prend les choses en main. Elle m'abandonne dans le salon et je l'observe passer des coups de fil, comme si elle préparait une bataille. Je me doute qu'elle doit être tout aussi remontée que moi. Margo représente – *représentait* – beaucoup à ses yeux aussi.

Je suis installé sur la terrasse, écroulé sur une chaise longue et le regard dans le vide, quand elle refait son apparition.

– Comment tu te sens ?

Je tourne lentement la tête vers elle.

– Comme si un camion m'avait roulé dessus. Je crois que je ne percute toujours pas. Comment j'ai pu être aussi naïf ?

– Je suis dans le même état d'esprit. Je pensais la connaître, murmure-t-elle.

Elle plonge ses pupilles dans les miennes, secouant la tête. Et à ce moment-là, je craque. J'éclate en sanglots, la tête dans les mains. Je viens définitivement de perdre quelqu'un que j'ai longtemps considéré comme une amie. Ma meilleure amie. J'aimais Margo comme un membre de ma famille, j'ai partagé les meilleurs comme les pires moments avec elle. Elle nous a suivis, nous avons grandi ensemble. Elle était une partie de ma vie.

Ma mère vient immédiatement me prendre dans ses bras.

– Je suis tellement désolé, pleuré-je.

– Tu n'y es strictement pour rien, Garrett. Tu n'es pas responsable des actes de Margo.

– Tout va être bouleversé. Tout. Les mecs, toi, l'agence, les autres artistes. Tout.

– Tu n'as pas à t'occuper de ça. Je vais gérer. Margo a creusé sa propre tombe. Tu es ce qui compte le plus à mes yeux. Et je sais que ton père te dirait la même chose s'il était encore parmi nous.

Les garçons sont comme des frères pour toi, ils vont te soutenir et vous vous en remettrez, j'en suis sûr.

Elle prend mon visage entre ses mains et essuie mes larmes.

– Tu vas passer la nuit ici avec moi. Demain, on appellera les garçons et ils viendront te voir. On va mettre tout à plat et on va avancer pas à pas, d'accord, mon chéri ?

Je me contente de hocher la tête avant d'accepter une nouvelle étreinte. Prendre les choses comme elles viennent me semble être la seule chose à faire. De toute façon, c'est bien tout ce dont je suis capable.

CHAPITRE 44

MAXINE

Deux semaines ont passé depuis la venue de Garrett et je vis constamment sur le qui-vive, très loin d'être sereine, craignant à tout moment que mon passé avec Alesso n'éclate au grand jour. Je me tiens éloignée des médias, mais Kenneth veille pour moi. Jusqu'à présent, rien. Pas de scandale. Garrett a visiblement tenu parole à ce propos. C'est une bien maigre consolation. Je n'ai pas encore trouvé le courage de reprendre contact avec lui. Il m'a menti, il a bafoué ma confiance et mon intimité. Je l'aime, c'est ce qui fait d'autant plus mal.

– Calme-toi, m'intime Kenneth alors que je fais les cent pas dans la salle à manger.

– Plus facile à dire qu'à faire.

– Tu sais s'il sera là ?

– Je n'ai pas osé demander.

En début de semaine, j'ai reçu un coup de téléphone d'une certaine Diana Moore qui s'est présentée comme étant l'attachée de presse d'ARGO. Elle demandait s'il était possible que nous fixions un rendez-vous. Je n'ai même pas cherché à savoir à quel sujet, j'ai accepté. Elle a suggéré la présence de mon avocat. J'imagine que Garrett lui a dit que Kenneth était juriste, mais j'ignore pourquoi il doit être à mes côtés.

Nous voilà donc à attendre la venue de cette femme chez moi pour m'annoncer je ne sais quoi. Apparemment, me le dire au téléphone était trop compliqué. J'ai préféré que les enfants aillent chez leurs grands-parents pour être tranquille.

Je sursaute lorsque la sonnette retentit et me hâte d'aller dans l'entrée. Je m'arrête cependant devant la porte, la main en suspens au-dessus de la poignée. Je souffle un coup puis ouvre. Garrett n'est pas là. À la place, trois silhouettes me font face, un homme et deux femmes, toutes m'étant inconnues. L'une d'entre elles toutefois me semble familière, mais je ne parviens pas à savoir où j'ai pu la rencontrer.

– Madame Zelko, je me présente : Diana Moore, nous avons échangé au téléphone.

– Enchantée.

Je m'empare de la main qu'elle me tend et salue donc l'attachée de presse d'ARGO. Elle porte un manteau très élégant et des escarpins. Ses cheveux sont tirés en un chignon très serré et une certaine sévérité se dégage de ses traits. Elle se tourne vers l'homme d'une cinquante d'années qui l'accompagne. Je devine le costume hors de prix sous son imperméable anthracite. Un attaché-case à bout de bras et une paire de lunettes à la monture en bois foncé, il exsude le sérieux.

– Je vous présente un des avocats de l'agence qui s'occupe d'ARGO, maître Ferguson.

– Madame, me salue-t-il d'une voix suave en me serrant fermement la main.

– Et voici Mme Brentwood, présente enfin Mme Moore en désignant la dernière visiteuse.

La mère de Garrett. Voilà pourquoi son visage me disait quelque chose. Elle est plus petite que moi, ses cheveux blonds coupés au carré illuminent son visage. Ses iris, de la même couleur que ceux de Garrett, plongent dans les miens alors qu'elle s'avance vers moi. Je m'attends à ce qu'elle me tende également la main mais au lieu de ça, elle me prend entre ses bras. Je me raidis légèrement, surprise. Elle recule et me sourit tendrement.

– Je suis ravie de faire enfin votre rencontre. Navrée que ce soit en de telles circonstances.

– Oh, euh, moi aussi, bafouillé-je.

Pourquoi autant de monde ? Et pourquoi Garrett n'est-il pas là ? N'a-t-il pas jugé bon d'être ici ? Je sais que c'est moi qui ai imposé une distance entre nous, je suis injuste, mais cela me blesse.

Je quitte l'entrée et les invite à me suivre à l'intérieur. Kenneth les attend dans la salle à manger et je fais les présentations. Les trois invités s'installent sur des chaises face à nous et c'est Diana qui prend la parole en premier.

– Nous avons tenu à vous rencontrer en personne pour vous faire part des avancées de l'investigation concernant la vidéo et le chantage dont vous avez été victimes, M. Brentwood et vous-même.

Je serre les dents et lui fais signe de continuer.

– M. Brentwood avait mandaté un détective privé chargé de retrouver M. Alesso Bergamm, poursuit maître Ferguson.

Kenneth s'empare de ma main alors que je recule sur ma chaise. Chaque fois que j'entends ce prénom, j'ai des sueurs froides.

– L'enquête a abouti ? se renseigne mon beau-frère.

– Effectivement. Elle a même révélé des informations inattendues. Sachez déjà que M. Brentwood a pris les mesures nécessaires mais que vous êtes invitée à vous joindre à la procédure. D'où la présence recommandée de votre avocat.

Maître Ferguson sort tout un tas de documents et nous les tend. Kenneth s'empresse de passer les papiers en revue tandis que Diana reprend ses explications.

– Il s'avère que Margo Hensen a joué un rôle fondamental dans toute cette histoire. Le détective a réussi à mettre la main sur M. Bergamm qui est ensuite rapidement passé aux aveux. En réalité, dans un premier temps, il a contacté l'agence avec l'intention de réclamer de l'argent contre son silence afin de ne pas salir la réputation de M. Brentwood et Mme Zelko. Margo a intercepté le courrier en question avant que quiconque en ait connaissance.

– Ils se sont associés, analyse Kenneth en allant plus vite que moi.

Je suis sidérée. Ce n'est pas possible.

– Oui. Quand elle a eu vent de ce qui était arrivé à Mme Zelko, elle a conseillé à M. Bergamm de réclamer une somme plus importante et de frapper plus fort, en ajoutant la vidéo pour avoir plus de poids qu'une simple menace.

Mon cœur rate un battement. Comment peut-on en arriver là ? Comment peut-on éprouver autant de mépris ? Je chasse ma première larme d'un mouvement brusque des doigts. Je crains que le plus difficile ne soit à venir, malheureusement.

– Nous avons une preuve d'échange entre Mme Hensen et M. Bergamm grâce à des relevés téléphoniques et des SMS. Voyant que Garrett ne se décidait pas à payer, elle a décidé d'en parler à Mme Zelko en personne. Selon elle, il s'agissait de lui forcer la main pour qu'il se rende compte de l'ampleur des dégâts que cette vidéo pouvait causer au groupe, et de vous faire rompre par la même occasion.

Mon cœur se serre. Elle aura au moins réussi à nous faire du mal.

– Mais Garrett a fini par le payer, interviens-je.

– Oui, mais Margo n'avait pas été mise dans la confidence, répond Diana. Garrett l'a fait sans nous consulter pour essayer de gagner du temps.

Par chance, M. Bergamm a tenu parole en ne diffusant rien dans les médias. Depuis, son domicile a été fouillé et les preuves ont été confisquées.

– Et… la vidéo ? demandé-je du bout des lèvres.

– Il s'avère qu'elle est authentique.

Je me sens mal. La tête me tourne. Je tente de prendre de profondes inspirations, sans succès. Je n'entends plus rien de ce que Diana raconte. Je n'ai toujours pas pu me résoudre à la visionner, c'était vraiment au-delà de mes forces. Pourtant, beaucoup d'autres personnes l'ont vue, apparemment. Les avocats, les enquêteurs, l'attachée de presse… Garrett.

Je m'efforce de refaire surface, de me raccrocher aux mains de Kenneth sur mes bras, au verre d'eau qui apparaît dans mon champ de vision. J'essaie de lire sur ses lèvres, mais je suis happée par une brume épaisse qui cherche à m'engloutir, qui veut renverser mon univers.

– Ce n'est pas toi.

Je me contrains à me concentrer sur Kenneth, ses lèvres qui s'activent, mais tout me semble si lointain. C'est finalement la mère de Garrett, accroupie à mes côtés, qui réussit à retenir mon attention.

– Ce n'était pas vous, répète-t-elle.

Je secoue la tête, les larmes coulant toutes seules sur mes joues.

– Qu… quoi ? Je ne comprends pas.

– Respire, m'incite Kenneth. Doucement. Tiens, bois un peu d'eau et on va t'expliquer.

Je m'exécute, essuyant mes pommettes et retrouvant un semblant de calme. J'ai encore du mal à contrôler ma respiration, mais je ne pense plus tomber dans les pommes. Légèrement rassurée par le regard de mon ami et le sourire de Mme Brentwood, je me focalise sur l'attachée de presse. Quand j'ai totalement recouvré mes esprits, elle reprend :

– Je suis navrée, je n'aurais pas dû commencer de cette façon.

– Vous n'avez pas à vous excuser.

– Si, j'insiste, je suis désolée. La vidéo est vraie, mais ce n'est pas vous dessus. M. Bergamm possède bien une collection de *sextapes*, mais il les a tournées avec des partenaires consentantes et consentants. L'angle est tel que nous ne voyons pas le visage de la jeune femme, mais les lieux correspondent à ce qui est décrit dans la lettre, probablement une chambre étudiante.

Je crois que je vais vomir. Comment ai-je pu me tromper à ce point sur lui à l'époque ? Comment ai-je pu tomber amoureuse de lui ? Comment ai-je pu être si naïve ?

– Vous en êtes sûrs ?

– Ce sont les dires de M. Bergamm bien entendu, mais tout porte à croire qu'il nous dit la vérité. Une fois acculé et sous la menace d'un procès, il s'est confié sans hésiter au sujet de son association avec Margo.

– Il peut très bien mentir.

– J'ai cru comprendre que vous aviez refusé de la regarder, intervient l'avocat.

Je soupire, exténuée.

– Oui, c'est au-delà de mes forces.

– C'est tout à fait compréhensible, me tranquillise la mère de Garrett avec un sourire.

– Pouvez-vous nous dire si vous avez une tache de naissance en forme de cœur au creux des reins ? poursuit maître Ferguson.

– Non.

– La jeune femme sur la vidéo en présente une. De plus, l'étude approfondie des images laisse voir qu'elle possède un petit tatouage en forme de trèfle à quatre feuilles sur l'un de ses poignets. Est-ce votre cas ?

Il me tend plusieurs clichés montrant des gros plans de la vidéo.

– Non, soufflé-je. Je n'avais aucun tatouage à cette époque.

Je crois que je vais me remettre à pleurer. Garrett me l'avait dit parce qu'il connaît mon corps, il savait, mais je n'ai pas voulu l'écouter. J'étais trop accaparée par tout le reste, sans parler du sentiment de trahison qui pesait plus que tout. Kenneth semble ressentir toute ma détresse car il m'attire contre lui en passant un bras autour de mes épaules.

– Que se passe-t-il maintenant ? se renseigne-t-il.

– Il va sans dire que Mme Hensen a été licenciée sans préavis et sans indemnités. M. Brentwood a également porté plainte contre M. Bergamm et

Mme Hensen. La police a pris en charge le dossier. Margo a également été entendue de son côté. Après plusieurs heures d'interrogatoire, elle a fini par corroborer les dires de M. Bergamm. Grâce aux preuves que nous avons collectées et aux témoignages recueillis, je compte monter un dossier pour diffamation, chantage et association de malfaiteurs. Chacun encourt plusieurs années d'emprisonnement et des milliers de dollars d'amende.

Je hoche la tête. Quelque chose me revient alors.

– Margo a-t-elle mentionné une discussion qu'elle aurait eue avec Garrett à propos de mon agression ?

L'avocat récupère un dossier et parcourt des notes. Cela ressemble à un rapport de police.

– Effectivement, il est reporté ici que M. Brentwood s'est confié à elle, sans entrer dans les détails, au cours d'une soirée où il était très alcoolisé. Cela lui a permis de comprendre que la menace proférée par M. Bergamm était réelle quand elle a intercepté le courrier.

Je n'en reviens pas. Même à ce propos, elle a maquillé la vérité. Garrett ne lui a pas tout raconté. Même si j'aurais préféré qu'il ne dise rien du tout, il n'a pas menti. Elle voulait vraiment nous faire mal. Je me demande comment Garrett prend les choses alors qu'elle était censée être une très bonne amie. Sa mère aussi.

– M. Brentwood souhaiterait savoir si vous voulez vous joindre au dossier dans la mesure où vous êtes la victime principale de cette machination.

– Nous allons y réfléchir, répond Kenneth. Je vais étudier toutes les pièces du dossier, en informer Maxine et nous reviendrons vers vous sans faute.

– Très bien. Diana va vous laisser nos coordonnées, ainsi que celles du lieutenant Street de la police de Los Angeles. Nous restons joignables si vous avez des questions.

– Merci.

– Dans tous les cas, sachez que M. Brentwood est sincèrement désolé que vous ayez dû subir toute cette histoire.

Je lève les yeux vers Diana, avant de dévier mon regard sur la mère de Garrett.

– Nous n'allons pas vous importuner plus longtemps. Merci de nous avoir reçus.

Kenneth se propose de les raccompagner, mais la mère de Garrett se tourne vers moi.

– Est-ce que nous pouvons discuter en privé quelques instants ?

Mon beau-frère m'interroge du regard, mais je le rassure d'un mouvement de tête.

– Nous vous laissons un peu d'intimité, dit-il en quittant la pièce avec les deux autres.

Il referme derrière lui. Mme Brentwood me dévisage avec une douceur qui me fait chaud au cœur. Elle me donne l'impression de ne pas me juger, peu importe mon passé. Cela me bouleverse un peu, sans vraiment m'étonner. Garrett me l'avait assuré.

– Vous tenez le choc ?

– Je ne sais pas encore. C'est beaucoup à assimiler.

– Je ne peux qu'imaginer ce que vous avez enduré. Je suis profondément désolée. Et Garrett l'est encore plus.

Je passe une main sur ma nuque, hésitante.

– Pourquoi…

– Pourquoi n'est-il pas avec nous ? C'est ce que vous voulez savoir ?

J'acquiesce en silence.

– J'ai tenté de le convaincre mais il a refusé. J'ai alors eu l'idée de venir pour pouvoir m'entretenir avec vous et enfin rencontrer la femme qui s'est emparée du cœur de mon fils. J'ai essayé de le pousser à reprendre contact avec vous aussi, mais il est têtu.

– C'est moi qui lui ai demandé de me laisser.

– Il respecte ça. Mais quelque chose me dit que même si cela n'avait pas été le cas, ça ne changerait pas grand-chose, malheureusement.

Elle laisse passer quelques secondes avant de me sourire gentiment.

– Garrett et moi avons eu une discussion le lendemain de votre explication, où j'ai enfin appris le fin mot de l'histoire. Il m'a parlé du début de votre relation, de sa proposition, des agissements de Margo, à l'époque et plus récemment. Il combat tant de démons depuis si longtemps, j'ai bêtement cru que la drogue était le plus puissant de tous et qu'une fois qu'il s'en serait débarrassé tout irait pour le mieux. J'étais loin de me douter qu'il y avait tellement plus sous la surface… J'ai failli en tant que mère, je l'ai laissé s'éloigner, me cacher toutes ces choses pour m'épargner, comme il le fait avec vous, pensant bien faire. Je m'en veux terriblement.

– Ce n'est pas votre faute.

– J'imagine que la pomme n'est pas tombée loin de l'arbre. J'ignore si vous serez capable de lui pardonner ou de reprendre contact avec lui pour discuter, mais je tenais à vous dire que mon fils vous aime profondément. Il s'en veut et il ne vit plus vraiment depuis son retour de Seattle.

Pendant une seconde, j'ai du mal à respirer. Je me doutais bien que ce n'était pas facile pour lui, mais je me suis montrée honnête. Je ne pouvais pas déguiser mes sentiments pour l'épargner.

– Je ne vous demande pas de tout oublier. Toutefois, vous connaissez suffisamment Garrett, maintenant. Il n'a pas agi pour vous faire du mal. Il n'a pas réfléchi aux conséquences.

– Je sais. Mais il a merdé, et ça ne fait pas moins mal parce qu'il pensait agir pour le mieux.

Mon vocabulaire fleuri arrache un sourire à sa mère.

– Nous sommes d'accord.

– J'avais besoin d'une pause, c'était beaucoup trop d'un coup, je…

– Il ne s'agit pas d'une simple pause pour Garrett.

Je fronce les sourcils. Je ne l'ai pas retenu lorsqu'il est parti, mais je ne lui ai pas dit adieu non plus.

– Je n'ai pas rompu avec lui. Je…

– Je ne vous reproche rien, Maxine. Absolument pas. Sachez seulement que même lorsque, ou si, vous changez d'avis, Garrett cherchera à maintenir cette distance entre vous deux parce qu'il se sent coupable. Il est persuadé être le seul responsable de votre souffrance et pense que vous serez mieux sans lui à vos côtés. Et ce sentiment est d'autant plus fort depuis qu'il sait qu'il a bien parlé à Margo de votre passé dans un moment de faiblesse. Il n'en a absolument aucun souvenir, mais il s'en veut terriblement. Il voit ceci comme une trahison que vous ne pourrez jamais lui pardonner. Ça, et le fait d'avoir voulu étouffer cette affaire sans vous en parler.

– Je ne lui en veux pas parce qu'il a parlé à Margo, assuré-je.

– Mon fils a fait une erreur et il s'en veut pour ça. Rien de ce que je peux lui dire, ni même les garçons, n'y change quoi que ce soit. Il est décidé à ne plus interagir dans votre existence pour votre bien.

Elle porte ses deux mains à mon visage et essuie les dernières traces de mes larmes.

– N'hésitez pas à m'envoyer promener si vous pensez que je dépasse les bornes, mais est-ce que je peux vous demander si vous avez encore des sentiments pour Garrett ?

Je ne détourne pas les yeux. Je me contente d'un petit hochement de tête.

– Vous êtes la clef, Maxine. Il me semble que vous l'avez toujours été.

Elle m'adresse un dernier sourire puis je la raccompagne à la porte. Kenneth m'attend sur les marches, l'avocat et l'attachée de presse patientant dans leur voiture. Sur le perron, elle me prend une nouvelle fois dans ses bras.

– Ni l'un ni l'autre n'êtes heureux parce que vous êtes séparés, assure-t-elle. J'espère sincèrement que vous arriverez à surmonter cette épreuve. Vous le méritez tous les deux.

– Merci. Madame Brentwood ? la retiens-je alors qu'elle s'éloigne.

– Oui ?

– Garrett a de la chance d'avoir une mère telle que vous.

– Merci, Maxine. Et appelez-moi Monica.

Elle me fait un clin d'œil tandis que les mains de Kenneth se posent sur mes épaules. Nous la suivons du regard le temps qu'elle rejoigne la berline de luxe.

– Tout va bien ?

Je m'apprête à répondre que cela finira par aller mieux, mais je suis arrêtée dans mon élan lorsque je prends conscience que la vitre à l'arrière est baissée et que j'y aperçois Garrett. Discutant avec sa mère, il ne fait pas attention à ce qui l'entoure. Alors, il était ici pendant tout ce temps ? Je n'y crois pas. Je me dégage doucement de l'étreinte de Kenneth et descends les marches. Ses traits sont tirés, je ne l'ai jamais vu si fatigué. Une fatalité qui me fend le cœur se lit sur son visage. Il aurait pu sortir, accompagner sa mère, mais il a préféré rester en retrait. Cela donne tellement de poids aux mots de sa mère. Les larmes me montent aux yeux et je craque en comprenant qu'il est sur le point de disparaître de ma vie.

Au moment où je mets un pied sur le trottoir, il tourne la tête et ouvre les yeux, surpris, en me découvrant. Ils se mettent à briller, ses lèvres remuent doucement. Je peux clairement y lire « *Je t'aime* ». Puis il avance le menton, fait signe au chauffeur de démarrer, et je regarde, impuissante, la voiture s'éloigner avant de se volatiliser au coin de la rue.

Kenneth finit par me rejoindre et me prend aussitôt dans ses bras.

– Ça va aller, murmure-t-il à mon oreille.

J'ai envie de le croire. Toute la lumière a été faite. Mon agression ne s'est pas retrouvée dans les journaux, Margo et Alesso ne pourront plus blesser personne, et plus aucun secret ne se cache dans le placard. Toutefois, alors que l'image de la voiture de Garrett reste imprimée sur ma rétine et que mon cœur me lance comme s'il était prêt à s'arrêter, je me demande si tout cela valait vraiment le coup.

CHAPITRE 45

MAXINE

– Tu viens, Max ? s'écrie Megan depuis le salon.

– J'arrive.

Je quitte la buanderie tout en m'assurant que la machine est bien programmée pour se lancer cette nuit et rejoins le salon. Un nouvel épisode de MTV va commencer et ils m'attendent. Au départ, je faisais un effort pour ma nièce même si cela me fait mal de voir Garrett à l'écran, mais depuis la venue de Monica, les choses sont différentes. C'est comme si j'avais ouvert les yeux. Et puis le revoir, même si nous ne nous sommes pas parlé, remue énormément de choses en moi.

Je prends place à côté de Kenneth sur le canapé. Noah est avachi dans le fauteuil tandis que Megan est installée à même le sol sur le tapis. Je ferme les yeux alors que des images de nous deux, enlacés ici même, me reviennent en mémoire. Ses doigts dans mes cheveux, ses lèvres sur les miennes, son baiser renversant, son toucher électrisant.

C'est sa voix qui me ramène dans le présent alors que l'émission débute. Il est toujours aussi captivant, peu importe de quoi il parle.

– *Qui n'a jamais eu de frissons en entendant une musique, des paroles qui font écho en lui ? Pour que les mots tournent ensuite en boucle dans sa tête ? C'est un phénomène universel. Je donne une part de moi-même chaque fois que j'écris, chaque fois que j'interprète l'une de nos chansons. Certaines ayant plus de poids que d'autres. Parfois, c'est vraiment dur émotionnellement et le public ne se doute pas que l'exercice est vraiment épuisant. Mais c'est ce qu'on aime faire par-dessus tout.*

– C'était juste avant de jouer sa chanson, explique Megan alors que la scène se coupe pour passer à Ayden. Celle qu'Antonio a enregistrée en cachette.

Celle qui m'avait mis la puce à l'oreille sur l'état de Garrett. « *Je donne une part de moi-même chaque fois que j'écris.* » Je nous revois chez lui lorsqu'il m'a dit qu'il m'aimait en créant une chanson devant moi. Le sentiment de sécurité et de bien-être que j'ai toujours ressenti dans ses bras me manque. De même que son sourire espiègle dès qu'il me taquine au sujet de ma maladresse ou de souvenirs comme mon vieux téléphone. Lentement mais sûrement, il est parvenu à raviver cette flamme entre nous, à force de patience et de détermination. La première fois que nous avons fait l'amour, nous nous sommes complètement ouverts l'un à l'autre, nous nous sommes pardonné et nous avons succombé. J'ai plongé corps et âme avec lui, pour lui. Je ne regrette aucun de ces moments. Comme à l'époque où il voulait me prouver que j'avais tort à son sujet, il a su me montrer qu'il n'était pas ce que les médias laissent penser de lui. Il est toujours mon Garrett. Il s'est seulement égaré en chemin avant que nous nous retrouvions. Et peut-être que moi aussi finalement, même si je me suis éloignée pour une bonne raison. J'aime le voir interagir avec Noah, s'intéresser à ses passions, l'encourager. Je ne parle pas de celle qu'il partage avec Megan. Les enfants l'ont tout de suite adopté. C'est dur aussi pour eux cette situation. Cela me fait tellement mal au cœur.

– Tout va bien ? m'interroge Kenneth.

– Pardon ?

– C'est terminé depuis quelques minutes, ricane-t-il devant mon regard perdu.

Je tourne la tête et constate que l'émission a changé et que les enfants sont remontés dans leur chambre. Kenneth hausse un sourcil, amusé. Suis-je si transparente que ça ?

– Pas la peine de te demander à qui tu penses.

– Hmm, hmm.

– Je vais y aller, Tina m'attend.

– File, ne rate pas ton rendez-vous.

Je suis tellement heureuse pour lui. Entre les deux avocats, c'est une histoire sérieuse. Kenneth a droit à son bonheur. Il dépose un baiser sur ma joue et me laisse, non sans rappeler Noah et Megan pour réclamer un bisou.

Je scrute mon portable sur la table basse devant moi, la télé toujours en fond sonore. Je me penche et l'attrape. Je n'ai pas pu me résoudre à changer mon fond d'écran : un cliché de Garrett et moi pris dans sa chambre, alors que nous somnolions à moitié. Je passe en revue tous les instants figés pour l'éternité de ma galerie. Nous rayonnons, nous sourions, nous rions, nous nous aimons.

J'ai longuement réfléchi à la discussion avec sa mère. J'ai repensé à ce que je sais de lui, ce que je connais. Je m'arrête sur une image prise au Griffith Observatory. Je fixe l'objectif, mais Garrett me regarde moi. Il est comme fasciné, ses yeux reflètent une adoration qui réchauffe mon cœur. Il m'aime, ça se voit.

Prise d'une soudaine urgence, je sélectionne son nom dans mon répertoire et l'appelle. Plusieurs sonneries résonnent avant que je ne bascule sur la messagerie.

– *Vous êtes sur le portable de Garrett, je ne peux pas vous répondre, laissez un message et je vous rappellerai.*

– Bonsoir Garrett, c'est moi, Max. Je… J'aimerais qu'on parle. Rappelle-moi, s'il te plaît.

Je raccroche, le cœur battant un peu vite. Cela ne m'étonne pas qu'il ne réponde pas, mais au moins, le premier pas est fait.

***

J'ai l'impression d'être sur un tapis roulant. Je marche, beaucoup, mais je n'avance pas. La mère de Garrett a vu juste : il refuse de prendre mes appels et ne répond à aucun de mes messages. Je ne cesse d'essayer depuis un mois, mais jusque-là c'est un échec. Même après avoir accepté de rejoindre la procédure à l'encontre de Margo et d'Alesso, il ne m'a pas donné signe de vie. J'ai tenté de passer par Ryan, Ayden et Oliver, sans plus de succès. J'ai même envoyé une lettre à son domicile en lui retournant la photo de nous deux devant *Urban Lights*. Je n'ai pas eu de retour. Garrett fait le mort. J'avoue que je ne sais pas quoi faire d'autre. Je pourrais prendre un avion et le rejoindre à Los Angeles, mais je risque de me retrouver face à des portes closes.

Pour le moment, je vais me concentrer sur ma famille. Hier, pour le réveillon de Noël, nous avons dîné chez les parents de Kenneth. C'était une soirée très agréable mais elle avait un goût particulier. Tout est tellement loin des projets que nous avions imaginés ! Nous étions censés passer ces vacances à Los Angeles, j'aurais dû rencontrer Monica pour la première fois. Cela me rend tellement triste.

Je tente de faire bonne figure alors que je regarde les enfants déballer leurs cadeaux. J'essaie de me mêler à leurs rires, de leur retourner leurs sourires, mais c'est difficile.

– Tiens, me dit Noah. C'est de notre part à tous les trois.

Je m'empare du petit écrin noir qu'il me tend. Je l'ouvre et découvre une parure en or blanc : un bracelet, un collier avec un pendentif et une paire de clous d'oreilles.

– C'est magnifique. Merci, murmuré-je, les larmes aux yeux.

J'attire Noah tout contre moi et l'embrasse. Sa sœur prend sa suite et je me tourne enfin vers Kenneth.

– Tu es fou, soufflé-je alors qu'il me prend dans ses bras.

– Pas du tout. C'est Megan qui m'a aidé à choisir.

– Je peux essayer mon nouveau jeu ? demande mon neveu.

– Oui, bien sûr.

Noah s'empresse de monter jouer à la console dans sa chambre alors que Megan lance des regards amoureux à sa nouvelle guitare.

– File aussi, ricané-je.

Il était temps que nous remplacions sa guitare d'occasion. Elle glousse et nous laisse.

– Il ne t'a toujours pas répondu ? demande Kenneth au bout d'un moment.

– Non. Je ne sais plus quoi faire pour l'atteindre. Monica m'avait prévenue.

– Tu as essayé de demander de l'aide ?

– À qui ? Aux garçons ? Je les ai contactés. J'ai appris que tous les quatre allaient s'absenter de Los Angeles début janvier. Garrett veut qu'ils partent ailleurs pour écrire et composer. Mais il ne leur a pas encore dit où ils se rendaient.

– C'est sûr que ça n'aide pas.

C'est comme si Garrett avait mis au point une stratégie pour m'empêcher de le voir.

– Je suis sûr que tout va s'arranger. Il est celui qui te rend heureuse, qui te fait sourire. C'est lui qui a comblé ce vide en toi depuis que tu es revenue à Seattle. Votre histoire ne peut pas se terminer comme ça.

Je me redresse et l'observe, haussant un sourcil.

– Est-ce que tu serais devenu poète dans la nuit ?

– Arrête de te moquer de moi.

– Absolument pas !

– Je suis dans la team Garrett/Maxine, c'est tout. Maxett ? C'est pas mal, non ?

J'éclate de rire, lui donnant une tape sur le bras.

– N'importe quoi !

– C'est comme ça que je veux te voir, reprend-il, sérieux. Vous deux, c'est une évidence.

– Tu le penses sincèrement ?

– Oui. Et je ne suis pas le seul.

Mes yeux tombent sur la guitare de Garrett posée contre le mur. Et si la solution était sous mes yeux depuis le début ? Garrett a sans cesse recours à ce moyen. La musique est ce qui nous a rassemblés. Je repense à quelque chose que Monica m'a dit : *Je suis la clef.*

– Oh, oh, murmure Kenneth.

– Quoi ?

– Je reconnais ce regard. Tu viens d'avoir une idée, non ?

– Peut-être bien, admets-je en souriant. Il n'y a plus qu'à prier pour que ça fonctionne.

CHAPITRE 46

GARRETT

J'ai passé des fêtes de fin d'année en demi-teinte. Maxine aurait dû se trouver à mes côtés. Elle aurait dû vivre ces moments de partage avec moi. Au lieu de ça, j'ai passé mon temps à jouer la comédie, faire croire que tout allait bien, que je surmontais cette épreuve avec brio. Je crois que mon entourage n'est pas dupe mais personne n'ose me pousser dans mes retranchements, même si certains n'ont pas pu résister à me donner des conseils plus ou moins éclairés. J'ai tout refusé en bloc. De toute façon, nous devons tous encaisser. L'histoire avec Margo a quand même pas mal secoué le groupe, l'agence de ma mère et indirectement la société de production de Big M. Maman a dû embaucher une nouvelle agente, Heather, et rassurer les artistes. Nous avons dû répondre aux médias après une fuite, et j'ai tout fait pour que rien de précis ne soit divulgué. Il était hors de question que Maxine soit touchée, elle a suffisamment souffert.

L'annonce de l'arrestation de Margo et d'Alesso en début d'année, leur condamnation à de la prison ferme et au paiement d'une indemnisation nous ont particulièrement atteints. Je pensais que j'avais assimilé tout ça, mais cela a quand même été un choc. Margo faisait partie de ma vie, c'était l'une de mes constantes. Je crois que je ne comprendrai jamais vraiment. Après ça, j'ai voulu prendre un peu de distance. Les gars m'ont suivi, c'était le meilleur moyen pour nous retrouver, dans un environnement moins étouffant. J'en avais besoin.

Cette soirée n'en reste pas moins difficile. Nous sommes de retour à Los Angeles à l'occasion de la cérémonie des Grammy Awards. Sourire, faire bonne figure, serrer des mains et sourire à nouveau. Me concentrer sur ce qui compte, sur ce qu'il me reste. Le groupe, les potes, la musique. Et avancer. Ne pas penser au passé, ce à quoi j'ai goûté et qui me manque atrocement. Avancer sans me retourner. Aller de l'avant. Donner cette impression que tout va bien. Que le rêve se poursuit et que rien ne l'altère. Ni l'absence, ni la solitude, ni mon amour pour Maxine. Me focaliser sur son bien-être, sa tranquillité. C'est le plus important. Elle, sans moi.

Je commence à avoir de l'entraînement pour ce genre de cérémonies, tout ceci n'est qu'une formalité. Nous sommes nominés tous les ans et nous comptons déjà plusieurs victoires à notre palmarès.

Cette année pourtant, la folie du moment n'a pas la même saveur – j'avais imaginé Maxine à mes côtés.

Mon portable vibre dans la poche de ma veste. Discrètement, je le récupère ; je sais déjà de qui vient le texto. Je n'y répondrai pas, mais je ne peux pas m'empêcher de le lire. J'ai ignoré tous ses appels, les laissant basculer sur la messagerie. Là aussi, j'écoute les messages, mais je ne la rappelle jamais.

Maxine
Bonne soirée à vous
pour les Grammy Awards.
Je me souviens de nos projets.
Tu me manques.

Toi aussi, tu me manques.

Tous les jours, je pense à elle, je me demande ce qu'elle fait, si les enfants vont bien. Mais je ne céderai pas. Elle est mieux sans moi, c'est une certitude. Il me faudra sûrement encore un peu de temps, mais je parviendrai à refaire surface, à reprendre goût à ce que nous vivons.

Lorsque les premières récompenses sont révélées, je retiens malgré tout mon souffle, comme les mecs à mes côtés. Nous sommes nominés dans trois catégories : meilleur album de l'année, meilleure chanson de l'année et meilleure performance de groupe. Ce sont trois catégories prestigieuses et c'est toujours gratifiant de voir notre travail récompensé par nos pairs.

Notre joie explose alors que nous remportons les trois trophées si ardemment disputés. Nous grimpons sur scène par trois fois, et je laisse chacun de mes comparses faire le petit discours de circonstance. Quand vient le moment pour nous de faire le show, nous prenons place devant le parterre d'invités et nous nous installons comme à la fin de chacune de nos tournées, de manière intime, avec, pour nous accompagner, juste une guitare acoustique.

– En cette occasion très spéciale, nous aimerions vous interpréter un morceau inédit, qui sort tout juste d'enregistrement, annoncé-je au micro.

C'est moi qui ai choisi la maison que nous louons près d'Eureka, dans le nord de la Californie, parce qu'elle possède un studio d'enregistrement. Mon objectif est de me concentrer sur notre prochain album, loin de la folie de Los Angeles. En presque un mois, j'ai déjà rédigé une cinquantaine de textes, et ces derniers jours, nous nous focalisons sur la composition. C'est ce qu'il me faut pour tenter d'oublier le reste.

Je n'en dis pas plus, ayant peur de me trahir. Je préfère laisser mes mots et la musique parler pour moi. Je sais que Maxine se trouve devant sa télé. Je lutte contre les tremblements, mes émotions à fleur de peau. Ryan comprend immédiatement mon désarroi, il vient se placer à côté de moi et pose une main sur mon épaule, aussitôt imité par son frère, tandis qu'Olly termine l'intro et que nous devons nous lancer. Je sais que cette fois-ci, personne ne passera à côté de la vraie signification de mes mots, mais ce n'est pas grave : je ne chante que pour une seule personne.

I'd hope to be the one
Who frees you from your past
I'd need to be the one
Who protects you from your demons
I'd pray to be the one
Who pulls you to the light
But I can't
All it matters is you
I never stop suffering
Your memory so close
My heart remembers so easily
All the time spent together
All our confidences, our sharing

I'd love to be the one
Who haunts your dreams
I'd wish to be the one
Who keeps you warm at night
I'd want to be the one
Who loves you forever and ever

But I can't
All it matters is you
I never stop suffering
Your memory so close
My heart remembers so easily

All the time spent together
All our confidences, our sharing

Mon silence, mes sentiments, ma volonté de la protéger, mon amour, j'expose tout. Je n'ai jamais autant eu l'impression de me mettre à nu.

Et c'est une acclamation unanime. À la fin de la chanson, tout le public se lève et les applaudissements retentissent, accompagnés de sifflets enthousiastes. Nous partageons le même amour pour la musique, malgré nos genres différents, nos univers bien distincts. Je parie que personne dans la salle n'est dupe, tout le monde comprend et voit que cette performance, ce soir, est très spéciale.

Nous restons encore quelques instants pour profiter de ce sentiment inestimable de reconnaissance et d'approbation, puis nous retournons dans les coulisses. Ma mère est là. Je me jette dans ses bras.

– Tout ira bien, mon chéri.

J'ai envie de la croire. Mais je ne veux plus me laisser tenter par l'espoir, je préfère passer mon tour. Elle finit par se détacher de moi pour étreindre mes amis.

– Je suis tellement fière de vous. Mes fils.

Le sourire qui se dessine sur nos lèvres n'a pas de prix.

***

Je ne sais pas pourquoi les mecs ont tant insisté pour que nous célébrions notre victoire aux Grammys ici, au *Porthole*. En mémoire du bon vieux temps, soi-disant. Cela ne fait pas une journée que nous sommes rentrés qu'ils ont tenu à nous traîner ici. Cet endroit est pourtant chargé en souvenirs, alors je ne suis pas vraiment d'humeur. Mais je leur dois bien ça.

Après mon coup de sang dans la piscine, je devais me racheter. Je n'ai eu de cesse de m'excuser auprès d'eux et je crois que ça a fini par leur taper sur le système. Ils ont rapidement passé l'éponge, la seule condition étant que plus jamais je ne reste seul dans mon coin. Nous sommes une famille. Notre isolement à Eureka nous fait du bien aussi. Nous y retournons dans deux jours, juste le temps de profiter de nos familles respectives avant de reprendre le travail.

Les frangins se sont donné pour mission d'alléger l'ambiance avec des conneries à deux balles, et je dois dire que cela fonctionne. Ryan a invité Kiera à nous accompagner, évidemment. On dirait bien que la danseuse est parvenue à dompter le batteur. Il semblerait qu'il ne soit pas le seul à avoir rencontré quelqu'un d'ailleurs, même si certains se font plus discrets.

– Bon alors ! Tu vas te décider à nous en dire plus ? demandé-je à Olly.

– À quel propos ?

Son nez qui se plisse me confirme qu'il y a anguille sous roche.

– Le fait que tu t'isoles régulièrement dans la maison, les appels incessants que tu reçois et sur lesquels tu ne veux rien nous dire. Sans oublier que tu avais disparu pendant tout le week-end avant notre départ pour Eureka.

– T'es bien curieux, dis donc !

– Bah, c'est vrai que c'est bizarre, maintenant que Garrett en parle, renchérit Ayden. C'est une brune ? Une blonde ? Une rousse ? Quelle créature monopolise tout ton temps ?

– Vous le saurez bientôt. Elle va nous rejoindre, on doit faire un petit truc sur scène.

– Sans blague ? m'étonné-je. Waouh ! C'est sérieux ?

– Je n'en dirai pas plus. Je vous laisse la surprise.

Je me tourne vers les frangins et hausse un sourcil. Bon, pour une surprise, c'est une surprise. Je me demande où il l'a rencontrée. Ai-je manqué beaucoup de choses alors que j'étais en train de déprimer ?

Seconde tournée et la mystérieuse petite amie se fait désirer. Olly passe son temps à vérifier son téléphone et cela me fait sourire. J'espère qu'elle ne va pas lui poser de lapin. Moyen pour une première impression et des présentations officielles !

Je m'excuse et file aux toilettes. Au retour, j'en profite pour échanger quelques mots avec Jin et commander la troisième tournée. Quand je reviens m'asseoir, je remarque qu'Olly a disparu, ainsi que sa guitare. Je me retourne vers la scène mais ne vois encore personne installé.

– Elle est arrivée ?

– Oui, répond Ayden en regardant son frère.

– Et ?

– Elle est très jolie, commente Kiera en souriant. Bon, si tu veux mon opinion, elle serait plus de ton goût à toi que du sien.

Je manque de m'étouffer avec ma bière.

– Pardon ?

Ils explosent de rire. J'ai l'impression que quelque chose se joue à cette table et cela m'échappe complètement. Je ne tarde cependant pas à être éclairé quand une mélodie se fait entendre. Je sais immédiatement qu'il s'agit d'Olly à la guitare. Seulement, je ne m'attends pas à trouver Maxine à ses côtés, un micro à la main, prête à chanter avec mon pote.

Qu'est-ce qui se passe ?

Je laisse retomber bruyamment ma bouteille sur la table et me fige, les yeux rivés sur la scène. Les lumières tamisées peignent un halo orangé autour de Maxine. Des reflets auburn dans ses cheveux bruns, son fard à paupières bronze, ses lèvres, tout en elle brille et illumine son visage. Mon cœur chavire.

Retiens-toi, Garrett.

Je ne connais pas cette musique. Maxine est sublime, elle me captive, m'ensorcelle, et je meurs.

Don't you know?
You stole my heart years ago
It's still yours, I don't need it
Keep it and do what you want with it
Throw it away, burn it, tear it apart or
Love it and tell me, cherish it and tell me

No more lies
Just one word and I'm yours again
Completely deeply truly
Forever and ever

I could use all the languages you want
Je t'aime, ti amo, te quiero, ich liebe dich
My words would stay the same
I love you
And there is nothing you can do about it

No more lies
Just one word and I'm yours again
Completely deeply truly
Forever and ever

L'ovation qui s'élève dans la salle résume le talent et la justesse de ce morceau. *Maxine est à Los Angeles.*

Je reste vissé à mon siège alors que je les regarde quitter la scène et s'avancer vers nous. Maxine salue la tablée d'un sourire timide, des bonsoirs sont murmurés jusqu'à ce qu'elle se poste devant moi. Je ne parviens pas à la lâcher des yeux.

– Garrett.

– Maxine.

Je ne suis pas sûr d'avoir parlé. Je n'entends plus rien.

– Est-ce qu'on peut discuter dans un coin plus tranquille ? demande-t-elle.

– Jin vous laisse son bureau, nous informe Olly en désignant le couloir derrière le bar d'un mouvement de menton.

– Garrett ?

Elle attend ma réponse, nerveuse. Je baisse les yeux sur ses doigts qu'elle martyrise. Je n'ai fait que la repousser depuis qu'elle m'a demandé de partir, depuis que je l'ai quittée. J'ai décliné ses appels, je n'ai jamais répondu à un seul de ses messages, à aucune de ses lettres. C'était facile parce qu'elle était loin. Maintenant qu'elle se trouve face à moi, je n'ai pas la force de lui refuser quoi que ce soit.

Je réponds d'un simple hochement de tête et la suis. Une fois dans la pièce, elle referme derrière nous et se retourne vers moi. L'espace d'un instant, l'air se raréfie et se charge de tous nos souvenirs, de ce qui est né ici à Los Angeles, mais aussi plus précisément là, dans ce bar.

– Qu'est-ce que tu fais ici ? finis-je par demander.

Il faut que je me concentre sur autre chose que ses yeux, son corps, sa présence.

– Je suis venue pour toi.

– Maxine…

– Laisse-moi parler, s'il te plaît.

Je soupire et m'éloigne de quelques pas, posant les fesses sur le rebord du bureau. Dans un premier temps, elle se contente de me dévisager, comme si elle avait besoin de faire une inspection, peut-être pour vérifier si je suis toujours moi. Et puis, elle finit par se lancer.

– Quand j'ai compris ce que tu m'avais caché, que tu avais préféré gérer la situation par toi-même alors que j'étais la principale concernée, je me suis sentie trahie.

– Je sais, murmuré-je, les épaules basses.

– Tu ne pouvais pas me demander d'ignorer tout ça et faire comme si rien n'était arrivé. Ce n'était pas possible. Pas juste. J'avais besoin de temps pour moi, pour digérer tout ce que je venais d'apprendre. Mais je…

– Je méritais tout ce que tu m'as dit, tu avais raison. Je suis désolé, Maxine. Tellement.

– Je le sais, parce que je te connais. Et je comprends aussi pourquoi tu as refusé chacun de mes appels depuis.

J'ouvre la bouche, prêt à la contredire, mais elle m'en dissuade en levant la main. Je lis une détermination sans faille dans son regard.

– Non, Garrett. Je sais ce dont tu es persuadé, mais tu as tort. Je sais aussi que je t'ai blessé, mais j'avais besoin que tu comprennes ce que je ressentais. Ça ne voulait pas dire pour autant que tout était terminé entre nous.

Je déglutis alors qu'elle s'approche de moi. Je me redresse mais je n'ai nulle part où me réfugier. Je ne peux pas m'éloigner d'elle.

– Je ne voulais pas que tu te croies responsable. Ce n'est pas le cas. Seuls Margo et Alesso sont coupables. La jalousie et l'envie les ont motivés pour te blesser, nous faire souffrir.

– Je *suis* responsable. J'ai parlé à Margo…

– Tu as seulement fait une erreur. Tu as été sa victime aussi. Elle était censée être ton amie, tu la connais depuis toujours, comment aurais-tu pu savoir ce qu'elle allait manigancer ?

– Si je ne l'avais pas gardée près de nous…

– Je t'en veux de me l'avoir caché, mais je comprends pourquoi tu l'as fait. Et honnêtement, je ne crois pas que ça aurait changé quoi que ce soit. Margo ne m'a jamais aimée, elle était jalouse, elle te voulait pour elle seule. Sa rancœur était trop profondément ancrée. Elle a profité de votre lien, d'un moment de faiblesse et s'en est servi contre nous. Tu n'es pas coupable de ses agissements, Garrett. Tu ne l'as jamais été. Je ne t'en veux pas pour ça, je ne t'en ai jamais voulu.

Elle n'est plus qu'à quelques pouces de moi. Je sens son parfum fruité, je vois la poudre légère sur son nez, le brillant de ses lèvres. Je me souviens de la douceur de sa peau, du velouté de sa bouche, du goût de sa langue. Je ferme les yeux et prends une profonde inspiration.

– Je voulais que tu m'offres du temps, poursuit-elle, mais je pensais que tu te serais battu pour qu'on surmonte cette épreuve. Je ne pensais pas que tu abandonnerais après tant d'efforts pour me retrouver.

– C'est parce que tu es mieux loin de moi.

J'essaie de contrôler ma voix vacillante, sans succès.

– Est-ce que tu m'as seulement posé la question ? Tu aurais pu venir me trouver quand ta mère m'a rendu visite au lieu de rester dans la voiture. On aurait pu parler, s'expliquer. On aurait pu faire face ensemble. Parce que finalement, j'aurais aimé t'avoir à mes côtés. C'était tellement difficile.

– Maxine…

– Je ne pensais pas que j'en serais capable, mais j'ai surmonté tout ça. J'avais peut-être besoin de le faire seule, de me prouver que je pouvais survivre à cette épreuve. Mais ce n'est que ça justement, de la survie.

Elle avance encore de façon que nos corps soient l'un contre l'autre. Ses mains se posent sur mes joues et nos regards s'ancrent l'un à l'autre.

– J'ai vu ta performance aux Grammy Awards, j'ai entendu tes mots. *Tu* es celui qui m'a libérée de mon passé. *Tu* es celui qui peut me protéger de mes démons. *Tu* es celui qui me tire vers la lumière. *Tu* es celui qui hante mes rêves. Je veux que *tu* sois celui qui me tienne chaud la nuit. Je veux que *tu* sois celui qui m'aime pour toujours et à jamais.

Ma vue se brouille alors qu'elle reprend les paroles de ma chanson.

– Tu peux être tout ce que tu veux pour moi, tu l'as toujours été, tu l'es encore. Je ne suis pas heureuse sans toi à mes côtés. Je préfère vivre cette vie chaotique auprès de toi qu'une vie paisible seule. Tu n'as pas le choix Garrett, c'est toi. Je te veux pour chacun de mes pas, pour accompagner chacune de mes respirations, pour me soutenir, m'épauler, m'aimer, me porter, me protéger. Tout.

– Max…

Moi aussi, j'avais le sentiment de survivre depuis que j'ai quitté sa maison. Est-il possible qu'elle puisse me ressusciter ? Comme si elle était le remède à tous mes maux ?

Elle fait une pause, semblant fouiller dans sa mémoire, puis reprend, un tremblement dans la voix.

– Je ne sais pas si tu te souviens, il y a huit ans, tu m'as demandé de quoi je rêvais. Tu voulais entendre quelque chose de profond. Tu te rappelles ce que j'ai répondu ?

Il ne me faut pas chercher longtemps pour lui répondre. J'acquiesce d'un mouvement de tête.

– Oui, tu as dit : *« Qu'un homme parvienne un jour à m'aimer au-delà de mes imperfections physiques, de mes cicatrices, de mes blessures, qu'il voie qui je suis vraiment et qu'il m'aime malgré ma noirceur. »*

– Tu as ensuite affirmé qu'il existait, complète-t-elle. C'est toi cet homme, Garrett. Tu l'étais déjà à l'époque, tu n'as jamais cessé de l'être. Dis-moi que tu ne veux pas de tout ça et je m'en irai. Mais souviens-toi de ta promesse : plus de mensonges.

– *No more lies*, répété-je.

Le sourire qui se dessine sur ses lèvres est le plus doux, le plus heureux que j'aie jamais vu.

– Maxine, je suis tellement désolé…

J'éclate en sanglots et la serre contre moi le plus fort que je peux. Elle est là, elle veut bien de moi, elle ne pense pas que je lui suis néfaste. J'ai l'impression que ma poitrine va exploser.

– Je t'aime Maxine. Je t'aime tellement, si tu savais. Je t'aime, je t'aime.

– Je t'aime, Garrett.

Lorsque sa bouche se pose sur la mienne, mon cœur se remet à battre correctement pour la première fois depuis des semaines. Auprès d'elle, sa musique reprend vie et résonne à la perfection, comme elle est censée le faire. Sa partition se cale sur celle de Maxine. Bientôt, les deux ne font plus qu'une. En harmonie, telles deux âmes faites pour se rencontrer, nées pour se sauver et, plus que tout, pour battre à l'unisson.

CHAPITRE 47

GARRETT

Août – six mois plus tard

Allongé sur le lit, le soleil perçant à travers les volets, je savoure ces vacances bien méritées. Après notre tournée l'année dernière, le programme MTV, Maxine, les mille émotions qui ont joué avec nous, l'acharnement des médias et les problèmes avec Margo, la promo du *best-of*, notre participation au Super Bowl et l'enregistrement de notre nouvel album que nous avons bouclé mi-juillet… Je crois que nous en avions grand besoin.

J'ai d'ailleurs bien du mal à prendre conscience que cela fait maintenant presque un an et demi que Maxine est réapparue dans ma vie. Si on m'avait prédit ce qui nous arriverait, je ne l'aurais pas cru. Depuis notre réconciliation au *Porthole*, je m'efforce de rester concentré sur les bonnes choses. C'est vital.

Pendant notre courte séparation, malgré tout trop longue à mon goût, je ne me suis jamais senti si près de rechuter. L'étincelle qui était revenue dans ma vie venait de s'éteindre brutalement et plus grand-chose n'avait de sens pour moi, excepté la musique. Je me suis focalisé là-dessus, encore et toujours soutenu par ma mère et mes amis. Je ne veux plus jamais m'aventurer vers cette dangereuse pente. J'aime Maxine plus que tout et c'est tout ce qui importe.

Nos retrouvailles ont été intenses mais il m'a fallu un peu de temps pour me défaire de ce sentiment de culpabilité qui m'étranglait chaque fois que je repensais à ce que nous avons vécu. Maxine l'a senti, et elle m'a fait promettre de laisser cette épreuve derrière nous et de ne penser qu'au présent et à notre futur. Alors je profite de chaque instant passé auprès d'elle, je me nourris de ses sourires, de son amour. Ma vie n'a de sens que si elle est là, à mes côtés.

En ce qui concerne les médias, notre couple n'étant plus une nouveauté, une fois le scandale Margo Hensen passé, nous avons pu reprendre une existence un tant soit peu normale. Bien évidemment, nous devons toujours faire avec les paparazzis qui guettent, les fans qui nous interpellent, les sollicitations des journalistes qui posent parfois des questions très indiscrètes, mais j'ai la conviction que le pire est derrière nous.

Maxine a réussi à poser deux semaines de congé et les enfants étaient ravis de ma proposition. Au départ, je partais pour des vacances très intimistes, rien que nous quatre, mais Ryan a commencé à faire la moue avec Kiera. Ensuite, Ayden m'a lancé un regard penaud et Olly a papillonné des cils. Maxine a éclaté de rire et ce sont ses yeux à elle qui ont fini par me convaincre. Je dois avouer qu'avoir des chaperons sous la main pour surveiller les ados et pouvoir s'échapper a lourdement pesé dans la balance. Alors comme je pars du principe que plus on est de fous, plus on rit, j'ai également convié Kenneth et son amie Tina à nous accompagner. Ils ne resteront qu'une semaine, mais c'est déjà très bien.

Nous avons élu domicile à Hawaï, dans une villa tout près de Honolulu. Cuisinier, intendante, nous ne manquons de rien. Nous alternons entre excursions touristiques, visites et moments de pur farniente. Le bonheur. Megan a été acceptée au Lewis & Clark College ; Maxine et Kenneth étaient tellement fiers. La jeune fille est plus qu'enthousiaste et d'autant plus ravie qu'elle va y retrouver Jake, avec qui j'ai moi aussi gardé contact. Leur relation a tenu le coup malgré la distance. Une nouvelle vie s'ouvre à la nièce de Maxine. Même Noah s'est transformé depuis le lycée. Ses résultats sont toujours aussi excellents et il a gagné en maturité.

Ces vacances sont donc aussi un moyen pour tous de décompresser avant la nouvelle année scolaire. En ce qui concerne ARGO, nous nous préparons à partir en tournée mondiale début septembre. Plus de sept mois de concerts qui nous emmèneront aux quatre coins du monde.

Je me tourne sur le côté, le bras plié et la tête dans la paume de ma main, pour contempler Maxine. J'adore la regarder lorsqu'elle dort encore, paisible. Elle est tellement jolie, le visage serein, les cheveux étalés sur son oreiller. J'aime quand elle se blottit contre moi dans la nuit, quand ses bras s'enroulent autour de ma taille et qu'elle colle son corps au mien. J'aime son odeur, la douceur de sa peau, son sourire, ses soupirs. J'aime tout, et surtout, je l'aime, elle.

Je caresse son visage du regard, son dos dénudé, le creux de ses reins, la naissance de ses sublimes fesses. Elle m'inspire toujours autant, c'est fou. Je n'ai jamais autant écrit que depuis qu'elle est revenue dans ma vie. Même Big M n'en revient pas. Je crois que je serais capable d'écrire un album entier sur elle.

Elle remue légèrement et un doux sourire se dessine sur ses lèvres.

– Je sais que tu me regardes, murmure-t-elle.

– Ah oui ?

– Oui. Tu fais toujours ça.

– Et jamais je ne m'en lasse.

– Garrett, ronronne-t-elle alors qu'elle ouvre une paupière.

Son iris chocolat rencontre le mien et je souris. Je me penche pour l'embrasser délicatement, ce qui achève de la réveiller.

– Quelle heure est-il ?

– Encore tôt. Le soleil est juste en train de se lever.

– Ah oui ?

Elle se redresse vivement pour jeter un coup d'œil à la fenêtre avant de pivoter vers moi, une lueur particulière dans le regard.

– Garrett ? Ton fantasme avec l'océan et les couchers de soleil, ça marche aussi avec l'aube ?

Mon rire résonne doucement autour de nous.

– Évidemment.

Son air plein de malice me ravit. C'est dans mes bras qu'elle s'épanouit et j'adore ça. Personne d'autre ne compte. Elle est confiante, elle ose et s'aventure. Auprès de moi, elle est libre.

Elle passe une jambe par-dessus mes hanches et le drap glisse lentement sur ses courbes. Je parcours des yeux sa poitrine, ronde et parfaite, sa taille qui incite mes mains à s'y ancrer et le point où nos peaux se touchent, son corps jouant avec le mien.

Elle se penche en avant, ses pointes dressées chatouillant mon torse. Quand elle m'embrasse à pleine bouche, je la plaque un peu plus contre moi, mes mains faisant pression sur ses fesses. Nous avons décidé d'arrêter le préservatif il y a quelques mois, après avoir chacun passé tous les tests nécessaires. L'amour sans aucune barrière entre nous est vraiment incroyable. Une fusion.

Répondant à un mouvement de hanches de sa part, mon sexe se fraie un chemin jusqu'au sien, et je goûte au paradis. Elle prend les rênes de notre étreinte, dansant langoureusement sur moi, activant tous les pores de ma peau. Son corps m'apparaît une nouvelle fois comme une œuvre d'art à part entière à la lumière du soleil levant. Et je grimpe au septième ciel.

– Je t'aime.

– Je t'aime, Garrett. Joyeux anniversaire.

J'ouvre la bouche, surpris, tentant de suivre la cadence de Maxine. Je ne m'en étais pas rendu compte. Je n'ai pas le temps de lui répondre qu'elle accélère le mouvement et je suis bien incapable d'émettre la moindre pensée cohérente. Mon plaisir explose violemment et elle me rejoint quelques secondes plus tard, mordant sa lèvre de félicité tout en me regardant intensément.

Putain, qu'est-ce que je l'aime.

ÉPILOGUE

GARRETT

Avril – huit mois plus tard

Notre tournée mondiale est sur le point de prendre fin à Los Angeles – comme toujours. Après plus de sept mois sur les routes, nous allons pouvoir profiter d'une pause bien méritée. C'était si intense, épuisant mais galvanisant. Parcourir le monde, visiter de grosses métropoles, aller à la rencontre de nos fans, découvrir de nouveaux talents grâce à nos premières parties ; chaque tour est une expérience incroyable. La cohésion avec les gars n'a jamais été si forte. Et alors que je parcours la salle de l'Arena du regard, le public rugissant devant moi, je souris de bonheur. Je suis transpirant, mon cœur bat à toute allure, mes muscles me tirent, mais pour rien au monde je n'échangerais ma place avec un autre. Je suis né pour ça.

Ce dernier concert est particulier pour moi parce que tous les gens que j'aime sont à mes côtés.

Maxine et moi avons plutôt bien géré mon absence. Je ne dis pas que c'était facile, loin de là, mais ce n'était pas aussi difficile que je l'aurais pensé. Nous avons chacun fait des efforts pour maintenir une routine, dans nos appels, nos rendez-vous. Je suis allé la voir chaque fois que cela m'était possible et elle m'a fait la surprise à plusieurs reprises de venir me rejoindre – à New York et à Washington.

Le départ de Megan pour Portland a été compliqué pour Maxine, mais elle a accepté que sa nièce puisse voler de ses propres ailes et embrasse son rêve. La jeune fille se montre particulièrement douée et appliquée et prouve chaque jour qu'elle avait raison de persévérer.

Il y a deux semaines, après cette longue première période passée loin l'un de l'autre, je me suis décidé à demander à Maxine que nous nous installions ensemble. Car si partager mon temps entre Seattle et la cité des Anges ne me dérange pas, je veux pouvoir être près d'elle le plus souvent possible. Si nous voulons construire un avenir ensemble, nous devons choisir. Bien sûr, cela dépendra de ce qu'elle pense le mieux pour elle et Noah. Il n'est qu'en première année de lycée, son environnement serait transformé. Elle devait également en discuter avec Kenneth, il a autant son mot à dire qu'elle au sujet des enfants, il est comme un père pour eux.

Je profite d'une courte pause avant la reprise sur scène pour aller la rejoindre en coulisses et reprendre mon souffle. Car c'est comme ça que cela se passe :

dès que ses lèvres se posent sur les miennes, je vis à nouveau. Les gars passent derrière moi en direction des rafraîchissements et snacks, près de Megan et Noah. Aussitôt deux membres du staff se précipitent sur eux, serviettes à la main, prêts à répondre à la moindre de nos demandes. Je ne prête pas attention à l'effervescence des coulisses : les techniciens qui courent partout, les régisseurs son et lumière, notre attachée de presse et notre agente qui veillent au bon déroulement du spectacle. Je retire mon oreillette et me concentre sur la femme qui fait battre mon cœur.

– Tu passes un bon moment ? me renseigné-je.

– Extraordinaire. Vous êtes extraordinaires.

– Je sais, je sais.

Elle éclate de rire devant mon sourire arrogant. Je resterais bien là à l'embrasser, mais nous devons y retourner pour la dernière partie du show, celle que nous préférons.

– Garrett ! me retient-elle en attrapant ma main.

– Oui ?

– C'est d'accord.

– À propos de quoi ?

– De nous deux. Notre installation ensemble.

Je me fige, mon cœur ratant un battement.

– Maxine… commencé-je, les larmes aux yeux.

Elle tire sur le tee-shirt que la sueur colle à ma peau pour m'embrasser à nouveau.

– On vient te rejoindre à LA.

– Que… vraiment ?

– Oui. Ce n'est pas une décision facile, Kenneth et moi avons longuement discuté et on est tombés d'accord. On doit affiner les détails et peut-être qu'il nous rejoindrait. Noah va terminer son année à Seattle, je veux faire les choses bien auprès du SAM, mais dès juillet, nous débarquons.

– Tu… Tu ne pouvais pas me rendre plus heureux.

Je m'empare de ses lèvres et l'embrasse passionnément. Le public peut bien attendre quelques secondes supplémentaires.

– À tout de suite, soufflé-je en me détachant d'elle à contrecœur.

Je rejoins les mecs sur scène pour notre petite session intime avec les spectateurs. Une dizaine d'années après notre début, nous poursuivons cette tradition. Elle nous tient à cœur, elle marque ce que nous sommes, ce que nous étions au départ et ce que nous n'oublierons jamais : quatre garçons qui partagent leur passion de la musique. Olly ouvre la marche, suivi par les deux frangins, puis c'est mon tour. Mais cette fois-ci, j'ai une autre idée en tête. J'en ai parlé aux gars et ils me soutiennent à mille pour cent, comme toujours. Je jette un regard en arrière pour capter celui de Maxine avant de prendre la parole.

– Alors, LA ! Ça va toujours ?

Le public scande un « *yes* » unanime qui me fait sourire.

– Je sais que c'est ce moment précis où je dois vous demander quelle chanson vous voulez que j'interprète, mais d'abord, j'aimerais vous raconter une histoire.

Un brouhaha enthousiaste s'élève et je patiente quelques instants qu'il s'atténue pour reprendre :

– Il y a dix ans, à quatre jours près, j'ai rencontré une jeune femme. On était tous les deux brisés par la vie, et puis, grâce à son courage, grâce à la musique, on a appris à se connaître. On est tombés amoureux, sans rien se dire ni se promettre, juste comme ça. Ça s'est fait un petit peu tous les jours, sans qu'on y puisse quoi que ce soit. J'ai compris à ce moment-là que lutter ne servirait à rien. Elle a toujours été une source d'inspiration pour moi. On avait l'habitude de se raconter des mensonges pour s'aider à surmonter les épreuves, pour affronter notre passé et avancer. J'ai écrit cette chanson à cette époque. Si je ne l'avais jamais posée sur le papier, elle n'a pourtant jamais quitté mon esprit. Ce soir, j'aimerais l'offrir au monde entier et surtout à elle. Celle qui fait battre mon cœur, celle qui m'a ramené à la vie, celle qui me prouve que mon amour pour elle est suffisant, qu'il vaut plus que tout le reste.

Les mains tremblantes, je m'empare de la guitare qui trône à mes pieds et me lance, une émotion sans pareille dans la voix ; une fêlure qu'elle percevait déjà à l'époque et qui scellait de manière indélébile nos sessions.

Let's just pretend for a moment
That everything is going to be fine

Let's put the past aside
To focus on the present moment

Tell me lies to forget
All my pain
Tell me lies to make me believe
That I'm okay
Tell me lies to heal my wounds
Tell me lies, tell me lies
Only Lies

Let's just pretend for a moment
That none of this ever happened
Let's leave the bad memories far behind
To focus on the present moment

Tell me lies to forget
All my pain
Tell me lies to make me believe
That I'm okay
Tell me lies to heal my wounds
Tell me lies, tell me lies
Only Lies

Lorsque je termine ma prestation, je me tourne vers Maxine et la découvre en pleurs. Je m'en veux un peu, mais je n'ai pas encore terminé.

Je laisse passer les applaudissements du public avant de poursuivre :

– Cette chanson, je la lui ai chantée il y a des années, avant qu'on se perde tous les deux. On s'est retrouvés il y a deux ans par le plus grand des hasards. Je pensais l'avoir oubliée, être passé à autre chose, mais un simple regard m'a suffi pour comprendre que ce n'était pas le cas. Elle était différente, mais elle était toujours elle. Après avoir essuyé plusieurs tempêtes, nous vivons enfin un bonheur sans tache. Elle est tout ce que j'ai toujours désiré et elle est maintenant tout ce que je veux vivre au quotidien. Elle m'inspire tous les jours. J'aimerais partager avec vous un texte que je perfectionne depuis un bout de temps. Nous avons changé depuis, mais cette période nous a transformés. Grâce à mes meilleurs amis, il est enfin terminé.

I met this girl a few years ago
I thought that I knew everything about women,
guess I was wrong
She was nothing I was used to
I didn't know that was possible but she ruined
my world and my heart
Every time she smiled, every word she said
Every time she moved, every tear she cried
I wanted to know all about her
For the first time in my life I badly desired a girl
A girl who had absolutely no idea
how I felt about her
I didn't know how to show her I was serious

Because of my reputation,
because of what she thought about me
Because of our past, because of the lies I told

In the dark nights,
whisky was the only friend I had
But every time I look at her,
it seems I don't need it to get drunk
She's all what I think about, she's all I want
But she doesn't see me the same way I see her

Maybe I need some advice
I never thought that
I would live something like that
What can I possibly do for her?
I told myself I could change,
maybe that's what she wants
Then my mom's words hurt me like lightning
I remembered what she told me
when I was young
"Don't ever change for anyone"
Maybe we're just not meant to be together
So why does it hurt me so much?
I'm not a bad guy,
I just made some bad decisions
Why doesn't she feel the same?

We used to tell each other lies
This time, all I want is to tell you the truth
I love you deeply, truly

I never stopped thinking about you
Max I promise you
No more secrets
No more secrets
I love you

In the dark nights,
whisky was the only friend I had
But every time I look at her,
it seems I don't need it to get drunk
She is all what I think about, she is all I want
But she doesn't see me the same way I see her

Je me tourne vers les coulisses alors que les gradins vibrent, que la foule explose. J'espère qu'elle ne m'en voudra pas trop pour ce qui va suivre, nous qui avons tout fait pour fuir le devant de la scène.

– Maxine, je t'aime. De tout mon cœur. Tu as toujours été la clef de mon bonheur. Quand je t'ai vue sur la scène du *Porthole*, il y a plus d'un an, pour m'offrir *No More Lies*, j'ai su que mon cœur t'appartenait à jamais. Tu as donné suite à *Only Lies*, et sans le savoir, complété *Promise*, et j'aimerais que tu me rejoignes sur scène pour un duo.

Je la vois jeter un regard stupéfait à ses neveux. Elle hésite, pétrifiée par le trac, mais quand Noah l'encourage d'un mouvement de tête et que Megan la pousse gentiment dans ma direction, elle souffle et me rejoint. Au moment où elle pose un pied sur scène, le public se met à scander nos deux prénoms. Maxine trottine pour venir se blottir contre moi.

– Tu es fou, murmure-t-elle.

Je ne l'entends pas vraiment, mais je lis sur ses lèvres. Je me penche à son oreille :

– De toi, oui, tout à fait.

Je l'invite ensuite à prendre place à mes côtés, sur le tabouret laissé vacant par Ryan. Mes amis vont rejoindre leur place derrière leur instrument, Ryan à la batterie, Ayden à la basse et Olly à la guitare électrique, et nous restons seuls sous les projecteurs, prêts à offrir à tout Los Angeles un morceau de nous. Nous confions tout un pan de notre histoire en interprétant pour la première fois ensemble *No More Lies*, le titre qu'elle a écrit avec Oliver.

Dès le moment où nos voix se mêlent, je sais que plus jamais Maxine ne quittera mes côtés.

À la fin du morceau, les yeux baignés de larmes, elle laisse tomber son micro et vient se jeter dans mes bras. Notre amour est comme ça, un peu fou, puissant. Il a surmonté les années, les coups bas. Et il s'est relevé plus fort que jamais.

***

Août – quatre mois plus tard

– Tu passes une belle journée ?

Je relève la tête alors que Maxine s'avance vers moi. Je tends une main et l'attire à moi. Elle tombe sur mes genoux avec un doux rire et ses bras se nouent autour de mon cou. Cueillant un baiser sur ses lèvres, j'en profite pour respirer son délicat parfum.

C'est l'un de ces moments que j'aime par-dessous tout : les rassemblements avec la famille et les amis. Les rires des copains, les sourires de Maxine, les plaisanteries de Noah, la voix mélodieuse de Megan qui chante accompagnée de Jake, le regard réjoui de ma mère, le soutien de Kenneth, tout est réuni pour prouver que la vie n'est pas que douleur et peine mais qu'elle est surtout remplie d'amour, d'amitié et de bonheur.

Maxine et Noah sont venus me rejoindre à Los Angeles début juillet, le temps qu'il termine son année scolaire et que Max assure son préavis au SAM. Même si Megan réside à Portland la plupart de l'année, je tenais à ce qu'elle ait aussi une chambre chez moi. Ils ont doucement pris possession de leur nouveau chez-eux. Maxine et Kenneth n'ont pas pu se résoudre à mettre la maison de Craig et Rochelle en vente. Pour le moment, elle est en location et quand les enfants seront en âge de prendre une décision, ils verront avec eux ce qu'ils souhaitent faire : la garder ou la vendre. C'est beaucoup d'émotion, tout comme ça l'a été pour Maxine de quitter Seattle et le SAM. Je sais à quel point elle aime ce musée. Je lui ai dit qu'elle pouvait prendre le temps de poser ses valises, de prendre ses marques avant d'entamer sa recherche d'emploi, mais c'est Maxine, elle refuse d'être un poids. Elle a déjà décroché des entretiens au Getty et au LACMA. Kenneth est encore à Seattle, mais il envisage sérieusement de venir nous rejoindre à LA avec Tina. Son cabinet possède une succursale ici, ce serait l'idéal.

Trente-cinq ans. Si j'avais su que j'atteindrais enfin le bonheur à trente-cinq ans après le décès de Matt, je n'y aurais pas cru. J'étais persuadé que je n'y aurais plus droit. Pourtant, il n'y a rien que je ne pourrais souhaiter de plus que tout ce que j'ai à l'heure actuelle. Ou presque. Mais ça viendra.

– Absolument. Tout est parfait.

– Tout ?

– Oui, pourquoi ?

Je plonge mes yeux dans les siens et remarque une lueur espiègle dans ses pupilles. Elle se mord la lèvre et jette un coup d'œil derrière elle.

– Max ? Qu'est-ce qu'il y a ?

Elle répond à mon inquiétude par un immense sourire. Elle cherche à me torturer ou quoi ? Je presse mes doigts sur sa taille pour l'inciter à parler. Elle finit par se pencher plus près encore et murmure :

– Je suis enceinte.

Je recule vivement, pas certain d'avoir bien saisi. Quand elle hoche vivement la tête, j'ouvre de grands yeux. Mon cœur se gonfle encore plus d'amour pour cette femme.

– C'est… Maxine, c'est merveilleux, soufflé-je, la voix tremblante. Putain, je vais être papa !

– Oui !

– Putain ! hurlé-je en me relevant sans la lâcher. Je vais être papa !

Mon annonce un peu bruyante interrompt toutes les conversations. Un grand silence s'installe, avant que les cris de joie n'explosent de tous les côtés. L'euphorie qui suit est si galvanisante. Elle montre l'amour que chacun nous porte, ma famille de sang et de cœur. Ma mère se précipite pour me prendre dans ses bras et les larmes me montent aux yeux.

– Mon ange, je suis si fière de toi.

– Merci maman. Je t'aime.

Elle pose une main sur ma joue et me sourit avant de se tourner vers Maxine. Elle la prend contre elle, lui murmure quelque chose à l'oreille et aussitôt, la femme de ma vie se met à pleurer elle aussi.

Je patiente pour reprendre ma place dans ses bras et me renseigne :

– Qu'est-ce qu'elle t'a dit ?

– C'est un secret entre elle et moi, souffle-t-elle.

Je fronce les sourcils mais n'insiste pas. À la place, je savoure la nouvelle.

– Tu me rends si heureux.

– Je sais, confesse-t-elle en caressant mon visage. Toi aussi.

Sait-elle qu'elle vient juste de me permettre de cocher le dernier rêve de ma liste que je n'avais pas encore réalisé ?

– Je t'aime.
– Je t'aime.

***

Janvier – cinq mois plus tard

J'observe Maxine du coin de l'œil. Elle rayonne. Elle vient de terminer son huitième mois de grossesse et elle est tout simplement splendide. Plus qu'un petit mois avant que nous puissions rencontrer notre enfant. Nous ne connaissons pas le sexe, nous avons tenu à garder la surprise.

Je serre un peu plus sa main, avançant dans Venice. Il est vrai que sa grossesse n'était pas prévue, si bien que cela l'a ralentie dans sa recherche d'emploi. Elle aurait facilement pu trouver un poste il y a quelques mois, mais elle ne voulait pas commencer un nouveau travail dans lequel elle n'aurait pas pu s'investir à fond. Max sait que ce n'est pas un problème, que je peux largement subvenir à tous nos besoins, mais je vois bien que cela l'ennuie au quotidien.

Elle s'est montrée assez secrète ces derniers temps, comme si elle mijotait quelque chose. Je n'ai pas cherché à en savoir plus, elle a droit à son jardin secret, mais plus je la regarde et plus je lui trouve un air malicieux sur le visage.

– Arrête de me regarder comme ça, s'amuse-t-elle.
– Où est-ce qu'on va ?

– On se promène, mon chéri.

Son ton est mielleux. Absolument pas suspect.

– Mouais…

Nous bifurquons et entrons sur Abbot Kinney Boulevard, son quartier préféré de la ville.

– Je me rappelle encore quand j'arpentais cette rue pour mon devoir à la fac. Ça n'a pas changé.

– C'est grâce à ça qu'on s'est trouvés sur la promenade, d'ailleurs, me rappelé-je.

– C'est vrai. Tellement de choses sont arrivées ici.

Sa voix tremble. Quand je l'arrête sur le trottoir, je constate qu'elle a les larmes aux yeux.

– Hey, soufflé-je en fléchissant les genoux pour me mettre à sa hauteur.

– Ce sont les hormones.

– Elles ont bon dos, les hormones.

Je récolte une tape sur le torse accompagnée d'un sourire.

– Mais je suis d'accord, Venice, c'est chez nous.

– Voilà.

Elle reprend ma main et me guide le long des boutiques et cafés jusqu'à un espace encore fermé. Le volet de fer est abaissé jusqu'en bas et aucune lumière ne perce à travers les vitres au-dessus.

– Il n'y a personne, constaté-je. C'est quoi comme magasin ?

– Ce n'est rien. Pour le moment, du moins.

Je me tourne vers elle et fronce les sourcils. Intrigué, je l'observe sortir un trousseau de clefs de sa veste. Elle s'apprête à se baisser pour relever le rideau ; je l'arrête aussitôt en l'attrapant par le bras. Je garde encore en mémoire la dernière fois qu'elle a tenté un exercice de ce genre, elle s'est retrouvée par terre à genoux, incapable de se remettre debout.

– Qu'est-ce que tu fabriques ?

– Ouvre, s'il te plaît.

Elle glisse les clefs dans ma main et je m'exécute aussitôt. Une fois le rideau ouvert, elle récupère le trousseau pour ouvrir maintenant une porte vitrée. Elle m'invite ensuite à entrer dans le local. L'espace est vide et sent légèrement la poussière. Quelques cartons sont entassés dans un coin et du matériel de chantier traîne au sol.

Je croise les bras sur ma poitrine et me tourne vers Max, dans l'attente d'une explication.

– Tu sais qu'avec la grossesse j'ai renoncé à postuler dans des musées. Rien ne m'en empêchait, mais je n'aurais pas pu m'impliquer comme je l'aurais voulu. Toutefois, j'ai besoin d'avoir un projet, de construire quelque chose qui m'appartiendrait. Alors j'ai réfléchi à mes options.

Elle avance de quelques pas et ouvre les bras en grand.

– C'est à moi ! s'exclame-t-elle en riant.

– Tu… Vraiment ? C'est… Waouh. Mais comment tu… ?

– Je voulais me débrouiller toute seule. Me prouver à moi-même que j'en étais capable. Je sais que notre bébé sera bientôt là mais… je suis tombée sur cette annonce et j'ai sauté sur l'occasion. Il y a beaucoup de travaux à prévoir, mais j'ai tout le temps qu'il me faut.

Je m'avance vers elle et l'attire dans mes bras, me contorsionnant pour la serrer contre moi avec son ventre rond.

– C'est formidable, Max. Je suis impressionné !

– Je n'ai pas encore décidé ce que ça deviendra : une galerie, une boutique d'art, un café artistique.

– Ça peut être tout ce que tu veux. Je te connais, tu es douée et déterminée, je ne doute pas que tu y arriveras. Je pourrai même venir te donner un coup de main pour les travaux. Avec les gars.

Ses bras se nouent autour de mon cou et elle m'offre un baiser qui me rend fébrile, comme chaque fois.

– J'ai tellement hâte.

– Moi aussi.

Je ne sais pas si elle parle uniquement de la boutique ou de notre famille, mais je la suis à cent pour cent.

– Néanmoins, je crois que ça va attendre encore un peu, souffle-t-elle en grimaçant.

– Pourquoi ça ? Qu'est-ce qu'il y a ?

– Je crois que je viens de perdre les eaux, dit-elle en baissant la tête entre nous deux.

Dix ans et quelques plus tard

J'ai longtemps fait tout mon possible pour rayer mon passé de ma mémoire, de mon être. Je suis même allée jusqu'à risquer ma vie pour l'oublier. Pourtant, il y a une vingtaine d'années, un certain Garrett Brentwood a débarqué dans ma vie lors d'une réunion des Narcotiques Anonymes. Je ne l'aimais pas, je n'aimais pas sa façon de se cacher, d'avancer dans la vie alors que je n'y arrivais pas, ne sachant pas qu'il souffrait lui aussi de ses propres démons. Un jour, il a fait un pas vers moi. Et depuis, il n'a eu de cesse de bouleverser mon existence. C'est à son contact que je suis allée de l'avant, c'est grâce à son talent et à sa musique que je me suis libérée de mes chaînes. Il ne s'est jamais arrêté. Chaque jour auprès de lui me comble d'une manière que je serais bien incapable de décrire. Nous nous faisons du bien, continuellement, soignant nos plaies. Peut-être est-ce en partie grâce à elles que nous nous comprenons si bien, parce que nous savons ce que l'autre a enduré au-delà des mots. À ses côtés, j'ai appris à embrasser ce passé, à l'aimer malgré tout. Car c'est lui qui m'a conduite à cet instant précis.

Nous sommes mariés depuis huit ans maintenant. Cela semble être un exploit dans ce milieu, c'est notre victoire à nous. ARGO est toujours sur le devant de la scène. Ce sont eux maintenant qui accueillent des jeunes en devenir durant les premières parties de leurs concerts et je vois à quel point Garrett prend du plaisir à donner des conseils, à les aider, à les soutenir.

Kiera et Ryan sont toujours ensemble et ils ont accueilli deux beaux enfants. Ayden est tombé amoureux d'une fan anglaise, Zoey. Il est parvenu à la convaincre de quitter l'Europe pour venir s'installer aux États-Unis, avec lui, près de nous. Ils sont les heureux parents d'un petit garçon. Olly est tombé sous le charme d'Heather. Il a mis du temps à la séduire, mais il y est arrivé. De leur union sont nés des jumeaux, rendant leur quotidien plus qu'agité. Nous vivons encore tous dans la région de Los Angeles. Garrett et moi n'avons pas bougé : je suis tombée amoureuse de sa maison de Venice à l'époque, je l'aime toujours autant aujourd'hui.

De mon côté, Kenneth et Tina ont emménagé près de LA deux ans après moi et se sont mariés peu après. Ils ne sont que tous les deux, Tina souffrant de problèmes d'infertilité, mais Noah et Megan sont là pour leur rappeler que la parentalité peut trouver d'autres chemins.

Mon neveu a maintenant 25 ans et il est toujours aussi incroyablement doué. Il vient de terminer brillamment ses études d'ingénierie et poursuit son parcours universitaire afin d'obtenir un doctorat en robotique. Il s'est parfaitement fait à la vie californienne et est maintenant installé à San Francisco.

Megan, quant à elle, vit pleinement son rêve à 28 ans. Ma nièce est sortie de Lewis & Clark major de sa promo et est ensuite venue nous rejoindre à Los Angeles, accompagnée de Jake. Leur entente a dépassé le stade de la seule relation amoureuse. Ils se sont lancés en duo, en tant qu'auteurs-compositeurs-interprètes. Il faut dire que leur alchimie est indescriptible. Un producteur a fini par flasher sur eux au détour d'une scène ouverte et la machine s'est lancée toute seule. Garrett voulait y mettre son grain de sel, leur donner un coup de pouce, mais ils ont refusé, bien que Big M se soit montré très intéressé par leur talent. Ils sont maintenant sur le point de sortir leur second album et se réjouissent chaque fois qu'ils peuvent partager la scène avec ARGO.

Megan fait ma fierté tout autant que Noah. Je sais, où qu'ils soient, que leurs parents sont extrêmement fiers des adultes qu'ils sont devenus et je suis persuadée que Craig et Rochelle nous regardent et nous protègent.

En ce qui me concerne, eh bien, je suis heureuse. D'être auprès de l'homme que j'aime, de vivre au cœur d'une famille unie et soudée, de m'épanouir en travaillant dans ma galerie d'art. J'ai pris mon temps pour donner une vraie âme aux lieux, avec l'aide de Garrett et de nos amis. Je choisis toujours avec passion les œuvres que j'y expose et je sélectionne les artistes avec qui je veux travailler. Petit à petit, je me suis créé une réputation solide dans le métier.

Et le summum : je suis devenue consultante pour le LACMA. Alors je savoure.

Je rejoins le jardin et m'arrête sur le pas de la baie vitrée. Garrett est installé dans l'herbe, sa guitare sur sa cuisse, ses deux plus fidèles admirateurs en pâmoison devant lui : Matt, 10 ans et Rochelle, 7 ans. Ils sont captivés par leur père. Et moi, je fonds toujours un peu plus pour l'homme de ma vie. Sa voix rauque, son amour pour la musique, son aura. Tout. Lui.

Mon regard tombe sur l'unique tatouage qui colore son dos, puis sur le second qui barre maintenant l'intérieur de mon bras gauche, reflet des arbres sur celui de droite. Deux partitions qui reprennent l'histoire de notre couple, *Only Lies* et *No More Lies*. Il n'y a aucun mot, uniquement des notes de musique, les premières de nos chansons. Nous seuls savons ce que cela signifie.

– Vous savez que c'est comme ça que je suis tombé amoureux de votre mère ? demande Garrett en confidence, après avoir terminé. Sa voix, la musique, une guitare et c'en était fini de moi.

Comme s'il avait senti ma présence, il se tourne et m'adresse un grand sourire. D'un mouvement de tête, il m'invite à les rejoindre. Les enfants se blottissent contre moi, couvés par le regard de Garrett. Il déborde d'amour, de bonheur.

Il y a des années, les ténèbres menaçaient de nous engloutir, puis la vie nous a mis sur la même route. Aujourd'hui, Garrett et moi vivons en pleine lumière. Et cela prend tout son sens lorsqu'il se met à fredonner ces paroles qui naissent à l'instant, j'en suis sûre, entre nous.

It's never too late
To see things
As they really are
Black or white, it doesn't matter
As long as you're by my side
To show me all the other colors

Live by your side, everyday
So much love and happiness
Near you my heart
Beats as it should
A little fast, in slow motion, with rush
It just loves you, loves you

You're the light that guides my steps
You're my daily inspiration
The one that pulls me up
There's never too much I love you
Every day, every hour
Every minute, for the smallest second

Live by your side, everyday
So much love and happiness
Near you my heart
Beats as it should

A little fast, in slow motion, with rush
It just loves you, loves you

Il y a des années, j'ai confié à un garçon que mon rêve serait qu'un homme parvienne un jour à m'aimer au-delà de mes imperfections physiques, de mes cicatrices, de mes blessures. Qu'il voie qui je suis vraiment et qu'il m'aime malgré ma noirceur. Jamais je n'aurais pensé que ce garçon deviendrait cet homme.

PLAYLIST

CHAPITRE 2
ARGO – *Disillusion*
Ayden D'Andrea, Ryan D'Andrea, Garrett Brentwood & Oliver Abbott. Big M Music, 2023.

J'imaginais un futur à tes côtés
Quelle désillusion
Je voyais la lumière au bout du tunnel
Quelle désillusion
Je croyais que tu étais quelqu'un sur qui je pouvais compter
Quelle désillusion

Tu es juste comme tous les autres
Incapable de me voir
Incapable de m'aimer
Incapable de tenir parole

J'ai été idiot de te croire
J'ai été inconscient de te donner

J'ai été stupide de te faire confiance
J'ai été fou de tomber amoureux de toi

J'étais sûr que tu partageais mes sentiments
Quelle désillusion
Je pensais qu'il y avait quelque chose entre nous
Quelle désillusion
Je croyais que toi et moi étions spéciaux
Quelle désillusion

Tu es juste comme tous les autres
Incapable de me voir
Incapable de m'aimer
Incapable de tenir parole

J'ai été idiot de te croire
J'ai été inconscient de te donner
J'ai été stupide de te faire confiance
J'ai été fou de tomber amoureux de toi

CHAPITRE 4
ARGO – ***Lie***

Ayden D'Andrea / Ryan D'Andrea / Garrett Brentwood / Oliver Abbott. Big M Music, 2023.

J'étais prêt à te donner mon cœur
Peut-être l'ai-je déjà fait
Maintenant tu danses sur ses cendres
Tu l'as arraché de ma poitrine

Pour le jeter sans aucun remords
Comme si je ne valais rien, rien du tout

Tout ce que tu m'as dit n'était que mensonge
Je regrette tellement de m'être montré
Tel que je suis, sans masque
Je pensais te connaître, tout savoir
C'est des conneries, toi, nous, la vie

CHAPITRE 7
ARGO – *Lie*
Ayden D'Andrea / Ryan D'Andrea / Garrett
Brentwood / Oliver Abbott. Big M Music, 2023.

J'étais prêt à te donner mon cœur
Peut-être l'ai-je déjà fait
Maintenant tu danses sur ses cendres
Tu l'as arraché de ma poitrine
Pour le jeter sans aucun remords
Comme si je ne valais rien, rien du tout

Tout ce que tu m'as dit n'était que mensonge
Je regrette tellement de m'être montré
Tel que je suis, sans masque
Je pensais te connaître, tout savoir
C'est des conneries, toi, nous, la vie

Depuis que je t'ai revue
Tout ce que je ressens c'est colère et amertume

Tous les bons moments sont terminés
Effacés et envolés par le vide que tu as laissé
Tu sembles être la même
Mais rien ne peut me faire oublier

Tout ce que tu m'as dit n'était que mensonge
Je regrette tellement de m'être montré
Tel que je suis, sans masque
Je pensais te connaître, tout savoir
C'est des conneries, toi, nous, la vie

Tout est parti en fumée
Mon amour et ma fierté
Tout est ce qu'il reste est
Ma colère et mon amertume

Tout ce que tu m'as dit n'était que mensonge
Je regrette tellement de m'être montré
Tel que je suis, sans masque
Je pensais te connaître, tout savoir
C'est des conneries, toi, nous, la vie

CHAPITRE 21

5 Seconds of Summer – *Bad Omens*

Ashton Irwin / James Abrahart / Jason Evigan / Luke Hemmings
Sarah Hudson. BMG Rights Management (US) LLC, 2022.

*

Eminem – *Lose Yourself*
Jeff Bass / Luis Resto / Marshall Mathers.
3H, 2002.

CHAPITRE 24
5 Seconds of Summer – *Carousel*
Ashton Irwin / Calum Hood / Luke Hemmings /
Michael Clifford
Sierra Deaton. BMG Rights Management (US)
LLC, 2022.

Ma vie n'est qu'un carrousel tournant
sur lui-même

*

Garrett Brentwood – *Fight*
Garrett Brentwood. Big M Music, 2023.

Garder la tête hors de l'eau
Pour ne pas sombrer plus encore
À chaque pas, à chaque respiration
Comment savoir si la lumière est là
Au bout de ce tunnel interminable ?
Comment ne pas me décourager,
Me convaincre que la vie vaut le coup ?

Tout ceci mérite-t-il tant d'efforts,
Tant de peine et de souffrance ?
Pour ce monde d'apparence et de fumée
Pourquoi m'obstiner,
m'évertuer à remonter à la surface
Si je replonge aussitôt ?
Pourquoi lutter sans fin contre les chaînes
Qui m'entraînent tout au fond ?

Je sais que je n'ai pas le droit
De me plaindre, de pleurer, d'être malheureux
Pourtant c'est là, tapis sous la surface,
Sous l'encre qui recouvre ma peau
Ça bout, me bouffe, me torture
Cette solitude, ce manque que tu as causé
Tu es partie en emportant mon cœur
Je ne suis que l'ombre de moi-même depuis
Un homme qui survit sans toi à ses côtés

Tout ceci mérite-t-il tant d'efforts,
Tant de peine et de souffrance ?
Pour ce monde d'apparence et de fumée
Pourquoi m'obstiner,
m'évertuer à remonter à la surface
Si je replonge aussitôt ?
Pourquoi lutter sans fin contre les chaînes
Qui m'entraînent tout au fond ?

CHAPITRE 26

Megan Sollof – *Every Time*
Megan Sollof, 2023.

Chaque fois que j'apprenais avec lui
Chaque fois que je l'entendais chanter
Chaque fois que j'étais témoin de son talent

Je connaissais par cœur sa façon de faire
La passion qui l'animait
quand il parlait de sa famille
Cela m'effrayait tellement à l'époque
Mais il a réussi à abattre chacune de mes défenses

*

Billie Eilish – *Your Power*
Finneas O'Connell / Billie Eilish O'Connell.
UME – Global Clearing House,
Kobalt Music Publishing, 2021.

Essaie de ne pas abuser de ton pouvoir
Je sais que nous n'avons pas choisi de changer
Tu ne voudras peut-être pas perdre ton pouvoir
Mais l'avoir est si étrange

Elle disait que tu étais un héros
Tu en as joué le rôle
Mais tu l'as ruinée en un an
Ne fais pas comme si c'était dur

*

Olivia Rodrigo – *All I Want*
Olivia Rodrigo. Walt Disney Records, 2020.

*

Maroon 5 – *Memories*
Adam Levine / Jacob Kasher Hindlin / Jonathan Bellion / Jordan Johnson
Michael Pollack / Stefan Johnson / Vincent Ford. 222 Records/Interscope Records, BMG Publishing, Warner Chappell Music, 2021.

*

Jarryd James – *Do you remember*
Jarryd James / Joel Little.
UMGRI Interscope, 2015.

Oh, n'aie pas peur de ça
N'oublie pas que c'était réel
Te souviens-tu de ce que ça t'a fait ressentir ?
Te souviens-tu des choses que tu as ressenties ?
Comment puis-je te faire rester
Quand il est plus facile de te laisser partir ?
Personne ne sait ce que nous savons
Personne n'a besoin de savoir

*

Harry Styles – *Adore You*
Amy Allen / Harry Styles / Thomas Hull /
Tyler Johnson. Columbia,
Artist Publishing Group, Pulse Publishing
Administration,
Universal Music Publishing, 2019.

Chérie (ah)
Je marcherais à travers le feu pour toi
Laisse-moi t'adorer
Oh, chérie (ah)
Je marcherais à travers le feu pour toi
Laisse-moi t'adorer
Comme si c'était la seule chose
que je ferais jamais
Comme si c'était la seule chose
que je ferais jamais

CHAPITRE 29

Tom Grennan – *Love Has Different Ways To Say Goodbye*
Jimmy Hogarth / Thomas Grennan / Lauren
Aquilina. Insanity Records, 2021.

*

Olly Murs – *Flaws*
Olly Murs / Steve Robson / Ina Wroldsen
Clarence Coffee Jr. RCA Records Label, 2016.

J'ai des défauts que je ne peux pas maquiller
Je les ai fuis toute ma vie
En surface, je suis tout sourire
Mais je vis à moitié dans le mensonge

Coincé derrière les vitres et les murs se referment
Coincé dans un passé qui ne me laissera pas partir
Mais je suis enchaîné pendant que tu te libères

*

Rob Thomas – *Pieces*
Matt Serletic / Rob Thomas. Atlantic Records, 2015.

*

OneRepublic – *Fingertips*
Benny Blanco / Ryan Tedder / Romy Croft.
Mosley / Interscope, 2016.

*

OneRepublic – *Can't Stop*
Ryan Tedder / Jeff Bhasker / Tyler Johnson.
Mosley / Interscope, Pulse Publishing
Administration, 2013.

Je ne veux pas vivre sans toi
Je ne peux vivre sans toi une demi-journée,
heeey hey

Je ne veux pas vivre sans toi
Et remettre la vie à un autre jour,
hey-hey yeah hey-hey yeah
Mais je ne peux pas arrêter de penser,
de penser à nous, oooh oh
J'ai dit je ne peux pas arrêter de penser,
de penser à nous, oooh oh
J'ai dit je ne peux pas arrêter, non, de penser,
de penser à tout ça, oooh oh
Et tout ce que j'ai, ouh,
n'est rien de ce que je veux désormais, oooh oh

*

Ruelle – *Find You*
Dave Bassett, Maggie Eckford.
Craft Recordings,
Reservoir Media Music, 2017.

*

Imagine Dragons – *Only*
Ben McKee / Dan Reynolds /
Daniel Platzman / Wayne Sermon Justin Tranter /
Mattias Larsson / Robin Fredriksson.
Kid Ina Korner
Interscope, Warner Chappell Music, 2018.

*

Maroon 5 – *It Was Always You*
Adam Levine / SAMM / Jason Evigan / Stefan Johnson / Marcus Lomax / Jordan Johnson. Interscope Records*, BMG Publishing, 2014.

*

Nick Jonas feat Robin Schulz – *Right Now*
Steve Mac / Andrew McMahon in the Wilderness / Junkx / Lindsey Stirling / Nick Jonas / Robin Schulz / Skylar Grey / Taylor Bird / Peter Hanna. Island Records, 2022.

*

Grease – *You're The One That I Want*
John Farrar. UMC, 1978.

CHAPITRE 30

Seafret – *Oceans*
Jack Sedman / Harry Draper / Roy Stride. Sweet Jane Recordings, Warner Chappell Music, 2016.

*

Manchester Orchestra – *The Silence*
Andy Hull. Loma Vista, 2017.

Mais toi, amplifié dans le silence
Justifié dans la façon dont tu me marques
Magnifié dans la science
Anatomiquement prouvé que
tu n'as pas besoin de moi
Pourquoi est-ce que je désire l'espace ?
Je pleurais après toi
J'étais perdu et j'ai perdu mon enveloppe
Il n'y avait rien que je puisse faire

CHAPITRE 31
Max – *Lights Down Low*
Liam O'Donnell / Max / Nathaniel Motte, gnash.
Legacy Recordings,
Sony Music Publishing, 2016.

Dieu seul sait où tu es allée
Mais je n'ai pas vraiment besoin de le savoir
Je sais où tu vas aller
Sur mon cœur, là où tu reposes ta tête
Et tu es si belle
C'est comme si tu étais un ange
Puis-je arrêter le cours du temps ?
Puis-je nager dans ta grâce ?
Parce que je ne pense pas
que je quitterai jamais cet endroit

CHAPITRE 35

James Arthur – *Say You Won't Let Go*

Steven Solomon / James Arthur / Neil Ormandy.
Sony Music Entertainment Germany GmbH,
2016.

Je savais que je t'aimais alors
Mais que tu ne le saurais jamais
Parce que j'ai fait comme si de rien quand j'avais
peur de lâcher prise
Je sais que j'avais besoin de toi
Mais je ne l'ai jamais montré
Mais je veux rester avec toi jusqu'à ce que
nous soyons gris et vieux
Dis seulement que tu ne lâcheras pas
Dis seulement que tu ne lâcheras pas

*

Garrett Brentwood – *Is It Too Late?*

Garrett Brentwood. Big M Music, 2023.

Malgré les années passées
Tu es toujours toi
Belle, intelligente et passionnée
Comme si le temps
N'avait eu aucun effet sur toi

Est-il trop tard
Pour te dire à quel point je suis désolé ?

Est-il trop tard
Pour te vouloir à mes côtés ?
Est-il trop tard
Pour te faire savoir que je t'aime ?
Est-il trop tard ?

Tout ce temps passé à se maudire
À se détester à cause d'une trahison
Haine, peine, souffrance
Loin l'un de l'autre
Si j'avais su, si j'avais insisté

Est-il trop tard
Pour te dire à quel point je suis désolé
Est-il trop tard
Pour te vouloir à mes côtés ?
Est-il trop tard
Pour te faire savoir que je t'aime ?
Est-il trop tard ?

CHAPITRE 37

Kygo *feat* Labrinth – *Fragile*

Kygo / Labrinth / Jimmy Messer. Sony Music
Entertainment International Ltd
Ultra Records, LLC, 2016.

C'est fou de penser qu'un homme
ne peut pas blesser

L'amour prend son dû
chaque fois qu'il ne fonctionne pas, oui
Une porte se ferme et une autre s'ouvre
Mais c'est dur de lâcher prise
quand on a le cœur brisé
Je te donnerai ma confiance,
peux-tu me donner ta parole ?

Viens t'emparer de mon cœur de verre
Et donne-moi ton amour
J'espère que tu seras toujours là
Pour ramasser les morceaux
Car bébé je suis fragile, fragile, fragile

CHAPITRE 39
Labrinth *feat* Emeli Sandé – *Beneath Your Beautiful*
Labrinth / Emeli Sandé / Mike Posner.
Simco Limited, 2013.

Tu dis non à tous les garçons
Ça te fait te sentir bien, ouais
Je sais qu'on ne joue pas dans la même catégorie
Mais ça ne me fera pas peur, oh, non
Tu as tenu si longtemps
Tu ne pourrais pas t'arrêter si tu essayais
Tu as construit ton mur si haut
Que personne ne pourrait le gravir
Mais je vais essayer

CHAPITRE 42

Tom Gregory – *Sink or Swim*

Matt James / Adrien Nookadu / Andre Nookadu / Tom Gregory / Franck Sanders.
Kontor Records, 2020.

Ce n'était pas suffisant de dire je t'aime
Ce n'était pas assez pour que tu t'inquiètes
Tu m'as laissé couler ou nager
Quand tu as laissé l'eau entrer
Flottant seul dans les eaux mortelles
En espérant que la marée me ramènera
Tu m'as laissé couler ou nager
Quand tu as laissé l'eau entrer

CHAPITRE 46

ARGO – *Be The One*

Ayden D'Andrea / Ryan D'Andrea / Garrett Brentwood / Oliver Abbott. Big M Music, 2023.

J'espérerais être celui
Qui te libère de ton passé
J'aurais besoin d'être celui
Qui te protège de tes démons
Je prierais pour être celui
Qui te tire vers la lumière

Mais je ne peux pas
Tout ce qui compte c'est toi

Je ne cesse jamais de souffrir
Ton souvenir si proche
Mon cœur se souvient si facilement
Tout le temps passé ensemble
Toutes nos confidences, nos partages

J'adorerais être celui
Qui hante tes rêves
Je souhaiterais être celui
Qui te tient chaud la nuit
J'aimerais être celui
Qui t'aime pour toujours et à jamais

Mais je ne peux pas
Tout ce qui compte, c'est toi
Je ne cesse jamais de souffrir
Ton souvenir si proche
Mon cœur se souvient si facilement
Tout le temps passé ensemble
Toutes nos confidences, nos partages

*

Maxine Zelko & Oliver Abbott
– No More Lies
Maxine Zelko. 2023.

Ne sais-tu pas ?
Tu as volé mon cœur il y a des années
Il est toujours à toi, je n'en ai pas besoin

Garde-le et fais-en ce que tu veux
Jette-le au loin, brûle-le, déchire-le ou
Aime-le et dis-moi, chéris-le et dis-moi
Plus de mensonges
Juste un mot et je suis de nouveau à toi
Complètement profondément vraiment
Pour toujours et à jamais

Je pourrais utiliser toutes les langues que tu veux
Je t'aime, ti amo, te quiero, ich liebe dich
Mes mots resteraient les mêmes
Je t'aime
Et tu ne peux rien y faire

Plus de mensonges
Juste un mot et je suis de nouveau à toi
Complètement profondément vraiment
Pour toujours et à jamais

ÉPILOGUE

Garrett Brentwood – *Only Lies*

Garrett Brentwood. Big M Music, 2023.

Faisons juste semblant un instant
Que tout ira bien
Mettons le passé de côté
Pour nous concentrer sur l'instant présent
Dis-moi des mensonges pour oublier
Toute ma peine

Dis-moi des mensonges pour me faire croire
Que je vais bien
Dis-moi des mensonges pour panser mes plaies
Dis-moi des mensonges, dis-moi des mensonges
Seulement des mensonges

Faisons juste semblant un instant
Que rien de tout ceci n'est arrivé
Laissons les mauvais souvenirs loin derrière
Pour nous concentrer sur l'instant présent

Dis-moi des mensonges pour oublier
Toute ma peine
Dis-moi des mensonges pour me faire croire
Que je vais bien
Dis-moi des mensonges pour panser mes plaies
Dis-moi des mensonges, dis-moi des mensonges
Seulement des mensonges

*

ARGO – *Promise*

Ayden D'Andrea / Ryan D'Andrea / Garrett Brentwood / Oliver Abbott. Big M Music, 2023.

J'ai rencontré cette fille il y a quelques années
Je pensais que je savais tout sur les femmes,
je suppose que j'avais tort
Elle n'était rien de ce à quoi j'étais habitué

Je ne savais pas que c'était possible
mais elle a ruiné mon monde et mon cœur
Chaque fois qu'elle souriait,
chaque mot qu'elle disait
Chaque fois qu'elle bougeait,
chaque larme qu'elle laissait couler
Je voulais tout savoir sur elle
Pour la première fois de ma vie,
j'ai vraiment désiré une fille
Une fille qui n'avait absolument aucune idée
de ce que je ressentais pour elle
Je ne savais pas comment lui montrer que
j'étais sérieux
À cause de ma réputation,
à cause de ce qu'elle pensait de moi
À cause de notre passé,
à cause des mensonges que j'avais racontés

Dans les nuits sombres,
le whisky était mon seul ami
Mais chaque fois que je la regarde,
il semble que je n'en ai pas besoin
pour me saouler
Elle est tout ce à quoi je pense,
elle est tout ce que je veux
Mais elle ne me voit pas
de la même façon que moi
Peut-être ai-je besoin de conseils
Je n'aurais jamais pensé que je vivrais
quelque chose comme ça

Que puis-je faire pour elle ?
Je me suis dit que je pourrais changer,
c'est peut-être ce qu'elle veut
Puis les mots de ma mère m'ont fait aussi mal
que la foudre
Je me souviens de ce qu'elle m'a dit
quand j'étais jeune
« Ne change jamais pour personne »
Peut-être que nous ne sommes tout simplement
pas faits l'un pour l'autre
Mais dans ce cas,
pourquoi cela me fait-il tant de mal ?
Je ne suis pas mauvais,
j'ai juste pris de mauvaises décisions
Pourquoi ne ressent-elle pas
la même chose pour moi ?

Nous avions l'habitude de nous dire
des mensonges
Cette fois, tout ce que je veux
c'est te dire la vérité
Je t'aime profondément, vraiment
Je n'ai jamais arrêté de penser à toi
Max je te promets
Plus de secrets
Plus de secrets
Je t'aime

Dans les nuits sombres,
le whisky était mon seul ami

Mais chaque fois que je la regarde,
il semble que je n'en ai pas besoin
pour me saouler
Elle est tout ce à quoi je pense,
elle est tout ce que je veux
Mais elle ne me voit pas de la même façon que moi

*

Garrett Brentwood – *Never Too Late*
Garrett Brentwood. Big M Music, 2023.

Il n'est jamais trop tard
Pour voir les choses
Telles qu'elles sont vraiment
Noir ou blanc, peu importe
Du moment que tu es à mes côtés
Pour me montrer toutes les autres couleurs

Vivre à tes côtés, tous les jours
Tant d'amour et de bonheur
Auprès de toi mon cœur
Bat comme il se doit
Un peu vite, au ralenti, précipitamment
Il t'aime tout simplement, t'aime

Tu es la lumière qui guide mes pas
Tu es mon inspiration quotidienne
Celle qui me tire vers le haut
Il n'y a jamais trop de je t'aime

Tous les jours, chaque heure
À la moindre minute, pour la plus petite seconde

Vivre à tes côtés, tous les jours
Tant d'amour et de bonheur
Auprès de toi mon cœur
Bat comme il se doit
Un peu vite, au ralenti, précipitamment
Il t'aime tout simplement, t'aime

REMERCIEMENTS

L'histoire de Garrett et Maxine représente pour moi un nouveau souffle après le creux de la vague. Après *The Most Insolent Man*, je me suis retrouvée dans l'incapacité de pouvoir écrire quoi que ce soit pendant plusieurs mois. Les idées étaient là, mais la motivation m'avait désertée. Et puis, un jour, j'ai parcouru mes notes, j'ai étudié mon plan, je me suis installée devant mon ordinateur et le déclic est apparu. Le caractère, le vécu des personnages, tout était parfaitement clair, et l'écriture qui a suivi, limpide.

J'ai plongé dans cette romance avec passion et amour. J'ai voulu cette duologie différente, en jouant sur la relation particulière entre les deux héros. L'absence de scènes sensuelles dans le tome 1 a pu en perturber certaines, mais c'était tout à fait recherché ! Je voulais jouer sur l'attirance et l'attraction entre eux, mais aussi sur leur fragilité et les promesses que Garrett avait faites, mettre l'accent sur ces petits gestes, ces regards et la naissance de leurs sentiments, accentuer cette tension palpable. J'espère que la naissance de leur histoire vous aura plu, de même que leurs retrouvailles huit ans plus tard, et la construction de leur relation intense et surtout sincère.

Mon chéri. Tu sais à quel point cette passion est prenante mais ta compréhension et ton amour m'aident tous les jours. Pour nous.

Nina Loren, merci infiniment pour tes encouragements, ton soutien et tes connaissances qui me permettent chaque fois d'enrichir mes textes au plus juste. Tu es toujours là pour moi et notre amitié m'est très chère. Je compte sur toi pour remercier ton chéri pour ses précieux conseils. Tu as suivi la construction de ce texte pas à pas. Tu étais là durant mes instants de doute, quand Hugo m'a contactée, quand mes incertitudes se sont multipliées. Tu es là au quotidien et je ne te remercierai jamais assez pour ça.

Cécilia, Florine, Laëtitia, Marie, Soumya et Virginie, ma petite équipe de bêtas lectrices ! Merci du fond du cœur pour vos retours enthousiastes ! Vous m'avez donné la confiance nécessaire pour croire en cette histoire et c'est un peu grâce à vous si elle se retrouve enfin entre les mains des lectrices. Je sais qu'il vous aura fallu un peu de patience avant de pouvoir retrouver Garrett et Maxine, presque deux ans, mais j'espère que vous aurez pris autant de plaisir à redécouvrir leur histoire plus étoffée et enrichie.

Marie, mon éditrice chez Hugo. Je crois que j'ai toujours un peu de mal à croire que je fais partie de l'équipe des autrices Hugo. Je suis tellement heureuse que l'histoire de Garrett et Maxine t'ait plu et qu'elle t'ait donné envie de travailler avec moi. Même si j'ai eu peur en découvrant tes retours généraux, merci de m'avoir aidée à sublimer mon texte et de m'avoir guidée. Je suis tellement fière du résultat final.

Et enfin, vous, chères lectrices et chers lecteurs, merci chaleureusement pour vos mots, votre soutien, vos messages, vos retours, qui me vont droit au cœur.

Je vous dis à très bientôt dans une prochaine romance.

Jeanne